I0594225

LE BÛCHERON

LE FRUIT DU HASARD
TOME 4

SUSAN STOKER

Traduit de l'anglais (U.S.) par Emma Valieu et Valentin Translation

Titre original : *The Lumberjack (Game of Chance, book 4)*

La version anglaise de ce titre était initialement publiée par Amazon Publishing.

DU MÊME AUTEUR

Autres livres de Susan Stoker

Le Fruit du Hasard

Le Protecteur

L'Aristocrate

Le Héros

Le Bûcheron

Forces Très Spéciales : Alliance

Un protecteur pour Remi

Un protecteur pour Wren (5 Nov)

Un protecteur pour Josie (4 Mar, 2025)

Un protecteur pour Maggie

Un protecteur pour Addison

Un protecteur pour Kelli

Un protecteur pour Bree

Sauvetage à Eagle Point

Un sauveteur pour Lilly

Un sauveteur pour Elsie

Un sauveteur pour Bristol

Un sauveteur pour Caryn

Un sauveteur pour Finley

Un sauveteur pour Heather

Un sauveteur pour Khloe

Le Refuge

Un soutien pour Alaska

Un soutien pour Henley

Un soutien pour Reese

Un soutien pour Cora

Un soutien pour Lara

Un soutien pour Maisy

Un soutien pour Ryleigh (7 Jan)

Silverstone

Pour la confiance de Skylar

Pour la confiance de Taylor

Pour la confiance de Molly

Pour la confiance de Cassidy

Delta Force Deux

Un refuge pour Gillian

Un refuge pour Kinley

Un refuge pour Aspen

Un refuge pour Jayme

Un refuge pour Riley

Un refuge pour Devyn

Un refuge pour Ember

Un refuge pour Sierra

Hawaï : Soldats d'élite

Un paradis pour Élodie

Un paradis pour Lexie

Un paradis pour Kenna

Un paradis pour Monica

Un paradis pour Carly

Un paradis pour Ashlyn

Un paradis pour Jodelle

Mercenaires Rebelles

Un Défenseur pour Allye

Un Défenseur pour Chloé

Un Défenseur pour Morgan

Un Défenseur pour Harlow

Un Défenseur pour Everly

Un Défenseur pour Zara

Un Défenseur pour Raven

Ace Sécurité

Au Secours de Grace

Au Secours d'Alexis

Au Secours de Bailey

Au Secours de Felicity

Au Secours de Sarah

Forces Très Spéciales Series

Un Protecteur Pour Caroline

Un Protecteur Pour Alabama

Un Protecteur Pour Fiona

Un Mari Pour Caroline

Un Protecteur Pour Summer

Un Protecteur Pour Cheyenne

Un Protecteur Pour Jessyka

Un Protecteur Pour Julie

Un Protecteur Pour Melody

Un Protecteur pour l'avenir

Un Protecteur Pour Les Enfants de Alabama

Un Protecteur Pour Kiera

Un Protecteur Pour Dakota

Forces Très Spéciales : L'Héritage

Un Sanctuaire pour Caite

Un Sanctuaire pour Brenae

Un Sanctuaire pour Sidney

Un Sanctuaire pour Piper

Un Sanctuaire pour Zoey

Un Sanctuaire pour Avery

Un Sanctuaire pour Kalee

Un Sanctuaire pour Jane

Delta Force Heroes Series

Un héros pour Rayne

Un héros pour Emily

Un héros pour Harley

Un mari pour Emily

Un héros pour Kassie

Un héros pour Bryn

Un héros pour Casey

Un héros pour Wendy

Un héros pour Mary

Un héros pour Macie

Un héros pour Sadie

Un héros pour Annie

Autre

Un moment suspendu : Recueil de nouvelles

AUDIO

Un paradis pour Élodie

CHAPITRE UN

Il fallut quelques secondes après son réveil pour qu'April comprenne où elle se trouvait. Ce qu'il s'était passé. Enfin... ce qu'on lui avait *raconté* quant à ce qui était arrivé. Elle se trouvait à l'hôpital car sa voiture avait fait une sortie de route. Elle ne s'en souvenait pas du tout.

En fait, elle ne se rappelait pas grand-chose des cinq dernières années de sa vie.

Les médecins lui avaient dit qu'ils espéraient grandement que sa perte de mémoire soit le résultat d'une contusion au cerveau, causée par l'accident.

Mais « espérer grandement » n'était pas très réconfortant. Elle aurait préféré qu'ils lui disent avec des termes moins vagues que son amnésie était temporaire. L'idée de ne rien se souvenir de ces dernières années était terrifiante.

Elle se rappelait qui elle était : April Hoffman. Qu'elle avait quarante-six ans, qu'elle n'avait plus que sa mère, et elle se souvenait même de tout de son enfance. Mais à vrai dire, le trou dans sa mémoire qui avait emporté ce qu'elle avait fait de sa vie ces cinq dernières années lui faisait peur.

Pas parce qu'elle pensait qu'elle avait fait des choses

horribles, mais plus parce qu'elle avait un flot constant de visiteurs qui se montraient vraiment inquiets pour elle... et elle ne pouvait même pas se souvenir d'aucun d'eux. Elle n'aimait pas les voir contrariés, et il était clair qu'ils étaient extrêmement angoissés, non seulement concernant son accident mais aussi parce qu'elle ne les reconnaissait pas.

Sa tête lui faisait mal, et April gardait les yeux fermés. La lumière dans la pièce aggravait le mal de tête qu'elle avait depuis son réveil aux urgences. Elle entendit des bruits de pas à côté du lit et se demanda vaguement qui était assis avec elle cette fois.

Dès le moment où elle s'était réveillée à l'hôpital – de Bangor, dans le Maine, lui avait-on dit –, April n'avait pas passé une seule minute seule. Il était déroutant de réaliser que les personnes qui s'asseyaient à côté de son lit étaient si loyales. Elle n'avait jamais eu autant d'amis... selon ce qu'il lui restait en mémoire. Et certainement aucun qui ne mettrait sa vie entre parenthèses pour venir s'ennuyer ferme en s'asseyant à côté de son lit d'hôpital, dans lequel elle passait la majeure partie du temps à dormir.

La vérité, c'était que l'April dont elle se souvenait était une solitaire. Elle avait toujours souhaité avoir des amis avec qui sortir, faire les magasins et rire. Il semblait que ce qu'elle avait fait ces cinq dernières années avait abouti à ce résultat... si seulement elle pouvait se rappeler !

Ses yeux finirent par s'ouvrir quand elle entendit une querelle murmurée non loin. April tourna la tête et vit le dos d'un homme juste devant la porte. Il avait les jambes écartées suivant la largeur de ses épaules et il bloquait l'accès à la chambre. Elle pouvait voir qu'il avait les bras croisés sur sa poitrine, engagé dans une conversation très houleuse avec un autre homme.

Elle regardait fixement son dos et tenta désespérément de se rappeler quelque chose, n'importe quoi, sur lui. Son nom était Jackson Justice, avait-elle appris, et il avait été une présence régulière dans sa vie depuis qu'elle s'était réveillée effrayée et souffrante à l'hôpital.

Elle ne le connaissait pas mais quelque chose de profondément enfoui en elle lui accorda immédiatement sa confiance. Quand les médecins avaient appris à April qu'elle souffrait d'amnésie, il avait été celui qu'elle avait cherché pour être rassurée. Quand elle s'était réveillée au milieu de la nuit, la tête si lancinante qu'elle avait été persuadée d'en mourir, il avait été là, lui tenant la main et lui disant qu'elle allait s'en tirer. Il était parvenu à la faire respirer plus calmement et était resté juste à ses côtés jusqu'à ce qu'elle se rendorme.

Même quand les autres personnes – ses amis – entraient et sortaient de sa chambre, il était celui qu'elle cherchait du regard quand elle se sentait submergée. Il était celui qui poussait tout le monde vers la sortie au moment exact où elle avait besoin de faire une petite pause, après avoir été sujette à toutes leurs préoccupations.

Ils l'appelaient tous JJ mais, pour une raison, ce nom ne semblait pas correct pour April. Quand elle lui avait admis cela, il lui avait répondu qu'elle l'appelait Jack. *Ça*, ça lui était familier. C'était probablement la première chose qui lui avait paru juste cette semaine.

Jack lui avait dit qu'ils étaient amis, qu'elle travaillait dans l'entreprise qu'il possédait avec les trois autres hommes qui étaient régulièrement venus lui rendre visite cette dernière semaine, accompagnés de leurs épouses, mais il n'était pas rentré davantage dans les détails. Elle avait l'impression que, avec Jack, il y avait plus qu'un lien entre un patron et son employée, mais à chaque fois qu'elle l'évoquait, il changeait rapidement de sujet.

Elle commençait à penser qu'ils étaient peut-être sortis ensemble une fois et que les choses ne s'étaient pas bien terminées. Ou qu'ils avaient peut-être passé juste une nuit ensemble. Le fait de ne pas savoir la rendait folle.

April observait les muscles de Jack se tendre, puis, en toute conscience, il les détendit lentement. Il se pencha vers l'autre inconnu qui se tenait hors de vue, lui dit quelque chose trop bas pour qu'April puisse l'entendre, puis fit un pas sur le côté. Ce faisant, il regarda dans la chambre et vit qu'elle était réveillée.

Elle le vit se tendre de nouveau, mais il permit tout de même à l'autre individu d'entrer. Dès qu'April vit de qui il s'agissait, elle comprit mieux l'animosité dans l'air.

C'était James Neal… son ex-mari.

Jack avait également été présent la première fois que son ex était venu. Il était entré en courant dans la chambre, avait hoqueté en la voyant, s'était précipité à ses côtés, lui avait pris la main et avait fait semblant de pleurer constamment. April en avait été surprise, mais pas horriblement inquiète. Jack, cependant, avait réagi comme si James avait été un tueur en série. Il l'avait saisi, puis fait pivoter pour le jeter contre le mur de l'autre côté de la pièce, aussi loin que possible d'elle, et lui avait demandé violemment qui il était. James avait quelque peu bafouillé et l'avait informé qu'il était son mari.

À *cela*, Jack avait presque perdu l'esprit.

Bien sûr, April s'était elle-même sentie choquée, n'ayant pas réalisé qu'elle s'était remariée à James après leur divorce. Mais peu de temps après, il avait admis qu'il était toujours son ex.

Le début n'avait pas été encourageant pour les deux hommes et, durant ces deux jours depuis, tous deux étaient sur les nerfs et, selon April, sur le point d'exploser à chaque fois qu'ils se voyaient.

— Je serai en bas, à la cafétéria, si tu as besoin de moi, dit Jack à April sur le seuil.

— Elle n'aura pas besoin de toi, dit James avec mépris.

Jack ignora l'ex et maintint le regard d'April.

— D'accord ? lui demanda-t-il.

— D'accord, lui répondit April d'une voix douce.

Elle ignorait combien de temps ils s'étaient regardés dans les yeux – le lien qu'elle sentait avec cet homme était puissant – avant qu'il ne finisse par hocher la tête et être hors de vue.

— Je peux lui interdire l'entrée de ta chambre s'il t'importune, dit immédiatement James en rapprochant une chaise du lit.

Le son qu'elle fit en raclant le sol carrelé fit grimacer April.

— Il ne m'importune pas.

Son ex expira un souffle contrarié avant de s'adosser à la chaise et de mettre les pieds sur le matelas, à côté de ses hanches.

— Je déteste les hôpitaux. Ça sent bizarre et tout est si déprimant, dit-il.

April se pinça les lèvres et se demanda pour quelle raison il était ici. Sa mémoire à court terme avait été endommagée par l'accident, mais elle peinait également à bien se souvenir de son mariage avec cet homme. Cela n'avait rien à avoir avec le coup reçu sur sa tête ; plutôt parce qu'ils avaient juste cohabité pendant longtemps avant de divorcer. Sans se parler et sans interagir beaucoup avant de finir par plier bagage.

James avait plutôt belle allure : il faisait à peu près sa taille, un mètre soixante-quinze ou quatre-vingts, et avait les cheveux brun foncé et des yeux noisette. Il n'était pas gros ni maigre. Honnêtement, il était plutôt dans la moyenne, tout comme April. Avec son air sage, rien ne paraissait répréhensible chez lui.

Mais au niveau de la personnalité…

Il lui avait dit que la mère d'April l'avait appelé pour le prévenir qu'elle avait eu un accident et avait demandé qu'il vienne dans le Maine et passe la voir puisque sa mère ne pouvait pas voyager. Et après avoir constaté lui-même qu'elle n'était pas à l'article de la mort, il n'avait rien fait d'autre que de se plaindre, presque à propos de tout. Bangor, la météo, le vol jusqu'ici, le coût de la location d'une voiture, la taille de l'hôpital, l'absence de ses restaurants préférés... la liste s'allongeait constamment.

— Tu n'es pas obligé de rester, lui dit-elle. Tu as vu par toi-même que j'allais bien. Tu peux rentrer chez toi.

À cela, James fit tomber ses pieds du lit et se pencha en avant.

April se tint prête pour ce qu'il s'apprêtait à dire. Il ne la fit pas attendre.

— C'était une erreur. Qu'on divorce. On aurait dû se donner une autre chance. Nous étions bien ensemble, Ape.

April voulait lever les yeux au ciel à ce surnom ; elle l'avait toujours détesté. Elle le lui avait dit plus d'une fois, mais il l'avait ignorée et avait continué de l'appeler ainsi, pensant que c'était une façon mignonne d'écourter son nom. Ça ne l'était pas. C'était énervant.

— Nous l'étions autrefois, dit-elle. Mais peux-tu franchement dire que tu étais heureux vers la fin de notre mariage ?

— Oui, répondit-il sans hésiter.

— Je ne l'étais pas.

Cela parut choquer James.

— Nous ne faisions plus rien ensemble. J'aurais pu enfiler un costume de dinosaure et danser dans toute la maison, et je ne pense pas que tu l'aurais remarqué.

— Tu as tort.

— J'apprécie que tu sois passé me voir, vraiment, mais nous en avons terminé, dit fermement April, ne voulant pas qu'il se mette en tête l'idée que, peut-être, ils pourraient arranger les choses et se remettre ensemble.

James soupira.

— Tu me manques, gémit-il.

— Non, ce qui te manque, c'est de ne pas avoir à t'inquiéter avec tout ce qu'il faut faire dans la vie. Payer les factures, être à la maison quand débarque l'exterminateur, se faire à manger. Tu m'as considérée comme acquise, James. Nous n'étions pas mari et femme, j'étais ton auxiliaire de vie. Ce n'est pas ça, le mariage.

— Ce n'est pas vrai, protesta-t-il.

— Si. Nous nous sommes éloignés. Ça arrive, insista-t-elle. J'apprécie que tu aies fait tout ce chemin pour me voir, mais tu détestes cet endroit. Il est temps pour toi de rentrer.

James l'étudia un long moment.

— Je n'ai jamais compris... Pourquoi le Maine ? Pourquoi être venue jusqu'ici ? Les hivers sont rigoureux et c'est si isolé...

April haussa les épaules. Elle voulait confesser que, à l'époque, ça lui avait paru aussi éloigné que possible de lui. Et qu'elle savait qu'il ne la suivrait jamais. Mais elle garda la bouche fermée.

Il soupira.

— Ce JJ... il n'est pas bon pour moi.

April se raidit. Hors de question qu'elle parle de Jack avec son ex. Elle ignorait où elle en était avec son patron, mais James n'avait pas son mot à dire dans ce qu'elle faisait maintenant.

— James, non, commença-t-elle à dire, mais il l'interrompit.

— Sérieusement, Ape, il va t'en faire voir de toutes les couleurs. Il fait carrément son petit chef. Bon sang, il est probablement la raison pour laquelle tu as fini ici, à l'hôpital ! Tu n'aurais pas dû te trouver sur cette route. S'il avait fait son boulot au lieu d'avoir une secrétaire pour le faire à sa place, tu n'aurais pas été blessée.

— Il est temps pour toi de partir, dit April d'une voix monotone. Tu ne sais pas de quoi tu parles et je ne te laisserai pas dire du mal de Jack.

— C'est ça, le problème, *tu* ne sais pas de quoi tu parles, non plus ! rétorqua James. Parce que tu ne peux pas t'en souvenir. Ce mec peut littéralement tout te raconter maintenant. Tu n'es pas à l'abri. Jusqu'à ce que tu retrouves ta mémoire, *si* tu la retrouves, tu es complètement vulnérable. Il pourrait te raconter que vous êtes amants et te mettre sur le dos, les jambes écartées, et tu ne sauras pas s'il ment ou pas !

April vit rouge. Elle se hissa à l'aide de ses bras jusqu'à ce qu'elle soit assise plus droite.

— Tu as raison, je ne sais pas en quoi consiste ma relation avec Jack mais ça n'est rien d'autre que du respect. Il a été un roc à mes côtés depuis mon accident. Je lui fais confiance, James, plus que je ne *te* fais confiance, et je me souviens parfaitement bien de notre mariage… ce qui veut tout dire, tu ne crois pas ? dit-elle avant de soupirer, sa tête lui faisant encore plus mal maintenant. Rentre chez toi, James. Tu as fait ton devoir.

— Tu es en train de commettre une erreur, l'avertit-il en se levant, la chaise faisant cet horrible bruit une fois de plus.

— Peut-être mais j'ai fait mon lot d'erreurs dans la vie, y compris rester dans un mariage sans amour bien plus longtemps que je n'aurais dû. Mais je sais sans un seul doute que les gens qui se sont rassemblés autour de moi depuis que je suis ici ne font pas partie de ces erreurs. Chappy, Carlise, Cal, June, Bob et Marlowe ont été de meilleurs amis que ceux que j'ai connus, et je ne me souviens même pas d'eux. Et Jack ? Je ne sais pas qui il est pour moi mais, au moins, il ne vient pas ici pour pester sur le fait qu'il déteste les hôpitaux et essayer de me faire culpabiliser de m'être retrouvée ici.

April respirait fort une fois qu'elle eut terminé. Ça faisait du bien de tenir tête à James. Elle ne l'avait pas beaucoup fait lorsqu'ils avaient été mariés. Il avait été plus facile de suivre le mouvement et de ne pas le contrarier. Mais elle en avait terminé avec ça. Elle et James étaient divorcés et elle n'allait pas laisser le moindre de ses dires l'influencer de nouveau. Elle avait fait ça bien trop longtemps.

— Ne viens pas en courant vers moi quand tu auras compris l'énorme erreur que tu as faite en emménageant dans le Maine, grogna-t-il.

April ricana, bien que cela favorisât son mal de tête.

— Ça fait cinq ans, James. Je ne pense pas que je reviendrai en courant vers toi de sitôt.

— Ta mère va en être déçue, rétorqua-t-il dans un véritable ultime effort.

April haussa les épaules.

— Je la déçois tout le temps. Elle s'en remettra.

En secouant une dernière fois la tête, James se tourna et se dirigea vers la porte.

April retint son souffle jusqu'à ce qu'il parte, puis se laissa retomber sur le lit. Le soulagement qu'elle ressentit dans le silence qui s'ensuivit était presque écrasant. À ce moment, il lui vint à l'esprit que, lorsque Jack avait quitté sa chambre, elle avait ressenti tout *sauf* du soulagement. Et en réalisant cela, une émotion proche de la tristesse coula dans ses veines : elle avait gâché des années avec un homme avec qui elle n'aurait jamais dû se marier.

Elle avait pris la bonne décision en le renvoyant. James n'était pas son ex sans raison. Et même si elle pouvait lui être reconnaissante du fait d'avoir bien voulu faire à sa mère une faveur en venant dans le Maine pour passer la voir, elle ne se remettrait jamais avec lui.

— April ? demanda une voix féminine hésitante au seuil de la porte. Tu vas bien ? J'ai vu James partir et il n'avait pas l'air ravi...

Tournant la tête, April découvrit une June enceinte jusqu'aux yeux passer la tête dans la chambre.

— Entre, dit-elle en faisant à la petite femme le geste d'entrer.

June entra et rapprocha du lit la chaise sur laquelle James s'était assis, prenant garde à ne pas laisser les pieds grincer sur le sol. Elle s'installa dessus et se pencha en avant, posant une main sur l'avant-bras d'April.

— Tu vas bien ? demanda-t-elle à nouveau.

— Je vais bien. James ne reviendra pas… enfin, je l'espère.

June sourit.

— Vraiment ?

— Vraiment.

— Tant mieux ! Oh, je veux dire… c'était mal. Désolée. Mais il n'était pas très attentionné envers toi.

— Ni envers toi et les autres, dit April avec un petit sourire.

Elle n'avait pas manqué la façon dont James avait méprisé June, Carlise et Marlowe. Les trois femmes connaissaient des stades variés de grossesse. June était à environ sept mois et se dandinait clairement quand elle marchait. Carlise n'était pas très loin derrière elle, à environ six mois, mais son bébé ne semblait pas aussi grand que celui de June. Et Marlowe n'en était qu'à quatre mois. Leurs hommes s'assuraient constamment qu'elles soient assises, aient suffisamment mangé ou bu et qu'elles soient confortablement installées quand elles rendaient visite.

Cela n'avait même pas paru traverser l'esprit de James que les femmes enceintes pourraient devoir ou vouloir s'asseoir, alors il ne s'était jamais embêté à céder son siège.

June haussa les épaules.

— JJ sera aussi ravi qu'il soit parti.

Le médecin d'April l'avait mise en garde contre le fait de trop faire d'efforts pour se souvenir des cinq dernières années. Il lui avait confié qu'il s'attendait pleinement à ce que ses souvenirs reviennent une fois que son cerveau aura guéri du traumatisme. Mais en cet instant, April souhaitait de toutes ses forces pouvoir être en mesure de se souvenir de sa vie. Elle voulait avoir connaissance des moments qu'elle avait passés avec June et les autres filles. Voulait se souvenir des histoires concernant leurs rencontres avec leurs hommes. Et elle voulait vraiment savoir pourquoi elle se sentait si à l'aise avec Jack et pourquoi elle avait si facilement confiance en lui.

— Pourquoi ? demanda-t-elle brusquement.

— Pourquoi quoi ? demanda June en inclinant la tête.

— Pourquoi ça intéresserait Jack ?

Pour la première fois en de nombreuses visites, June parut mal à l'aise. Ce qui, en retour, incita April à se tendre.

— Je ne suis pas certaine d'être censée parler de ça avec toi.

— S'il te plaît, murmura April. Je suis tellement confuse. Étions-nous amants ? Sommes-nous sortis ensemble ? Je ne comprends pas pourquoi je suis si attirée par lui alors qu'il me traite comme sa sœur. Il se montre protecteur et inquiet pour moi mais il garde ses distances. Est-ce que j'ai fait quelque chose qui lui a déplu ? Est-ce que je me suis montrée garce envers lui ou autre ?

— Non ! s'exclama June, avec une telle véhémence qu'April se sentit un peu mieux. Vous n'êtes pas sortis ensemble et il ne te considère *absolument pas* comme sa sœur. Les choses entre vous sont... compliquées. Et c'est tout ce que je dirai. Je ne veux rien faire ni dire quoi que ce soit qui puisse entraver ta guérison. De plus, ajouta-t-elle en baissant légèrement la voix, je ne sais pas grand-chose sur toi et JJ de toute manière. Vous êtes tous les deux muets comme des carpes quant à ce qu'il se passe entre vous. Mais je vais te dire : quand JJ a su que tu avais été blessée, il n'a pas hésité, pas même une seconde, pour te rejoindre aussi vite qu'il a pu.

Le cœur d'April gonfla en entendant cela. Elle était encore confuse quant à ce qu'il passait entre elle et Jack mais, avec cette nouvelle petite information, elle ne pouvait, une fois de plus, s'empêcher de le comparer à James.

Une fois, lorsqu'elle était mariée, l'arrière de sa voiture avait été embouti à un feu rouge. Ça n'avait pas été si grave, mais elle était allée à l'hôpital, juste pour être sûre. Elle avait appelé James sur le chemin, pendant qu'elle se trouvait dans l'ambulance, pour lui apprendre ce qu'il se passait, et la première question qu'il avait posée avait été de demander à quel point leur voiture avait été endommagée. Puis, il avait dit qu'il travaillait tard ce soir-là et lui avait demandé si ça lui convenait qu'elle prenne un taxi pour rentrer chez eux, là où il la retrouverait plus tard.

La différence entre sa réaction face au fait qu'elle avait eu un accident et ce que Jack avait apparemment fait était le jour et la nuit. Peut-être que les deux situations ne pouvaient être comparées puisqu'elles étaient bien différentes concernant la gravité de ses blessures... mais elle avait le sentiment que Jack aurait réagi de la même manière si elle n'avait eu qu'un accrochage mineur.

June lui pressa le bras, puis hoqueta de surprise.

— Quoi ? Que se passe-t-il ? demanda April, inquiète.

— Rien, c'est seulement le bébé. Il frappe fort aujourd'hui. Tu veux le sentir ?

Sans attendre de réponse, June se leva et porta la main d'April à son ventre.

— C'est un garçon ?

— Oh, j'avais oublié que tu ne te souvenais pas. Nous n'allions pas l'apprendre, mais à la seconde où Cal a vu son petit zizi sur l'échographie, il en a été si excité qu'il a été impossible de le maintenir tranquille, expliqua June avant de ricaner. Tu l'as grondé pendant environ quinze minutes, lui disant qu'il ne devrait pas être si fier du pénis d'un bébé qui n'était même pas encore né.

April sourit, juste un peu triste de ne pas pouvoir s'en souvenir. Elle était heureuse, cependant, que June ne soit pas mal à l'aise de partager ce souvenir. Elle sentit un mouvement sous sa paume et hoqueta en regardant June.

— Il est fort !

— Ouais, répondit l'autre femme avec fierté.

Il était évident à quel point June était heureuse d'être enceinte, et April ne doutait pas qu'elle serait une mère incroyable.

Le médecin choisit ce moment pour entrer dans la

chambre, accompagné de deux internes qui le talonnaient à chaque fois qu'il venait pour prendre de ses nouvelles.

— Je vais vous laisser discuter, annonça June. Et je vais aller trouver JJ et lui dire que James est parti, dit-elle à April en lui faisant un clin d'œil avant de se dandiner jusqu'à la porte ouverte.

Le médecin resta purement professionnel en vérifiant ses constantes et en lui posant les mêmes questions qu'à chaque fois qu'il venait la voir.

— Un souvenir est revenu ?

— Pas vraiment, lui répondit April. Enfin, tout ce qu'il s'est passé dans mon passé lointain devient plus clair, mais je ne me souviens toujours pas de l'accident ni de quoi que ce soit concernant ma vie à Newton.

— Les résultats de l'IRM que vous avez faite la nuit dernière sont prometteurs. La protubérance dans votre cerveau s'est arrêtée et a même diminué. Je suis confiant que, avec le temps, vous retrouverez davantage de souvenirs de vos années passées ici, dans le Maine.

— Dans combien de temps ? demanda April, l'air inquiète.

Elle avait hâte de retrouver sa vie, et la façon la plus rapide pour que cela arrive serait que sa mémoire lui revienne.

— On ne peut pas le savoir, lui répondit le médecin.

April soupira.

— Je sais que c'est frustrant, mais vous vous rétablissez rapidement jusque-là, et je n'ai pas de raison de croire que vous avez perdu vos souvenirs pour toujours. Soyez juste patiente. Faites les choses à votre rythme. Vos souvenirs pourraient revenir lentement, un à la fois en plusieurs parties ou bien ils pourraient tous revenir d'un coup en une fois. Et au niveau des douleurs aujourd'hui ?

— Je dirais un cinq, lui répondit April.

Si Jack avait été là, elle aurait probablement minimisé le battement lancinant dans sa tête et aurait opté pour un trois car elle n'aimait pas voir l'inquiétude sur son visage, mais puisqu'elle était seule avec le docteur, elle se montra plus honnête.

Il hocha la tête comme s'il s'était attendu à cette réponse.

— Comme votre cerveau guérit, vous continuerez d'avoir quelques douleurs. Ne tentez pas de forcer votre mémoire, cela ne fera qu'empirer la douleur. Portez des lunettes de soleil quand vous allez dehors et en pleine lumière et continuez de dormir beaucoup et de manger équilibré, des plats nutritifs. Je vais vous libérer cet après-midi... tant que vous avez quelqu'un qui pourra vous tenir compagnie ces prochains jours pour garder un œil sur vous.

April afficha un énorme sourire. Oh, elle voulait tellement sortir de cette chambre d'hôpital ! Mais ensuite, la réalité l'écrasa. Elle ne savait rien de sa situation : avait-elle sa propre maison ? un appartement ? Elle ne savait pas si l'un de ses amis pourrait rester avec elle, comme le voulait le médecin. Bon sang, elle ne savait même pas si elle avait une chambre d'ami ou un endroit pour que quelqu'un puisse dormir, là où elle vivait.

— Elle restera avec moi, déclara une voix grave sur le seuil de la porte.

CHAPITRE DEUX

C'était presque comique comme chaque tête se tourna pour regarder JJ entrer dans la chambre d'hôpital d'April. À la seconde où June lui avait dit que James était parti, il s'était précipité dans les escaliers pour retourner à ses côtés.

JJ *détestait* son ex. Il ne voulait rien d'autre que balancer son poing dans le visage de cet homme, mais il s'en était abstenu... avec peine. Il n'arrivait pas à croire que ce mec s'était pointé et avait donné une fausse image de lui, prétendant être toujours marié à April. Tirant profit du fait qu'elle avait perdu la mémoire.

April n'avait pas vraiment parlé de son mariage mais, de ce qu'il en avait déduit auprès de ses amis, les choses entre elle et James ne s'étaient pas mal terminées en soi ; cela avait juste été un mariage malheureux à la fin. JJ n'en était pas peiné. Ceux qui étaient incapables de voir à quel point April était incroyable et merveilleuse et ne la traitaient pas comme si elle était la personne la plus importante du monde ne la méritaient pas.

JJ ne doutait absolument pas du fait que *lui* ne la méritait pas non plus. Mais l'accident avait tout changé pour lui. Cela avait attiré son attention de manière très douloureuse sur le fait que la vie était courte. Il avait passé les cinq dernières années à lutter contre son attirance pour April. À inventer toutes les excuses du monde pour expliquer pourquoi il devait garder ses distances. Mais à la seconde où il avait entendu qu'elle avait été blessée, tous ces prétextes s'étaient envolés comme de la poussière.

Il ne la méritait toujours pas, mais il avait décidé de faire tout ce qui était en son pouvoir pour être le genre d'homme qu'elle désirait et dont elle avait besoin.

Et puis, il avait appris pour son amnésie.

Cela lui avait presque scié les jambes. Elle ne se souvenait pas de lui, ni de leurs amis, *du tout*. Elle ne souvenait pas de Jack's Lumber ni à quel point elle était vitale pour leur entreprise. Elle ne se rappelait pas comment leurs amis s'étaient rencontrés et étaient tombés amoureux. N'avait aucun souvenir de Newton… ni d'à quel point elle adorait les burgers de Granny, de leur première chute de neige, de l'atmosphère de leur petite ville ni quoi que ce soit d'autre concernant la vie dans le Maine.

Il avait été prêt à tomber à genoux et dire à April comme il avait été idiot, à quel point il l'admirait et l'appréciait, et de la supplier d'avoir un rencard avec lui. Mais après avoir appris pour toutes ses blessures, il y avait réfléchi davantage.

Il ne voulait pas l'envahir, ne voulait pas qu'elle accepte car elle pensait ne pas avoir le choix. Alors, il avait enfoui ses sentiments bien profondément comme il l'avait fait pendant ces cinq dernières années et avait fait le vœu d'être un ami solide comme un roc, quelqu'un sur qui elle pouvait compter pendant ce qui devait être une période incroyablement déroutante pour elle.

Quand ses souvenirs seraient revenus – et il avait toutes les raisons de croire qu'ils reviendraient après avoir parlé avec son médecin –, il l'inviterait à sortir. S'assurerait qu'elle savait à quel point elle était importante pour lui.

— Je ne peux pas rester avec toi, lui dit April en réponse à son offre de veiller sur elle quand elle serait de retour à Newton.

— Pourquoi pas ?

— Eh bien... *parce que*.

JJ sourit. Ce n'était pas tellement une protestation.

— Il y a plus d'une chambre chez moi. Ton appartement n'a qu'une chambre, et je suis trop grand pour dormir sur ton tout petit divan.

— Oh, dit-elle d'une petite voix.

Mentalement, JJ se botta lui-même les fesses. Actuellement, elle n'avait aucun moyen de savoir où elle vivait ni si c'était grand. Il contourna le médecin et ses internes sur le côté du lit. April semblait si perdue, allongée sur ces draps blancs. Ses cheveux brun clair étaient ternes sur l'oreiller, ayant besoin d'être minutieusement lavés. Elle était pâle, avec de légers cercles sombres sous ses yeux, et ses lèvres étaient gercées. Mais il n'avait *quand même* jamais vu une femme aussi belle qu'elle l'était en cet instant.

Elle était en vie, et il était plus que reconnaissant du fait qu'elle ait échappé au terrifiant accident sans plus de blessures.

— Je ne vis pas loin du bureau, en ville. C'est une vieille maison qui a besoin de beaucoup de travaux, mais je l'adore. Le plancher en bois d'origine craque à chaque pas et la cuisine a été faite dans les années 1970, je crois. Mais c'est propre. Et j'ai deux chambres. Tu auras l'intimité et le temps de guérir, et puis, tu serais en sécurité. Je te donne ma parole, dit-il, sérieux.

— Je ne m'inquiète pas du manque de sécurité avec toi, lui dit April en le regardant dans les yeux. Tu as été ma seule constante depuis mon réveil. Je ne veux simplement pas être un fardeau.

— Tu ne l'es pas. Jamais. Ce serait un honneur pour moi de te remettre sur pieds.

— Parce que je travaille pour toi ?

JJ la regarda un instant. Il pouvait faire une ou deux choses ici : il pouvait la laisser croire qu'il prenait soin d'elle comme un patron le ferait avec un employé estimé, gardant les choses à un niveau professionnel. Ou il pouvait commencer à montrer certains de ses sentiments.

Il choisit ce dernier.

— Non. Je veux dire, *si*, je voudrais aider n'importe lequel de mes employés. Mais pas une fois je n'ai fait emménager une femme dans ma maison simplement parce qu'elle fait partie de mes employés. Ou pour toute autre raison, d'ailleurs.

C'était effrayant de parler à cœur ouvert, mais JJ en avait terminé avec le fait de garder ses distances avec April. Il avait appris sa leçon.

— Oh...

— Très bien, donc... intervint le docteur, interrompant ce moment. Si monsieur Justice consent à s'occuper de vous pendant quelques jours, j'entamerai la procédure de sortie, dit-il avec le sourire. Vous aurez besoin de consulter votre médecin local tous les jours ces cinq prochains jours, et si quoi que ce soit change, comme une vision double, une intensification de la douleur, le retour de vos souvenirs, contactez-le ou la immédiatement. La dernière chose que l'on voudrait, c'est un anévrisme ou laisser ça passer inaperçu.

— C'est une possibilité ? demanda JJ, alarmé.

— Sa tête a heurté la vitre très violemment, dit le docteur sans équivoque. Son cerveau a été secoué dans son crâne et, bien que les airbags soient là pour aider, ils l'ont encore plus maltraitée en se déclenchant. Tout peut arriver, je me montre juste prudent. Si je la pensais en danger imminent, je ne la laisserais pas partir. Elle a simplement besoin de se détendre et de laisser le gonflement dans sa tête se résorber complètement sans prendre aucun risque.

— Elle se détendra, dit fermement JJ.

— Là, vous avez tout gagné, dit April en rigolant légèrement. Je vais me retrouver enveloppée dans une bulle et je ne pourrais aller nulle part ni faire quoi que ce soit.

— Ça, c'est sûr ! marmonna JJ, ce que le médecin trouva amusant.

— Vous être une femme très chanceuse, dit le médecin à April. Et je pense que vous vous en sortirez très bien.

Il gribouilla un peu sur le porte-bloc, puis se tourna pour s'en aller, ses laquais faisant de même.

Dès qu'ils furent partis, JJ se pencha au-dessus d'April et retapa son oreiller. Il agita les couvertures et s'assura qu'elle était confortablement installée. Puis, il prit la chaise et la rapprocha du lit. Il s'assit et lui prit la main.

— Quoi ? demanda-t-elle.

— Quoi, quoi ?

— Pourquoi tu me regardes comme ça ?

— Comme quoi ?

— Comme si tu essayais de lire dans mon esprit.

— Eh bien... J'essaie de deviner quelles douleurs tu traverses. Si tu essaies de dissimuler le fait que tu souffres énormément de la tête pour que je ne panique pas. Je veux aussi savoir si tu es contrariée que James soit parti et ce que tu penses *vraiment* du fait d'emménager chez moi. Si tu n'es pas à l'aise avec cette idée et si tu as accepté juste parce que tu veux sortir de cet hôpital, je peux en parler aux autres, voir si tu peux rester avec June et Cal. Leur maison est gigantesque. Ou peut-être chez Bob et Marlowe, ils viennent d'emménager, mais ils ont également plein de pièces. C'est plus calme, là où ils sont, alors ça ferait peut-être un meilleur...

April lui serra la main.

— Arrête, Jack. Je suis d'accord pour aller chez toi... sauf si *tu* as changé d'avis.

— Non ! s'exclama-t-il. Désolé, ajouta-t-il quand elle tressaillit. Je n'ai pas le moindre problème à ce que tu sois chez moi. Je préférerais, en fait.

— Pourquoi ?

C'était une question piège. Toutes les bonnes intentions de JJ d'accorder à April son espace, de laisser ses souvenirs lui revenir avant de la pousser s'envolèrent par la fenêtre.

— Parce que je t'ai imaginée chez moi plus longtemps que je ne puis l'admettre sans rougir. Et c'est nul que tu sois ici car tu as été blessée... mais je ne peux pas dire que j'en sois peiné.

Elle le regarda fixement un long moment.

— Que se passe-t-il entre nous ? lui demanda-t-elle dans un murmure.

— Rien. Et tout, répondit-il, honnête.

— Clair comme de l'encre, répondit-elle avec un petit gloussement.

— Tout aussi claire que l'a toujours été notre relation, dit JJ avec un haussement d'épaules.

— J'aurais aimé me souvenir, admit-elle. Mais j'ai su que quelque chose chez toi était différent des autres à la seconde où je t'ai vu pour la première fois.

— Tu veux dire quand j'étais complètement flippé parce que tu avais du sang partout sur tes vêtements et qui te coulait de la tête ?

— Ouais, dit-elle avec un petit rire. Je ne me souviens pas des autres mais j'apprécie quand ils sont là. S'asseyant à tour de rôle avec moi, me tenant compagnie. Mais avec toi, c'est... plus. Je me sens en sécurité quand tu es là. Quand je me réveille la nuit et que je lève les yeux et te vois dormir sur cette chaise inconfortable... j'ai l'impression qu'il y a plus entre nous que juste une relation entre un patron et son employée.

— En effet. Il y a toujours eu, même si nous n'avons pas voulu l'admettre.

— Alors, c'est comme ça ?

— Ouais.

— OK.

— OK ?

April acquiesça.

— J'ai l'impression d'avoir une seconde chance dans la vie. Je ne me souviens pas de l'accident mais je l'ai appris par le médecin, et Bob m'a même montré des photos de ma voiture sur site.

Cela provoqua un grognement chez JJ. Il ne savait pas que son ami avait partagé avec April des photos de sa voiture broyée.

Elle sourit.

— C'est bon. Je lui ai posé des questions sur l'accident et il a été très réticent à l'idée de me les montrer mais j'ai insisté.

JJ lui fit un large sourire.

— Ça, c'est parce que tu nous fais tous manger dans ta main, et je le fais depuis le jour où tu as commencé à travailler pour nous. Je te jure, nous avons tous un peu peur de toi. Ça devrait vraiment s'appeler April's Lumber plutôt que Jack's Lumber.

Le sourire sur le visage d'April s'évanouit.

— Quoi ? Que se passe-t-il ?

— Je ne me souviens de rien à propos de l'entreprise.

JJ se pencha vers l'avant.

— Ça reviendra.

— Tu n'en sais rien.

— *Si*, insista-t-il. Tu dois juste lâcher du lest. Personne ne s'attend à ce que tu reviennes en ville et que tu reprennes ta vie. Tu as entendu le doc : tu dois te détendre. Ton cerveau est encore gonflé. Laisse-toi le temps de guérir.

April soupira et acquiesça.

JJ pouvait dire qu'elle s'inquiétait encore pour ce qui arriverait dans le futur, mais ils prendraient la vie un jour à la fois.

— Je peux te demander quelque chose ?

— Tu peux me demander n'importe quoi, lui répondit-il, se rasseyant avec réticence pour lui donner un peu d'espace.

C'était un mec passionné et il le savait. Il ne voulait pas la submerger.

— Que s'est-il vraiment passé ? Avec mon accident ?

JJ n'était pas certain de vouloir parler de ça ; penser à ce qui était arrivé à April le rendait impuissant, et la terreur et la dévastation qu'il avait vécues au moment où on l'avait mis au courant de l'accident étaient encore toutes fraîches dans son esprit. Mais si elle voulait savoir, il le lui dirait.

— Tu as reçu un coup de fil de l'une des stations de ski concernant une autre chute d'arbre sur une de leurs pistes. Chappy, Cal, Bob et moi nous trouvions tous chez Bob pour l'aider lui et Marlowe à emménager, alors tu as décidé de te rendre à la station toi-même pour vérifier. Pour voir l'ampleur du travail et comprendre, selon ce que les employés à qui tu as parlé t'ont dit, quelles modifications seraient nécessaires pour empêcher tout autre arbre de tomber en pleine saison. Tu étais en route quand, comme le suppose la police, un animal aurait sans doute traversé la route devant toi. Vu les traces de dérapage, tu as écrasé le frein, puis perdu le contrôle de la voiture.

Il y avait un fossé le long de la route et un vide plutôt profond au-delà. La voiture a rebondi sur le fossé et a descendu la colline, a violemment heurté le sol et s'est retournée. Je ne sais pas trop combien de temps tu es restée là-bas avant qu'une famille ne passe par là et ne voit les traces de freinage qui disparaissaient par-dessus bord. Elle a contacté la police… et te voilà.

April hocha la tête.

— C'est étrange. Je veux dire, je sais que ça m'est arrivé, mais puisque je ne m'en souviens pas du tout, c'est comme si tu venais juste de me réciter le synopsis d'un programme télé ou autre.

— J'aurais aimé, dit JJ avant de lui presser la main. Mais j'ai toujours su que tu avais la tête dure.

April gloussa puis grimaça.

— Oh, ne me fais pas rire.

— Désolé, dit JJ avec le sourire. Pourquoi ne fermes-tu pas les yeux un moment ? Repose-toi avant que le docteur ne revienne avec tes papiers de sortie.

— Tu vas rester ?

Ses paroles réchauffèrent le cœur de JJ et lui firent penser que, peut-être, il aurait en réalité une chance avec elle.

— Rien ne pourrait me faire sortir d'ici.

— Merci. Et juste pour info...

JJ attendit qu'elle aille au bout de sa pensée.

— Je suis contente que tu sois là, plutôt que James.

Putain. Cette femme le tuait.

— Même si c'était plutôt drôle de le voir si méfiant envers toi, dit April, souriant tout en fermant les yeux. Ma mère n'a jamais compris pourquoi nous avions divorcé. Je n'arrive pas à croire qu'elle l'ait envoyé ici même après lui avoir parlé et dit que j'allais bien.

JJ ne savait pas trop quoi dire en réponse à cela.

— Mais je pense qu'elle l'a regretté après que vous avez discuté, cet après-midi-là. Je te jure, elle te mangeait dans la main après que tu l'as écoutée parler de son dernier projet de crochet pendant trente minutes. Même James n'a pas eu la patience d'écouter quand elle s'est lancée sur ce sujet.

JJ ricana.

— Je l'aime bien. Même si elle manque de jugement quand il s'agit de ton ex.

Les yeux d'April s'ouvrirent en deux fentes, et elle haussa les épaules en réaction.

— Il ne me ferait pas de mal.

— Il t'a fait du mal, la contredit JJ. Il n'a pas vu le trésor qui se trouvait juste devant son visage. Ne t'a pas traitée comme si tu étais la chose la plus importante au monde. Mais son erreur m'avantage.

— Pour le business, dit-elle dans un murmure.

JJ secoua simplement la tête. Il voulait dire tellement plus, mais il était évident qu'April avait mal à la tête et que, là encore, ce n'était ni le moment ni le lieu pour lui dire à quel point il l'aimait.

Oui, il l'*aimait*. Il avait cette femme si profondément dans la peau que ce n'était même pas drôle… Physiquement, il n'avait jamais rien fait de plus que de lui tenir la main et, même ça, c'était seulement depuis son accident. Mais il continuait de l'aimer de toutes ses forces et le faisait depuis longtemps maintenant. Il s'inquiétait constamment pour elle, pensait à elle tous les jours et faisait tout son possible pour être avec elle.

Si elle savait qu'il était fou amoureux, ça la ferait probablement flipper. Il devait avancer doucement et prudemment pour ne pas lui faire peur.

— Jack… Je ne… Je ne peux…

— Chuuut. Tu n'as rien à faire du tout si ce n'est aller mieux. Tu es en sécurité avec moi. À tous les niveaux. Compris ?

Elle hocha la tête.

— Bien. Maintenant, ferme les yeux et repose-toi. Je dirai à June et à Cal qu'ils peuvent repartir pour Newton et j'appellerai Chappy et Carlise pour leur dire de ne pas conduire jusqu'ici aujourd'hui.

— Tes amis ont été géniaux. À faire tout ce chemin jusqu'ici, à Bangor, chacun leur tour.

— *Nos* amis, la contredit JJ. Et tu aurais fait la même chose, nous le savons tous. Dors, April. Bientôt, tu seras rentrée.

— Rentrée, murmura-t-elle… avant de ne plus rien dire.

Peu de temps après, son souffle se fit régulier et ses muscles se relaxèrent. JJ gardait sa main dans la sienne et il ne bougea pas d'un pouce. Il avait toujours été le genre d'homme qui bougeait constamment. Qui aimait faire des trucs. Mais il ne pensait rien désirer de plus qu'être assis juste là où il l'était en ce moment et regarder dormir la femme qu'il aimait.

Elle lui avait fichu une belle frayeur, et il ne considèrerait plus jamais de jour passé avec elle comme acquis. Elle pourrait ne jamais l'aimer en retour, mais il savait au plus profond de son cœur qu'*il* n'aimerait jamais une autre femme. Pour lui, c'était elle. Même s'il avait mis bien trop de temps à se sortir les doigts, il passerait le reste de sa vie à s'assurer qu'elle sache ce qu'il ressentait.

CHAPITRE TROIS

April soupira, épuisée, quand Jack la posa sur le canapé de sa maison. Elle ne devrait pas être aussi fatiguée... Elle n'avait rien fait ! Elle avait été poussée dans un fauteuil roulant jusqu'à la Bronco de Jack qui les avait attendus juste devant l'hôpital, puis elle n'avait rien fait de plus qu'être assise à ses côtés et parler durant deux heures pendant qu'il les conduisait pour retourner à Newton. Il lui raconta tout au sujet de la ville durant le trajet, toutes les choses qu'elle savait probablement déjà mais qu'elle avait oubliées.

Il lui avait promis de lui apporter un burger de Granny dès que possible car, apparemment, ils étaient ses préférés. Il parla un peu de Jack's Lumber et de la façon dont l'entreprise avait été créée lorsque lui et ses amis étaient des prisonniers de guerre à l'armée et qu'ils avaient joué à pierre-papier-ciseaux pour déterminer l'endroit où s'installer et que faire pour vivre une fois secourus. Ça paraissait être un truc dingue à faire, de baser le restant de sa vie sur un jeu de hasard, mais puisque ça avait visiblement marché pour eux, elle ne pouvait pas vraiment protester.

Jack lui raconta également comment leurs couples d'amis

s'étaient formés. Il évoqua la tempête de neige qu'avaient endurée Chappy et Carlise, là-haut dans le chalet de Chappy situé dans les montagnes, ainsi que la harceleuse de Carlise. Elle avait été atterrée d'apprendre que la famille de June l'avait traitée comme une vraie merde, ainsi que le plan fou que sa demi-sœur avait trouvé pour tenter d'amener Cal à tomber amoureux d'elle.

Elle fut encore plus choquée d'apprendre que Cal était un vrai prince, principalement parce qu'il était tellement terre à terre ! Il aimait que personne dans leur cercle ne le traite différemment ou n'accorde de l'importance à sa lignée royale.

Et quand elle apprit que Marlowe avait été emprisonnée en Thaïlande, condamnée à perpétuité, et que Bob l'avait fait évader de prison, April en avait été tout aussi abasourdie.

Les hommes et les femmes qui étaient venus lui rendre visite à l'hôpital paraissaient si... *normaux* ! Ils n'avaient pas l'air de gens qui avaient vécu l'enfer. Ils étaient amicaux, sociables et chaleureux. Elle était sûre qu'ils avaient tous leurs propres manifestations de stress post-traumatiques, d'une façon ou d'une autre, mais ils ne laissaient pas leur passé les mettre à terre. Elle ne les admirait que davantage.

— À quoi tu penses ? demanda Jack en s'asseyant à juste à côté d'elle, sur le canapé.

Sa proximité ne la dérangeait pas. Pas le moins du monde.

— À tes... *nos* amis, avoua-t-elle. Ils ont tant traversé, mais ils sont tous si heureux aujourd'hui.

— Ouais, confirma Jack. Je peux te dire que, quand Chappy, Cal, Bob et moi étions assis dans cette sombre cellule, souffrant des coups et de la torture, la dernière chose qu'on aurait crue, c'était tout ça. Personne ne pensait finir marié. Et des enfants ? Impossible !

— Pourquoi ?

Jack haussa les épaules.

— C'est juste que... ce que nous avons traversé... ça a

tendance à t'enlever ton humanité. Nous étions à bout. Cal ne pouvait plus supporter davantage de torture, nous le savions tous. Nos ravisseurs commençaient à s'ennuyer en nous frappant, et il était évident que le temps nous était compté. J'ai suggéré ce jeu de pierre-papier-ciseaux en désespoir de cause. Nous avions besoin de penser à autre chose qu'à la douleur. Nous avions besoin de quelque chose pour lequel vivre, même si c'était une chimère. Et il ne s'agissait pas de femmes... Ni d'enfants. C'était un truc bien plus simple : la liberté. L'idée d'être sorti de cette cellule, libre de choisir ce que nous voulions faire dans la vie, au lieu d'attendre que notre gouvernement nous dise où aller et qui tuer.

— Je suis navrée, dit April d'une voix douce.

Jack secoua la tête.

— Je n'explique pas ça bien. Je suis fier de servir mon pays. Et je le referai, même en connaissant les issues. Mais les choses ont marché tellement mieux que ce que j'aurais pensé depuis le jour où nous avons fait ce jeu. C'est encore difficile pour moi de croire que Chappy, Cal et Bob vont devenir papa, dit-il avec le sourire. Je n'aurais pas pu deviner que les choses puissent tourner *aussi* bien.

— Et toi ? demanda April.

— *Quoi*, moi ?

— Tu veux des enfants ?

Jack haussa les épaules.

— Pas spécialement. Enfin, j'aime les enfants. Je ne me suis juste jamais imaginé en avoir. Peut-être que je suis simplement égoïste.

— Non, le sermonna April. Ça, c'est la société qui parle. Si tu ne veux pas d'enfant, tu ne veux pas d'enfant.

— Et toi ?

April y réfléchit un moment, puis fit non de la tête.

— Je ne crois pas.

— Pour info... si je me trouvais avec une femme qui désirait vraiment des enfants, je n'hésiterais pas à lui en donner. Même si cela passait par l'adoption, la famille d'accueil, la famille de substitution ou la FIV. Je ferais tout pour rendre heureuse la femme que j'aime.

April le regarda un moment. Il était si… direct.

— Je n'en doute pas une seconde, finit-elle par dire.

— Bien. Assez parlé de ça. Nos amis sont heureux, alors je *suis* heureux. Nous allons bientôt avoir des enfants jusqu'au cou, et j'ai hâte de rire devant le prince Redmon qui change une couche sale.

April gloussa avant de grimacer.

— Merde, tu as mal à la tête. Tiens bon, ma puce, je vais aller te chercher un antidouleur, dit Jack en se levant.

— Je vais bien.

— J'ai vu ta grimace. Tu ne vas pas bien, répliqua-t-il, fouillant dans le sac de la pharmacie de l'hôpital.

— Je ne veux pas devenir accro aux comprimés, avoua April.

— Je ne le permettrai pas. La dernière fois que tu en as pris, c'était ce matin, il y a des heures de cela.

— Ils me mettent K.O., se plaignit-elle.

Jack s'en amusa.

— Ouais, en effet. Mais dormir est mieux que de grimacer à chaque bruit.

Il se rendit dans la cuisine, et elle l'observa ouvrir un placard et en sortir un gobelet en plastique, qu'il remplit d'eau du robinet avant de revenir vers elle.

— Tu as raison, dit-elle.

— Évidemment que j'ai raison. À propos de quoi ?

April sourit. Jack possédait certainement une saine estime de lui-même.

— Ton plancher craque.

Il se rassit à côté d'elle, et la chaleur de son corps semblait se répandre en elle à l'endroit où ils se touchaient.

— Tu sais, quand je suis arrivé ici la première fois, ça m'a rendu dingue. En tant que soldat des Forces Spéciales, j'avais l'habitude d'être complètement silencieux quand je me déplaçais. Alors, entendre mes mouvements se diffuser de manière si bruyante m'était inacceptable. Mais les années passant, je m'y suis habitué... même si ça doit paraître stupide, ça m'aide à me sentir moins seul.

— Ce n'est pas stupide, la rassura April en tendant la main vers le gobelet et le comprimé qu'il tendait.

Il l'observa avec attention, d'une façon dont elle n'était pas habituée, avalant le médicament.

— Quoi ? demanda-t-elle au bout d'une minute, alors qu'il n'avait rien dit ni ne s'était levé.

— Je suis content que tu sois là.

Elle ne savait pas trop quoi répondre à cela.

— J'apprécie que tu me laisses rester quelques jours.

Elle pensa qu'il allait dire autre chose, mais alors, il soupira simplement et lui sourit.

— Allez, allonge-toi, et je vais aller te chercher une couverture et un oreiller. Tu peux dormir ici pendant que je m'assure que ta chambre est prête et que je prépare en vitesse un truc pour le dîner. Tu as envie de quelque chose en particulier ?

— Tout ce que tu feras me conviendra.

— Je me souviendrai que tu as dit ça quand tu constateras quel horrible cuisinier je suis.

Elle sourit.

— Je suppose que tu cuisines probablement comme tu fais tout le reste, ce qui veut dire que tu cuisines probablement comme un chef étoilé.

— J'imagine que tu le découvriras.

— J'imagine que oui.

Et pour la première fois depuis qu'elle s'était réveillée et qu'elle avait compris qu'il lui manquait de gros morceaux de sa mémoire, April se sentait pressée de réapprendre à connaître cet homme. Elle connaissait peut-être déjà tout, quelque part bien profond dans son subconscient, mais la redécouverte de sa personnalité et de ses excentricités devrait être... sympa.

* * *

Après avoir installé April sur le canapé, JJ finit juché sur la table basse, regardant sa nana dormir, une fois de plus. Mais cette fois, c'était presque irréel car elle se trouvait dans *sa* maison, sur *son* canapé, sous *sa* couverture, utilisant *son* oreiller. Jamais, en un million d'années, il n'aurait souhaité qu'un malheur arrive à April pour qu'elle finisse dans cette position, mais il ne pouvait nier son bonheur maintenant qu'elle était là.

À chaque fois qu'il pensait à quel point il avait failli la perdre, il frémissait. D'abord avec l'accident. Aucune raison pour elle de s'être retrouvée sur cette route... Il n'était pas de la responsabilité d'April d'aller vérifier des boulots potentiels. De plus, c'était en dehors des horaires d'ouverture. Quelque part, ces dernières années, ils étaient tous devenus complaisants et avaient considéré le penchant d'April de faire des heures supplémentaires comme normal. Cela allait devoir s'arrêter maintenant.

Jack's Lumber n'était pas un service disponible vingt-quatre heures sur vingt-quatre. Si quelqu'un avait véritablement une urgence, il pouvait contacter le chef de police, qui s'emparerait du problème si cela s'avérait absolument nécessaire. Mais la April qui travaillait après 17 heures et les week-ends allait appartenir au passé... tout comme son habitude de se rendre chez les clients impatients pour jeter un œil à la tâche. Non seulement cela ne faisait pas partie du descriptif de son poste, mais ce n'était pas prudent. Il y avait un paquet de gens dingues là dehors, même dans une petite ville du Maine, et JJ ne se pardonnerait jamais si quelqu'un l'agressait ou, Dieu l'en garde, faisait quelque chose de pire.

Le jour de l'accident, April aurait dû se trouver chez Marlowe et Bob, à célébrer leur emménagement avec tous les autres. Et cela pesait également sur les épaules de JJ. Elle n'avait pas rejoint le rassemblement car elle l'évitait, *lui*, car il n'avait pas assez agi comme un homme en avouant ses sentiments. Se retrouver avec leurs amis rendait les choses bizarres pour elle... une autre chose qui allait devoir cesser *maintenant*.

L'accident était déjà affreux mais, ensuite, il s'était inquiété de perdre April à cause de sa tête de nœud d'ex. Il s'était disputé plus d'une fois avec James durant les deux jours de présence de ce mec, et ce sale con avait déboulé à l'hôpital, prêt à convaincre April qu'ils étaient toujours amoureux et que leur divorce avait été une erreur. Le connard avait en réalité profité du fait qu'elle souffrait d'amnésie !

Si sa blessure à la tête avait été suffisamment sévère pour perdre plus que seulement ces cinq dernières années, il y aurait une chance légèrement au-dessus de la moyenne de réussir.

La pensée d'April quittant Newton et retournant auprès de l'homme qui ne l'avait jamais appréciée à sa juste valeur était quelque chose que JJ ne pourrait jamais comprendre. Mais... était-il différent d'ailleurs ? En la laissant travailler bien au-delà de ses heures contractuelles ? Sans protester quand elle partait à la rencontre de potentiels nouveaux clients ?

Il soupira. Non, il n'était pas différent. Il avait tiré profit de la conscience professionnelle d'April, de son désir d'être utile et de son besoin de faire plaisir aux autres. De tous les traits qu'il admirait et aimait chez elle, mais pas à ses dépens. Dorénavant, il se tiendrait plus au fait des autres voulant profiter d'elle, y compris lui-même. Et il s'assurerait qu'elle savait exactement à quel point lui et les autres l'estimaient comme membre de leur équipe.

Une idée se forma dans son esprit, et dès que la notion le frappa, il sut que c'était la chose juste à faire. Il aurait dû le proposer à ses amis longtemps auparavant. Il y remédierait dès que possible.

Alors qu'il observait April, les yeux de cette dernière s'agitèrent et ses sourcils se froncèrent. Il n'aimait pas constater la preuve de la douleur qu'elle semblait probablement encore subir. Ce nœud qu'il avait dans le ventre se resserrait. Il ne pouvait l'imaginer étendue, impuissante, dans la carcasse de sa voiture, blessée et seule, sans avoir envie de vomir.

Sans y réfléchir, il tendit la main et caressa de ses doigts son front puis sa joue. Le contact était d'une extrême douceur, une caresse. Immédiatement, elle soupira et tourna la tête dans sa paume.

Même dans son sommeil, elle était gentille et aimante. C'était l'une des choses qu'il aimait le plus chez cette femme.

Bordel, mais de qui se moquait-il ? JJ aimait tout chez elle.

— Jack ? murmura-t-elle, ses yeux s'entrouvrant en deux fentes.

— Chuuut, lui dit-il doucement. Tout va bien. Referme les yeux, je suis là.

Son estomac se renversa quand elle fit immédiatement ce qu'il lui avait demandé. L'une des mains d'April remonta et encercla lâchement son poignet. Elle ne retira pas la main de JJ de son visage, elle s'accrocha simplement à lui, reposant la tête plus lourdement contre sa paume.

JJ savait que ce moment serait imprimé à jamais dans son esprit. Il avait déçu cette femme de bien des façons, et pourtant, elle était là, lui faisait confiance.

— Quelle heure est-il ? demanda-t-elle, les yeux toujours fermés.

JJ sourit.

— Peu importe. Tu n'as rien à faire à part dormir et guérir, et tu n'as nulle part où aller.

Ses sourcils se froncèrent légèrement à ces propos.

— J'ai toujours un endroit où aller. Jack's Lumber ne va pas tourner tout seul, tu sais.

JJ inclina la tête et l'étudia. Les yeux d'April étaient toujours fermés, et il n'était même pas sûr qu'elle sache ce qu'elle disait.

— Tu as raison. Mais pour l'instant, Chappy, Cal, Bob et moi, on s'en occupe.

— Ne mettez pas la pagaille dans mes dossiers, dit April dans un murmure, avant que sa prise ne se relâche sur son poignet et que JJ ne réalise qu'elle s'était rendormie.

Ses propos faisaient flotter JJ ; elle avait ressemblé à l'ancienne April, et il semblait certain qu'elle se souvenait. Le médecin avait dit que sa mémoire lui reviendrait, et JJ espérait que ses paroles - alors qu'elle était à moitié endormie - étaient le signe que le docteur avait eu raison.

Il passa le pouce sur sa joue, puis glissa lentement sa main hors de la sienne. Elle marmonna légèrement et se tourna sur le côté. Il remonta la couverture jusqu'à ses épaules, la borda.

Se forcer à s'éloigner d'elle était difficile. Il était soulagé qu'elle soit sortie de l'hôpital, et cela lui paraissait juste de l'avoir chez lui, mais le dîner n'allait pas se faire tout seul et il devait s'assurer qu'elle prenait des repas sains pour pouvoir continuer à guérir.

JJ se rendit dans la cuisine et ouvrit son garde-manger. Il examina les contenus sur les étagères avant de prendre un paquet de nouilles et du poulet en stock. Il ferait une soupe aux nouilles et au poulet ce soir. Il avait du poulet dans le congélateur, et il avait prévu de le cuisiner à un moment donné, mais il se dit qu'une soupe serait plus facile à avaler pour April.

Mémorisant de devoir se rendre au magasin pour aller acheter des légumes frais et autres aliments essentiels qu'il savait qu'elle aimerait, y compris la marque de crème pour café qu'elle préférait, JJ se mit au travail afin de cuisiner pour la personne la plus importante dans sa vie.

Deux heures plus tard, il retourna au canapé. April n'avait pas bougé, ce qui lui fit comprendre plus que tout le reste à quel point elle était vraiment fatiguée. Les hôpitaux n'étaient pas très propices pour profiter d'un repos de qualité, et elle avait eu une grosse journée, ayant été libérée et ayant fait le trajet du retour jusqu'à Newton.

Une fois de plus, il s'assit sur la table basse devant le canapé et la regarda simplement dormir pendant quelques instants. Elle était adorable. Même avec ses cheveux nécessitant un bon shampoing et les hématomes qu'on pouvait voir sur son visage, il n'avait jamais vu quelqu'un d'aussi joli que cette femme.

— April ? l'appela-t-il d'une voix douce.

Elle ne bougea pas. Sourire aux lèvres, appréciant d'avoir appris un truc nouveau sur elle – à savoir qu'elle était une grande dormeuse –, JJ posa la main sur son épaule et pressa légèrement.

— April ? tenta-t-il à nouveau.

Cette fois, elle fronça les sourcils dans son sommeil et secoua la tête.

— Ne partez pas… Revenez ! Aidez-moi ! marmonna-t-elle.

— Je suis juste là, dit-il tout bas.

— Je vous en prie ! dit-elle, plus fort cette fois. Où allez-vous ? Revenez ! Appelez les urgences !

Désormais alarmé, JJ pressa un peu plus fort son épaule et la secoua légèrement. Il ne savait pas de quoi elle rêvait mais ce qu'impliquaient ses paroles lui tordait l'estomac.

Est-ce que quelqu'un avait été là lorsqu'elle avait eu son accident de voiture ? La police avait dit qu'il semblait qu'elle avait écrasé la pédale de frein, très certainement pour ne pas heurter un animal qui s'était mis en travers de la route… mais si elle avait eu tort ? Et si quelqu'un l'avait fait sortir de la route délibérément ?

— April, dit-il plus fort, haïssant le fait qu'elle vivait ne serait-ce qu'un seul moment d'angoisse.

Elle ouvrit les yeux et regarda un moment sans voir avant de le regarder, lui.

— Quoi ? demanda-t-elle d'un air irrité comme si elle n'était pas tout juste apparue paniquée et effrayée.

— Tu es réveillée ?

— Je te parle, non ? maugréa-t-elle.

JJ ne put faire autrement que de sourire franchement. Ça aussi, c'était une première pour lui ! L'April qu'il connaissait était toujours joyeuse au bureau. Elle arrivait généralement sur place avant lui ou les autres, ayant l'air bien reposée et contente quand il arrivait tranquillement peu après. De constater qu'elle se réveillait grognon était... intime. Et il aimait beaucoup savoir ça sur elle.

— Le dîner est prêt, si tu penses pouvoir manger. Comment va ta tête ?

JJ voulait vraiment lui demander de quoi elle était en train de rêver mais le médecin lui avait dit de ne pas la forcer à essayer de se souvenir de quelque chose. Que ses souvenirs reviendraient une fois son cerveau guéri et que, si elle essayait trop fortement avant cela, cela pourrait faire plus de mal que de bien. Et JJ préférerait s'écorcher vif que faire quoi que ce soit qui pourrait entraver sa guérison.

— Elle fait mal, répondit-elle doucement. Mais pas plus qu'avant de m'allonger, ajouta-t-elle en commençant à se redresser sur son séant.

JJ se mit rapidement en action, l'aidant à s'asseoir.

— J'ai dormi combien de temps ?

— Deux heures.

— Vraiment ? Wahou, OK ! Je n'avais pas réalisé que j'étais fatiguée, dit-elle, honteuse. Désolée, je n'étais pas la meilleure des compagnies.

— Tu es la meilleure compagnie que j'ai eue depuis des années, lui répondit sincèrement JJ. Juste de t'avoir chez moi est agréable.

Elle le fixa un long moment.

— Quoi ? demanda-t-il.

April secoua légèrement la tête.

— Je ne veux rien dire ni demander quoi que ce soit qui pourrait te fâcher.

— Dis ce que tu as en tête, April. Je ne me fâcherai pas.

— Est-ce que nous sommes sortis ensemble ? balança-t-elle. Enfin, je n'arrive pas à bien cerner où nous en étions avant mon accident.

JJ tenta de gagner du temps en réfléchissant à ce qu'il pourrait raconter sur leur relation… ou sur de l'absence de celle-ci. Il avait déjà mentionné son attirance, mais tout le reste lui paraissait être une offense.

— Ça va, tu n'as pas à répondre, dit-elle quand il marqua la pause trop longtemps, en regardant ses genoux.

La main de JJ bougea sans qu'il n'y pense. Il posa un doigt sous son menton et lui releva doucement la tête pour la tourner vers lui.

— Je voudrais dire que les choses entre nous sont compliquées, mais ce serait un mensonge. Nous ne sommes pas sortis ensemble… mais nous le voulions.

Ses sourcils se froncèrent sous la confusion.

— Ah oui ?

— Nous tournons autour du pot concernant notre attirance depuis des années, April.

— Oh…

Les lèvres de JJ se tordirent en un sourire.

— Ouais, oh, dit-il avant de soupirer. J'ai été un con, avoua-t-il. Je pense que tu t'inquiétais car je suis plus jeune que toi et que je suis ton patron. Et je ne voulais pas que tu aies l'impression que je faisais pression pour qu'on sorte ensemble. Tu es une femme forte, avec de l'assurance, April, mais quand tu es arrivée ici et que tu as pris ce job, tu n'étais pas comme tu es aujourd'hui. Tu recommençais ta vie à la suite de ton divorce, tu essayais de te retrouver. Et j'avais mes propres démons contre lesquels je luttais après avoir été prisonnier de guerre, et lancer Jack's Lumber m'avait pris toute mon énergie.

« Quand les choses ont finalement eu l'air de marcher pour l'entreprise et que j'ai commencé à remarquer que tu étais plus que la femme qui travaillait comme une dingue pour nous aider à réussir, nous sommes tombés dans une routine. La dernière chose que je souhaitais, c'était de t'inviter et, que Dieu m'en préserve, te laisser croire que tu devrais partir si ça ne fonctionnait pas. Et je pense que tu avais des inquiétudes similaires... Alors, nous nous sommes simplement... débrouillés tant que bien que mal. Puis, Chappy a rencontré Carlise, ce truc est arrivé entre Cal et June, Bob est revenu du Cambodge avec Marlowe, et nous aidions chacun d'entre eux à gérer leur situation, l'une après l'autre.

— C'est bizarre, dit April après une pause.

— De quoi ?

— De ne rien me rappeler de tout ça.

— Ça arrivera.

— Et si ça n'arrive pas ? demanda-t-elle, se mordant la lèvre.

JJ déplaça sa main de son menton pour se poser sur le côté de la tête.

— Ça *arrivera*, répéta-t-il.

— Donc... tu veux aujourd'hui sortir avec moi parce que j'ai eu cet accident ? demanda-t-elle d'une petite voix.

— Non !

Il vit instantanément dans ses yeux qu'elle venait d'être blessée, et il détestait avoir fait ça. Il se dépêcha d'expliquer :

— J'ai *toujours* voulu sortir avec toi. Toujours voulu t'emmener ici, cuisiner pour toi. Rire, regarder la télé, faire l'amour. Mais j'ai été un lâche. Et je t'entendais parler à Carlise et aux autres. Tu insistais tout le temps sur notre différence d'âge. Je suppose... je suppose que j'avais peur d'être rejeté.

« Et comme je l'ai dit avant, je ne voulais pas que les choses entre nous soient bizarres et que tu t'en ailles ensuite. Tu es le cœur et l'âme de Jack's Lumber, April. Tu nous aides à garder le cap. Tu nous as déniché tellement plus de clients que nous aurions pu le faire nous-mêmes. Tu es la raison pour laquelle les gens reviennent sans cesse. Les gars et moi ne sommes pas vraiment amicaux et sociables. Mais, *toi*, tu l'es.

— Alors, tu ne voulais pas que je m'en aille, dit-elle, et ce n'était pas une question.

JJ secoua la tête.

— Non. Je ne voulais pas que tu t'en ailles. Ne pas te voir tous les jours m'aurait tué à petit feu.

Elle le regarda un long moment, et JJ n'avait aucune idée de ce qu'elle avait en tête.

Elle finit par dire :

— Quand James est venu à l'hôpital et a dit qu'il était mon mari, j'ai été tellement surprise. Je veux dire, j'étais sûre de me souvenir d'avoir divorcé de lui, mais je me suis posé la question, me suis demandé si le divorce pouvait être une chose à laquelle j'avais *pensé*, mais que je n'avais pas eu le courage de faire, ou si nous nous étions possiblement remariés ou autre.

La mâchoire de JJ se serra. Il se rappelait ce moment comme si c'était hier. Cela lui avait demandé tout son contrôle pour ne pas frapper cet enfoiré.

— Quand il t'a perdue, il a fini par comprendre ce qu'il avait eu, ce qu'il avait rejeté. Je ne peux lui en vouloir d'avoir tenté de te duper pour retourner avec lui, mais ça ne veut pas dire que ça me plaît.

April lui fit un petit sourire.

— Je me suis souvenue du divorce assez rapidement après son arrivée. Et je ne serais pas retournée avec lui. Tu veux savoir pourquoi ?

JJ fit oui de la tête.

— Car même si je ne me souvenais pas de *toi*, je me sentais plus en sécurité et à l'aise avec toi, là-bas dans la chambre, en ma compagnie, que pendant un seul jour durant mon mariage avec James.

Ses paroles heurtèrent JJ de plein fouet. Il ferma les yeux et inspira profondément.

— J'ignore pourquoi aucun de nous deux ne se sentait suffisamment fort ou confiant pour admettre qu'il voulait sortir avec l'autre, mais je ne suis plus la femme que j'étais il y a une semaine. La vie est courte, Jack, et je sais comment je me sens *maintenant*.

JJ attendit mais comme elle ne continuait pas, il haussa un sourcil.

— Ouais ?

Elle fit un grand sourire.

— Ouais… Je veux que tu prépares le dîner pour moi. Je veux m'asseoir ici, sur ce canapé, et regarder la télé avec toi. Rire. Voir si tu embrasses aussi bien que je te suspecte de le faire et espérer, avec le temps, faire l'amour.

Le sexe de JJ se pressa douloureusement contre la fermeture éclair de son jean. Cette femme était tellement plus courageuse que lui ! Il voulait la pousser en arrière et aborder la partie baiser de sa déclaration tout de suite, mais les hématomes étaient un rappel flagrant de ce qu'elle avait vécu. Et bien qu'il la désirât désespérément, ce ne serait pas juste de commencer une relation avant qu'elle ne se souvienne de ces cinq dernières années. Il était possible que ce qu'elle ressentait maintenant puisse disparaître une fois sa mémoire revenue.

— Tu réfléchis trop, le réprimanda-t-elle, levant les mains pour les poser sur son torse.

Son contact le brûlait à travers sa chemise comme si elle l'avait marqué au fer. Il lui prit une main et l'amena à ses lèvres avant de lui embrasser la paume. Puis, il fit de même avec l'autre.

— Si tu ne veux pas de ça... je comprendrai, dit-elle, hésitante.

JJ réalisa qu'il n'avait pas répondu à sa déclaration.

— Je veux ça. Je te veux, *toi*, s'empressa-t-il de dire. Tu n'imagines pas à quel point. Mais je ne profiterai *pas* de toi, April. Je ne suis pas ton ex. Je ne forcerai pas le passage avant que ne soit revenue ta mémoire.

— Et si elle ne le fait pas ?

— Elle le fera, répondit JJ sans hésiter, pour ce qu'il lui semblait être la centième fois.

— Comment peux-tu en être aussi sûr ?

— Parce que tu es la femme la plus forte que je connaisse. Et la plus têtue. Il est impossible que tu laisses ton cerveau te cacher ton passé.

Elle sourit.

— Tu dis ça comme si j'étais un tyran, le taquina-t-elle.

— Tu l'es, plaisanta JJ en retour. Tu gères Jack's Lumber comme un petit dictateur. Et nous faisons tous ce que tu nous dis de faire car, autrement, nous avons peur des conséquences.

Elle gloussa et secoua la tête.

— Si tu le dis.

— Je ne plaisante pas. Comme je te l'ai dit à l'hôpital, tu nous mènes par le bout du nez, Chappy, Cal, Bob et moi. Tu nous dis de sauter, et nous te demandons à quelle hauteur. Mais nous le faisons car tu as toujours raison. Tu sais ce qu'il faut exactement faire pour rendre notre entreprise prospère, et nous n'aurions jamais pu créer ce que nous avons ici, à Newton, sans toi.

— Merci, murmura-t-elle.

— De rien.

— Alors quoi, je suis la mère poule d'une bande de bûcherons ? Hé, attends... Jack's Lumber... *lumberjack*... c'est drôle !

JJ rejeta la tête en arrière et s'esclaffa. Quand il reprit le contrôle, il regarda April et arborait un énorme sourire.

— C'est exactement ce que tu as dit la première fois que tu as compris.

— Ah oui ?

— Ouaip. Et pour info, ce n'est pas ce que je souhaitais comme nom pour notre entreprise d'entretien des arbres mais j'étais en minorité parmi les gars.

— Jack ?

— Ouais, ma puce ?

— Tu vas m'embrasser ?

Le cœur de JJ sembla s'arrêter de battre dans sa poitrine pendant un moment avant de reprendre et de rattraper son retard.

— Tant pis, dit-elle en secouant la tête puisque, une fois de plus, il avait laissé le silence durer trop longtemps entre eux.

JJ ne réfléchit pas. Il lâcha les mains d'April et leva les siennes pour les poser sur ses joues. Il la sentit de nouveau toucher son torse, et il aurait juré que des étincelles jaillissaient de ses doigts pour pénétrer directement son système sanguin.

Il ne parla pas, se pencha simplement en avant, et ses lèvres effleurèrent celles d'April.

Il avait souhaité maintenir les choses simples et faciles. Elle venait d'être blessée et il ne voulait pas la presser. Mais il n'avait pas pris en compte la détermination d'April. Elle ne se contentait pas d'un contact chaste de leurs lèvres ; l'une de ses mains se déplaça jusqu'à la nuque de JJ et elle inclina la tête, puis entrouvrit sa bouche. Sa langue en sortit et vint caresser ses lèvres, et là, JJ se sut fichu.

Il inhala et réagit avant même de réfléchir à ce qu'il allait faire. Il adorait cette femme, de toutes les fibres de son être, et la voir l'embrasser de la façon dont il avait toujours rêvé représentait trop à supporter pour garder son sang-froid.

La langue de JJ bondit vers l'avant, et il prit le contrôle. Montrait à April sans parler tout ce qu'elle signifiait pour lui. Comme il était soulagé qu'elle aille bien. Il voulait la marquer, la ruiner pour tous les autres hommes. S'assurer qu'elle ne repenserait plus jamais à son connard d'ex.

Les ongles d'April se plantèrent dans la partie sensible de sa nuque, et JJ sentit ses propres tétons durcir sous son T-shirt. Sa verge pulsait dans son pantalon. Il était passé de zéro à cent en moins de cinq secondes.

April laissa échapper un petit gémissement sexy qui le fit frissonner. Il voulait la dévorer mais une partie de lui, profondément ancrée, savait qu'il devait la traiter avec soin. Sa tête la faisait encore souffrir. Elle avait des hématomes partout à la suite de l'accident.

Combien de temps s'embrassèrent-ils, JJ n'en eut pas la moindre idée. Tout ce qu'il savait, c'était qu'il ne pourrait pas en être rassasié. Mais il finit par s'obliger à s'écarter, suffisamment pour pouvoir poser son front contre celui d'April. Ils étaient tous deux à bout de souffle, et il adorait vraiment la façon dont April l'agrippait, ses ongles qui se plantaient dans son torse et son refus de lui lâcher la nuque.

— Merde alors, souffla-t-elle.

JJ ne put empêcher le sourire de se former sur ses lèvres. Il y passa la langue et sentit le goût d'April, ce qui lui donna complètement l'envie de l'embrasser à nouveau.

— Le meilleur des premiers baisers, balança-t-il.

Elle se pencha en arrière et le regarda.

— Vraiment ? Je me disais que mon corps se souvenait d'avoir fait ça par le passé, même si c'est faux, et que c'était pour cela que ça me semblait si naturel.

— C'était notre première fois, répéta-t-il. Bien que je me sois donné du plaisir en pensant à ta bouche plus de fois que je ne voudrais l'admettre.

Elle sourit timidement.

— Je ne m'en souviens pas, mais je suppose que j'ai sûrement fait la même chose.

L'imaginer en train de se masturber en pensant à lui lui fit presque perdre les pédales.

— Manger, aboya-t-il.

April sourit de toutes ses dents.

— Je dois te nourrir. Et nous devons cesser de parler de... tu sais.

— Je me dis que ça ne te ressemble pas, dit-elle en faisant un grand sourire. Tu sembles être le genre d'homme qui dirige tout le temps. Qu'aucun sujet n'effraie.

— Tu me terrifies, April, dit JJ sans malice. Tu as le pouvoir de me briser davantage qu'aucun terroriste ne pourra le faire.

Elle afficha alors un air soucieux.

— Jack, je ne suis pas... je ne suis pas méchante.

— Tu devrais savoir ça sur moi avant de décider si oui ou non tu veux vraiment me fréquenter. Je suis... passionné, lui confia JJ. J'ai vu de mes yeux le mal dans ce monde et je ferai tout ce qu'il faudra pour l'empêcher de t'approcher. Tu as déjà vécu trop de merdes dans ta vie.

« Si tu te donnes à moi, je te protègerai de tout ce qui pourrait te blesser. Cela pourrait me faire paraître dominateur ou autoritaire, et d'autres pourraient se soucier de ce à quoi ressemblerait notre relation de l'extérieur. Jamais, je ne te ferai de mal. Je ne te dirai pas à qui tu peux parler, avec qui tu peux sortir ni quoi faire de ta vie. Mais je me *tiendrai* entre toi et le monde. Je serai ton champion, ton meneur et le plus intimidant des gardes du corps. Personne ne te touchera, April. Pas sans mon consentement. Pas même moi. Mais quand nous serons ici, derrière les portes closes, je serai la chiffe molle la plus grande, moelleuse et mièvre que tu aies jamais rencontrée.

JJ n'avait pas voulu déballer tout cela, mais il en pensait chaque mot. Personne ne faisait de mal à la femme qu'il aimait. Il réduirait le monde en cendres pour la protéger s'il le fallait. Il disposait également d'assez de contacts pour ce faire.

Après tout ce qui était arrivé à Carlise, à June et à Marlowe, il avait fait en sorte d'entretenir ses relations avec d'autres hommes comme lui, d'anciens soldats des Forces Spéciales, dans le pays, qu'il pouvait appeler immédiatement si besoin. Tout comme il serait disponible pour aider n'importe lequel de ces hommes, ils étaient disposés à faire tout ce qui leur était demandé, si on leur demandait.

— Tu donnes l'impression de penser que je vais protester, dit April sans inflexion dans la voix. Comme si tu croyais me faire peur.

— Tu *devrais* avoir peur, dit JJ. Parce que je pensais chaque mot.

— Je ne me souviens peut-être pas des cinq dernières années, mais tout ce qu'il s'est passé avant ça devient de plus en plus clair, dit-elle. J'ai vécu avec un homme qui se rendait à peine compte de ma présence. Il prévoyait des voyages d'affaires sans me consulter d'abord. Il sortait dîner après le boulot et ne me prévenais pas, et alors le repas que je nous avais préparé était gâché. Il ne m'a jamais appelée pour prendre de mes nouvelles en journée, et *quand* il le faisait, c'était parce qu'il avait besoin que je fasse quelque chose pour lui.

Il ne m'a jamais remerciée pour tout ce que j'ai fait dans la maison, et quand nous couchions ensemble, il n'y en avait que pour lui. Je ne pense pas, durant toutes les années où nous avons été mariés, qu'il ne m'ait donné d'orgasme. Si tu crois que je vais être fâchée à cause du fait que tu veuilles savoir où je suis, avec qui ou quand je rentrerai à la maison, tu te trompes. Mais je vais vouloir la même chose en retour.

— Tu vas en avoir plus qu'assez de tous mes messages, promit JJ.

— Alors, on le fait ? Sortir ensemble ? demanda April.

Le cœur de JJ faisait un bruit sourd dans sa poitrine. Merde, ne venait-il pas de dire qu'il allait attendre qu'elle retrouve sa mémoire avant d'approfondir les choses avec cette femme ?

Eh bien, il était trop tard pour ça. Bien trop tard.

— Oui.

Le sourire d'April illumina son visage.

— Mais je ne te ferai pas l'amour avant que tu ne recouvres la mémoire.

Son sourire s'effaça.

— Ce n'est pas juste. Le médecin a dit que ça pourrait prendre des mois avant que ça n'arrive !

— Ça ne durera pas des mois, dit JJ, confiant.

Elle fit la moue. Il ricana et se pencha en avant, faisant de son mieux pour effacer cette moue d'un baiser.

— Mais on peut s'embrasser, n'est-ce pas ? demanda-t-elle contre sa bouche.

— Oui.

— Tant mieux. Il y a plein d'endroits où je peux t'embrasser.

JJ émit un grognement. Cette femme allait causer sa mort.

April sourit de nouveau avant de redevenir sérieuse.

— Est-ce que c'est étrange ?

— Qu'est-ce qui est étrange ?

— Moi, qui te fais autant de rentre-dedans ? Je veux dire, techniquement, je viens seulement de te rencontrer. Je me montre plutôt dévergondée.

JJ secoua la tête, sourcils froncés.

— Ne fais pas ça. Ne te dénigre pas. Je ne le tolèrerai pas. Et tu me connais. Peut-être que ton esprit conscient non, mais au fond de toi, tu me *connais*. Tu l'as dit toi-même, tu m'as fait confiance en me voyant pour la première fois dans ta chambre d'hôpital. Aie confiance en ton instinct, ma puce. Il est vraiment très bon. Et crois-moi quand je te dis qu'énormément de désir insatisfait s'est bâti entre nous deux et meurt d'envie d'être relâché.

Elle hocha la tête.

Et juste à ce moment-là, l'estomac d'April gargouilla. Bruyamment.

JJ était déjà en mouvement avant même d'y avoir pensé.

— Reste là, ordonna-t-il en se levant.

— Je suis quoi, un chien ? rouspéta April, mais en ayant parlé tout en souriant.

JJ se pencha et lui embrassa le sommet du crâne.

— Non. Tu es ma petite amie, qui a faim, et qui a mal à la tête, et qui mérite qu'on la gâte après une dure semaine.

— Eh bien, quand tu le dis comme ça... rétorqua April. Je suppose que je vais rester ici et te laisser me servir.

— Tu as bien raison ! lui dit JJ.

Il était difficile de s'éloigner d'elle, et pas seulement parce que son sexe était en érection. Tout chez April l'impressionnait : sa résilience, sa conscience professionnelle, son apparence, son côté « au diable les conséquences » quand elle visait ce qu'elle voulait. Bien qu'il détestât ce qui lui était arrivé, la situation actuelle entre eux ne pouvait le contrarier. C'était comme si les boucliers qu'ils levaient autrefois tous les deux avaient fini par s'abaisser.

Non, pas s'abaisser... Se détruire.

Cependant, elle avait marqué un point : de plusieurs façons, elle venait de le rencontrer. Elle ne connaissait pas son histoire. Les détails sur ce qui lui était arrivé, avec ses amis, pendant qu'ils étaient prisonniers de guerre. Elle ne connaissait que son côté gentil. Il pouvait se comporter comme un con, et il devait seulement espérer que, lorsqu'elle verrait bel et bien cet aspect de lui, elle ne changerait pas d'avis quant au fait d'être avec lui.

Prenant une profonde inspiration, JJ saisit un bol et le remplit à moitié de soupe aux nouilles et au poulet chaude. Il ne voulait pas trop en mettre et la voir se renverser sur elle. Il se lèverait autant de fois qu'elle le voudrait jusqu'à ce qu'elle n'ait plus faim.

Il n'avait jamais eu une nana à lui dont il aurait eu à prendre soin auparavant, et il devait admettre qu'il aimait bien. Vraiment bien. Certains hommes détesteraient servir leurs femmes, mais JJ adorait ça. Il sentait qu'on avait besoin de lui et se sentait utile. Il voulait chérir April, et il fit le vœu, ici et maintenant, de faire tout ce qu'il faudrait pour la rendre heureuse... pour que jamais elle ne veuille le quitter.

CHAPITRE QUATRE

Le matin suivant, April était allongée dans le lit de Jack et fixait le plafond. Elle ne s'était jamais sentie si... chérie de toute sa vie. Et elle ne se trouvait même pas dans la maison de Jack depuis vingt-quatre heures ! Est-ce qu'elle se lançait vraiment là-dedans ?

Comme annoncé, il était passionné, on ne pouvait dire le contraire. Et elle se sentait encore un peu bizarre quant au fait de désirer autant être avec lui après l'avoir seulement connu, pour l'essentiel, une semaine. Mais il avait raison : elle avait quelque chose au fond d'elle qui lui donnait l'impression de le connaître depuis toujours.

Et ce baiser la nuit dernière lui disait tout ce qu'elle avait besoin de savoir. Elle n'avait jamais souhaité aussi désespérément être avec quelqu'un que lorsqu'il lui avait doucement touché les lèvres avec les siennes. Elle avait fait le premier pas pour approfondir le baiser et n'avait pas été déçue par le résultat. Avec son ex, elle ne s'était jamais sentie comme lorsqu'elle était avec Jack.

Il lui avait dit qu'il pouvait être un con, et il ne mentait pas. Elle l'avait vu se montrer impoli envers des gens à l'hôpital –

quiconque la contrariait ou la mettait mal à l'aise –, et quand il avait poussé son fauteuil hier lors de sa sortie, il s'était comporté comme une ordure envers un homme qui avait osé marcher devant elle tout en regardant son téléphone sans faire attention. Il avait également juré dans sa barbe en réaction aux conducteurs idiots quand ils s'étaient trouvés sur l'autoroute, alors elle pouvait imaginer à quoi il faisait allusion quand il parlait d'être brut de décoffrage.

Mais l'homme avec qui elle avait passé du temps la nuit dernière était tout ce qu'elle avait toujours souhaité chez un partenaire… Ils avaient ri. Il s'était confié sur Jack's Lumber et le combat que cela avait été au début, mais ils avaient juré qu'aucun d'eux ne le regrettait un instant. Il n'était pas rentré dans les détails quant à son temps passé comme prisonnier de guerre et elle ne l'avait pas forcé, mais elle pouvait dire que cela avait façonné l'homme qu'il était aujourd'hui.

Et l'entendre parler de la protéger, de se tenir entre elle et quiconque voudrait lui faire du mal, avait provoqué des fourmis dans tout son corps.

Pendant la majeure partie de sa vie, elle avait été seule. Elle n'avait pas été harcelée ni n'avait traversé quoi que ce soit de traumatisant en grandissant, mais ce n'était pas pour cela que les gens n'avaient pas profité d'elle simplement parce qu'elle était une femme. Il y avait ensuite le manque de respect typique que les femmes constataient chaque jour. Son ex n'avait rien fait quand les hommes l'avaient sifflée ou lui avaient fait des remarques suggestives à l'épicerie ou quand ils partaient en vadrouille. April avait le sentiment que personne ne s'en sortirait en faisant ça quand Jack était dans les parages.

Quand il avait fini par se faire tard, Jack avait insisté pour l'aider à se mettre au lit et, curieusement, elle s'était retrouvée dans *son* lit plutôt que dans la chambre d'amis. Le regard de JJ, la surplombant alors qu'elle était étendue sous ses draps, avait provoqué chez April l'envie de rejeter les couvertures et de l'inviter à rester avec elle. Mais il avait fait demi-tour et s'était rendu dans la cuisine avant de revenir avec un de ses comprimés contre la douleur. Il l'avait embrassée sur le front, ce qui était tout aussi romantique que ce qu'elle avait toujours imaginé, et lui avait souhaité de bien dormir. Lui avait dit qu'il serait sur le canapé et qu'll l'entendrait si elle l'appelait et si elle avait besoin de quelque chose.

Après le dîner, elle lui avait aussi demandé de l'emmener avec lui aujourd'hui à Jack's Lumber. Elle savait d'instinct qu'il avait pas mal de boulot à rattraper après être resté avec elle à l'hôpital de Bangor aussi longtemps. Cela n'avait pas été facile de le convaincre de lui coller aux basques, et il lui avait fait promettre de rester assise et de se détendre pendant qu'il travaillerait, mais Jack's Lumber était apparemment son deuxième foyer, et April avait hâte de voir l'endroit dont elle avait tant entendu parler.

Bien entendu, elle espérait également que sa présence là-bas pourrait aider ses souvenirs à revenir, mais puisque Jack insistait tellement pour qu'elle ne doive pas forcer sa mémoire, elle n'allait pas mentionner cette partie-là.

Peu avant d'aller au lit, elle avait reçu un message des filles disant qu'elles la retrouveraient également au bureau. Apparemment, il existait une conversation de groupe de longue date afin qu'elles puissent toutes rester en contact. Et elle était très active, ce qu'April aimait beaucoup.

Tout le monde prenait des nouvelles de June et de sa grossesse progressant rapidement, et félicitaient Carlise d'avoir fini une autre traduction, et Cal avait donné des informations à tous sur sa recherche d'une Forester de remplacement pour celle, bousillée, d'April. Quand celle-ci avait protesté, c'était Jack qui lui avait dit de laisser tomber, insistant sur le fait que tout le monde ressentait le besoin de faire quelque chose pour l'aider autant qu'ils s'aidaient toujours les uns les autres. Et puisque sa dernière Subaru lui avait, en gros, sauvé la vie lors de l'accident, elle ne pouvait pas vraiment se plaindre d'avoir un autre véhicule qui était de même marque et de même modèle.

Cal était déterminé à dénicher le meilleur plan possible, par principe, alors il magouillait avec chaque revendeur de Subaru qu'il pouvait trouver. Non seulement ça, mais sur un groupe d'un réseau social, il avait discuté avec un gars qui travaillait à l'usine Subaru de Lafayette, dans l'Indiana, qui pouvait lui faire un prix d'ami.

April en avait presque la tête qui tournait à cause de la vitesse à laquelle tout se passait maintenant qu'elle était revenue à Newton, mais elle supposait qu'elle n'aurait pas dû en être surprise. Elle connaissait ces gens depuis des mois... dans certains cas, des années. Si quelque chose était arrivé à l'un de ses amis de longue date, elle aurait fait la même chose. Alors, même si c'était un peu étrange pour elle et que ça la mettait mal à l'aise, elle appréciait tout de même le soutien.

Elle se trouvait encore au lit quand l'odeur de bacon et de cannelle commença à flotter jusqu'à la porte. Avec hâte, April se redressa et fit pivoter les jambes sur le côté du lit. Elle devait trouver ce qu'elle allait porter, car le T-shirt *oversize* de Jack qu'elle portait depuis son retour de l'hôpital n'allait pas suffire quand elle sortirait en public. D'un pas traînant, elle se rendit dans la salle de bains attenante à la chambre, et grimaça en allumant la lumière.

Elle avait espéré que son mal de tête serait parti ce matin, mais ce n'était apparemment pas le cas. Elle se regarda dans le miroir et fit la grimace. Seigneur, elle était en vrac ! Elle n'était pas la plus belle des femmes de base, mais ses cheveux avaient affreusement besoin d'être lavés, et elle pourrait utiliser le baume à lèvres pour se colorer un peu les joues. Les hématomes sur son visage étaient plus jaunes et verts que pourpres et bleus, ce qui était une bonne chose même si ce n'était toujours pas joli.

Ressentant désormais un besoin urgent d'être propre, April n'hésita pas à se mettre sous la douche. Pendant que l'eau se réchauffait, elle se brossa les dents avec la brosse que Jack lui avait donnée la nuit dernière. Puis, elle fit passer le T-shirt par-dessus sa tête et baissa la culotte sur ses hanches avant d'entrer dans le large espace.

Dans un gémissement, elle inclina la tête en arrière, ferma les yeux et laissa l'eau chaude cascader sur son corps. C'était carrément la meilleure douche de sa vie, et pas seulement parce qu'elle se sentait vraiment sale. La pression de l'eau était forte, mais pas au point de lui faire mal en entrant en contact avec sa peau. Le pommeau de douche était large, l'un de ces modèles de pluie. Combien de temps elle resta ainsi, April n'en avait pas idée, mais quand elle réalisa que l'eau qui venait lui frapper la tête était en réalité en train d'empirer son mal de tête, elle jugea qu'elle devait accélérer le mouvement.

Elle utilisa le shampoing de Jack et se lava deux fois les cheveux. Il n'avait pas d'après-shampoing, ce qui voulait dire que ça lui prendrait un moment pour défaire les nœuds, mais elle s'en fichait. Elle prit son savon et ne put s'empêcher de sourire, se disant qu'elle sentirait toute la journée comme Jack.

Mais après avoir coupé l'eau de la douche et s'être séchée avec une énorme serviette toute douce suspendue à la douche, elle réalisa qu'elle n'avait rien à se mettre. Elle pourrait fouiller dans les tiroirs de Jack et trouver un autre T-shirt, mais elle ne voulait pas fouiner dans ses affaires.

Elle était encore en pleine réflexion quant à quoi faire quand elle entendit la voix de Jack provenant de la chambre.

— April ?

— Ouais ?

— Carlise est passée chez toi et t'a rapporté quelques vêtements.

Elle fut surprise, aussi bien par ce gentil geste que parce que c'était comme s'il avait lu dans son esprit.

Comme elle ne réagissait pas, JJ expliqua :

— Elle possède une clé, tout comme tu possèdes la clé de chez elle, ainsi que des maisons de June et de Marlowe. En fait, June a fait faire des porte-clés qui disent « meilleures amies pour la vie », et tu as fait reproduire toutes vos clés pour chacune d'entre vous, dit-il, et elle pouvait entendre l'amusement dans sa voix en mentionnant ce détail. Bref, elle a rapporté les vêtements de matin et je te les pose là, d'accord ?

Les yeux d'April se remplirent de larmes. Ce qu'elle avait fait pour mériter d'aussi bonnes amies comme Carlise, June et Marlowe, elle l'ignorait. Mais elle se sentait reconnaissante.

— OK ! s'exclama-t-elle.

— Tout va bien ?

Elle se dit que Jack avait sans doute capté le tremblement de sa voix.

— Je vais bien.

— April… je suis sérieux. Que se passe-t-il ? C'est ta tête ? Dois-je appeler le médecin ? Merde, tu en as trop fait, trop tôt, c'est ça ? Cette douche était de trop. J'aurais dû te proposer de te laver les cheveux. Tu es décente ? Je vais entrer.

— Non ! s'empressa de répondre April.

La serviette qu'elle tenait devant elle était suffisamment grande pour la recouvrir intégralement de la poitrine aux pieds, mais elle se sentait tout de même mal à l'aise à l'idée que Jack la voit si vulnérable.

— Je vais bien, je le promets. J'ai juste eu la larme à l'œil que Carlise ait pensé à moi si tôt dans la journée.

La voix de Jack donnait l'impression qu'il se tenait juste de l'autre côté de la porte… et c'était probablement le cas.

— Tu es sûre ?

— Je suis sûre.

— Très bien. J'ai fait du bacon, des pancakes et des roulés à la cannelle pour le petit-déjeuner. J'ai aussi du café avec ta crème favorite. Prends ton temps pour t'habiller. Je vais tout conserver au chaud jusqu'à ce que tu sois prête.

April ne savait même pas quelle était cette crème qu'elle aimait apparemment autant. C'était une chose si petite et insignifiante... mais être incapable de se souvenir de sa crème favorite fut un sentiment soudain écrasant et quelque peu déroutant. Mais elle prit une profonde inspiration. Elle devait juste laisser les choses suivre leur cours.

— OK, merci.

— Tu n'as pas à me remercier, ma puce. Ça me fait plaisir.

April entendit ses pas s'éloigner de la salle de bains, puis la porte de la chambre se refermer derrière lui.

Elle entrebâilla la porte et sortit la tête, apercevant une valise placée non loin. Elle ne la reconnut pas, mais supposa qu'elle devait lui appartenir. Elle la rapporta dans la salle de bains et referma de nouveau la porte. Après l'avoir posée sur le meuble de toilette, elle défit la fermeture et sourit en découvrant toutes les choses que Carlise y avait mises : leggings, jeans, sous-vêtements, soutiens-gorges, T-shirts, sweatshirts ainsi qu'une chemise ou deux. Ainsi que du shampoing, de l'après-shampoing, une fleur de douche, une lotion, une brosse à dents, du dentifrice et un petit sac rempli de choses comme des tampons, un coupe-ongles, de l'aspirine et autres produits de toilette.

Elle fut de nouveau émue aux larmes. Carlise avait préparé ça à la perfection et, même si April ne reconnaissait pas les vêtements comme étant les siens, elle en jugea que si, compte tenu des tailles.

Choisissant un T-shirt et un legging, April s'habilla. Elle saisit la brosse qui se trouvait dans sa valise, mais abandonna rapidement l'idée de défaire les nœuds dans ses cheveux pour le moment. Cela lui faisait trop mal à la tête de tirer dessus, alors elle rassembla simplement ses mèches lui arrivant aux épaules sur le sommet de sa tête avec un chouchou. Elle s'occuperait de ses cheveux plus tard. Pour le moment, l'odeur de cannelle et d'autres nourritures faisait gargouiller son estomac.

Elle poussa la valise hors de la salle de bains pour s'en occuper plus tard, et flâna de la chambre jusqu'au salon. Jack lui tournait le dos et s'affairait dans la cuisine. April prit son temps pour l'étudier pendant un long moment. James lui avait-il déjà préparé le petit-déjeuner ? Elle ne pouvait s'en souvenir et elle ne pensait pas que le coup reçu à la tête lui ait fait oublier cela.

James n'avait pensé à personne d'autre qu'à lui-même, et cela ne lui avait sans doute jamais traversé l'esprit de faire son petit-déjeuner avant de partir pour le travail.

Elle avait dû faire un bruit, car Jack se tourna brutalement et lui sourit. Il saisit un *mug* placé sur le comptoir et le remplit du café de la verseuse chauffant sur la cafetière. Il y versa une goutte raisonnable de crème, puis l'apporta vers la petite table de cuisine.

— Viens t'asseoir, dit-il, tirant une chaise.

April se mit en marche, comme en transe, vers l'endroit indiqué par Jack et s'assit. Il se pencha et lui embrassa le haut du crâne.

— Bonjour.

— 'jour, marmonna-t-elle, portant le *mug* à ses lèvres et inhalant à fond.

Elle entendit Jack ricaner, mais l'ignora en faveur d'une gorgée.

— Mmmmh, soupira-t-elle, avant de lever les yeux vers Jack.

Elle s'immobilisa en voyant son expression.

— Quoi ? J'ai quelque chose sur le visage ? demanda-t-elle, timidement.

— Non. C'est juste… Tu es du genre à être dans le pâté avant d'avoir du café. Je n'avais pas percuté ça chez toi. Probablement parce que je te vois toujours bel et bien éveillée et prête à démarrer la journée au moment où j'arrive au bureau.

April soupira.

— C'est bon, merci, dit-elle, ne sachant pas quoi dire d'autre en réponse à son commentaire.

— De rien. Il y a une machine à café au bureau, mais tu nous as tous menacés, si tu venais au boulot et que ta crème manquait, de nous le faire payer très cher, expliqua-t-il avant de rire. Alors, nous avons tous pris l'initiative d'être sûrs que tu en avais plein, tout le temps.

April rougit même si elle ne savait pas trop pourquoi.

— Eh bien, c'est bon, défendit-elle. Bien que je doive admettre ne pas savoir ce que c'est.

— Du beurre de noix de pécan du sud, répondit Jack, comme si c'était tout à fait normal qu'elle n'ait aucune idée du genre de crème qu'elle aimait au point de les avoir visiblement menacés physiquement de leur faire du mal dans l'hypothèse où elle n'en aurait pas au bureau. C'est trop sucré pour moi, je suis plutôt un buveur de café noir, mais je suis ravi d'être ton fournisseur de succédané de crème.

April ne fut pas étonnée d'apprendre que Jack aimait son café noir. Elle prit une autre gorgée, Jack étant retourné en cuisine pour y remplir deux assiettes. La quantité de nourriture qu'il posa devant elle lui valut un large sourire.

— Je ne peux pas manger tout ça.

Jack haussa simplement les épaules.

— Mange ce que tu peux. Je finirai le reste ou le mettrai dans le frigo pour plus tard. Oh, et voici ton antidouleur.

— Je pensais en prendre simplement un en vente libre...

Mais Jack secoua la tête.

— Pas aujourd'hui.

— Jack, l'avertit April, mais il leva une main pour l'arrêter.

— C'est ta première vraie journée hors de l'hôpital. Nous allons au bureau. Tu vas rester debout plus longtemps aujourd'hui que tu ne l'as été en une semaine. Tu vas en avoir besoin. Ça ne me pose aucun problème que tu veuilles te sevrer des antalgiques, mais aujourd'hui n'est pas le bon jour pour commencer. Je t'ai promis hier que je ne te laisserai pas devenir accro et je ne reviendrai pas sur cette promesse. Après avoir été secouru, j'ai essayé de refuser les antalgiques pour la même raison. Je ne voulais pas devenir dépendant, mais ce fut une erreur. Je me suis infligé plus de douleur que nécessaire et je ne veux pas que tu fasses de même.

En réponse, April prit le comprimé qu'il avait mis sur la table. Elle l'avala avec son café et prit sa fourchette.

— Merci de me faire confiance. Je t'ai dit que je ne te ferai jamais de mal et je le pensais. Mais je ne te laisserai pas t'en faire non plus si je peux l'éviter.

Cet homme ! Il la tuait. Elle se sentait également déstabilisée. Elle n'avait jamais reçu autant... d'attention, avant.

— Merci, dit-elle au bout d'un moment.

Jack hocha la tête, puis désigna l'assiette d'April avec sa propre fourchette.

— Mange avant que ça ne refroidisse.

Elle inclina la tête.

— Tu aimes donner des ordres, l'informa-t-elle, coupant néanmoins un morceau de roulé à la cannelle.

— Ouaip ! répondit-il sans remords. J'ai eu la meilleure des profs... toi.

— Moi ? Je ne suis pas autoritaire, le contredit April.

Jack éclata franchement de rire.

— Hmm, je déteste être celui qui te dit ça, mais tu l'es. Tu me donnes des ordres constamment. Ainsi qu'aux autres gars. Et aux clients et aux fournisseurs. Bon sang, tu le fais même avec Carlise, June et Marlowe. Mais ça fait partie de ton charme et on t'aime pour ça.

April se fit soucieuse. Était-elle vraiment autoritaire ? Elle ne savait pas quoi penser de cette révélation.

— Tout va bien, ma puce. Promis. Mange maintenant. On fera le nécessaire pour tes cheveux, puis on s'en ira.

— Mes cheveux ?

— Ouaip.

Là encore, c'était comme si ce qu'il avait dit était parfaitement normal. De son expérience – selon ce dont elle pouvait se souvenir en tout cas –, les hommes ne s'embêtaient pas avec les cheveux de leurs petites amies. Son ex ne parlait de ses cheveux que quand ils étaient emmêlés.

Mais puisque la nourriture devant elle sentait et était délicieuse, bonne, elle fut momentanément occupée à l'engloutir aussi vite que possible. À sa surprise, elle mangea la majeure partie de ce que Jack avait mis dans son assiette.

Il lui sourit d'un air satisfait en prenant l'assiette presque vide pour l'apporter à l'évier.

— Je peux aider à nettoyer, lui dit April.

Mais Jack hocha simplement la tête et dit :

— Je m'en charge. Pourquoi n'irais-tu pas chercher ta brosse ou ton peigne ou que sais-je pour le ramener ici et t'asseoir sur le canapé ? J'arrive dans un moment.

April fut une nouvelle fois confuse.

— Pourquoi ?

— Pourquoi quoi ? demanda Jack, s'arrêtant pour la regarder.

— Pourquoi reviendrais-je ici ? Je vais juste aller me brosser dans la salle de bains.

Là, Jack posa l'assiette qu'il tenait et s'essuya les mains avec le torchon suspendu au frigo. Il marcha vers elle et posa une main sur son épaule.

— Ils ont l'air emmêlés, sans doute parce que je ne disposais pas des trucs de fille dont tu te sers dans la douche. Désolé pour ça d'ailleurs. J'aurais dû rapporter ta valise plus tôt, mais je ne voulais pas te déranger et, quand j'ai entendu l'eau couler dans la douche, il était trop tard. Bref, je ne veux pas que tu te fasses mal à la tête plus que nécessaire en tirant sur ces nœuds, alors je t'aiderai. J'irai doucement.

— Je peux le faire, murmura April, que cet homme bouleversait de nouveau.

Elle peinait à croire qu'il était réel.

— Je sais que tu peux, mais je peux le faire mieux, dit-il avec un clin d'œil.

April leva les yeux au ciel.

— Quelle arrogance.

Jack ricana.

— Quand ça concerne des domaines où je sais être bon, oui.

— Donc, tu as fait ça avant ? Brosser les cheveux d'une femme ?

— Non, jamais. Mais étant donné que je préférerais me couper la main plutôt que de te faire mal, je sais que j'y arriverai. Et je serai probablement plus doux que toi, car tu as hâte d'aller au boulot, ce qui veut dire que tu arracheras sans doute les nœuds au lieu d'essayer de passer doucement la brosse.

Mince, il n'avait pas tort.

— Si tu le dis, dit-elle en roulant des yeux.

Cela ne fit qu'agrandir le sourire de Jack.

— Vas-y, je te rejoins sur le canapé.

April prit la direction de la porte de la chambre, mais se tourna à la dernière minute.

— Jack ?

— Ouais, mon ange ?

— Je ne sais pas quoi faire...

— À propos de quoi ?

— De toi.

Il hocha la tête.

— Laisse-toi simplement porter, April.

— Je ne peux m'empêcher de me demander... en sommes-nous arrivés à ce stade parce que je me suis blessée ? Parce que je ne peux me souvenir de ce qu'étaient les choses entre nous ? avoua-t-elle.

Le sourire de Jack disparut en une fraction de seconde. Il se tenait toujours de l'autre côté de la pièce, mais l'intimité entre eux était tout aussi épaisse que la nuit dernière quand ils se trouvaient côte à côte sur le canapé, se touchant l'un l'autre.

— En partie, oui. Du moins la partie concernant ton accident, ajouta-t-il rapidement. J'ai réalisé ce que j'avais failli perdre. J'ai été stupide de ne pas avoir réagi face à mon attirance pour toi avant aujourd'hui. Je ne sais pas ce que j'attendais, mais ton accident m'a fait comprendre à quel point la vie était courte, et j'ai décidé que je ne voulais plus perdre de temps. Mais ta perte de mémoire temporaire n'en fait *pas* partie. En fait, cette partie-là me fait carrément flipper.

— Pourquoi ?

— Parce que j'ai peur que, lorsque tu te souviendras à nouveau de tout, il y ait une raison importante pour laquelle tu ne voulais pas être avec moi. Pourquoi tu gardais tes distances. Que tu m'en veuilles de t'avoir fait des avances alors que tu étais vulnérable.

April ne savait pas quoi répondre à cela ; il avait marqué un point. Pourquoi ne lui avait-elle *pas* demandé de sortir avec elle ? Pourquoi ne l'avait-elle pas encouragé à écouter l'attirance évidente qu'ils ressentaient l'un pour l'autre ? Avait-elle appris un truc sur lui qu'elle ne se rappelait plus aujourd'hui, un truc qui l'avait incitée à garder ses distances ?

— Va chercher ta brosse, ma puce, dit Jack.

Comme elle se sentait déboussolée, elle fit ce qu'il demandait, se détournant de lui... mais pas avant de voir l'air peiné lui traverser le visage. Elle détestait être responsable de ça. Il n'avait rien été d'autre que bienveillant et gentil et elle ne voulait pas lui donner l'impression qu'elle ne lui en était pas reconnaissante. Toutefois... elle ne pouvait s'empêcher de se demander ce qui les avait maintenus éloignés jusqu'à aujourd'hui.

Elle ne mit pas longtemps à récupérer sa brosse et à redescendre dans le salon. Jack l'attendait sur le canapé. Il avait repoussé la table basse et lui désigna le sol.

— Si tu t'assieds là, je pourrai plus facilement atteindre tes cheveux, dit-il.

Acceptant, April s'installa à son aise sur le sol, entre les pieds de Jack, et lui tendit la brosse. Les doigts de Jack caressèrent les siens en la lui prenant, et April pouvait jurer qu'elle avait ressenti des picotements jusqu'aux orteils à ce toucher innocent.

Mais ce n'était rien comparé à ceux qu'elle ressentit quand il passa une main dans ses cheveux et qu'il retira doucement le chouchou qu'elle avait mis plus tôt. Puis, avec précaution, il sépara ses mèches humides avec ses doigts, et April ferma les yeux. Son contact était si agréable. Trop agréable. Une chose pareille était-elle possible ?

Personne d'autre ne lui avait brossé les cheveux en dehors d'une coiffeuse, ce qui ne comptait pas, car elle n'avait jamais ressenti *ça*. Jack commença par les pointes, brossant doucement les mèches avant de passer régulièrement vers son cuir chevelu. Le rythme et les gestes doux la firent soupirer de contentement. C'était si relaxant, d'avoir ses mains sur sa tête.

Elle avait craint que cela lui fasse mal, mais elle aurait dû le savoir… Jack ne lui ferait pas de mal. Elle le savait au plus profond de son âme. Peu importait le lien qu'ils avaient, elle lui faisait confiance.

Peu après, elle se rendit compte que les nœuds avaient disparu et que Jack lui brossait simplement les cheveux par plaisir.

— Jack ? demanda-t-elle dans un murmure sans ouvrir les yeux.

La brosse s'arrêta en plein mouvement.

— Ouais ?

— Peu importe la raison que j'avais pour ne pas t'encourager à m'inviter... ça n'a pas d'importance. Je sais ce que je veux *aujourd'hui*, et c'est toi.

Elle sentit plus qu'elle n'entendit son expiration.

— Nous reprendrons cette conversation quand ta mémoire sera revenue.

April secoua la tête et se retourna afin que son dos soit contre l'une des jambes de Jack, puis elle le regarda.

— Non, nous ne le ferons pas.

Il fronça les sourcils.

— Je ne suis pas la même personne que j'étais avant mon accident.

— Bien sûr que si, dit-il fermement.

— Tu as dit et je te cite : « J'ai été stupide de ne pas répondre à mon attirance pour toi avant aujourd'hui. Ton accident m'a fait comprendre à quel point la vie est courte et j'ai décidé que je ne voulais plus perdre davantage de temps. » Je ressens la même chose. Impossible que je me sente aussi proche de toi, que je te désire autant si je ne ressentais déjà pas ça avant l'accident. Peu importe la raison que j'avais pour ne pas te dire que j'étais intéressée, elle était tout autant stupide. Je suppose que le retour de ma mémoire ne me fera que te désirer davantage, pas moins.

Jack ferma les yeux tout en étant assis là, les mains posées sur ses cuisses. Elle pouvait sentir à quel point il était tendu contre son dos, luttant pour garder le contrôle de ses émotions. Quand il rouvrit les yeux, son regard la brûla.

— Ne fais pas trop la maligne, dit-il au bout d'un moment. Tu aimes me balancer mes propres paroles au visage.

— Eh bien, quand tu as raison, tu as raison. Et je suppose que, quand tu as tort, je n'ai aucun problème à m'assurer que tu le sais.

Cela fit sourire Jack.

— C'est vrai. J'espère de tout cœur que tu ne t'éloigneras pas quand tu te souviendras.

— Je ne le ferai pas.

April en était absolument certaine. Elle serait bête de s'éloigner de cet homme. Elle était avec lui depuis moins d'un jour, et il s'était montré plus intéressé et aimant que quiconque ne l'avait été. Elle voulait désespérément lui rendre cet intérêt et cet amour par dix.

— Bien. Comment va ta tête ? Toujours partant pour aller au bureau ? demanda-t-il.

— Tu essaies de m'empêcher de voir la pagaille qui a été mise dans mon domaine pendant mon absence ?

Jack éclata de rire.

— Non. Tu verras ça un jour ou l'autre. Je ferais mieux de serrer les dents et d'en finir avec ça.

April sourit, puis redevint sérieuse.

— Je n'ai aucun souvenir de ce qu'implique mon travail, admit-elle, nerveuse.

— Tu l'as découvert quand tu as été embauchée. Je ne doute pas que tu t'y remettras facilement, dit joyeusement Jack, comme s'il n'éprouvait aucune inquiétude à ce qu'elle retourne au travail. Mais tu ne travailleras pas aujourd'hui. Tu es encore en convalescence. Carlise, June et Marlowe nous retrouveront là-bas, alors je leur demanderai de te distraire.

— Distraire ?

— Ouais. Je te connais. Si tu te places derrière ce bureau et que le téléphone commence à sonner, tu insisteras pour tout comprendre aujourd'hui, et tu resteras là-bas aussi longtemps que ça prendra. Je veux te faciliter ton retour.

April ne pouvait arrêter le petit sourire satisfait de se former sur ses lèvres. Là, ça lui ressemblait davantage.

— OK.

— Pourquoi est-ce que je n'ai pas confiance en ce *OK* ?

— Je l'ignore. Je suis parfaitement innocente, dit-elle avec insolence.

Elle aimait la musique que faisait le rire de Jack. Elle avait le sentiment qu'il ne le riait pas assez.

— Très bien. Allez. Carlise a mis une paire de tennis près de la porte. Prends des chaussettes et peut-être un pull car, parfois, il fait froid dans le bureau, puis nous partirons.

Jack l'aida à se lever, mais ne la lâcha pas une fois qu'elle fut debout. Il passa une main sur ses mèches lisses et dit, plus pour lui que pour elle :

— J'aime sentir tes cheveux.

Puis, il lui sourit d'un air penaud et lui tendit la brosse.

— Allez-y, madame, cessez de me faire perdre mon temps.

Les yeux d'April montrèrent son agacement. Ils savaient tous les deux qu'il était celui qui procrastinait. Mais elle se tut et se rendit dans la chambre à coucher. C'était étrange comme tout cela paraissait normal... De vivre avec de Jack. Plaisanter ensemble. Elle aimait même les conversations sérieuses qu'ils avaient eues. Être honnête lui changeait et lui convenait.

Même si elle avait hâte de découvrir Jack's Lumber et de retrouver ses amis, elle ne pouvait s'empêcher de se sentir un peu triste de ne pas passer la journée seule avec Jack.

CHAPITRE CINQ

Trois heures plus tard, JJ jetait un regard vers April et sourit. Il ne pouvait détourner les yeux d'elle plus de quelques minutes d'affilée. Quand ils étaient arrivés à Jack's Lumber, il avait eu pour inquiétude que le bureau puisse, d'une façon ou d'une autre, déclencher un truc dans son cerveau et lui causer de la douleur. Mais elle avait regardé autour d'elle sans rien reconnaître et lui avait dit en haussant les épaules : « C'est joli. »

Il avait été à la fois soulagé et déçu qu'elle ne se souvienne pas de tout dans l'immédiat, mais il garda ses émotions pour lui tout en lui faisant visiter.

L'endroit n'était pas chic ; il y avait une petite réception devant, puis une porte menant à un espace plus large où JJ et les autres gars passaient un peu de leur temps et où, plus récemment, les filles avaient largement pris la relève. Elles l'avaient rendu plus confortable et accueillant avec deux divans et quelques touches féminines, comme des photos sur les murs et des coussins sur le sofa, et de temps à autre, un bouquet de fleurs fraîches faisait son apparition. Il y avait une cuisine entièrement équipée, et April avait cloisonné une petite partie de la pièce avec des rideaux pour cacher les cartons de provisions qui avaient auparavant simplement été empilés dans un coin.

Regardant autour de lui, JJ réalisa qu'il voyait April dans chaque coin et recoin de cet endroit... ce qui n'était pas surprenant puisqu'elle passait la majeure partie du temps ici. Il reconnut son influence dans la vaisselle de la cuisine, le sol qu'elle avait choisi, même dans la façon dont les cartons étaient empilés dans la zone de stockage derrière le rideau.

Elle avait fait de Jack's Lumber son domaine, et personne ne serait jamais capable de prendre sa place si elle décidait de ne pas rester. Même si elle ne retrouvait jamais la mémoire, il ne doutait pas qu'elle serait capable de retrouver sa place ici... si elle le souhaitait. Il y avait une possibilité pour qu'elle ne s'adapte pas au Maine aussi rapidement qu'elle l'avait fait la première fois.

— Mon pote, on dirait que tu viens tout juste de sentir les pieds de Chappy quand il retire ses bottes. Quoi de neuf ? demanda Bob en donnant un petit coup d'épaule à JJ.

— Hé ! Mes pieds ne sentent pas si mauvais ! protesta Chappy.

Ils se tenaient près de la porte arrière du bureau, discutant du travail qu'ils venaient tout juste de terminer. Cal se trouvait de l'autre côté de la pièce, faisant en sorte que June soit plus à l'aise sur le canapé. Plus elle avançait dans sa grossesse, plus leur ami devenait protecteur... bien que personne ne puisse l'en blâmer.

— Je ne veux pas qu'April s'en aille, lâcha JJ.

Chappy eut l'air choqué.

— Attends, elle *s'en va* ?

— Je ne sais pas. C'est possible. Enfin, elle pourrait vraiment aller où elle veut et elle représenterait un atout, pourquoi resterait-elle ici ? demanda JJ.

Il parlait vite et il réalisa qu'il commençait à légèrement paniquer mais ne pouvait s'arrêter.

— Pourquoi ne resterait-elle *pas* ? répliqua Bob. Tu lui as dit un truc stupide ? A-t-elle retrouvé la mémoire et réalisé que tu refusais de l'inviter à sortir ?

— Non, non et non, marmonna JJ. Être ici, voir comment elle avait fait de cet endroit le sien… C'est juste… Je ne veux pas qu'elle parte.

— On dirait que quelqu'un se sort finalement les doigts, dit Chappy avec un large sourire, réduisant la dureté de ses propos.

JJ inspira profondément et se tourna vers son ami.

— Oui. Je l'aime. Je ne sais pas ce que je ferais si elle s'en allait.

— Elle ne va pas partir, lui dit Bob. Regarde-la. Elle ne se souvient peut-être pas de Carlise, de June ni de Marlowe, mais elle s'entend à nouveau rapidement bien avec elles.

JJ se retourna vers les femmes et aperçut le sourire sur le visage d'April. Elle se penchait vers Marlowe comme si elle était suspendue à chaque mot qu'elle prononçait.

Il inhala de nouveau profondément. Le soulagement qui l'envahit était presque douloureux.

— Vous étiez tous les deux coincés, les amis, dit Chappy. Coincés dans une routine. Je pense que vous aviez peur tous les deux de faire ou dire un truc qui aurait pu modifier le statu quo entre vous deux. Elle s'inquiétait sans doute parce que tu es son patron, qu'elle est plus âgée que toi et elle ne voulait pas faire le premier pas. Quant à toi, je ne suis pas sûr de ce qui *te* posait problème, mais je suppose que tu avais peut-être peur que, si les choses ne se déroulaient pas comme tu l'espérais, cela ne ruine votre amitié.

JJ confirma d'un signe de tête, puis marmonna :

— C'était stupide.

— Je ne dirais pas ça, dit Bob en secouant légèrement la tête. Plutôt excessivement prudent.

Cal se dirigea vers eux et, quand il fut suffisamment près, il demanda :

— De quoi vous parlez si attentivement ? De la paix dans le monde ? Du top dix des fugitifs les plus recherchés par le FBI ? Du vieux Smith ?

Les lèvres de JJ se tordirent.

— JJ balise parce qu'il vient de réaliser qu'il aime April et qu'il a peur qu'elle s'en aille quand sa mémoire sera revenue.

— Elle ne partira pas, dit calmement Cal, comme s'il pouvait voir dans le futur et savait sans doute possible le fait que ce qu'il disait était vrai.

— Quand même, je pense que ça ne peut pas faire de mal de la motiver, ajouta Chappy. Nous savons tous qu'elle gère cet endroit. Que, sans elle, Jack's Lumber aurait fait faillite depuis longtemps maintenant. Des objections à la rétablir en tant que partenaire ici ?

La bouche de JJ s'ouvrit en grand. Il avait pensé exactement à la même chose. Avait tout juste décidé hier de discuter avec les gars d'organiser ça. Ce n'était qu'un autre rappel que lui et ses amis étaient sur la même longueur d'onde.

— Absolument.

— On aurait dû le faire bien avant.

Ses trois amis regardèrent JJ.

— Alors ? lui demanda Chappy.

— Et si elle croit que nous essayons de l'appâter pour qu'elle reste ? demanda JJ. Peut-être qu'on devrait attendre qu'elle retrouve la mémoire. Je veux dire, elle s'est cassé le cul pour faire tourner cette boîte. Elle pourrait se souvenir de tout le temps qu'elle a passé ici et décider qu'elle ne voulait plus faire d'effort.

Cal roula des yeux.

— Je pense que, si elle est consciente du sang, de la sueur et des larmes qu'elle a dévoués à cet endroit, elle voudra encore plus rester. Elle est suffisamment têtue.

— On est d'accord ! Vous vous souvenez quand elle a appris que le conseil municipal envisageait de prendre une compagnie hors de la ville pour s'occuper des arbres du parc et qu'elle a pris l'initiative de se rendre au bureau du maire pour lui faire une présentation PowerPoint de trente minutes pour expliquer pourquoi Jack's Lumber serait un meilleur choix ? demanda Chappy tout en riant.

— Ou quand elle nous a obligés à être volontaires pour jouer le père Noël et ses elfes pour la fête annuelle quand le mec qui était censé jouer ce rôle a eu une intoxication alimentaire ? ajouta Bob.

— C'est toi qui la connais le mieux, JJ. Tu crois sincèrement qu'elle pensera que nous essayons de la manipuler si nous lui parlons de ce que nous préparons ? Ou sera-t-elle flattée et reconnaissante du fait que nous ayons remarqué à quel point elle a travaillé dur ? demanda Cal.

JJ n'avait même pas à réfléchir à la question.

— Elle nous dirait probablement qu'il était temps qu'on réalise à quel point elle est importante pour cet endroit.

Les gars se mirent tous à rire.

— Je contacterai notre avocat et le lancerai dans ce projet. On partage ça comment ? demanda Cal.

Avant que JJ ne puisse parler, Bob répondit :

— Chacun de nous lui donne 5% du total des parts, nous aurions donc 20% de l'entreprise chacun.

— Ça me paraît juste, dit Chappy avec un hochement de tête.

— Je suis d'accord, dit Cal.

— Moi aussi, dit JJ, saluant l'initiative, car ils auraient dû faire ça depuis longtemps maintenant ; April était littéralement la colle qui maintenait tout Jack's Lumber ensemble.

— Je vais aller lui dire maintenant, dit Cal, se tournant vers les femmes.

— Attends ! s'exclama JJ, attrapant son ami par le bras.

— Pourquoi ?

JJ se creusa les méninges, mais ne trouva pas de raison qui aurait l'air rationnelle.

— Il s'inquiète qu'elle pense qu'on essaie de l'appâter pour qu'elle reste, dit Bob avec un petit sourire en coin.

— C'est ce qu'on fait ! en rajouta Chappy.

Cal se tourna vers JJ.

— Écoute, je comprends. Tu as été submergé par toutes ces émotions au sujet d'April. Elle a été blessée. Tu flippes encore quant à ce qui a pu arriver. J'ai ressenti la même chose à propos de June. Encore aujourd'hui. La voir étendue sur le sol avec tout ce sang qui s'écoulait d'elle a été la chose la plus effrayante à laquelle j'ai été confrontée. J'en fais encore des cauchemars. Mais elle est en vie et enceinte de notre fils. N'est-ce pas toi qui as dit que nous ne pouvions plus vivre dans le passé une fois secourus ? Quand nous essayions de décider quoi faire de nos vies une fois sortis de l'armée ? La même chose s'applique ici. Ce qui est arrivé est arrivé. Tu dois regarder vers l'avenir. Et selon ce que j'ai compris, tu souhaites qu'April fasse partie de ton avenir, non ?

JJ acquiesça.

— Alors, lie-la à toi, à nous, à Newton, de toutes les façons possibles. Ce n'est pas de la manipulation, c'est obtenir ce que tu veux. Et nous savons tous que tu veux April, tout comme il est évident qu'elle te veut, toi. On vous a vus vous tourner autour depuis trop longtemps maintenant.

Les deux autres hommes hochèrent leur tête pour afficher leur accord.

JJ ne put s'empêcher de faire un large sourire à ses amis.

— Vous êtes tellement cucul, les gars. On dirait que les hormones de grossesse de vos femmes vous ont aussi contaminés.

— Carrément, dit Chappy avec un sourire tout aussi large.

— Je ne le nierai pas, dit Bob. De plus, ces derniers temps, le sexe a été plus incroyable qu'avant, c'est dire !

Cal se contenta de sourire.

— Très bien. Va lui dire, lui dit JJ.

— J'allais le faire de toute manière, répliqua Cal.

— Il cherche juste une excuse pour aller errer près de sa femme, dit Chappy. Ce n'est pas une mauvaise idée, dit-il, suivant Cal jusqu'aux canapés.

— Viens, il est temps d'aller rejoindre nos moitiés, dit Bob à JJ.

JJ n'avait aucun problème avec ça.

Ses amis avaient pris place à côté de leurs épouses au moment où il y arriva, et la seule place restante était aux côtés d'April. Il n'hésita pas à s'asseoir à côté d'elle.

— Vous étiez en train de résoudre les problèmes du monde là-bas ? demanda Carlise, tout sourire. Vous aviez l'air plutôt concentrés !

— Ils ont toujours cet air-là, ajouta June. Ils pourraient être en train de parler météo et donner l'impression d'être en train de planifier une mission contre un bastion terroriste.

— Oh mon Dieu, tu as tellement raison ! réagit Marlowe en gloussant.

— Eh bien, aujourd'hui, nous ne parlions pas de terroristes ni des problèmes mondiaux. À la place, nous parlions d'April, leur déclara Cal.

D'une façon quasi comique, les regards de tous se tournèrent vers la femme aux côtés de JJ. Il la sentit se raidir, et il était certain qu'elle n'était pas à l'aise d'être le centre de l'attention.

Se tournant, l'essentiel de son corps la protégeant des autres, JJ prit l'une des mains d'April. Cal ne ferait que dire maladroitement qu'ils lui proposaient d'être copropriétaire de la compagnie sans aucune explication, ce qui inciterait sans doute April à décliner car elle aurait l'impression qu'ils avaient pitié d'elle ou autre.

— Respire, ma puce, dit-il calmement, quand il vit qu'April

semblait penser au pire. Nous parlions juste d'un truc que nous aurions dû faire il y a bien longtemps. Le moment est peut-être mal choisi mais, là encore, peut-être qu'il tombe très bien.

— Crache le morceau, JJ ! s'exclama Carlise, impatiente, sur le canapé opposé.

Les lèvres de JJ se tordirent mais il ne détourna pas le regard d'April.

— Tu aimes ce bureau ? lui demanda-t-il.

Elle fronça les sourcils et hocha la tête.

— Ça ne me surprend pas, étant donné que tu as choisi chaque meuble ici et organisé l'agencement, lui dit JJ. Tu as fait de cet endroit, Jack's Lumber, le tien. Tu as apporté la vie dans ce qui était au départ une pièce vide et froide. Tu as amené la moitié des clients et tu leur as donné l'impression de faire partie de la famille lorsqu'ils nous ont choisis. Certains d'entre eux ont vécu les pires journées de leurs vies lorsque des arbres sont tombés sur leurs maisons ou leurs voitures. Tu les apaises et tu fais plus que de simplement faire en sorte que nous déplacions l'arbre. Tu les guides dans leurs déclarations de sinistre, et tu as même fais en sorte que la communauté vienne en aide aux victimes avec de la nourriture, de l'argent, le transport et la garde d'enfants quand il le fallait. Tu es le cœur et l'âme de Jack's Lumber, et tu ne te souviens peut-être pas en ce moment à quel point tu es entièrement liée au succès de cette entreprise… mais *nous*, si.

— S'il te plaît, dis-moi que tu changes le nom en April's Lumber, le taquina Carlise.

Tout le monde rit, et JJ vit April rougir.

Il offrit un sourire à Carlise.

— Non, mais c'est une idée, commenta-t-il avant de revenir à April. Les gars et moi allons faire de toi une partenaire. Nous allons te donner une part égale de la propriété de Jack's Lumber : 20 %. La même que nous partageons tous. Tu l'as plus que méritée. Ce n'est pas une ruse pour te faire rester. Je veux dire, nous espérons que tu le feras – *moi*, je veux que tu restes –, mais même si tu ne le fais pas, ta part dans la compagnie demeurera.

Les autres nanas applaudirent et félicitèrent joyeusement April, lui disant à quel point elles étaient heureuses pour elle, mais JJ n'avait d'yeux que pour la femme devant lui. Il n'arrivait pas à lire les émotions qui voletaient sur son visage.

— C'est... Je... Je ne sais pas quoi dire, finit-elle par balbutier.

— Dis qu'il était temps ! dit Carlise en riant. JJ n'a pas tort. Tu as bossé dur pour cet endroit. Nous avons dû te traîner hors d'ici une fois ou deux, juste pour que tu sois avec nous, et tu as clairement fait ta juste part d'heures supplémentaires.

— Carlise a raison, dit Marlowe. Je ne suis pas ici depuis aussi longtemps que les autres, mais ce n'est pas compliqué de voir à quel point tu adores cet endroit. Et tout le monde à Newton t'adore en retour.

— Je me sens bizarre d'accepter ça alors que je ne me souviens de rien du tout à propos de cette entreprise, dit April.

— Eh bien, la bonne nouvelle, c'est que tu n'as *rien* à accepter, lui dit Chappy. Ça se fera quoi qu'il arrive.

— Et tu mèneras de nouveau tout le monde à la baguette en un rien de temps, intervint June. Et je dis ça dans le sens positif, ajouta-t-elle à la hâte.

Le téléphone se mit à sonner dans la pièce principale, détournant l'attention d'April. Chappy se leva pour aller répondre et revint une minute plus tard.

— On dirait qu'on a du boulot. Trois arbres sont tombés sur l'autoroute. Le chef de police a demandé si nous pouvions y aller et prêter main-forte aux soldats du feu, étant donné la taille du truc.

— Je suis partant, dit Cal avant de se tourner vers JJ. Tu peux ramener June à la maison ?

— Bien sûr.

— Tu devrais y aller aussi, dit Marlowe à Bob. Je resterai chez June jusqu'à ce que vous reveniez.

— Et j'ai un manuscrit sur lequel je dois bosser, ajouta Carlise. Félicitations, April, sérieusement. Tu mérites ta propre part du gâteau, c'est certain.

Les mecs embrassèrent leurs épouses et se dirigèrent vers la porte arrière. JJ savait qu'ils travailleraient rapidement sur l'arbre.

— Tu veux rester ici pendant que je ramène tout le monde chez soi ? demanda JJ à April, une fois les mecs partis.

— Est-ce que je peux ? demanda-t-elle, hésitante.

— Bien sûr. C'est pratiquement ta deuxième maison. Et avant que tu ne sois mal à l'aise, n'hésite pas à fouiner. Regarde où se trouve quoi. Allume l'ordinateur si tu veux. Le mot de passe est sur un bout de papier scotché sur le dessous de ton bureau, à l'intérieur du tiroir de devant, expliqua-t-il avant de rire en voyant l'expression d'April. Tu as insisté pour le mettre là car tu le changes tous les trois mois et qu'aucun de nous ne se souvient jamais du nouveau.

Les autres filles rassemblant leurs affaires et passant aux toilettes, JJ se pencha vers April.

— Je ne sais pas ce qu'il se passe dans ta tête mais, pour info, le truc sur la propriété n'est pas de mon fait. Je veux dire, je l'avais prévu, mais les gars m'ont devancé. Tu es importante pour nous, mon ange. Et même si je crois sincèrement que ce n'est qu'une question de temps avant que ta mémoire revienne, si – et c'est un grand « si » – elle ne revient jamais, tu retrouveras ta place ici sans aucun problème. Et si le Maine n'est pas là où tu veux rester, tu pourras toujours te rabattre sur les bénéfices de cet endroit.

— C'est trop généreux, Jack, lui dit-elle, affichant un air inquiet.

JJ secoua la tête.

— Ça ne l'est vraiment pas. Et quand tu retrouveras la

mémoire, tu demanderas probablement *plus* que 20 %, avec tout ce que tu fais ici.

Incapable de s'en empêcher, il se pencha en avant et lui embrassa le front.

— Je reviens dans vingt minutes ou moins. Fais le tour, refamiliarise-toi avec les lieux. Mais n'en fais pas trop. Si ta tête commence à te faire mal, allonge-toi et fais une sieste.

Il savait qu'elle ne ferait jamais ça, mais il devait tout de même le lui dire.

— Je pense que je peux survivre vingt minutes sans toi, Jack, dit-elle.

Il adorait qu'elle soit culottée envers lui. Elle ressemblait presque à la April qu'il avait connue avant l'accident.

— Je sais. Tu peux survivre à tout.

Il se força à se lever et se tourner vers les autres. Bien entendu, elles attendaient toutes à la porte, de grands sourires aux lèvres. Elles avaient écouté – d'une oreille pas très discrète – sa conversation avec April.

Elles crièrent toutes leurs au revoir et promirent de se contacter bientôt. Jack jeta une dernière fois un regard derrière lui avant de passer la porte, et il vit April le fixer avec un regard qu'il ne put interpréter. Il leva le menton à son attention, puis vérifia que la porte était verrouillée avant de se forcer à partir.

* * *

April expira soudain le souffle qu'elle retenait quand la porte se referma derrière Jack et les autres filles. Elle aimait être avec tout le monde. Elle avait vraiment l'impression qu'elle faisait partie d'une grande et heureuse famille. Mais elle ne pouvait nier le fait que le silence était réconfortant. Sa tête palpitait même si elle ne l'avait jamais avoué à Jack ni aux autres, et le calme lui paraissait extraordinaire.

Elle resta sur le canapé encore quelques minutes et regarda

les lieux. À sa surprise, elle réalisa que ça lui paraissait bien familier, quelque part. Elle ne savait pas si c'était parce qu'une partie de sa mémoire lui revenait ou simplement parce que la pièce était douillette.

Le canapé sur lequel elle était assise était extrêmement confortable et elle adorait le tissu en daim. Elle aimait l'agencement des couleurs des lieux ; c'était apaisant mais pas ennuyeux. Et la façon dont l'entreposage se faisait, à part du reste de la pièce, lui semblait naturelle.

Elle laissa échapper un gloussement et secoua la tête. Il n'était sans doute pas surprenant qu'elle aime tant cet espace si ce que les autres avaient dit était vrai... elle avait tout choisi, de la peinture aux sols ainsi que les meubles. C'était un sentiment tellement étrange de voir des choses qu'elle était censée avoir faites elle-même et ne pas en avoir le souvenir...

April ne pouvait s'empêcher de se sentir submergée par le programme qu'avaient les gars de la rendre propriétaire d'une partie de Jack's Lumber. Cela la mettait un peu mal à l'aise car elle n'avait pas le sentiment de le mériter. Comment le pourrait-elle alors qu'elle n'avait aucun souvenir de l'entreprise ? Mais elle ne pouvait nier le fait que, bien au fond d'elle, elle se sentait également fière. Même si elle ne pouvait se rappeler son impact sur l'affaire, elle était ici depuis des années. Pourquoi ne récolterait-elle *pas* les fruits de son prétendu labeur ?

Une détermination naquit en elle. Elle ignorait si elle retrouvait la mémoire perdue dans son accident, mais même si ce n'était pas le cas, elle voulait rester. Elle appréciait vraiment ces hommes et femmes qu'elle apprenait à connaître, et selon ce qu'elle avait vu de Newton, c'était une petite ville adorable.

Puis, il y avait Jack. Elle n'avait jamais ressenti une telle connexion avec un homme et elle voulait davantage explorer cela.

Excitée à l'idée d'apprendre de nouveau à connaître Jack's Lumber, April se leva. Elle fouilla les placards de la cuisine, puis erra jusqu'à la zone de stockage. Elle jeta un œil dans les nombreux cartons et vit des fournitures de bureau ainsi que des pièces supplémentaires pour tronçonneuses et autres matériels mécaniques qu'elle ne connaissait pas très bien. Une fois qu'elle eut terminé de tout vérifier dans la pièce du fond, elle passa à l'accueil.

Jetant un œil par la fenêtre, elle vit que le ciel était couvert…

Elle eut soudain un flash de Carlise se plaignant de la pluie, et April se souvint lui avoir dit que, si elle n'aimait pas la météo, elle devait juste patienter cinq minutes pour que ça change.

Le souvenir surprit tellement April qu'elle cessa de marcher, et son regard se perdit dans le vide. Venait-elle vraiment de se souvenir d'un truc ou était-ce juste une illusion ?

Elle prit une profonde inspiration, puis se dirigea vers le bureau. Elle s'assit sur le fauteuil, qui était super confortable. Il était à la hauteur parfaite pour elle, ce qui n'était pas surprenant, étant donné le temps qu'elle était censée avoir passé là. Elle roula jusqu'au bureau et saisit automatiquement la souris à droite du clavier. Elle la remua, et l'écran prit vie. Puis, elle ricana en voyant le message apparaître sur l'écran de veille :

Ne mettez PAS le bazar dans mes dossiers. Ne supprimez rien, ne touchez à rien. À vos risques et périls !

Elle était visiblement un peu – d'accord, énormément – paranoïaque à l'idée que n'importe qui puisse bousiller son organisation. Et clairement aussi autoritaire que l'avait clamé Jack.

Maintenant curieuse, elle ouvrit le tiroir du bureau et chercha le papier que Jack avait dit être scotché à l'intérieur. Elle le trouva et le libéra, fixant le mot de passe qu'elle avait écrit. Elle reconnut son écriture, mais il était bizarre de ne pas avoir le souvenir de l'avoir écrit. Le mot de passe faisait quatorze lettres de long, avec minuscules et majuscules, quelques caractères spéciaux et des nombres.

April ne fut pas étonnée d'être vigilante quant aux mots de passe. Elle se rappela un bureau dans lequel elle avait travaillé quand elle était mariée où le système informatique avait été piraté, la faute à quelqu'un qui avait mis un mot de passe facile à deviner. Elle avait apparemment appris la leçon.

Elle tapa minutieusement le mot de passe et retint son souffle, le système d'exploitation prenant vie. Il y avait au moins trente dossiers différents rien que sur le bureau, et elle lut les noms de chacun. *Vendeurs, clients, donneurs, volontaires*... les noms des dossiers étaient clairs et concis.

Inspirant profondément, April cliqua sur l'icône de la boîte mail.

Sa mâchoire s'en décrocha quand elle vit qu'il s'y trouvait pas loin de deux cents messages non lus. Personne n'avait surveillé les e-mails pendant qu'elle se trouvait à l'hôpital ? Se penchant plus près, elle fut étonnée de voir que les dates des messages non lus remontaient toutes aux deux derniers jours ! Alors visiblement, quelqu'un *lisait* les messages mais ne les avait pas vérifiés ces deux derniers jours.

Elle ne résista pas à l'envie de cliquer sur le plus récent et le lut, un petit sourire aux lèvres. Il provenait d'un client disant qu'il venait d'apprendre pour l'accident et espérait qu'elle se rétablisse bientôt.

Le message suivant provenait de quelqu'un de Bangor – une vendeuse, selon ce que pouvait en dire April – et elle lui souhaitait également un bon rétablissement.

Continuant de lire les e-mails, elle était abasourdie d'apprendre que la majorité lui souhaitait, à elle spécifiquement, de se rétablir rapidement. Il y avait quelques demandes de prestation et deux factures qui devaient être réglées, mais pour la majeure partie, les messages étaient personnels et sincères.

April s'adossa et fixa l'écran, incrédule. Pour ce qui semblait avoir été la majeure partie de sa vie, elle se fondait dans le décor. Elle avait fait son boulot, mais n'avait jamais eu l'impression d'être vraiment *vue*. Son mari n'avait certainement pas apprécié ce qu'elle avait pour lui, pour leur foyer ou pour son travail. Mais elle n'était clairement pas une simple secrétaire pour Jack's Lumber.

Tout ce que lui avait raconté Jack était vrai ; elle était estimée ici. Une part vitale de l'entreprise.

Ça faisait du bien. *Vraiment* du bien.

Soudain, on frappa à la porte d'entrée, ce qui ficha la frousse à April. Elle leva les yeux de son bureau et vit qu'un homme se tenait là, lui souriant à travers la vitre de la porte.

Elle se leva et se rendit à la porte, nerveuse, avant que le bon sens ne l'emporte. Cet endroit était une *entreprise*. Elle n'avait aucune raison de se sentir anxieuse, et la dernière chose qu'elle voulait, c'était de tourner le dos à un client capable de payer. Elle déverrouilla la porte et l'ouvrit, offrant à l'homme un sourire poli. Elle ne le reconnut pas, ce qui était attendu, puisqu'elle ne connaissait pour le moment personne de sa vie ici, dans le Maine.

Il répondit poliment à son sourire, et April se détendit quelque peu.

— Salut, dit-elle. Bienvenue à Jack's Lumber.

— Merci.

Comme il ne dit rien d'autre, continuant simplement de la regarder, April l'invita à entrer et retourna au bureau, se sentant un peu plus à l'aise avec ce meuble entre elle et l'étranger. En s'asseyant, elle demanda :

— Puis-je vous aider ?

— Peut-être, répondit-il. J'ai acheté une propriété non loin d'ici et j'ai essayé d'obtenir des estimations quant au coût engendré pour la débarrasser des arbres afin que je puisse y bâtir une maison.

— Nous pouvons faire ça, dit April sans réfléchir.

Elle sentit une pointe de culpabilité car elle ne savait absolument pas si Jack et les autres s'occupaient *bel et bien* de ça, mais les mots s'étaient échappés si aisément de sa bouche qu'elle se dit qu'elle avait probablement répondu l'exacte même chose plusieurs fois.

— Et si vous m'écriviez votre adresse, votre nom et numéro ? Je demanderai qu'on vous contacte dès que possible.

L'homme la fixa plus longtemps que ne l'exigeait la politesse, et April se força à ne pas se tortiller de gêne.

— Vous vous sentez bien ? finit-il par demander, sans chercher à prendre ni le stylo ni le papier qu'April avait poussés sur le bureau.

— Bien sûr. Pourquoi ? demanda-t-elle, légèrement sur la défensive.

— J'ai appris qu'il y a eu un accident, répondit-il avec un haussement d'épaules.

— Oh...

Évidemment qu'il l'avait appris ; Newton était une petite ville et, au vu du nombre de messages dans sa boîte de réception, tous ceux vivant à cent kilomètres à la ronde avaient entendu parler de son accident.

— Je vais bien, c'est gentil de demander.

— J'ai moi-même failli heurter un élan. Franchement, on pourrait croire que, avec leur grande taille, ils seraient faciles à repérer, mais ils apparaissent de nulle part. Vous avez vraiment de la chance de ne pas avoir eu pire.

Pour une raison, ces mots mirent April mal à l'aise. Malgré cela, elle acquiesça poliment.

— Ouais, j'en ai eu.

Rien chez cet homme n'aurait dû la faire se sentir en danger. Il était jeune, propre sur lui, avec des cheveux noirs, courts, bien peignés et le sourire facile, et il était vêtu d'une chemise bien repassée – visiblement chère – et d'une cravate. Même son pantalon avait des plis sur le devant.

Rien chez lui ne faisait hurler au danger... et pourtant, elle ne pouvait faire autrement que de se crisper, attendant qu'il dise ou fasse autre chose.

— Vous avez l'air plutôt pâle, dit-il en inclinant légèrement la tête. Et vous plissez les yeux. Je parie que votre tête vous fait mal, n'est-ce pas ? Et si je revenais plus tard ? Je ne veux pas vous causer plus de maux, April.

— C'est bon, répondit-elle, mais l'homme avait déjà fait demi-tour pour se rendre à la porte.

Il l'ouvrit lentement afin de ne pas faire retentir la clochette au chambranle, regarda en arrière pour lui faire un clin d'œil, puis sortit, refermant la porte avec tout autant de précaution.

De son bureau, April l'observa marcher vers un pick-up noir et y grimper. Sans un autre regard, il sortit du parking et prit à gauche sur Main Street, disparaissant de sa vue.

— C'était étrange, dit-elle à voix haute.

Elle était en train de refermer la porte d'entrée à clé quand elle entendit un bruit dans la pièce du fond, et elle se tendit complètement de nouveau. Quand elle eut fait quelques pas vers le lieu, la porte s'ouvrit et Jack réapparut.

Elle était tellement soulagée de le voir qu'elle faillit s'effondrer sur place.

— Hé, comment tu... Que se passe-t-il ? demanda Jack.

— Rien. Tu m'as juste fait peur.

— Je suis désolé. Je me suis garé à l'arrière et j'ai utilisé ma clé pour passer par là. Je vois que tu t'es plongée dans ton ordinateur.

Elle remarqua qu'il avait précisé qu'il s'agissait de son ordinateur à elle.

— Il y avait environ deux cents messages non lus, dit-elle d'un ton presque accusateur.

Mais Jack lui sourit.

— Je sais. Les gars ont suivi ça en majeure partie mais ont de toute évidence pris du retard. Je m'en occuperai plus tard.

— Je les ai passés en revue et j'ai déplacé ceux qui concernaient des demandes de prestations ou des factures dans les dossiers appropriés, l'informa-t-elle.

Le sourire de Jack s'agrandit.

— Je savais que tu prendrais rapidement le coup de main. Combien venaient de tes fans te souhaitant un bon rétablissement ?

— Hum... la plupart ? dit-elle, incertaine.

— Pas surprenant. Les gars ont passé la majeure partie de leur temps à rassurer les gens, leur disant que tu serais bientôt de retour et que tu es en voie de guérison. Allez, on va te ramener à la maison. Je me dis que tu pourrais profiter d'un peu de paix et de tranquillité un moment.

April ne protesta même pas. La maison de Jack était le seul foyer à sa connaissance pour le moment. Sa tête lui faisait mal, et elle se sentait étrangement fatiguée, bien qu'elle n'ait pas fait grand-chose aujourd'hui.

Jack marcha jusqu'à l'entrée principale, retourna le panneau afin qu'il indique « FERMÉ », puis revint vers elle. Il se pencha et se déconnecta de l'ordinateur avant de mettre un bras autour de sa taille et de la guider vers la pièce du fond.

— Je peux marcher, marmonna April même si elle s'appuyait sur Jack.

— Je sais que tu peux, dit-il sans retirer son bras.

April ne savait pas ce qu'il y avait entre elle et Jack, mais elle l'aimait bien. Beaucoup. Dès qu'elle l'avait aperçu, toute peur ressentie envers l'homme qui venait de passer avait disparu.

Elle se fit soucieuse tandis que Jack la menait jusqu'à sa Bronco. Quelque chose lui était soudain apparu : l'inconnu avait prononcé son nom. Comment le connaissait-il ?

Presque au moment où cette pensée lui traversa l'esprit, elle la rejeta ; là encore, Newton était une petite ville, et elle se dit que tout le monde se connaissait. Même les nouveaux venus comme les clients potentiels avaient entendu parler de son accident, qu'elle avait fait un écart pour éviter un élan – ou peu importait de quel animal il s'agissait – et s'était écrasée.

— Je pensais faire un chili pour le dîner. Comment te paraît l'idée ?

— Délicieuse, lui répondit April, le coude tenu par Jack pendant qu'elle grimpait sur le siège passager de son véhicule.

Au lieu de s'éloigner de la portière, il posa une main sur la cuisse d'April et resta là, à la regarder.

— Jack ? Tu vas bien ?

— Non, répondit-il, catégorique.

— Qu'est-ce qui ne va pas ? demanda-t-elle, alarmée.

— J'ai été un idiot.

April fronça les sourcils.

— Quoi ? Quand ?

— Durant ces cinq dernières années. J'ai ressenti une attirance pour toi dès le moment où on s'est rencontrés, quand tu es entrée dans Jack's Lumber et que tu as pratiquement exigé qu'on t'embauche. J'ai aimé ton assurance et ta détermination pour rendre notre entreprise aussi pérenne que possible. Oui, peut-être étais-tu désespérée de trouver un boulot, mais cela ne me rendait pas moins certain du fait que tes aptitudes étaient exactement ce dont nous avions besoin. Et je ne me trompais pas. Mais j'ai été un idiot de ne pas te faire comprendre pendant ces cinq putain de longues années à quel point tu comptais pour moi.

— Jack… murmura April, bouleversée.

— Ce n'est probablement pas juste d'avancer aussi vite maintenant, mais je ne peux m'en empêcher. Comme je te l'ai dit, je suis un mec passionné. Et je te veux, April. Tout entière. Tes espoirs, tes rêves, tes fantasmes, tes inquiétudes, tes peurs, ton sarcasme, ton autoritarisme et ton cœur. Je vais merder, mais tu dois savoir qu'à partir de maintenant, mon unique but dans ma vie, c'est de te rendre heureuse.

April eut l'impression que son cœur allait bondir hors de sa poitrine.

— Tu n'as pas à dire quoi que ce soit. Je comprends. Je pousse, probablement trop. Mais je veux être sûr que tu saches où j'en suis et que je ne vais plus être cet idiot. Quand je veux quelque chose, je fais tout pour l'obtenir avec tout ce que j'ai. Mais je ne serai pas ce *genre* de mecs. Si en apprenant à me connaître, tu n'aimes pas ce que tu découvres, je ne te harcèlerai pas. Je ne rendrai pas les choses bizarres entre nous. Je me retirerai et te laisserai vivre ta vie. Mais si tu décides *vraiment* de tenter ta chance avec moi, je te promets de ne pas te laisser tomber. Je ne te ferai pas regretter de supporter mes défauts et mes imperfections.

Puis, il se pencha en avant, l'embrassa sur les lèvres, franchement, rapidement, et l'avertit :

— Attention à tes pieds.

Avant de refermer la portière.

April porta une main jusqu'à ses lèvres et observa, de ses grands yeux, Jack faire le tour jusqu'à l'avant du véhicule. Il monta et, comme s'il ne venait pas de la scier, il dit :

— Nous serons à la maison en un rien de temps, et je t'aiderai à t'installer, que tu puisses te détendre avant que le dîner ne soit prêt.

Puis, il tourna la clé de contact et descendit la route comme tout autre jour ordinaire.

Mais c'était tout sauf ordinaire pour April. Elle tombait vraiment et rapidement amoureuse de cet homme... mais elle avait le sentiment qu'elle était déjà tombée amoureuse de lui avant son accident. Comment aurait-elle pu faire autrement ? Même s'il n'avait pas clarifié ses intentions auparavant, elles l'étaient certainement maintenant. Toutes les filles rêveraient d'entendre chaque mot qu'il avait prononcé. Elle ne faisait pas exception.

Fermant les yeux, elle posa la tête sur le siège derrière elle et sourit, Jack les reconduisant chez lui.

* * *

Ryan Johnson observait de l'intérieur de son pick-up Jackson Justice installer April dans sa Bronco et sortir de l'arrière du parking de Jack's Lumber. Bien entendu, Ryan Johnson n'était pas le nom qu'on lui avait donné à la naissance mais, à ce stade, les noms ne voulaient rien dire. Il avait choisi le nom le plus basique auquel il avait pu penser. Un nom qui ne sortirait pas du lot.

Son unique but durant ces cinq dernières années avait été de se fondre dans le décor. Il ne voulait pas qu'on le remarque. Afin d'obtenir la vengeance qu'il désirait, il devait être invisible. Il gardait ses cheveux courts mais pas trop, il portait des vêtements que n'importe quel Américain de la classe moyenne pourrait porter. Tout en étudiant et en affûtant sa ruse.

La ruse qui l'aiderait à buter Riggs Chapman dit Chappy, Callum Redmon dit Cal, Kendric Evans dit Bob et Jackson Justice dit JJ.

Il en avait fait la mission de sa vie d'apprendre chaque petite chose possible sur les quatre hommes, y compris leurs familles, qu'il avait toujours prévu d'utiliser contre eux, jusqu'à ce qu'une autre opportunité se présente d'elle-même cette année. À savoir, leurs femmes.

Le fait que ses ennemis aient tous trouvé une femme à aimer avait radicalement changé son plan, mais il n'en était devenu que plus parfait.

Ryan voulait qu'ils perdent la personne la plus importante dans leur vie, tout comme ils avaient détruit la seule personne que Ryan aimait le plus.

Son frère avait été tout pour lui. Ryan l'avait idolâtré. Oui, il avait été mêlé à un homme dans leur ville natale qui était un tyran... mais c'était un tyran *charismatique*, capable de convaincre un tas de jeunes hommes de le suivre et de rejoindre la faction terroriste. Et quand il avait décidé de kidnapper des soldats américains – sans savoir quoi faire des hommes une fois ceux-ci capturés –, le frère de Ryan avait docilement soutenu ce choix.

Ryan s'était déjà chargé de cet homme. De cet enfoiré qui avait convaincu son frère de prendre part au kidnapping. Il l'avait chèrement fait souffrir pour la perte de Ryan.

Ensuite, il s'en prendrait aux hommes qui avaient secouru les prisonniers – les hommes directement responsables de la mort de son frère –, mais la vérité, c'était qu'il ne savait pas qui ils étaient. Il n'avait pas les noms des soldats des Forces Spéciales, aucune information sur la façon de les trouver.

Par contre, il *connaissait* les noms des quatre captifs.

Le frère de Ryan lui avait tout dit d'eux. Il s'était vanté des choses qu'il avait faites aux sales prisonniers américains. Mais même s'il n'avait rien fait, il y avait un tas de vidéos accessibles en ligne, des bandes que le chef de la petite faction avait envoyées aux médias.

Ryan avait peut-être été jeune, mais il avait mémorisé chaque mot de son frère et avait regardé les extraits encore et encore.

Quand il avait appris pour le raid, pour la mort de son frère, Ryan avait été inconsolable. Et furieux. Si ces soldats ne s'étaient pas permis d'être capturés en premier lieu, son frère serait toujours en vie ! Ils seraient ensemble, toujours dans leur ville natale.

Au lieu de ça, son frère était mort. Les quatre hommes n'avaient peut-être pas tiré la balle qui avait déchiré le corps de son frère, mais Ryan les tenait encore entièrement pour responsables. Et il avait dédié sa vie à sa vengeance et leur ferait payer la mort de la seule personne qui s'était vraiment préoccupée de lui.

Jackson Justice, l'homme qui dirigeait l'équipe de Delta Force capturée, avait été le dernier à se trouver une nana, et elle s'était trouvée juste sous le nez de Ryan toutes ces années. Il n'avait pas pensé une seule fois à leur secrétaire, April Hoffman… principalement parce qu'il n'avait vu aucun signe chez Jackson prouvant son intérêt pour cette femme.

Ryan n'avait pas causé l'accident qui avait emporté les souvenirs d'April, mais il avait été présent quand c'était arrivé. Il avait tout vu, du début à la fin ; avec cet élan sortant de nulle part, ce moment précis et ce lieu avaient relevé du destin.

Il avait lui-même été sur le point d'emboutir l'arrière de la voiture d'April pour la forcer à quitter la route quand elle avait fait un écart pour éviter de heurter l'élan. Il n'avait rien eu à faire ! L'animal avait été un signe envoyé par l'univers prouvant que son plan était juste et légitime.

Il ne pouvait pas encore mettre le reste en route. Il devait faire certaines choses au Colorado… et il voulait mettre encore un peu de désordre dans l'équipe de Jackson. Il voulait leur faire peur. Voulait qu'ils affrontent la mortalité indéniable de leurs êtres chers avant de mettre à exécution l'acte final de son châtiment.

Le fait que trois des femmes étaient enceintes n'était qu'un bonus. Chacun des hommes qu'il détestait plus que tout au monde ne perdrait pas juste une des personnes qu'ils aimaient, mais deux. C'était trop parfait !

Tandis qu'il n'y avait aucun doute quant au fait que Ryan détestait les anciens membres de la Delta Force, la vérité, c'était qu'il détestait tout et tout le monde. Il détestait l'Amérique. Détestait la nourriture d'ici. Les voitures. L'attitude supérieure des Américains. Détestait le racisme qui s'infiltrait dans chaque recoin, des plages aux montagnes.

Le besoin urgent de céder à une sorte de tuerie de masse

d'Américains était puissant... Il n'avait aucun problème avec l'idée de mourir s'il pouvait emporter autant de personnes de ce pays que possible avec lui. Mais sa haine envers les hommes qu'il tenait responsables pour la mort de son frère était plus forte que l'envie de tuer un paquet d'inconnus au hasard.

Non, Ryan n'avait pas peur de la mort. Elle était la bienvenue. Mais avant de rencontrer son créateur, il avait des affaires à terminer d'abord.

Il saisit la clé de contact et démarra son véhicule, un sourire sur le visage. Son cerveau grouillait d'idées, de façons de détruire les autres hommes et leurs femmes... et très bientôt, il s'en irait vers l'ouest pour peaufiner le grand final de ces cinq dernières années de sang, de sueur et de larmes. Après ça, il retournerait à Newton pour mettre son plan à exécution. Pour venger son frère... et faire payer les hommes qui l'avaient tué.

CHAPITRE SIX

Une semaine était passée depuis qu'April était allée pour la première fois à Jack's Lumber, et elle se sentait cent fois mieux depuis ce jour. Mais à son désarroi, même si la douleur crânienne s'était dissipée et que les hématomes sur son visage avaient disparu, sa mémoire n'était toujours pas revenue. Elle avait des flashes ici et là de ce qu'elle prenait pour des souvenirs récents datant d'avant son accident, mais les cinq dernières années étaient encore largement hors de sa portée.

Elle était frustrée, mais Jack avait été son roc. Peu importait à quel point elle était fâchée, il restait calme et positif quant au fait que ses souvenirs reviendraient, insistant sur le fait qu'elle ne pouvait pas simplement précipiter les choses.

Mais à chaque heure qui passait, April *voulait* les précipiter. Il était déroutant de rencontrer des gens dans Newton qui la connaissaient mais dont elle n'avait aucun souvenir. Tout le monde se montrait très compréhensif et patient, mais April était presque à bout. Elle voulait retrouver son ancienne vie. Enfin à une exception : Jack. On lui avait dit qu'ils avaient tous deux contourné leur attirance avant l'accident, et elle ne voulait garder aucune partie de cet ancien statu quo.

La vie avec lui était facile. Ils partageaient la cuisine et les corvées et il insistait même pour se rendre à l'épicerie avec elle et participer activement quant à décider ce qu'ils mangeraient chaque jour. C'était un changement rafraîchissant par rapport à sa précédente relation.

Et il n'y avait aucun doute sur le fait qu'elle et Jack avaient une relation. Il l'embrassait tout le temps, la touchait, lui disait comme il était heureux qu'elle soit avec lui. April savait toujours à quoi s'en tenir avec lui, ce qui était un autre agréable changement.

Le seul problème, c'était qu'il n'avait pas l'air d'avoir très envie de faire quoi que ce soit de plus physique. Oui, les petits baisers qu'il lui donnait étaient agréables, mais il ne l'avait pas *vraiment* embrassée depuis cette première nuit passée chez lui. Chaque jour qui passait rendait April de plus en plus démunie, surtout depuis qu'ils passaient presque chaque moment ensemble. S'il l'aimait vraiment autant qu'il le prétendait, pourquoi ne faisait-il pas avancer leur relation physique ?

Bien entendu, elle connaissait la réponse à cette question. Il ne voulait pas coucher avec elle avant que sa mémoire ne soit revenue. Il craignait encore qu'elle se souvienne de la raison pour laquelle elle ne voulait pas être avec lui, et il ne voulait pas qu'elle ait des regrets. Mais elle savait au plus profond de son cœur que ça n'arriverait pas. Elle avait l'impression qu'elle connaissait Jack depuis toujours. Elle se sentait en sécurité et protégée en sa présence. Et plus à l'aise avec lui qu'avec toute autre personne avec qui elle avait été.

Il y avait quelques nuits de cela, le téléphone portable d'April s'était mis à sonner et, en pensant qu'il s'agissait de sa mère – qui lui avait dit qu'elle l'appellerait cette nuit-là –, elle avait répondu sans vérifier le nom affiché. À sa grande consternation, ça avait été James. Il avait obtenu son numéro auprès de sa mère et avait prétendu simplement l'appeler pour prendre de ses nouvelles. Bien entendu, après avoir dit qu'elle allait bien, il s'était mis à lui dire à quel point elle lui manquait et qu'il voulait une autre chance, à quel point il regrettait leur divorce.

April avait tenté de lui dire, encore une fois, qu'ils ne se remettraient jamais ensemble, et il n'avait pas arrêté de l'interrompre, de ne pas la laisser parler… jusqu'à ce que Jack lui prenne le téléphone des mains. Il avait très clairement dit à James qu'elle ne voulait plus avoir affaire à lui et que, s'il la rappelait, il allait disparaître sans qu'on retrouve son corps.

Puis, il avait raccroché au nez de James – qu'April avait pu entendre bafouiller à travers le haut-parleur –, avait bloqué le numéro, jeté le téléphone sur la table basse et annoncé qu'il s'en allait faire un tour.

En revenant un bref moment plus tard, il s'était confondu en excuses. Expliqué qu'il ne pouvait supporter d'entendre James prétendre être ce qu'il n'était pas, ramenant toujours tout à lui et n'écoutant pas un mot de ce que disait April. Et il avait insisté sur le fait que ce n'était pas une excuse pour sortir brutalement ni pour lui prendre son téléphone et menacer son ex.

En vérité, April avait été soulagée. Elle ne voulait *pas* parler à James. Elle n'était pas du tout fâchée pour ce qu'avait fait Jack. Mais elle pouvait voir que sa brève perte de contrôle le chiffonnait, lui.

Le reste de la nuit, il n'avait pas été aussi tactile que d'habitude, maintenant une bonne distance et parlant doucement, comme s'il croyait qu'elle avait peur de lui après sa confrontation avec James. Quand il avait été l'heure d'aller au lit, il l'avait embrassé presque distraitement avant de se rendre dans la chambre d'ami, où il dormait car il refusait de laisser April déménager de sa propre chambre.

Il avait été encore un peu distant le matin suivant, et ce ne fut pas avant qu'April le remercie une nouvelle fois d'avoir mis les choses au clair avec son ex qu'il commença enfin à se détendre.

Oui, Jack était un peu brut de décoffrage. Il n'aurait sans doute pas dû menacer de faire disparaître son ex, mais puisqu'il avait fait ça pour la protéger, elle n'en était pas bouleversée. Certaines personnes auraient pu s'inquiéter des tendances de violence que la menace insinuait, mais pas April. Elle connaissait cet homme. En son for intérieur, elle ne doutait pas du fait qu'il n'était pas violent par nature. Même si elle était tout aussi certaine que, si cela devait arriver, il se servirait de tout ce qu'il avait appris à l'armée pour la protéger.

Et donc une semaine passa, et Jack n'avait rien fait pour que leur relation passe à l'étape suivante, pas même plus qu'un autre baiser profond et éloquent.

April était frustrée à cause de lui, mais davantage à cause de sa mémoire qui n'était toujours pas revenue. Elle était allée à Jack's Lumber chaque jour, et lentement, elle en apprenait de plus en plus le fonctionnement. Elle avait commencé à programmer des tâches pour les gars, mais seulement après avoir promis à chacun d'entre eux qu'elle n'irait jamais d'elle-même faire les pré-vérifications sur une propriété. Puisqu'elle avait fini dans un accident en faisant justement cela, elle n'eut aucun problème à être d'accord.

Carlise, June et Marlowe passaient constamment rendre visite, et honnêtement, se trouver à Jack's Lumber ne lui donnait pas beaucoup l'impression d'être au travail. Elle adorait ce qu'elle faisait, et rire et déjeuner avec ses copines étaient les moments forts de ses journées.

Mais le plus grand était de passer du temps avec Jack chaque matin avant de se rendre au bureau, puis de retourner à la maison. Ils préparaient le dîner ensemble, s'en allaient se balader et se chamaillaient gentiment sur le programme à regarder. Un avantage d'avoir perdu la mémoire, c'était qu'elle pouvait regarder des programmes qu'apparemment elle adorait pour la toute première fois.

Un autre avantage était la lecture ; elle avait une tablette remplie de livres numériques qu'elle avait lus mais dont elle ne se souvenait pas, alors elle pouvait lire et apprécier les histoires comme si elles lui étaient nouvelles.

Mais la frustration quant à sa mémoire grandissait... alors elle avait décidé que le moment était venu.

Le moment pour elle de rentrer.

Elle avait un appartement dans lequel Jack était passé pour lui apporter ses vêtements et autres bricoles, comme sa liseuse, mais il n'avait pas pris le temps d'y emmener April elle-même. Elle avait le sentiment que ce n'était pas parce qu'il n'en avait pas le temps, mais plutôt parce qu'il ne voulait pas qu'elle parte.

Franchement, elle ne voulait pas partir non plus, mais elle ne pouvait pas continuer à vivre dans cette incertitude. Elle désirait Jack. Voulait une *véritable* relation avec cet homme, avec tous les à-côtés physiques.

Oui, elle ne vivait que depuis une semaine avec lui et seulement deux semaines s'étaient passées depuis son accident, mais l'absence de souvenirs mise de côté, elle se sentait super bien. Jack avait catégoriquement juré qu'il ne ferait pas progresser leur relation jusqu'à ce qu'elle se souvienne de tout, et c'était nul mais elle devait respecter sa décision. C'était Jack, il avait l'honneur dans le sang. Il ne profiterait jamais de la situation.

Alors, si leur relation ne pouvait pas évoluer jusqu'à ce que sa mémoire lui revienne, April ferait tout son possible pour faciliter les choses. C'est-à-dire, retourner chez elle. Essayer de forcer son cerveau à se souvenir de son passé récent.

Elle pressentait que Jack n'allait pas aimer ça. Pas du tout.

Ils étaient rentrés du bureau vers 18 heures, avaient préparé un gratin de pommes de terre, du steak et des épis de maïs pour le dîner. Ils avaient mangé à tête reposée, discutant de leur journée et de leurs amis entre deux bouchées, puis avaient nettoyé la cuisine et, cela étant devenu rapidement leur routine, s'étaient installés pour trouver quelque chose à regarder ensemble à la télévision.

Jack venait de prendre la télécommande quand April lâcha :

— Il est temps pour moi de rentrer.

Bon, elle n'avait pas voulu être si directe.

Il tourna brutalement la tête et la regarda avec une expression qu'elle ne parvint pas à déchiffrer. Elle se hâta de remplir le silence inconfortable.

— Ma tête ne me fait plus mal, et grâce à toi et à Cal, j'ai de nouveau un moyen de transport.

Cal s'était garé devant le Jack's Lumber deux jours auparavant dans une Subary Forester flambant neuve, comme celle qu'elle avait complètement détruite, avait jeté les clés sur le bureau devant elle et avait dit : « Désolé que ça ait pris autant de temps. »

April en avait été décontenancée, mais peu importait le nombre de fois où elle avait protesté ou essayé d'expliquer que ce n'était pas dans sa nature d'accepter un cadeau aussi extravagant, les gars n'avaient pas abandonné. Cal avait fini par souffler un bon coup, avait expliqué que ce coût ne représentait rien pour lui et qu'il l'avait fait en partie pour June parce qu'elle passait tellement de temps à Jack's Lumber que, si elle commençait à avoir des contractions, il voulait qu'April ait un moyen de transport fiable pour l'emmener chez le médecin sans avoir à attendre qu'on vienne chercher son épouse.

Elle avait fini par céder. Bien qu'elle s'en accommode mal, au fond d'elle, elle adorait cette petite voiture.

Elle se remit à parler car Jack continuait de la fixer.

— C'est bizarre de vivre ici, Jack. Je suis dans ta chambre et toi, dans la chambre d'amis. Je n'aime pas occuper ton lit. Ce n'est pas juste. Et ce n'est pas comme si nous étions un vrai couple, conclut-elle, presque à bout de souffle, s'étant sentie mesquine une fois les mots prononcés.

— Pas un vrai couple ? finit par dire Jack, incrédule, brisant son silence.

— Tu ne m'as pas embrassée depuis cette première nuit... pas d'un *vrai* baiser... et je t'ai essentiellement forcé pour celui-là, lui dit-elle.

Il renifla.

— Tu ne m'as forcé en rien. Et tu sais pourquoi j'attends.

April hocha lentement la tête.

— Oui. Et cela ne me fait que te désirer encore plus. Combien d'hommes feraient ça ? Refuser une chose gagnée d'avance parce que tu penses que c'est mieux pour moi ? Tu es un homme d'honneur, Jack, du haut de ta tête jusqu'au bout de tes pieds. Et j'apprécie. Je t'apprécie, *toi*, dit-elle avant de hausser d'une épaule et d'ajouter : Je veux plus. Je veux une vraie relation. Mais je refuse de te mettre la pression, alors j'en ai fini d'attendre passivement que mon cerveau se remette en route. Je veux retourner chez moi. Pas seulement pour voir si je peux relancer ma mémoire mais aussi... parce qu'être ici, avec toi, et ne *pas* être avec toi... ça fait mal, Jack.

Il fronça les sourcils.

— Je dois être sûr que c'est ce que tu veux. Que tu ne regretteras pas d'être avec moi une fois que ta mémoire sera revenue.

— Je sais, insista April. Je sais aussi que j'avais quelques réticences à m'engager avant mon accident, alors qu'on ne soit pas sortis ensemble n'est pas que de ton fait. Après avoir discuté avec les filles, je sais aussi que tu avais raison pour les choses que tu soupçonnais. J'étais inquiète car tu es mon patron et que les choses pouvaient devenir bizarres. Inquiète d'être plus âgée que toi. Apparemment, j'avais même quelques préoccupations à me remettre sérieusement avec un homme, après James. Mais tu n'es pas lui. Et je suis passée au-dessus de la différence d'âge. Je veux juste être avec toi, Jack. Et je pense que tu veux la même chose... mais tu te retiens. Là encore, ça fait mal d'être aussi proche de toi mais de te sentir aussi loin. Alors, je vais faire ce que je peux pour que mes souvenirs me reviennent, afin que nous soyons sûrs *tous les deux* de l'autre.

Elle le regarda attentivement, espérant contre toute attente qu'il serait d'accord. Ce n'était pas qu'elle voulait partir de chez lui, mais elle voulait une vraie et totale relation avec cet homme. Elle voulait qu'il la soulève et la porte jusqu'à sa chambre, la pose sur le lit qu'elle avait rêvé de partager avec lui toute cette semaine et qu'il lui fasse l'amour longtemps et lentement.

Elle ne doutait pas qu'il serait incroyable. Qu'il la ferait décoller. Il était impossible qu'il soit aussi égoïste que son ex au lit. Mais s'il avait besoin qu'elle retrouve d'abord ses souvenirs, elle ferait tout ce qu'il faudrait, même si cela impliquait le fait de le laisser pour que cela arrive.

April soupira puisque Jack restait silencieux.

— Et je... je crois que le mieux pour nous serait peut-être de faire une pause, aussi. J'ai été avec toi non-stop depuis mon accident. Tu t'es senti responsable de moi. Je ne veux pas être quelqu'un que tu estimes fragile, quelqu'un que tu dois garder dans une bulle protectrice. Même si j'adore l'idée que tu es là si j'ai besoin de toi, je dois trouver comment être moi-même.

— Tu n'as pas eu l'impression de pouvoir être toi-même ici ? demanda Jack.

C'était la première fois qu'April entendait la peine dans la voix de Jack. Elle détestait ça, elle détestait vraiment ça. Mais elle désirait plus de cet homme et, pour l'avoir, il fallait que ses fichus souvenirs lui reviennent.

— J'ai été plus moi-même depuis l'accident que je ne pense l'avoir été depuis longtemps. J'adore être ici, avec toi. Tu ignores à quel point j'adore passer du temps à faire des trucs banals comme du shopping, de la cuisine et du nettoyage avec toi. Mais je veux plus. Je *te* veux, Jack.

— Je ne veux pas que tu m'en veuilles, dit-il doucement.

— Ça n'arrivera pas, dit April avec ferveur.

— Je ne peux pas prendre le risque. Si tu finis par me détester de t'avoir fait l'amour, ça me tuera, dit-il, passant une main sur son visage, l'air soudain fatigué. Je t'emmènerai à ton appartement mais, si tu changes d'avis, tout ce que tu auras à faire, c'est de m'appeler. Je serai là en un rien de temps.

Elle était ravie qu'il ne lutte pas trop contre cette décision, bien que la tristesse l'envahisse elle-même. Elle adorait être avec Jack. Elle se sentait en sécurité avec lui. Et même si elle continuait de penser que c'était le bon choix, elle ne pouvait s'empêcher de voir ce retour chez elle comme un énorme pas en arrière.

— Merci, Jack. Je fais ça pour nous, tu sais.

— J'en ai *bien* conscience. Et cela me prouve juste que c'est toi, la plus forte dans cette relation.

April ne put effacer le sourire qui s'étendait sur son visage en entendant cela.

— C'est ça, dit-elle en roulant des yeux. Tu pourrais m'écraser comme un insecte.

Elle fut rassurée de voir les lèvres de Jack se retrousser en retour. Mais ensuite, il s'exprima avec sérieux.

— Toi et moi savons tous les deux que je suis complètement inoffensif quand il s'agit de toi, répondit-il en se penchant légèrement vers elle. Je suis sérieux, April. Si tu ressens ne serait-ce que le moindre petit malaise, tu m'appelles. Tu peux revenir ici ou je peux t'emmener chez l'une des filles. Je veux juste que tu te sentes bien et en sécurité.

April hocha la tête, et ils se regardèrent pendant un instant. Puis, il se leva et marcha jusqu'à sa chambre pour commencer à préparer les affaires. April faisant de même, ses émotions étaient diverses et variées mais, quand elle eut terminé, elle était plus déterminée que jamais à prouver à Jack que son absence de mémoire n'avait rien à voir avec ce qu'elle ressentait pour lui, aujourd'hui ou dans le futur. Elle retournerait à son appartement et, avec de la chance, se souviendrait un peu des dernières années. Ensuite, elle pourrait rentrer à la maison.

À la maison.

Là où se trouvait Jack était déjà la maison pour elle.

— Je suis prête, dit calmement April après être sortie de la chambre.

Jack se tourna de là où il se tenait, dans la cuisine, et la grande tristesse sur son visage causa presque la perte d'April. Elle faillit lui dire qu'elle avait changé d'avis et qu'elle allait rester. Mais elle devait faire ça. Pour tous les deux.

— Je te suivrai jusque chez toi, l'informa-t-il.

— Ce n'est pas nécessaire. Ce n'est pas si loin, protesta-t-elle.

— Je te suivrai, répéta-t-il fermement.

Voilà. Ça. Son côté protecteur était à la fois une bénédiction et quelque chose d'agaçant. Mais April ne pouvait pas dire qu'il ne l'avait pas prévenue.

Elle acquiesça et ouvrit la voie jusqu'à la porte. Les phares de Jack brillèrent dans son rétroviseur durant le trajet de quatre minutes jusqu'à sa résidence.

Une fois arrivés là-bas, il la fit monter jusqu'au second étage, directement jusqu'à sa porte.

— Tu veux entrer ? demanda-t-elle.

Il fit non de la tête.

— Si tu as mal à la tête, ne sois pas bornée et prends un comprimé.

April soupira.

— Je n'ai plus eu mal depuis quelques jours. En tout cas, pas au point de devoir prendre un truc.

— Quand même. N'en fais pas trop. Ne reste pas debout jusque tard pour nettoyer ou tenter de te refamiliariser avec ton appartement. Il y aura du temps pour ça plus tard. Tu viens travailler demain ?

Cet homme la connaissait tellement bien ! C'était à la fois troublant et réconfortant. Elle avait hâte d'explorer son appartement. C'était comme si elle emménageait chez un inconnu et, pourtant, c'était chez elle. Elle espérait pouvoir se faire plus d'idées sur sa vie ici, dans le Maine, en jetant un œil à ses effets personnels.

— April ?

— Oh, désolée. Bien sûr que je viens travailler. Pourquoi pas ?

— Je vérifiais juste. Je te retrouverai là-bas. Oh, merde. Je parie que tu n'as rien à manger ici. J'apporterai ta crème au bureau. Je te préparerai également un sandwich pour ton petit-déjeuner.

— Tu n'as pas à faire ça, lui dit-elle avec douceur.

Elle n'avait même pas pensé à l'état de son garde-manger et de son frigo quand elle avait pris la décision de se rendre à son appartement.

— Je sais. Mais je le ferai. Si tu as besoin de quoi que ce soit, n'hésite pas à me contacter.

— Tout ira bien pour moi.

— J'en suis sûr mais quand même, je me fiche de l'heure qu'il est. Si tu as besoin de moi, appelle. D'accord ?

— D'accord.

Ils restèrent sur le seuil de sa porte à se regarder, avant que Jack ne pose une main sur la nuque d'April et ne la caresse, les yeux baissés vers le sol, avant de soupirer.

— Je déteste ça, marmonna-t-il.

— Jack, commença April, mais elle se raidit, puis recula d'un pas.

— Non, ça va. Tu as besoin de découvrir qui tu es sans que je sois dans les parages. Mais ce n'est pas parce que tu es retournée vivre ici que nous allons reprendre les choses comme elles étaient, dit-il presque férocement.

— Je ne me souviens pas des choses comme elles étaient, lui

rappela April. Et je me fiche que tu sois dans les parages, ne put-elle s'empêcher de dire.

Il se pinça les lèvres, puis fit un pas vers elle. L'une de ses mains supportait sa nuque et l'autre s'enroula autour de sa taille. Il l'attira brutalement contre lui tout en baissant la tête, l'embrassa avec force et presque avec désespoir.

April ouvrit immédiatement la bouche et le prit par la taille. Cette semaine, elle avait désiré qu'il lui donne ce genre de baiser. La passion s'éveilla entre eux, et April sentit ses tétons se durcir dans son soutien-gorge et une chair de poule recouvrir ses bras. Elle poussa un faible gémissement en sentant la langue de Jack caresser la sienne.

Comme si ce petit son lui avait fait retrouver ses sens, Jack leva la tête. Heureusement, il ne s'écarta pas d'elle. Il garda les mains fermement posées sur elle, presque douloureusement.

— Jack ? murmura-t-elle puisqu'il ne dit pas un mot.

— Ma maison va paraître vide sans toi, finit-il par dire.

La détermination d'April faiblit. Qu'était-elle en train de faire ? Cet homme voulait qu'elle reste avec lui. Pourquoi se montrait-elle si têtue ? Était-ce si mal qu'il veuille attendre que sa mémoire lui revienne avant de la toucher d'une façon plus intime ?

En fait, oui. Car aussi sûr qu'il était qu'elle se souviendrait de lui et de tout le reste concernant ces cinq dernières années, elle n'était pas aussi confiante. Il pourrait se passer des mois avant qu'elle ne se souvienne. Des mois à se trouver près de lui, et il avait été incapable de l'avoir.

— Mais tu dormiras dans ton propre lit ce soir, lui dit-elle.

Il renifla.

— Comme si je voulais m'y trouver sans toi !

April leva les yeux au ciel.

— Tu sais aussi bien que moi que je me serais moquée du fait que tu grimpes à côté de moi. En fait, je t'ai invité à le faire, et c'est toi qui as refusé.

— Tu me tues, April. Pour ta gouverne.

Curieusement, elle réalisa qu'elle était en train de sourire.

— Tu survivras.

— Au moins mes draps auront ton odeur.

April fit la moue.

— Et les miens n'auront *pas* la tienne.

— Eh non ! dit-il avant de soupirer. Bien, je vais y aller, tant que je le peux encore. Une fois de plus, ne t'en fais pas pour le petit-déjeuner. Je m'en chargerai.

— Merci.

— Tu n'as pas à me remercier de m'assurer que tu manges, dit-il en secouant la tête.

Puis, il laissa ses mains retomber, et April n'eut pas le choix que de le laisser partir en retour. Il recula lentement. Sans détourner le regard du sien.

— Rentre, lui ordonna-t-il.

— Petit chef, se plaignit-elle pour de faux.

— Quand il s'agit de ta sûreté, oui.

— Je te retrouve demain.

— En effet.

April hésita, puis soupira et attrapa la poignée de la porte. Elle la referma lentement, puis verrouilla avec le pêne dormant. Elle se retourna et s'adossa contre la porte, fermant les yeux un moment avant de prendre une profonde inspiration et de les rouvrir.

Regardant autour d'elle, elle eut l'impression d'être dans une sorte de chambre d'hôtel. Un endroit quelque peu familier mais étrange dans tous les cas.

Elle souleva la valise que Jack avait portée pour elle et erra, à la recherche de sa chambre à coucher. Il semblait qu'elle était assez ordonnée, ce qui n'était pas une surprise, comme elle se souvenait de ce détail de son passé. Certains objets dans l'appartement lui étaient familiers, mais d'autres étaient nouveaux et intéressants. Il y avait des coquillages sur une étagère, du bois flotté sur le mur… mais ce furent les photos qui la fascinèrent le plus.

Au moins une douzaine se trouvait sur une étagère grande et peu large dans un coin de la pièce. En y regardant de plus près, elle vit que les photos montraient toutes des gens qu'elle avait appris à connaître cette dernière semaine. April se tenant au milieu de Chappy, de Cal, de Bob et de Jack devant le Jack's Lumber. Des portraits d'elle avec Carlise et les autres filles. L'une d'elles sur la plage, les cheveux sur le visage, en train de rire. Puis, devant un arbre gigantesque avec Jack à ses côtés, une tronçonneuse sur l'épaule de ce dernier.

Prenant la photo, elle la regarda de plus près pour l'examiner. Jack était terriblement canon, et celui ou celle qui avait pris le cliché avait dû surprendre April en train de le regarder avec une expression d'adoration.

Voir cette photo était la preuve absolue que ce qu'elle ressentait pour Jack n'était pas dû au fait qu'il avait passé tant de temps avec elle à l'hôpital ni du fait qu'il prenait soin d'elle depuis son retour à Newton. Les sentiments qu'elle avait eus pour lui étaient profondément ancrés, et non récents.

Les photos étaient un aperçu intéressant de la vie qu'elle avait menée ces dernières années. April réalisa qu'elle avait l'air heureuse sur chaque image, ce qui renforçait son idée qu'elle adorait la vie à Newton et que c'était désormais son foyer.

La détermination refit son apparition. Jack pouvait croire qu'elle ne connaissait pas son propre cerveau, mais il se trompait. Peut-être que d'avoir été secouée dans son crâne la faisait agir différemment qu'elle ne l'aurait fait, mais elle en avait assez de tourner autour du pot concernant leur attirance.

Elle voulait Jack. Point.

April reposa la photo sur l'étagère et se rendit dans sa chambre. Elle posa sa valise sur le sol, ne prenant pas la peine de la défaire car, avec de la chance, elle retournerait dans la maison de Jack d'un moment à l'autre.

Il était encore assez tôt, mais elle était mentalement épuisée, alors elle saisit son sac de toilette et se rendit dans la salle de bains attenante pour se préparer au coucher. Elle regarda chaque détail de chaque nouvelle pièce, des indices sur sa vie avant l'accident.

Il était surprenant qu'elle semble savoir où était tout alors qu'elle ne reconnaissait pas la plupart des affaires. Dans la salle de bains, elle ne manqua pas de trouver sa brosse à dents et le dentifrice, ainsi que la lotion qu'elle se mettait sur le visage avant le coucher. De retour dans la chambre, elle se rendit à sa commode et ouvrit le bon tiroir du premier coup. La mémoire motrice, peut-être.

Elle prit une chemise de nuit en soie et retira ses vêtements, avant de passer la chemise par la tête. Puis, elle grimpa sous la couette et le drap... et fixa le plafond.

Il faisait sombre, mais il y avait de la lumière dehors qui jetait des ombres dans la pièce. Tournant la tête, April vit que les rideaux de la fenêtre étaient ouverts, laissant passer la lumière. L'agacement fit son apparition tandis qu'elle regardait fixement cette fenêtre. *Ça*, ça lui semblait familier. Elle sortit du lit et ferma les rideaux, presque submergée par le sentiment de déjà-vu. Combien de fois était-elle allée se coucher et avait-elle oublié de fermer les rideaux, finissant énervée à cause de la lumière ?

Elle retourna au lit et se mit sur le côté, tournant le dos à la fenêtre. April regardait désormais aveuglément dans le noir. Elle se sentait... bizarre. Le lit lui paraissait froid. Trop petit. Elle s'était déjà habituée au *king size* de Jack, alors ce matelas de taille standard ne lui convenait plus. Non seulement ça, mais les draps n'étaient pas aussi doux et, comme elle l'avait prédit, n'avaient pas son odeur.

N'aimant pas la façon dont sa tête commençait à pulser, April ferma les yeux.

Elle allait bien. C'était elle qui avait insisté pour rentrer chez elle. Elle ne pouvait pas l'appeler et lui dire qu'elle avait changé d'avis. Ça la ferait paraître faible, et si elle était certaine d'une chose, c'était qu'elle n'était *pas* faible.

Ignorant la petite voix dans sa tête qui insistait sur le fait que, même si elle n'était peut-être pas une faible, elle était certainement extrêmement têtue, April soupira.

Sa dernière pensée avant que le sommeil ne s'abatte sur elle, fut qu'elle n'aimait pas être ici. Ce qui n'était pas génial car c'était chez elle. Son espace. Mais il lui paraissait vide. Et isolé. Et peut-être un peu effrayant. Les sons différaient de ceux dans la maison de Jack. Elle pouvait entendre la musique chez le voisin de l'autre côté du mur, les voitures sur la route dehors.

Tout ça était si... étranger.

CHAPITRE SEPT

JJ ne dormait pas. Il ne pouvait pas. Il avait l'impression d'avoir perdu la chose la plus importante de sa vie. Sa maison était vide. Sans âme. Il aurait dû faire ce qu'April voulait – bordel, c'était ce que *lui* voulait ! –, mais il ne pouvait pas la toucher, dormir avec elle, jusqu'à ce qu'elle se souvienne de tout.

Il avait la peur fermement ancrée qu'elle se souvienne de la grande raison pour laquelle elle ne voulait pas sortir avec lui avant l'accident, outre le fait qu'il n'avait jamais exprimé son intérêt. Et comment pourrait-elle ne pas lui en vouloir s'il tirait avantage de la situation ? Alors, quand elle lui avait dit qu'elle retournait dans son appartement, il avait eu le sentiment qu'il n'avait pas d'autre choix que de la laisser partir.

Il détestait ça. Il n'aimait pas qu'elle ne soit pas dans son lit. Il avait son parfum, ce qui était presque plus que ce qu'il pouvait supporter. Plus d'une fois, il avait failli se lever et partir dans la chambre d'ami, où il avait passé la dernière semaine, mais il n'arrivait pas à trouver la motivation de bouger.

Jack n'avait jamais été un lâche. Il avait toujours foncé tête baissée face à ce que la vie lui lançait. Mais il ignorait complètement la bonne chose à faire quand il s'agissait d'April. Il avait décidé qu'il n'allait plus se contenir avec elle mais il savait qu'il ne pouvait être avec elle, complètement, puis la perdre. Il savait sans l'ombre d'un doute que la perdre l'enverrait dans une spirale infernale de laquelle il ne se remettrait jamais.

C'était mieux de ne pas avoir April du tout, de ne jamais la goûter, de ne jamais sentir son sexe contre sa verge, de ne jamais la regarder jouir sous lui ni la tenir contre lui toute la nuit, plutôt que de vivre tout cela et plus seulement pour tout perdre.

Se tournant sur le côté, JJ frappa l'oreiller sous sa tête et grogna instantanément. Tout cela ne faisait que faire davantage flotter lentement son parfum jusqu'à ses narines. Sa queue était raide comme un bâton mais il refusait de se toucher. Il n'avait pas l'impression de mériter de prendre son pied après avoir chassé April.

Il se demanda pour la centième fois ce qu'elle était en train de faire… Avait-elle laissé sa curiosité prendre le dessus pour explorer l'appartement ? Dormait-elle ? Regardait-elle l'album photos qu'il savait se trouver sur une étagère sous la télé ? Avait-elle déniché sa réserve de cookies vendus par les petits scouts qu'elle gardait au congélateur car elle en était accro et qu'elle voulait être capable de les savourer toute l'année ?

Merde, JJ connaissait mieux son appartement qu'elle à ce stade et il ne s'y était pas trouvé si souvent que ça. Mais il avait tout mémorisé de son espace le peu de fois qu'il s'y était rendu. C'était douillet. Confortable. Pas étonnant qu'elle veuille y retourner. Même sans ses souvenirs, elle avait dû sentir inconsciemment que c'était un endroit qu'elle adorait.

Dans un soupir, JJ ferma les yeux et força son cerveau à cesser. À s'arrêter.

Ce qui lui parut comme des heures plus tard, il se tourna et vérifia le réveil. Merde. Seulement dix minutes étaient passées depuis la dernière fois qu'il avait regardé. Il était 3 h 22, et il n'avait pas dormi du tout. Comment aurait-il pu, sachant qu'April ne se trouvait pas de l'autre côté de la porte ?

Il lui avait fallu une semaine… une minuscule semaine pour qu'il devienne accro à elle. Sa psyché avait besoin de savoir qu'elle allait bien. Qu'elle ne souffrait pas. Et quand elle était dans son lit, il pouvait passer la voir au milieu de la nuit. S'assurer que son visage ne se froissait pas sous l'effet de la douleur pendant qu'elle dormait. Pouvait s'assurer qu'elle avait assez chaud.

Il avait traversé des années sans avoir besoin d'elle dans l'autre pièce. Mais après son accident, après s'être senti si impuissant en la voyant dans son lit d'hôpital, il savait que son corps s'était recâblé pour être complètement relié à cette femme. C'était un sentiment étrange mais qui semblait normal.

— Elle va bien, se dit JJ à voix haute. C'est une adulte qui a vécu toute seule pendant très longtemps maintenant. Elle n'a pas besoin que tu rôdes.

Ses paroles semblèrent résonner dans la chambre vide. Se moquer de lui.

Il devrait vraiment se lever. Faire quelque chose de productif puisqu'il était éveillé. Mais il ne savait pas quoi faire. Ce n'était pas comme s'il pouvait s'en aller et commencer à couper des arbres ou d'autres trucs à ce moment de la matinée.

Juste au moment où il se décida à se lever et à prendre une douche pour tenter de se débarrasser des toiles dans sa tête, son téléphone portable se mit à sonner sur la table de nuit.

Immédiatement, JJ devint bel et bien réveillé. Il se jeta sur son téléphone, et son cœur cessa presque de battre dans sa poitrine quand il vit le nom d'April sur l'écran.

— Qu'est-ce qui se passe ?! aboya-t-il en répondant.

— Jack ?

Bon Dieu ! À sa voix, petite et effrayée, elle n'avait pas l'air d'aller bien.

Il était déjà en mouvement. Il n'avait pas besoin de savoir ce qui arrivait à April pour comprendre d'instinct qu'il devait se rendre auprès d'elle aussi vite que possible. Mais il reposa tout de même la question :

— C'est moi. Qu'est-ce qui ne va pas ?

Sans faire de pause, il se rua vers la porte d'entrée, attrapant ses clés au passage.

— Je ne sais pas... ma tête... elle fait *mal*. Tellement !

L'effroi parcourut tout le corps de Jack tandis qu'il courait jusqu'à son véhicule. Ses mains tremblèrent quand il voulut insérer la clé de contact. Il ne se souvenait pas d'avoir verrouillé ni même fermé la porte d'entrée ; tout ce qui importait, c'était de rejoindre April.

— Tu es chez toi ?

— Ouais. Je me suis réveillée et j'ai eu l'impression que ma tête allait exploser.

— J'arrive, ma puce. Tu m'entends ? Je suis là dans deux minutes.

Jack savait qu'il devrait lui dire de raccrocher et d'appeler les urgences, mais il ne pouvait supporter l'idée de perdre la connexion. Il appellerait quand il aurait atteint son appartement.

— J'ai peur, murmura-t-elle.

— Je sais mais je suis presque arrivé.

— Je me sens nauséeuse... et Jack ?

— Ouais, bébé ?

JJ n'avait jamais ressenti ce genre de peur auparavant. Pas même quand lui et son équipe avaient été retenus captifs. Pas quand ses ravisseurs l'avaient torturé. Pas quand il avait cru pouvoir mourir entre leurs mains.

Il n'aurait pas dû la laisser retourner à son appartement. C'était sa faute, et si quoi que ce soit arrivait à April, il ne se le pardonnerait jamais.

— Je me souviens.

— Tu te souviens de quoi ? demanda-t-il en arrivant sur le parking de sa résidence.

— De tout.

Si c'était possible, cet unique mot intensifia encore plus la peur de JJ.

— Ça va. Tu vas bien. Je suis là et je monte.

Un gémissement fut sa seule réponse, et ce son déchira le cœur de JJ en deux.

Reconnaissant d'avoir oublié de lui redonner le double des clés de son appartement dont il s'était servi pour récupérer quelques-unes de ses affaires, JJ grimpa les marches deux par deux. Un instant plus tard, il était à l'intérieur, courant vers sa chambre.

Il faisait sombre, mais il n'avait pas besoin d'une lumière pour la trouver. Il se dirigea sans se tromper vers le côté du matelas sur lequel elle était allongée. Elle gémit de nouveau, et Jack réagit instinctivement. Il se mit sous les couvertures, éloigna le téléphone d'April de son oreille et le posa brutalement – avec le sien – sur la table de nuit avant de la serrer contre lui. Il mit une main à l'arrière de sa tête, la tenant fermement, et l'autre autour de sa taille.

Elle se blottit sans attendre contre lui, son nez appuyé contre son torse. Elle avait les bras repliés contre elle, et il sentit ses doigts contre sa peau nue.

— Jack, murmura-t-elle, et il sentit l'air chaud de cet unique mot contre son cœur.

— Je suis là, dit-il d'un ton apaisant. Je te tiens, je suis là.

Elle tremblait désormais, de petits sanglots s'échappant de sa bouche. C'était le son le plus déchirant qu'il ait jamais entendu.

— Je dois appeler les urgences, lui dit-il.

— Non ! le supplia-t-elle. C'est déjà moins douloureux. Serre-moi. S'il te plaît ?

Tout chez JJ lui ordonna de se tourner pour prendre son

téléphone, mais il se sentait gelé. Il ne pouvait pas lâcher. Il ne pouvait littéralement pas commander à ses muscles de la desserrer.

Combien de temps restèrent-ils ainsi, il n'en eut aucune idée, mais il finit par la sentir se détendre peu à peu. Il n'avait jamais été aussi soulagé que maintenant, quand elle se fondait pleinement contre lui.

— Mon ange ? murmura-t-il.

— Ça va mieux, lui dit-elle, mais JJ avait l'intuition qu'elle n'était pas tout à fait honnête.

— Que s'est-il passé ? demanda-t-il. Tu peux parler sans avoir mal ?

— Je me suis réveillée et... tout était revenu ! J'ai eu l'impression qu'une avalanche de souvenirs me martelait le cerveau.

— Tu te souviens vraiment de *tout* ?

— Oui.

Il se raidit, mais il ne relâcha pas son étreinte.

— Je me souviens de l'accident. C'était un animal, exactement comme la police le pensait. Un élan. J'ai fait un écart pour ne pas le heurter. Tout était si bruyant quand je me suis écrasée et j'avais si peur. Je savais que tu serais furieux contre moi pour être allée là-bas sans t'en avoir parlé d'abord.

— Je suis juste content que tu ailles bien.

— Je me souviens de mon entretien avec toi. De ma rencontre avec les gars. De la façon dont Carlise et Chappy se sont connus. Que chacune des filles a été obligée de partager un lit avec les mecs et que, ensuite, ils étaient amoureux. Que Bob a menti sur le fait de rendre visite à une tante inexistante et a filé en douce dans un autre pays pour libérer Marlowe. Les grossesses, les repas, nos clients, tout. Mais surtout... Je me souviens d'être allongée dans ce lit, à me demander ce que je faisais de mal. Pourquoi tu ne voulais pas m'inviter à sortir.

— Oh, ma puce, dit JJ, fermant les yeux et la serrant encore plus fort.

— Je ne savais pas quoi faire différemment. Comment être le genre de femme que tu souhaitais, surtout m'être dit que j'étais trop vieille pour toi. Je me souviens de toutes ces fois où je me suis masturbée dans ce lit en pensant à toi. J'ai commencé à éviter les réunions avec nos amis, car ça devenait tellement difficile de me trouver près de toi... raconta-t-elle avant de marquer une courte pause. Et je... j'allais m'en aller. J'avais commencé à chercher des jobs en ligne à Bangor et à Portland.

— Non ! s'exclama JJ en secouant la tête. Tu ne peux pas me laisser. Je ne le permettrai pas. J'ai besoin de toi ! Et tu es *exactement* la femme que je veux. Mais j'étais terrifié de ne pas être assez bien pour toi.

— Tu es tout ce que j'ai toujours voulu, marmonna-t-elle contre son torse. Têtu, passionné, autoritaire, protecteur. Je t'ai observé pendant des années. Tu ferais n'importe quoi pour tes amis. *N'importe quoi.* Ce genre de loyauté... c'est tellement sexy, Jack. Et je veux avoir ça, pour moi toute seule.

— Tu l'as. Tu m'as, moi.

— Vraiment ?

— Oui.

Il la sentit soupirer contre lui.

— Comment va ta tête maintenant ?

— Elle fait vachement mal.

JJ sourit, bien que la situation n'eût rien de comique.

— J'appelle les urgences, dit-il, commençant à se tourner.

Mais elle émit un petit bruit de détresse et parut s'enfoncer encore plus contre lui.

— Non, s'il te plaît ! Je vais bien. C'est juste... Je pense que c'est à cause des souvenirs. J'ai juste besoin de rester là. Si l'ambulance vient, ils vont me faire bouger. Mettre des lumières éclatantes dans mes yeux, ce qui ne fera qu'empirer mon mal de tête. J'ai juste besoin de noir et de silence... et de toi.

Putain. Elle le tuait ! Ce n'était pas la bonne chose à faire mais Jack ne pouvait rien lui refuser. Ça n'augurait rien de bon pour le futur ! Elle pouvait complètement se servir de sa réticence à lui dire non pour en tirer avantage. Mais il s'en foutait tellement en ce moment !

— Vingt minutes, et j'appelle si la douleur ne s'est pas amoindrie, lui dit-il avec fermeté.

Il la sentit acquiescer contre lui.

Ils restèrent ainsi en silence, JJ la tenant très fermement et April pelotonnée contre lui comme si elle ne voulait jamais partir. Alors, une pensée soudaine heurta JJ.

Elle se souvenait de tout et elle ne le repoussait pas ! Quand elle avait eu peur et mal, elle l'avait appelé, *lui* !

Pour la première fois depuis qu'elle avait pris la décision de retourner à son appartement, l'espoir s'épanouit. Peut-être qu'elle pourrait réellement être sienne, même rien qu'un peu.

Il avait vraiment l'intention d'appeler une ambulance dans vingt minutes, mais le flot d'adrénaline déclinant, la nuit sans sommeil le rattrapa. Le parfum de la femme qu'il aimait s'infiltra dans son inconscience tandis qu'il la tenait dans ses bras. Ses yeux se fermèrent, et JJ s'endormit profondément.

* * *

April était dans les bras de Jack et elle ne parvenait pas à se souvenir de s'être sentie autant en sécurité. Sa tête pulsait lamentablement, et chaque mouvement envoyait des pics de douleurs dans tout son corps. Mais être pressée contre le corps de Jack, sentir les battements de son cœur sous sa joue, savoir qu'il n'avait pas hésité à venir dès qu'elle l'avait appelé... elle n'avait aucun désir de bouger.

Les souvenirs continuaient d'inonder son esprit. La frustration qu'elle avait ressentie quand Jack l'avait considérée comme une autre amie – ou pire, une simple employée. La joie de savoir que ses amis étaient tombés amoureux. La terreur quand ils avaient tous été blessés ou en danger. L'impatience de voir June, Carlise et Marlowe donner naissance à leurs enfants. Le chagrin qu'elle avait ressenti en prenant la décision de poursuivre sa vie ailleurs une fois les bébés nés.

L'amour qu'elle ressentait pour Jack qu'elle ne pensait jamais avoir en retour.

Tout était si écrasant !

Quand elle s'était réveillée de son sommeil agité, d'abord, sa tête lui avait donné l'impression d'être littéralement sur le point d'exploser, et la seule personne à laquelle elle avait pensé pour appeler à l'aide, c'était Jack. Et il était venu. Immédiatement. À la seconde où il l'avait mise dans ses bras, la douleur s'était atténuée. Elle n'avait pas disparu, mais le savoir présent avait été un immense soulagement.

Soudain, son lit ne lui paraissait plus vide. Elle avait fantasmé sur le fait qu'il la tienne ainsi plus d'une fois pendant des années. Les histoires qu'elle avait tissées dans son imagination sur l'effet que ça lui ferait d'être contre son corps n'étaient rien comparé à la réalité. Elle ne voulait plus bouger. Ne voulait pas que le matin arrive. Parce qu'avec le soleil viendraient les changements. Elle savait cela parfaitement bien.

Jack insisterait-il pour maintenir la distance, même après qu'elle se fut souvenue de tout ? Essaierait-il d'être noble et de lui accorder de l'espace pour décider de ce qu'elle voulait ?

Au diable tout ça ! Elle n'avait pas besoin d'espace. Elle savait ce qu'elle voulait, et c'était Jack. Elle l'aimait. Depuis des années. Et si *lui* changeait d'avis quant au fait d'être avec elle, elle n'aurait pas d'autre choix que de s'en aller. Immédiatement.

Maintenant qu'elle savait ce qu'elle allait louper, la sensation de ses bras autour d'elle, la façon dont tout son corps picotait quand il l'embrassait, Jack l'appelant *ma puce* et *mon ange* avec cette voix si profonde... elle ne pourrait plus continuer de vivre à Newton sans avoir tout cela.

Heureusement, la nausée finit par se retirer et la pulsation de son crâne, diminuer quelque peu également. Elle découvrit qu'elle adorait regarder Jack dormir. C'était comme si elle avait obtenu la chance de voir une partie de lui que peu de personnes voyaient. Il avait baissé la garde et il lui faisait suffisamment confiance pour dormir en sa présence. Mais c'était la puissance de ses bras qui ne déclinait jamais qui la bouleversait ; même dans son sommeil, il était protecteur.

La lumière commençait seulement à se faufiler autour des rideaux quand il s'étira contre elle. Il ne se réveilla pas comme la plupart des gens, il ne revenait pas progressivement vers la conscience. Une seconde, il respirait profondément, toujours endormi, et la seconde suivante, il était pleinement éveillé.

— April ? murmura-t-il.

— Je suis là, répondit-elle, un petit sourire aux lèvres.

— Merde, je me suis endormi et j'allais appeler de l'aide. Comment va ta tête ?

— Elle va bien.

Du fond de sa gorge, il émit un son qui affichait son scepticisme.

— Je vais bien. Je veux dire, j'ai encore mal à la tête mais rien de comparable à la nuit passée.

Elle le sentit changer de position, et elle y répondit en se rapprochant plus.

Il ricana, et ce son parcourut tout le corps d'April étant donné qu'elle était plaquée contre lui de la tête aux pieds.

— Tu es comme une sorte d'autruche, refusant de retirer ta tête du sable.

— J'ai peur.

Tout humour disparut de sa voix lorsqu'il demanda :

— De moi ?

— Non, bien sûr que non. De la façon dont les choses pourraient être différentes maintenant que ma mémoire est revenue, admit-elle d'une petite voix.

Les bras de Jack se resserrèrent autour d'elle, et la main qui avait été emmêlée dans ses cheveux toute la nuit commença à lui masser doucement la tête tout en la maintenant contre lui.

—Elles *seront* différentes.

Tout le corps d'April s'immobilisa. Ses yeux se remplirent de larmes.

— Tu es à moi, ajouta Jack, et elle pouvait à peine respirer tandis qu'il continuait. Tu te souviens de notre passé. Comme j'ai été un idiot et n'ai pas eu le courage de t'inviter à sortir, comme nous savons tous les deux que je désirais faire. Je t'ai forcée à remettre en question ton charme et à éventuellement partir. C'est terminé. Tu te souviens de toutes mes imperfections et des traits négatifs de ma personnalité. Et pourtant, tu m'as quand même appelé quand tu étais en souffrance et que tu avais besoin d'aide. Je ne te laisserai pas partir, April. Tant que tu voudras de moi, je serai à toi.

Elle ferma les yeux pour tenter de stopper ses larmes.

— April ? finit par demander Jack au bout d'un moment. Je peux sentir tes larmes sur ma peau. Je t'en prie, dis-moi que ce ne sont pas des larmes de peur, ni des larmes de *je ne sais pas comment sortir de cette situation*.

Elle secoua la tête.

— Ce sont des larmes de soulagement. Des larmes qui pensent *Je n'arrive pas à croire qu'il me dise ces choses que je rêvais d'entendre depuis des années.*

Jack changea de position et, pour la première fois depuis des heures, il desserra son étreinte. Avec sa main dans les cheveux d'April, il inclina doucement sa tête vers l'arrière afin de voir son visage.

April sentit ses joues se réchauffer. Elle devait avoir l'air d'être dans un sale état. La peau tachetée, les yeux rouges, les cheveux en pagaille… mais l'émotion qu'elle vit dans les yeux de Jack n'était en rien du dégoût.

Il pencha lentement la tête, et ses lèvres effleurèrent les siennes.

— Aujourd'hui est le premier jour du reste de notre vie.

Elle lui sourit.

— Seigneur, pardon, c'était tellement ringard ! dit-il en roulant des yeux.

Ça l'était, mais April s'en fichait. Elle reposa la joue sur son torse et soupira de contentement.

— Nous devons voir ton docteur aujourd'hui, dit-il.

April fronça les sourcils.

— Non. Je vais bien.

— Nous devons et nous irons, dit-il, ferme. Tu m'as fait peur la nuit dernière, ma puce. Je n'aime pas te savoir en si grande souffrance. Tu pouvais à peine me parler au téléphone. Nous irons chez le docteur, te faire ausculter. Tu sais qu'il voulait te revoir à la seconde où ta mémoire revenait.

April soupira.

— Très bien !

— Parfait. Nous devons aussi l'apprendre aux autres. Ils en seront très heureux.

En effet. Les filles crieraient de joie, toutes excitées, et les gars lui feraient un petit signe du menton et lui diraient qu'il était temps. Elle adorait ses amis, et c'était un soulagement de pouvoir se rappeler leurs souvenirs partagés.

Ni elle ni Jack n'entreprirent de sortir du lit. Il lui caressait les cheveux avec douceur et elle dessinait distraitement des cercles sur son torse. Plusieurs minutes passèrent avant qu'une chose traverse l'esprit d'April. Elle leva la tête et le regarda. Le soleil était suffisamment haut dans le ciel maintenant pour que la lumière qui passait à travers les rideaux lui permette de le regarder dans les yeux.

— Hmm, Jack ?

— Ouais ?

— Tu es nu.

Il ricana.

— Pas tout à fait. Je ne suis pas nu en bas.

— Tu as retiré tes vêtements avant de te mettre au lit avec moi ?

À l'étonnement d'April, les joues de Jack devinrent rouges.

— Pas exactement...

Elle afficha sa confusion.

— J'étais au lit quand tu m'as appelé, bien sûr, et je ne voulais pas perdre de temps en m'habillant. Ma seule préoccupation était de te rejoindre.

Elle le regarda, incrédule, la bouche ouverte.

— Tu es venu ici sans rien d'autre qu'un sous-vêtement ?

Il haussa les épaules.

— Ouaip.

Alors qu'elle assimilait la réponse de Jack, les yeux d'April se remplirent de larmes une fois de plus.

— Merde, qu'est-ce qui ne va pas ? demanda-t-il, anxieux.

— Je... tu... personne n'avait *jamais* fait un truc pareil pour moi avant.

Il se détendit.

— Heureusement que je ne me suis pas fait arrêter. Je ne respectais pas vraiment la limitation de vitesse, blagua-t-il.

April n'arrivait pas à intégrer qu'il se soit tant hâté pour la retrouver, qu'il ne s'était même pas arrêté pour enfiler un pantalon. Ni des chaussures. Puis, elle pensa à autre chose :

— Je n'ai pas grand-chose à te prêter qui puisse t'aller pour porter ici.

Jack haussa les épaules avec nonchalance.

— J'appellerai un des gars pour qu'il m'apporte un truc. J'ai besoin qu'ils passent vérifier chez moi de toute manière. Je ne suis pas certain d'avoir fermé ma porte d'entrée en partant.

Là, April se redressa sur un coude.

— Quoi ? Jack, c'est dingue ! Je veux dire, Newton n'est pas vraiment le centre du crime, mais si quelqu'un entre et te vole des trucs ?

— Alors, je les remplacerai. Tu es bien plus importante que n'importe laquelle de mes bricoles.

Purée, cet homme ! Il la tuait.

— OK, tu dois cesser, lui dit-elle.

Il se fit perplexe.

— Cesser quoi ?

— D'être si incroyable. Je ne peux pas le supporter. Je ne suis pas une pleureuse et tu m'as déjà fait pleurer deux fois ce matin. Tu dois redevenir agaçant et autoritaire.

Il ricana, et ce son se dirigea directement vers l'entrejambe d'April. Il roula jusqu'à ce qu'elle se trouve sous lui. April pouvait sentir sa peau contre la sienne, et même si la chemise de nuit qu'elle avait enfilée la veille était remontée, ce qui était déjà excitant, elle aurait aimé sentir la peau de Jack contre la sienne *partout*.

— Non, je ne peux pas, dit-il en secouant la tête. Tu vas devoir t'y habituer. Tu passes en premier, April. À partir de maintenant. Je me fiche de ce que ce sera, ton bien-être, tes souhaits et tes désirs passeront toujours en premier pour moi. Je n'aurai jamais honte d'admettre que tu me mènes par le bout du nez. Tu veux quelque chose ? Je me plierai en quatre pour te le donner.

— Tout ce que je veux, c'est toi, admit-elle. Ton attention, ton temps, ton affection. Durant mon mariage, je suis tellement passée en second, je ne veux plus jamais me retrouver dans cette situation.

— Ça n'arrivera pas, jura Jack.

— Mais il en va de même pour moi. Je veux te rendre heureux moi aussi.

— Tu le fais déjà.

April secoua la tête.

— Tu sais ce que je veux dire. Je ne veux pas que tu fasses des choses que tu détestes juste parce que je veux les faire.

— Pas possible.

— Jack, murmura April, submergée.

— C'est ce que je suis, lui dit-il. Je t'ai prévenue. C'est pour cela que je voulais attendre que tes souvenirs reviennent. Que tu te souviennes à quel point je suis déterminé. À quel point je suis têtu. À quel point je peux être un con parfois. Je voulais que tu saches vraiment dans quoi tu te lançais en décidant d'être mienne.

Oh, ça, April le savait et elle voulait se pincer pour s'assurer de ne pas être en train de rêver.

— Je sais qui tu es et je veux chaque parcelle de cet homme, Jackson Justice.

Elle sursauta de surprise quand elle sentit l'une des mains de Jack sur l'extérieur de sa cuisse. Il la caressa brièvement avant de remonter sa main.

— Tant mieux. Parce que je te veux également, April Hoffman.

Sa main vint se poser sur le ventre d'April, et elle avait le souffle court, le pouce de Jack effleurant le coton de sa culotte tandis que son petit doigt jouait avec son nombril.

C'était en train d'arriver, et elle était prête. Plus que prête. Elle avait rêvé de ce moment pendant des années et peinait à croire que Jack était là, au lit, avec elle. Pratiquement nu, en train de la toucher.

Juste quand la tête de Jack commençait à se baisser, son téléphone se mit à sonner sur la table de nuit.

Le son bruyant fit grimacer April et jurer Jack.

Il se retourna et attrapa son téléphone. April pouvait aisément entendre la conversation dans le silence du matin, et aussi parce que Jack était si proche...

— Yo.

— JJ ? C'est Bob. Mais pourquoi ta porte d'entrée est-elle ouverte ? Tout va bien ?

— Je vais bien. Je ne suis pas là.

— C'est ce que j'ai découvert. Que se passe-t-il ?

— Je suis à l'appartement d'April. J'ai besoin d'une faveur. Tu peux me rapporter des chaussures, des chaussettes, un jean et un T-shirt ?

— Euh bien sûr mais… j'ai des questions.

— Je l'aurais parié. Je dois emmener April chez le médecin, alors nous arriverons en retard au bureau. Il me semble que nous n'avons que ce petit boulot résidentiel ce matin. Avec les autres, vous pouvez vous en charger ?

— Bien sûr. April va bien ?

— Ses souvenirs sont revenus.

— *Quoi* ? C'est super ! s'exclama Bob.

April sourit en entendant le bonheur sincère dans sa voix.

— Ouais, même si c'est arrivé avec un mal de tête du tonnerre, alors on va l'emmener se faire ausculter.

— D'accord, bien sûr. Mais ta porte ? Et les vêtements ?

Jack ricana.

— Elle a appelé au milieu de la nuit. Je me suis précipité ici sans m'arrêter pour faire quoi que ce soit d'autre.

— Comme t'habiller ou fermer ta porte. J'ai pigé. Je serai là dans dix ou quinze minutes.

— Merci. J'apprécie.

— Je peux le dire à Marlowe ?

— Qu'April a retrouvé la mémoire ? Bien sûr.

— Non, que tu as couru dans tous les sens, cul nu, au milieu de la nuit, rectifia Bob en rigolant.

— Tu es un crétin, lui dit Jack.

— Si tu le dis. À bientôt.

Jack coupa la connexion et secoua la tête.

— Je ne sais pas pourquoi je le supporte.

— Bien sûr que tu le sais. C'est ton ami.

L'expression du visage de Jack se fit sérieuse.

— Tu te sens vraiment bien ce matin ?

— Ouais. Je le redis, j'ai un mal de tête, mais ce n'est rien comparé à la nuit dernière. Et la douleur s'amenuise.

— Tu ne dis pas ça juste pour que je ne flippe pas ?

April sourit.

— Non.

— D'accord. On va t'asseoir et voir si la douleur revient, dit Jack, changeant de position, ses jambes dépassant du côté du lit.

April posa la main sur son bras, lui demandant d'arrêter et de se tourner vers elle.

— Je...

Zut. Elle n'était pas douée pour ce genre de chose. Mais elle devait s'améliorer pour dire ce qu'elle voulait. Elle avait perdu tant d'années à ne pas dire ce qu'elle pensait à Jack.

— Quoi ? Tu peux me parler de tout.

— Je veux rester chez toi ce soir. Dans ton lit. Avec toi, lâcha-t-elle.

L'intensité du visage de Jack aurait été effrayante si elle ne l'avait pas désiré autant.

— C'est déjà ce que je prévoyais, mon ange. Tant que le médecin donne sa bénédiction et que tu t'en sens capable, tu seras mienne ce soir. De toutes les manières possibles.

— Je suis déjà tienne, dit-elle dans un murmure.

Jack ferma les yeux un moment avant de se pincer les lèvres et de se lever.

— Allez, assieds-toi, ma puce. On va voir comment tu te sens avant de te lever.

Elle se redressa sur le matelas, mais elle ne pouvait s'empêcher de fixer l'homme à côté de son lit. Elle avait éprouvé du désir pour lui vêtu d'un jean et d'un T-shirt tout en maniant une tronçonneuse, mais quasiment nu ? Il était irrésistible. À sa surprise, il avait un peu de ventre, mais les muscles de ses cuisses ondulaient dans ses mouvements et ses bras étaient tout aussi forts. En bref, il était parfait et il était à *elle*.

— Regarde-moi comme ça plus longtemps, et on va avoir des problèmes, lui dit Jack.

April haussa un sourcil.

— Je prends le risque, répliqua-t-elle.

Cela amusa Jack.

— Quelle audace. Je préfère nettement ça que de t'entendre gémir de douleur. Viens, on va te mettre debout et t'habiller. Même si j'aime beaucoup Bob et que je sais qu'il est fou amoureux de sa femme, je ne veux pas qu'il te voie dans cette chemise de nuit sexy.

April voulait en débattre. Pointer la cellulite parsemée sur ses cuisses, le haut de ses bras qui s'affaissait et le poids en trop qu'elle portait au niveau de la taille… mais elle résista. Si Jack la trouvait sexy, elle n'allait pas se plaindre.

Elle lui sourit en lui prenant la main et en le laissant l'aider à sortir du lit. La satisfaction et le désir visibles dans ses yeux étaient un tel changement par rapport à ce à quoi il l'avait habituée quand il la regardait qu'elle rougit.

— Je vais attendre Bob dans l'autre pièce. Prends ton temps pour te préparer, dit Jack en faisant un pas en arrière, les poings serrés sur les côtés comme s'il puisait dans tout son contrôle pour ne pas l'attraper.

Quand il arriva à la porte, April l'appela.

— Ouais ?

— Merci d'être venu. Je ne voulais appeler personne d'autre.

— Si jamais tu te sens effrayée, incertaine ou souffrante, appelle-moi, lui enjoignit-il. Peu importe l'heure qu'il est ou ce que nous faisons. Tu appelles.

— Je le ferai.

Jack hocha la tête, puis se tourna de façon abrupte et sortit de la pièce.

Prenant une profonde inspiration et grimaçant à la douleur que cela causa à sa tête, April se rendit à sa penderie. Elle y prit des vêtements avant d'aller dans la salle de bains. Sa vie avait pris un étrange tournant ces deux dernières semaines, mais elle ne pouvait en être peinée. Comment le pourrait-elle alors qu'elle avait ce qu'elle avait voulu pendant des années ?

Jack avait dit qu'elle était à lui, et il était à elle en retour. Elle allait faire tout ce qui serait en son pouvoir pour le garder. Sourire aux lèvres, elle commença à se préparer pour la journée.

CHAPITRE HUIT

JJ arbora un grand sourire quand April salua Marlowe. Carline et June étaient déjà passées par Jack's Lumber pour rendre visite à leur amie et lui dire comme elles étaient heureuses qu'elle ait retrouvé sa mémoire. Bob mentionna que Marlowe avait des nausées matinales et se reposait, alors elle arriverait plus tard que les autres.

La visite d'April chez le médecin s'était bien passée. Il avait dit que son mal de tête à la suite du retour de ses souvenirs était plutôt normal et devrait se dissiper en cours de journée. Il leur avait indiqué de l'appeler s'il ne passait pas ou si la douleur empirait et avait recommandé des comprimés sans ordonnance pour le contenir en attendant, et ils avaient programmé un autre rendez-vous pour la semaine suivante.

Soulagé que le docteur n'ait pas été alarmé par le degré de douleur d'April, JJ n'avait pas fait d'objection lorsqu'elle avait insisté pour aller au bureau. Il s'était d'abord arrêté au *diner* local afin de veiller à ce qu'elle prenne un bon petit-déjeuner avant de se rendre à Jack's Lumber.

Peu de travail avait été effectué jusqu'à présent puisque Carlise et June étaient arrivées quelques minutes après lui et

April, et les trois femmes avaient évoqué ensuite, semblait-il, tous les souvenirs qu'elles avaient en commun.

Chappy et Cal avaient aussi exprimé à April à quel point ils étaient heureux qu'elle soit en voie de guérison, puis avaient passé leur temps à embêter JJ sur le fait d'avoir erré dans Newton au beau milieu de la nuit pratiquement nu. JJ se fichait de leur taquinerie, car il savait qu'ils auraient fait la même chose si cela avait été leurs femmes qui les avaient appelés en détresse.

— Elle va vraiment bien ? La visite chez le médecin s'est bien passée ? demanda Bob à JJ tout en observant April et Marlowe discuter gaiement.

— Ouais, même si elle m'a foutu une sacrée frousse, admit-il.

Bob se montra compréhensif.

— Je peux imaginer. Quand nous avons entendu l'enregistrement de ce que Marlowe endurait avec cet enfoiré dans sa voiture et que je n'étais pas là, je me suis senti totalement impuissant.

JJ avait aussi été inquiet et effrayé quand toute cette situation avec Marlowe et son collègue avait mal tourné, mais il avait l'impression de comprendre d'autant mieux son ami aujourd'hui.

— Alors... elle se souvient de tout ? demanda Bob.

— Apparemment.

— Et elle est d'accord pour ce truc entre vous ?

JJ détourna le regard d'April pour le poser sur son ami.

— Elle dit que oui mais... je sais que j'ai été un con. Je me retenais sans bonne raison, me comportant comme un lâche. Je me sens comme un crétin fini d'avoir attendu qu'elle soit blessée pour admettre à quel point j'avais des sentiments pour elle. Je crève de peur qu'elle assimile ma réticence et se convainque que je ne m'intéresse pas vraiment à elle. Que la seule raison pour laquelle j'ai finalement agi en fonction de mes sentiments soit due à son accident.

Bob haussa les épaules.

— Ce n'était pas le cas ?

JJ serra les dents et regarda de nouveau Marlowe et April. Elles riaient à propos d'un truc, et voir le sourire sur le visage d'April l'aida à se détendre d'une façon qu'il ne comprenait pas.

— Écoute, je ne suis pas un idiot. Je suis ton ami depuis longtemps, JJ. Nous avons vécu l'enfer ensemble. Si tu crois que l'un de nous est passé à côté des regards que tu lui lançais quand tu pensais que personne ne regardait, ou la façon dont tu devenais hyper grincheux parce que tu n'arrivais pas à exprimer tes sentiments et que c'était ce pour quoi tu te comportais comme un vrai con, tu as tort. Nous avons juste supposé que vous finiriez tous les deux par trouver ce qui vous retenait et que vous arriveriez à être ensemble.

— Je n'ai simplement pas envie que ce soit à sens unique, avoua Jack.

Bob se moqua et frappa l'arrière du crâne de JJ.

— Hé ?! Qu'est-ce qui te prend ? se plaignit-il en dardant un regard noir à Bob.

— Tout comme nous avons remarqué tes façons de la regarder, nous avons vu les regards qu'elle te lançait quand tu avais le dos tourné. Sans parler de la façon dont elle s'inquiétait quand tu travaillais trop dur ou quand tu te blessais. Tu te souviens de cette fois, il y a des années, quand cet arbre est tombé du mauvais côté et qu'il avait failli te fendre le crâne en deux comme une coquille d'œuf ? C'était une boule de nerfs, JJ. Tu ne l'as pas vue parce qu'elle se cachait très bien, mais elle n'arrivait pas à dormir tellement elle s'inquiétait pour toi, elle nous harcelait tous pour qu'on soit plus prudents à nos postes, et elle a même demandé à Chappy de s'occuper de toi quand tu es revenu travailler.

— C'est vrai ? demanda JJ, surpris.

À sa connaissance, elle avait pris son accident à la légère, agissant aussi impassiblement que toujours.

— Oui. Cette femme t'aime depuis des années. Est-ce que j'estime que c'est stupide que tu aies attendu aussi longtemps pour lui faire savoir que tu étais intéressé ? Bien entendu. Mais elle a attendu, elle aussi. Tous les deux, vous vous trimballez des bagages. Et s'il a fallu qu'elle soit blessée pour que tu arrives à vaincre ces démons que tu as en tête qui te martèlent que tu n'es pas assez bien ou peu importe les conneries auxquelles tu pensais ? Vous êtes ensemble maintenant… et tu dois en profiter au maximum.

JJ regarda de nouveau April et acquiesça. Putain ouais, ils étaient ensemble maintenant ! Ses mains mouraient d'envie de la toucher. Il avait hâte de la voir lever les yeux vers lui, dans son lit.

— Tu as raison, répondit-il tardivement.

— Et comment que j'ai raison ! dit Bob avec un large sourire.

JJ leva les yeux au ciel.

— Allez. Je veux voir si Marlowe va bien. Elle se vidait les tripes ce matin, et je veux m'assurer qu'elle se sent parfaitement bien.

Pour eux, elle avait l'air d'aller bien, mais puisqu'il voulait retrouver April et savoir ce qu'il en était avec sa tête, il ne discuta pas. Les deux hommes s'approchèrent comme si de rien n'était vers le canapé où ces dames étaient assises. Bob se rendit directement auprès de Marlowe et, sans un mot, la mit debout, s'assit et l'installa sur ses genoux.

— Mais j'étais assise là ! s'exclama Marlowe en riant.

— Et tu es toujours assise là, répondit calmement Bob.

— Il est tellement énervant, dit Marlowe à April, n'hésitant pas à se blottir contre son mari pour se mettre plus à l'aise.

JJ n'imita pas la manœuvre de son ami mais il s'installa sur le canapé à côté d'April, si proche que toute la cuisse de cette dernière était en contact avec la sienne. Il mit un bras autour de ses épaules, et à sa grande joie, elle s'appuya contre lui de tout son poids.

— Oh ouais, je vois à quel point il est énervant, répondit April à Marlowe.

Elles firent toutes deux un grand sourire.

— De quoi parliez-vous donc avant qu'on ne vous interrompe aussi impoliment ? demanda Bob.

— Maintenant qu'April a retrouvé la mémoire, nous évoquions juste certains nos meilleurs souvenirs ensemble, dit Marlowe.

— Comme quoi ? demanda Bob.

— Il y en a tellement ! dit April avec un autre grand sourire. Les repas pendant que vous, les hommes, bossiez dur. À quel point nous avons pleuré quand June nous a tous demandé d'aller au Liechtenstein quand elle et Cal s'y sont rendus pour y faire leur cérémonie de mariage royale et certaines de nos soirées les plus folles entre nanas.

— J'ai une question pour toi en fait, dit Marlowe à April. Je me la pose depuis toujours, et j'ignore pourquoi je ne l'ai jamais posée, mais ce n'est pas grave si tu préfères attendre qu'on soit seules pour répondre.

— OK, ça, je veux l'entendre, dit JJ en souriant de toutes ses dents.

— Ouais, ce n'était pas la meilleure des introductions si tu voulais que ça reste entre nous, dit April à son amie avec un petit sourire.

— Désolée. Enfin, je ne pense pas qu'il faille en faire toute une histoire mais ça date de l'époque où Kendric et moi étions au Cambodge. J'ai appelé ici, à Jack's Lumber, car c'était le seul numéro que je connaissais. Tu as répondu, April, et rassemblé les gars pour qu'ils me parlent.

— Je me souviens, répondit April d'une petite voix. Tu avais l'air si effrayée.

— Parce que je l'étais. Kendric était inconscient et souffrant et je ne savais absolument pas quoi faire. Bref, à un moment dans la conversation, JJ, tu as voulu parler aux autres sans que j'entende, alors tu as demandé à April de couper le micro du téléphone.

— Oui, confirma JJ. Et pour info, ce n'était pas parce que j'essayais de te cacher des choses, j'avais juste besoin de passer les options en revue avec ma bande.

— Je comprends. Enfin, j'étais une inconnue, j'aurais pu mentir comme je respirais et prévoir de vous faire du mal à tous ou à Kendric si vous vous pointiez, dit Marlowe.

JJ souffla un bon coup.

— Nous ne pensions pas du tout ça, lui dit-il en secouant légèrement la tête. Honnêtement, je ne voulais simplement pas te stresser davantage en évoquant le fait d'aller récupérer Bob, et pas toi. En tout cas, pas en même temps. Avant d'apprendre que tu étais mariée à Bob, nous pensions ne pas avoir de moyens légitimes pour te faire monter dans l'avion.

Marlowe accepta cette réponse, puis reporta son regard sur April.

— J'ai entendu un *bip* dans le téléphone mais le micro n'a pas été coupé. Alors, ma question est : as-tu fait cela volontairement ?

JJ regarda April, et ne fut pas du tout surpris par cet air sournois sur son visage.

— Ouaip. Si j'avais été dans cette situation, je n'aurais pas voulu que les gens parlent de moi, décident de mon destin sans que je participe. J'ai pensé que tu avais tous les droits d'entendre ce qui était dit sur toi.

— Mais je t'avais dit de couper, la gronda JJ.

Elle haussa les épaules.

— Je sais.

Un grondement grave résonna dans sa gorge.

— Comment ça se fait que tu ne fais jamais ce que je te dis de faire ? se plaignit-il. Impossible de compter les fois que je t'ai dit de ne pas bouger, tout ça pour te voir sur le lieu de travail. Ou bien quand je dis qu'on ne peut pas accepter un boulot et que tu le programmes quand même.

— Je fais les choses que tu me demandes et qui ont du *sens*, répondit sans hésiter April. Quand tu me demandes de faire des trucs stupides, je t'ignore.

JJ soupira.

— Tu es une emmerdeuse.

April sourit.

— Ouais !

Franchement, JJ n'avait aucun problème avec la façon dont April gérait Jack's Lumber. Dans la plupart des cas, elle avait raison quant aux décisions qu'elle prenait, ce qui expliquait pourquoi il ne l'avait jamais vraiment réprimandée pour lui avoir désobéi.

— Et pour info, j'avais absolument raison de laisser Marlowe entendre cette conversation car, sinon, vous n'auriez pas su qu'elle et Bob étaient mariés, ajouta April avec un sourire satisfait.

Elle n'avait pas tort.

— Merci, lui dit Bob. Sérieusement. J'aurais été furieux si, en me réveillant dans cet avion, j'avais découvert que Marlowe avait été laissée derrière.

Marlowe se tourna vers Bob et parla si bas que JJ ne put l'entendre, mais il saisit cette opportunité pour se pencher vers April.

— J'adore que tu penses toujours aux autres et à ce dont ils ont besoin.

April lui fit un petit sourire.

— Je sais ce que ça fait quand tout le monde semble se moquer de ce qui nous arrive. De passer chaque jour ta vie sans personne pour te voir. Je savais qu'il y avait un risque pour que tu te mettes très en colère contre moi pour n'avoir pas coupé le micro du téléphone, mais je vous faisais confiance – vous n'alliez rien dire de mal sur Marlowe –, et c'était important pour moi qu'elle ne soit pas exclue de la décision qui allait être prise pour son avenir.

JJ leva la main et la posa sur la joue d'April. Cette femme ne cessait de le surprendre ! Lui donnait envie d'être une meilleure personne.

— Tu ne sauras plus jamais ce que ça fait quand une personne se fiche de ce qui t'arrive. Je te vois, April. N'en doute jamais. Et même si je ne te l'ai pas montré, je t'ai vue ces cinq dernières années.

Elle l'observa un long moment avant de lever une main pour venir recouvrir la sienne, puis de tourner la tête pour lui embrasser la paume.

JJ ne voulait rien de plus que de la mettre debout, la tracter jusqu'au parking, l'installer dans sa Bronco et l'emmener à la maison. Mais il fut interrompu par Marlowe.

— Eh bien, en tout cas, merci. J'étais vraiment soulagée de ne pas avoir été séparée de Kendric.

La paume de JJ picotait là où April l'avait embrassée, mais il se força à se concentrer sur ses amis. Difficile puisqu'il ne pouvait penser à autre chose qu'aux mots qu'avait prononcés April plus tôt, allant droit au but et disant qu'elle voulait être avec lui ce soir… dans son lit. Elle était plus courageuse qu'il ne l'avait été depuis leur rencontre.

La conversation dévia vers le travail, comme toujours, et les quatre parlèrent du boulot qu'ils devaient faire pour la station de ski, celui-là même pour lequel April avait voulu se renseigner quand elle avait eu son accident.

— Oh ! Je ne t'ai pas dit ce qu'il s'est passé hier ! s'exclama Marlowe.

JJ sentit une inquiétude remonter le long de son dos en

voyant un froncement apparaître sur le visage de Bob. Ce qu'elle allait confier, son ami n'aimait pas ça.

— Quoi ? demanda April.

— Kendric et moi sommes allés dans ce nouveau magasin de meubles qui a ouvert à Rumford... tu sais, celui dans cet énorme entrepôt ? Je pense qu'ils essaient d'imiter IKEA mais, crois-moi, ils n'ont rien de similaire. Bref, nous avons décidé de commencer à regarder le mobilier pour bébé car ce petit trésor sera là avant qu'on ne s'en rende compte.

Marlowe posa une main sur son ventre, et JJ eut un petit sourire quand la main de Bob la recouvrit.

— Kendric s'en était allé regarder les bibliothèques, tout ça, et je me trouvais au rayon bébé. Il y avait un énorme ensemble d'étagères allant du sol au plafond, et je me suis arrêtée pour regarder l'un des lits pour bébé. Les employés avaient disposé ensemble tout ce qu'ils vendaient dans le magasin, et le lit était exposé sur une étagère à hauteur d'yeux, qu'on puisse voir ce que ça donnait une fois celui-ci assemblé. Il y avait des cartons empilés au-dessus et en dessous des pièces assemblées. Alors... j'ai regardé le lit et ai pensé que je ne l'aimais pas, puis je suis partie quand l'un des cartons de l'étagère du haut est tombé ! Il a atterri *pile* là où je me tenais deux secondes plus tôt !

— Bonté divine ! souffla April.

— Oui ! J'ai eu la peur de ma vie, dit Marlowe avec un hochement de tête.

— Que s'est-il passé ? demanda JJ.

— Je n'en ai aucune idée. Mais le carton s'est ouvert en tombant, et le bois du berceau a éclaté partout. Un petit bout a heurté ma jambe mais, heureusement, rien d'autre ne m'a atteinte.

— Crois-moi, j'ai dit ma façon de penser à la direction, grogna Bob. Je ne sais pas comment ce carton a réussi à tomber de là où il était, mais c'était la dernière fois qu'on mettait les pieds là-bas, je te le garantis.

— Il ne faut pas en faire toute une histoire, dit Marlowe en tapotant la jambe de Bob.

— Pas toute une histoire ? répéta Bob, incrédule. Ce carton était lourd et il est tombé de plusieurs mètres de haut. S'il avait atterri sur toi, tu aurais été sérieusement blessée.

— Mais ça n'a pas été le cas, l'apaisa Marlowe.

— C'est dingue, commenta April, secouant la tête.

— Ouais. Même si je n'aime pas l'avouer, ça m'a secouée.

— Ça m'a carrément fait flipper, moi, ajouta Bob d'une voix grave et dure. J'étais à l'autre bout du magasin, et j'ai entendu l'énorme bruit d'effondrement et, pour une raison, je savais que Marlowe était en danger.

— Parce que tu es parano, dit-elle sans méchanceté.

— Ouaip, confirma Bob.

— Bon, je suis ravie que tu ailles bien, mais as-tu trouvé les meubles que tu voulais ? demanda April avec un petit sourire, tentant clairement d'alléger l'ambiance.

Marlowe gloussa.

— Non. Mais maintenant, je me dis que Kendric serait d'accord pour faire un petit nid sur le sol avec des couvertures au lieu de prendre des trucs pour bébé.

— Carrément ! marmonna Bob alors que les filles riaient.

JJ se sentait mal pour son ami. Si c'était arrivé à April, il aurait paniqué. Et la direction aurait certainement eu des nouvelles de son avocat. À l'idée de faire du shopping en toute innocence et qu'un carton rempli de bois très lourd manque de tomber sur la tête d'April lui donnait envie de l'enfermer à clé dans sa maison et de ne jamais l'en faire sortir. Il ne préférait pas faire ses achats en ligne, mais cette histoire suffisait à le faire réfléchir.

— Et, non, je refuse de faire nos courses en ligne, dit Marlowe, comme si elle pouvait entendre les pensées de JJ. Enfin, il y a un tas de trucs qu'on ne peut qu'avoir en ligne en vivant ici dans une si petite ville, mais je n'irai pas jusqu'à laisser quelqu'un d'autre choisir mes bananes ni toucher ma viande.

— Personne d'autre que toi ne touche ta viande, marmonna Bob.

April gloussa devant une Marlowe roulant des yeux à l'attention de son mari.

— Sur ce, je pense que je dois travailler un peu, annonça April en secouant la tête.

— Non, lui dit JJ.

Elle se tourna vers lui.

— Quoi ?

— Non. Je dois te ramener à la maison pour que tu puisses te reposer.

— Je ne veux pas me reposer, protesta-t-elle.

— April, il y a moins de douze heures, tu m'as appelé avec ta tête qui te faisait tellement mal que tu n'arrivais même pas à ouvrir les yeux. Un jour, tu ne te souvenais plus de ces cinq dernières années et, le lendemain, tous tes souvenirs revenaient d'un coup, te rendant incapable de faire autre chose que gémir dans mes bras. Je ne vais pas te laisser en faire trop aujourd'hui. Le médecin a dit que tu avais besoin de repos, et tu n'en auras pas si tu restes assise au bureau de la réception, à lire tes dossiers et à essayer de voir ce qu'on aurait pu louper pendant ton absence.

Elle lui lança un regard noir.

— Une heure, tenta-t-elle de l'amadouer.

— Non, répondit JJ en secouant la tête.

— Trenre minutes.

— Non.

— Jack ! protesta-t-elle.

— April ! l'imita-t-il.

Elle se tourna vers Bob et Marlowe.

— Dites-lui qu'il ne se montre pas raisonnable, les supplia-t-elle.

— À vrai dire, je trouve qu'il est remarquablement clément en te laissant venir ici après la visite chez le médecin, dit Bob avec un haussement d'épaules.

— Qui a demandé ton avis ? marmonna April, ce qui le fit rire.

— Toi.

— Marlowe ? l'implora April.

Mais son amie lui accorda un regard de sympathie.

— Je pense qu'il a raison. Tu as le front ridé comme si tu avais mal à la tête et une sieste ne te ferait pas de mal après tout ce que tu as traversé. La dernière chose que tu veux, c'est faire une rechute, que tes souvenirs s'en aillent de nouveau si tu essaies d'en faire trop, trop tôt.

April soupira, demeura assise en silence un moment… avant d'admettre d'une petite voix :

— Si je vais dormir, je crains que les souvenirs disparaissent.

— Ils ne le feront pas, lui dit fermement JJ. Que penses-tu de ça : tu viens chez moi maintenant, tu fais une sieste et je m'en vais nous chercher des burgers chez Granny pour le dîner ?

April se tourna vers lui.

— Est-ce que tu essaies de m'appâter ?

— Ouaip ! avoua JJ sans se cacher.

— Bon sang. Ça marche, marmonna-t-elle.

Tout le monde se mit à rire.

Marlowe se leva avec l'aide de Bob et tendit une main à April. Celle-ci l'accepta sans hésiter, et Marlowe l'aida à se mettre debout. Puis, elle l'enlaça.

— Je suis contente que tu ailles bien. J'étais tellement inquiète pour toi.

— Merci, murmura April en rendant l'étreinte de son amie.

Dès que Marlowe la lâcha, JJ mit son bras autour de la taille d'April et l'attira contre lui. Il lui faudrait beaucoup de temps avant d'oublier la douleur qu'elle avait ressentie quand il l'avait rejointe la nuit d'avant. La façon dont elle s'était blottie contre lui comme s'il pouvait emporter la pulsation lancinante dans sa tête, s'être senti si désarmé sans ne rien pouvoir faire d'autre que de la prendre dans ses bras.

— Et le bureau ? demanda April, JJ la guidant vers la porte du fond, où ils avaient laissé leurs vestes.

L'hiver ne s'était pas encore installé, mais il serait là bientôt. Le temps s'était refroidi, et JJ savait que les chaudes températures de l'été ne manqueraient pas à April ; il avait appris avec les années qu'elle préférait nettement le froid à la chaleur. Il n'avait même pas remarqué le froid quand, la veille, il avait couru dans tous les sens sans rien d'autre qu'un caleçon. Tout ce qu'il avait eu en tête, ça avait été de rejoindre April.

— Je vais revenir une fois Marlowe déposée à la maison, dit Bob. Chappy et Cal sont en train de bosser et j'attendrai qu'ils reviennent avant de partir pour la journée. De plus, tout le monde ici sait que nos horaires sont irréguliers depuis ton accident. Ils laisseront un message vocal ou nous enverront un e-mail s'ils n'arrivent à joindre personne. Ça ira.

April soupira.

— Très bien. Mais je n'aime pas ça.

JJ s'en amusa.

— C'est noté. Viens, il est temps de partir.

Ils sortirent tous, et JJ verrouilla le bureau avant de poser une main dans le bas dos d'April, la guidant vers son SUV.

Marlowe leur cria un autre au revoir du pick-up de Bob et April lui fit signe. Puis, elle se tourna vers JJ.

— Jack ?

— Ouais, ma puce ?

— Merci.

— Pour quoi ?

— Tout. D'être resté avec moi à l'hôpital. De m'avoir ramenée. D'avoir aidé à me trouver une voiture. De m'avoir laissé rester avec toi. De ne pas m'avoir mise mal à l'aise en restant chez toi plutôt que dans mon appartement. D'être venu la nuit dernière. D'être si pragmatique... tout ça.

JJ s'immobilisa sur le siège passager de la voiture et glissa ses doigts dans les cheveux d'April. Il lui caressa la joue du pouce un moment.

— Tu n'as pas à me remercier, April.

— Si, je...

— Non, tu n'as pas à le faire, l'interrompit-il. Parce que si tu crois qu'il y a un autre endroit où je préférerais être plutôt qu'à tes côtés, tu n'as pas fait attention. Si tu crois que je t'aurais laissée en convalescence dans ton appartement, toute seule, tu ne me connais pas. Mais tu apprendras. À partir de maintenant... tout ce que je fais, c'est pour toi. Même te ramener à la maison et te forcer à faire une sieste quand tu ne le veux pas.

— Je ne suis pas une enfant, dit sérieusement April.

— Non, en effet. Tu es une adulte mature qui a vécu sa vie sans personne à ses côtés pour s'intéresser à toi. Moi, je m'intéresse à toi, April. Oui, tu peux prendre tes propres décisions, et si tu avais vraiment voulu rester ici et tripatouiller ce fichu ordinateur, je ne t'en aurais pas empêchée. Mais tu as vécu l'enfer ces deux dernières semaines et ta tête te fait réellement mal. Marlowe n'a pas eu besoin de me le dire. Je peux le voir de mes yeux et ça me tue. Laisse-moi prendre soin de toi, mon ange. Laisse-moi te chouchouter. Je t'en prie.

— Je n'ai pas l'habitude qu'on me chouchoute, lui confia-t-elle.

Comme si JJ avait besoin qu'elle l'admette !

— Je sais, répondit-il simplement. Je t'ai avertie, je suis passionné. Et autoritaire. Et je détruirais tout sur mon passage pour m'assurer que tu es sauve. Si ça avait été toi dans ce magasin, et que le carton était tombé d'une étagère en manquant de te heurter... dit-il avant de frémir, disons juste que j'aurais fait une scène que le gérant n'aurait pas oubliée de sitôt. Personne ne te fait de mal, y compris toi-même.

« J'ai besoin que tu comprennes que tu as ton champion désormais, April. Et bien que ça puisse sembler cool, il y aura des fois où tu seras fâchée contre moi à cause de ça. Je vais t'énerver, et tu appelleras l'une des filles pour te plaindre que je suis trop protecteur et étouffant et tu te demanderas dans quoi tu t'es fourrée. Mais alors, je t'apporterai une tasse de café avec ta crème préférée, te laisserai regarder ces émissions de rénovations de maisons que tu apprécies et je te ferai l'amour, et tu comprendras que je te soutiendrai toujours.

« Quand ce sera la merde, je me tiendrai devant toi et te protègerai avec tout ce que j'ai. Quand ce sera nécessaire, je me tiendrai derrière toi pour te laisser briller et faire ce que tu auras à faire. Et je serai à tes côtés quand nous devrons affronter nos démons ensemble.

JJ savait qu'il en faisait trop et qu'il était sans doute un peu agressif dans son désir de lui faire comprendre dans quoi elle mettait les pieds. Mais il avait besoin qu'elle entende ça *maintenant,* car une fois qu'elle se serait donnée à lui, ça le tuerait, littéralement, de la laisser partir.

— D'accord, répondit-elle dans un chuchotis.

— D'accord ?

— Oui. Je n'ai jamais eu de champion auparavant. Je pense que j'aime ça. Et histoire que tu le saches, il y aura des fois où j'aurai besoin de mon espace. J'ai l'habitude d'agir sans consulter qui que ce soit parce qu'il n'y jamais eu quelqu'un pour s'intéresser à ce que *je* faisais. Il me faudra un moment pour m'y habituer, je pense. Et j'aurai besoin que tu me lâches la grappe quand je ferai quelque chose que tu n'apprécieras pas. Je peux être lunatique et méchante. Et bien que j'aie adoré être avec toi cette semaine, je ne pense pas pouvoir être le genre de petite amie qui aime être attachée à son homme, comme des siamois. Je peux me rendre toute seule quelque part en voiture, aller faire les magasins et sortir de la maison. Il y aura des fois où je voudrai simplement un bol de céréales pour le dîner ou n'aurai pas envie de parler. J'ai tendance à laisser traîner mes chaussures dans chaque pièce et je déteste faire la vaisselle. J'adore prendre des photos, alors il faudra t'habituer à figurer dessus plus souvent qu'avant. Et… bien que j'adore l'idée que tu veuilles me protéger, je ne t'autorise pas à te mettre en danger pour me sauver. Pigé ?

— Tout, excepté la dernière partie, oui, lui dit JJ.

April se renfrogna.

— Je suis sérieuse, Jack. Tu as déjà vécu l'enfer. Comment crois-tu que je me sentirais si tu étais blessé en me protégeant ? Ça me tuerait. La culpabilité me rongerait.

— Et si nous faisions tous les deux tout ce qui est en notre pouvoir pour mener des vies ennuyeuses ici, à Newton, afin de ne pas avoir ce genre de problème ? demanda JJ, tentant de la distraire.

Il était absolument hors de question qu'il soit d'accord pour la laisser être blessée s'il pouvait faire quelque chose pour l'empêcher.

— Ça me paraît bien, dit-elle avec le sourire avant de poser la tête dans sa main et de fermer les paupières. Tu me ramènes à la maison ?

— Oui, dit-il.

Elle ouvrit les yeux.

— Sieste, manger, télé… et, non, je ne t'obligerai pas à regarder l'une de mes horribles émissions de rénovation, le taquina-t-elle avant de redevenir sérieuse. Puis, aller au lit. Ensemble.

Le sexe de JJ se tortilla dans son jean.

— Je veux dire, nous avons dormi ensemble la nuit dernière, mais je ne pense pas que ça compte.

— Ça a compté, dit-il en hochant la tête. Je t'ai serrée dans mes bras, j'ai senti ton cœur battre contre le mien et ton odeur sur ma peau.

— Tu sais ce que je veux dire, protesta-t-elle. Je te veux, Jack. Depuis des années. J'ai *besoin* de toi.

— J'ai besoin de toi, moi aussi. Mais nous verrons comment tu te sens, avec ta tête.

April leva les yeux au ciel.

— Est-ce qu'il s'agit de l'une de ces fois où tu prends des décisions à ma place pour mon bien ?

— Ouaip.

— Très bien. Mais je te le répète, je me sens bien. Oui, ma tête me fait un peu mal en ce moment, mais le docteur a dit que c'était normal. Et rien de comparable à ce que j'avais en me réveillant la nuit dernière. Je pense qu'un orgasme aiderait le sang à circuler et m'aiderait en fait plus que ça ne me ferait du mal.

JJ remua, sa verge se pressant inconfortablement contre sa fermeture éclair.

— Bon sang, April, se plaignit-il.

Elle arbora un large sourire.

— Emmène-moi à la maison, Jack.

JJ avait le sentiment que toutes ces paroles sévères quant à ce qui était le mieux à faire pour elle seraient réduites à néant quand elle aurait une idée derrière la tête. Ce n'était pas comme s'il pouvait lui refuser quoi que ce soit. Et puisqu'il la désirait autant qu'elle semblait le désirer, il était complètement fichu.

Se penchant, JJ l'embrassa. Cela commença par un simple contact des lèvres, mais elle ne voulait rien de tout ça. Elle le prit par la nuque et le tint contre elle, ouvrant la bouche, sa langue cherchant à entrer dans celle de JJ.

Là encore, se rendant compte qu'il ne pouvait rien lui refuser, il s'ouvrit à elle. Ils se roulèrent des pelles dans le parking de Jack's Lumber pendant plusieurs minutes jusqu'à ce qu'il finisse par reculer et prendre conscience qu'il était essoufflé.

— Pourquoi avons-nous tant attendu pour faire ça ? demanda-t-elle, les yeux étincelants.

— Parce que nous sommes stupides ? répondit JJ.

— Assez, oui. Ramène-moi à la maison, lui ordonna-t-elle de nouveau, sa paume parcourant son torse.

— Oui, m'dame, répondit-il docilement, glissant avec réticence sa main hors de sa chevelure.

— Je crois que je sais comment t'amener à faire ce que je veux, dit-elle avec un sourire sournois.

— Je suppose que oui, confirma-t-il.

Puis, il l'embrassa à nouveau, avec force et rapidité, sans la laisser l'amadouer davantage cette fois avant de l'aider à monter dans le véhicule, lui tendant la ceinture de sécurité et attendant qu'elle la boucle. Il referma la portière, prit une profonde inspiration, puis fit le tour du SUV jusqu'au côté conducteur.

* * *

Depuis les arbres, Ryan Johnson observait le bout du parking à l'arrière du Jack's Lumber. Il avait passé de nombreuses heures assis là, à conspirer et à planifier. Il avait vu Marlowe et Kendric Evans s'en aller en voiture et April et Jackson parler une éternité avant de se peloter. Il avait tiré la tête, furieux, devant leurs baisers. *Profite tant que tu peux, enfoiré.*

Ryan avait passé tant d'années à organiser sa vengeance que rien ne l'arrêterait maintenant.

Il quittait le Colorado ce soir pour préparer la confrontation finale entre lui et les quatre hommes. Il s'y était rendu plusieurs fois l'année passée, y préparant certaines choses, alors ça ne devrait lui prendre qu'un jour ou deux pour finir. Puis, il viendrait sans détour à Newton et donnerait le coup d'envoi du début de la fin.

À un moment de sa vie, il se serait senti mal pour les femmes, prises en plein milieu de sa vengeance... mais cela faisait longtemps que Ryan avait cessé de ressentir autre chose que de la haine. Les femmes lui étaient devenues nécessaires pour atteindre son but. Qu'elles meurent était désormais la cerise sur le gâteau.

Riggs, Callum, Kendric et Jackson allaient souffrir autant que lui. Ils ressentiraient la même douleur que celle que Ryan avait supportée après avoir appris la mort de son frère.

Son frère, la personne qu'il aimait plus que tous les autres, tué sans pitié et jeté comme s'il n'avait rien été d'autre qu'un déchet.

Mais il ne l'avait pas été ; il avait fait ce qu'on lui avait demandé tout en essayant de rendre la vie meilleure pour lui et Ryan. Il n'avait que quatorze ans quand son frère avait été tué... quand les quatre Américains avaient été retenus en otage... mais il avait aujourd'hui l'impression d'être bien plus âgé qu'il ne l'était.

Il avait supplié son frère de le laisser le rejoindre dans les montagnes. De participer à l'interrogatoire des soldats américains et de faire sa part pour obtenir la vie qu'ils recherchaient tous les deux. Mais on ne le lui avait pas permis. On lui avait dit de rester à la maison. D'attendre les instructions.

Alors, c'était ce qu'il avait fait. Et il n'avait jamais revu son frère.

Son père s'en fichait et sa mère était tout aussi inutile. Seul Ryan avait fait le vœu de faire souffrir les Américains. Il ne trouverait pas le repos tant qu'ils ne ressentiraient pas le même désespoir et la même douleur que Ryan continuait d'endurer.

Et le moment approchait. Pendant ce temps, il s'amusait plus qu'il ne l'avait prévu. Faire tomber ce carton de l'étagère à l'exact moment avait été difficile et, même s'il avait manqué de frapper Marlowe, voir à quel point Kendric avait été fâché en avait valu la peine. Il avait voulu blesser cette garce, peut-être même lui faire perdre ce morveux qu'elle portait. *Ça*, ça aurait été une torture pour son mari. Mais maintenant qu'il y réfléchissait, c'était mieux que Marlowe l'ait échappé belle.

Il avait deux incidents en plus de prévus avant de passer à l'événement principal. Il avait eu pleinement l'intention d'envoyer les deux autres femmes à l'hôpital, comme April, mais en ayant pris le temps de réfléchir, il s'était dit que trois « accidents » aboutissant à des hospitalisations ne feraient que rendre les mecs suspicieux. S'ils pensaient que les femmes pouvaient être en danger, ils resserraient les rangs, et il ne pourrait plus jamais les atteindre.

Non, c'était mieux de leur faire peur. Orchestrer des phénomènes isolés et aléatoires qui n'inciteraient pas les hommes à y réfléchir à deux fois, à établir des liens et à se rendre compte qu'un ennemi se trouvait dans les parages, à observer et à attendre.

Ryan s'esclaffa. Un son grave et terrifiant. Il regarda Jackson vérifier le parking mais il ne craignait pas d'être repéré. Il était bien enfoncé dans les bois et s'était installé là de nombreuses fois sans avoir été vu. Les soldats se pensaient à l'abri ici, au milieu de nulle part, dans le Maine. Ils ne sentaient pas le danger qui se trouvait juste devant leurs visages.

Il était impatient de les embrouiller. Ce serait tellement marrant ! Ils seraient complètement flippés, et il en savourerait chaque seconde. Ils verraient leurs femmes et enfants à naître mourir, incapables de faire quoi que ce soit.

Ils regretteraient profondément leur participation dans ce qui était arrivé cinq ans auparavant... puis ces hommes eux-mêmes mourraient. Ryan obtiendrait justice pour son frère et la satisfaction de savoir que les soldats seraient morts, l'échec de protéger leurs êtres chers pesant sur leurs âmes inutiles.

Il voulait avancer. Mettre immédiatement ses plans finaux

en mouvement. Mais il devait être patient. D'abord, deux accidents de plus. Puis, il passerait à l'action.

Se remettant debout, Ryan traversa les bois, s'éloignant de Jack's Lumber, pour sortir dans une rue résidentielle tranquille où il avait laissé son pick-up noir. Il se mit au volant et se dirigea vers la maison délabrée qu'il louait. Elle était agréable en été, mais avec l'hiver approchant, il devenait plus évident que cet endroit était merdique, avec le froid qui s'insinuait dans chaque lézarde.

— Putain, comme je déteste le Maine. La neige. L'Amérique. Cette saloperie de ville ! marmonnait Ryan en se garant dans le petit garage avant de fermer la porte derrière lui.

S'il avait plus de temps, il aurait orienté également sa haine vers l'homme qui proposait cette poubelle à la location. L'aurait fait souffrir lentement. Au lieu de ça, il réduirait simplement en cendres cet endroit avant de partir.

Tout sourire, sentant l'impatience s'accumuler en lui, Ryan entra dans la maison et se rendit directement dans la chambre qu'il avait transformée en espace de travail. La plupart des explosifs avaient déjà été envoyés au Colorado et étaient en place, mais il s'était dit que... plus y en avait, mieux ce serait. Et fabriquer les engins explosifs, les mines et autres surprises que les soldats découvriraient en tentant de sauver leurs femmes occupait bien Ryan pendant qu'il luttait pour contenir sa patience.

La nourriture ne l'attirait pas. Ni le sommeil. Tout ce que voulait Ryan, c'était fabriquer de plus en plus d'armes pour abattre les quatre hommes qui avaient emporté son frère. Le temps s'écoulait, tout comme les explosifs qu'il fabriquait, et bientôt, il mettrait les minuteries en route.

CHAPITRE NEUF

April se disait qu'elle devrait se sentir nerveuse, mais étrangement, ce n'était pas du tout le cas. Elle attendait ce moment depuis des années, et le fait qu'il soit enfin arrivé la faisait fourmiller d'impatience. Le retour de sa mémoire était un miracle. Et pendant un moment, quand elle s'était trouvée dans les bras de Jack, dans son appartement, elle s'était presque sentie submergée par toutes les inquiétudes qu'elle avait eues pendant des années.

Mais elle les avait repoussées. C'étaient des conneries. Son âge, le fait que Jack était son patron... ce n'était que des excuses. Elle le désirait et il était évident qu'il la désirait aussi. Elle ne voulait attendre plus longtemps. Oui, Jack était passionné. Et il n'avait pas tort, il allait probablement l'agacer plus souvent que rarement lorsqu'il le serait à fond.

Mais elle avait passé trop d'années avec un homme qui avait à peine remarqué son existence. Elle aurait sans doute pu annoncer à son ex qu'elle allait traverser une corde raide au-dessus du Grand Canyon, et il n'aurait même pas levé les yeux de ce qu'il était en train de faire.

Si April disait à Jack qu'elle voulait faire du parachute ou du saut à l'élastique ou tout autre truc qu'elle avait autrefois voulu faire dans sa vie, elle savait sans en douter qu'il poserait son veto à chacun d'entre eux. Mais si elle insistait, il renoncerait, après avoir personnellement inspecté tout le matériel, interrogé la personne qui l'assisterait et probablement vérifié les antécédents de la compagnie. Même alors, il insisterait sûrement pour tout faire avec elle. Être l'homme à qui elle serait sanglée en sautant d'un avion ou en faisant du saut à l'élastique en tandem.

Et cela ne la rebutait pas. Pas du tout. Pourquoi en aurait-elle été dérangée ?

Se souriant à elle-même, April se regardait dans le miroir dans la salle de bains de Jack. Il l'avait ramenée chez lui et l'avait bordée dans le lit, et elle avait dormi comme une souche deux heures d'affilée. Quand elle s'était levée, il avait préparé une soupe à la dinde dans la mijoteuse. En mangeant, ils avaient ri des choses qui s'étaient passées au bureau durant ces années, puis avaient regardé une émission paranormale sur les traces de Bigfoot quelque part au sud-ouest de la Virginie.

Une fois l'émission terminée, elle s'était excusée afin d'aller se préparer pour se coucher... et là, elle fixait son reflet, se laissant submergée par l'impatience pour ce qu'elle espérait être sur le point d'arriver. Elle étudia son visage, tâchant d'empêcher les rides autour de ses yeux et la façon dont sa peau s'affaissait un peu plus chaque année de l'importuner.

À la place, elle se concentra sur ce qu'elle aimait chez elle. Elle était une femme grande, d'un mètre quatre-vingts, de taille moyenne, ni maigre, ni en surpoids. Ses seins n'étaient pas aussi fermes qu'autrefois, mais ils étaient pleins et parfaitement ronds. Ses cheveux n'étaient pas mal... elle avait toujours aimé la couleur brune, avec des mèches naturellement blondes qui apportaient de la profondeur.

En plissant les yeux, elle pouvait voir quelques soupçons de gris qui commençaient à apparaître, mais elle n'était pas encore vraiment inquiète à leur sujet. Elle avait presque cinquante ans, après tout. OK, elle avait encore devant elle quelques années avant de passer ce cap, mais dans tous les cas, cinquante n'était qu'un nombre. Il lui restait encore à peu près la moitié de sa vie. Et si elle pouvait passer ces années avec Jack, elle serait une femme très chanceuse.

Ses yeux bleus étincelaient d'impatience, et tandis qu'elle aurait préféré porter sa chemise de nuit de la veille plutôt que le T-shirt *oversize* de Jack qu'elle lui avait emprunté, elle écarta cette pensée. Ce n'était pas comme si elle allait porter un vêtement pendant longtemps... elle l'espérait.

Un sourire étira ses lèvres à la pensée de s'être réveillée ce matin-là avec Jack, qui ne portait rien d'autre qu'un sous-vêtement. Il avait couru dans la nuit froide presque sans vêtement parce qu'il voulait désespérément être avec elle. Ouais, elle pourrait s'énerver contre lui à l'avenir, mais tout ce qu'elle aurait à faire serait de se souvenir de la nuit dernière, et elle avait l'intuition que tout agacement s'évanouirait. Il n'avait même pas pris le temps d'enfiler un pantalon ni de chaussures. Elle avait accouru à ses côtés simplement parce qu'elle avait eu besoin de lui.

Fermant les yeux, April inspira profondément. Jack était écrasant mais de la meilleure des façons.

— April ? surgit sa voix profonde de la chambre.

Elle ouvrit les yeux et sourit de nouveau. Se tournant, elle ouvrit la porte sans hésitation.

Jack se tenait au milieu de la chambre, l'air peu sûr quant à ce qu'il devait faire ensuite. C'était presque... mignon. Jackson Justice n'était pas un homme qui manquait d'assurance, sur *quoi que ce soit*. Il avait l'habitude de prendre des décisions quant à l'entreprise, en tant que meneur de l'équipe des Delta Forces, dans les urgences... Alors, en le voyant debout dans sa propre chambre, l'air vulnérable, April ne l'aima que plus.

Oui, elle aimait cet homme. Maintenant que ses souvenirs

étaient revenus, elle savait cela sans en douter. Elle savait tout ce qu'il y avait à savoir sur lui. Et elle admirait tout chez lui. La raison pour laquelle elle se sentait si protégée avec lui, tout en n'ayant eu aucun souvenir de cet homme, faisait parfaitement sens aujourd'hui. Au fond d'elle, son amour incontestable pour Jack lui avait donné très envie d'être près de lui, étranger ou pas.

— Tu vas bien ? demanda-t-il, comme elle se tenait simplement dans l'entrée de la salle de bains, à le fixer.

— Parfaitement bien, répondit-il, se sentant apaisé.

Elle voulait ça. Lui.

Elle marcha lentement vers lui et ne s'arrêta pas avant d'être plaquée contre lui, avec ses bras autour de son cou. Les bras de Jack enroulèrent automatiquement sa taille, la tenant fermement.

— Est-ce que, toi, tu vas bien ? demanda-t-elle.

Les lèvres de Jack se tordirent.

— Ouais. Mais ce n'est pas moi qui ai mal à la tête.

— Eh bien, la mienne se sent bien en ce moment.

— Tu es certaine ?

April savait qu'il lui demandait plus que l'état de sa tête.

— Je suis davantage certaine d'être ici, de faire l'amour avec toi, que tout ce que j'ai fait dans ma vie. Pour être franche, je n'aurais jamais cru que nous en arriverions là. Je veux être avec toi, Jack. J'ai toujours voulu ça. Je t'ai toujours voulu, *toi*.

Elle vit et sentit le soulagement envahir Jack. Ses bras se resserrèrent même si tout le reste de son corps se détendit. Enfin, tout excepté cette zone qui se pressait contre son ventre. Son sexe était dur, et à l'idée d'enfin le voir, le toucher, l'avoir en elle… April se tortillait dans ses bras.

Sans hésiter, il saisit le bas du T-shirt qu'elle portait et le tira vers le haut, puis par-dessus par sa tête dans un geste qui soulignait sa résolution. Il n'allait pas attendre. N'agissait pas lentement. Maintenant qu'ils étaient ici, sur le point de faire l'amour, il n'allait plus perdre une autre seconde.

April rougissait en se forçant à se tenir sous son regard intense. Elle ne portait rien en dessous du T-shirt, et il lui fallait toute sa force pour laisser Jack la regarder à sa guise.

La lumière du plafond était toujours allumée, et chacun de ses défauts était pleinement exposé.

— Bon sang… tu es si belle, souffla Jack avant de saisir son propre T-shirt.

En quelques secondes, il se tint aussi nu qu'elle. Si beau, qu'il coupa le souffle d'April.

Ils se tinrent là, séparés de quelques centimètres, respirant bruyamment, chacun embrassant l'autre du regard.

Puis, Jack la stupéfia en levant une main pour la laisser près de son visage… mais sans la toucher.

— Puis-je ? demanda-t-il, cherchant la permission de la toucher.

Tout autre homme serait déjà sur elle. Aurait empoigné son sein. Aurait mis sa main entre ses cuisses. Mais pas Jack. Il voulait s'assurer que c'était ce qu'elle voulait.

En réponse, April lui prit la main et la plaça sur sa joue.

— Oui. Je t'en prie, Jack. J'ai envie de toi.

Il fit un pas en avant, rapprochant son corps du sien. Elle sentit son érection contre son ventre, désormais peau contre peau, et inhala profondément. L'autre main de Jack se posa dans le bas de son dos, et il l'attira sans ménagement contre lui.

Cette petite perte de contrôle fit sourire April. C'était comme ça qu'elle désirait cet homme, sans contrôle ni méthode mais ayant perdu l'esprit et ressentant du désir pour elle. Parce que c'était comme ça qu'elle se sentait avec lui.

— Je suis terrifié à l'idée de faire quelque chose qui t'effraie. Qui te rebute, dit-il d'un ton grave, presque torturé.

— Tu ne m'effraies pas et tu ne me rebutes clairement pas, le rassura-t-elle. Fais de moi tienne, Jack.

— Tu *es* mienne, répliqua-t-il. Tu l'es depuis des années même si j'étais trop dégonflé pour l'admettre.

Bon Dieu, April adorait entendre ça ! Une de ses mains serpenta jusqu'aux fesses de Jack, l'autre se serra contre son dos. Elle lui pinça la fesse et lui fit un grand sourire.

— J'ai toujours voulu faire ça. Tu as les plus belles fesses.

Il arbora un grand sourire. En retour, sa main alla jusqu'à sa poitrine, et il pressa.

— Je veux faire *ça* depuis des années. Tu as les plus beaux seins.

Cela fit rire April. Quand elle avait imaginé comment se passeraient les choses si elle et Jack se mettaient ensemble, jamais elle n'avait suspecté qu'ils riraient en chœur comme maintenant, pas avec son attitude concentrée, presque renfrognée.

Ses doigts firent rouler son téton et pincèrent avec douceur. La légère douleur se répercuta directement entre ses jambes, et elle pouvait se sentir lubrifier pour lui. April se cambra sous son contact, et ses ongles se plantèrent dans sa fesse bombée.

— S'il te plaît, Jack... Je t'en prie.

— Tu n'as pas à me supplier, pour rien, mon ange, lui dit-il, son regard fixé sur sa poitrine ; il était en train de jouer avec son mamelon.

Il commença à les faire reculer jusqu'au lit.

— Je vais t'aimer avec tant de passion, promit-il, que tu ne voudras plus jamais être avec un autre homme. Tu ne pourras même plus *penser* à quelqu'un d'autre.

Des frissons surgirent sur les bras d'April. Si un autre homme lui avait parlé de cette façon, elle aurait sans doute levé les yeux au ciel et lui aurait dit qu'il avait un égo surdimensionné. Mais il s'agissait de Jack et elle le soupçonnait d'avoir raison.

L'arrière des genoux d'April heurtèrent le matelas, Jack retira ses mains d'elle et désigna le lit.

— Grimpe.

Maintenant les yeux rivés sur le visage de Jack, April fit ce qu'il lui demandait, reculant rapidement jusqu'à être assise au milieu de son lit *king size*. Le même lit dans lequel elle avait dormi cette dernière semaine et avait rêvé de lui la rejoignant sous les couvertures.

Jack bougeait comme une panthère, avec élégance et calme. Il posa un genou sur le lit puis l'autre, se rapprochant en rampant. Quand il plana au-dessus d'elle, April s'allongea. Il l'emprisonna de son corps nu, le baissant vers le sien. Son sexe effleurait sa cuisse, la marquant de sa chaleur quand il vint se poser sur son ventre.

Elle attrapa ses biceps qui ondulaient tandis qu'il la regardait de haut avec tout son poids sur ses avant-bras. Il ne dit rien pendant un long moment.

— Jack ? tenta-t-elle de demander, ne sachant pas ce qu'il attendait.

— J'ai des préservatifs, annonça-t-il sans crier gare. Mais je n'ai pas fréquenté de femme depuis des années. Pas depuis que je t'ai rencontrée.

April assimila ce que cela impliquait, ce qui la fit aimer Jack encore plus.

— Ça a toujours été toi, continua-t-il. Même quand je ne voulais pas l'admettre. Même quand je me disais que rien ne pouvait se passer car je serais brisé si tu t'en allais. Je suis toujours à toi.

— Mon ex a été le deuxième homme avec qui j'ai été, et nous n'avons pas fait l'amour pendant plus d'un an avant qu'on ne se sépare.

Jack cligna des yeux devant cet aveu.

— Sérieux ?

April confirma d'un signe de tête.

— Ouais...

Il prit une profonde inspiration et ferma les yeux. Puis, ils s'ouvrirent, et April jurait qu'ils étaient encore plus sombres que le moment d'avant.

— Je n'arrive pas à croire qu'il n'y ait pas eu des centaines d'hommes ayant souhaité se trouver là.

C'était une déclaration grossière mais April n'en prit pas ombrage.

— Je ne suis pas vraiment une Kardashian, dit-elle nonchalamment.

— Non, tu es une Marilyn Monroe, dit-il avant de changer de position, l'une de ses mains vint la caresser lentement tout le long de son corps. Tu es pulpeuse, et mystérieuse, et splendide... et toute à moi.

April frissonna et s'agrippa plus fort à ses biceps.

— Si tu arrêtais de parler et passais à l'action, je le serais, dit-elle avec insolence, son corps vibrant presque sous l'effet de l'attente.

Il fit un grand sourire, puis redevint sérieux.

— Où en sommes-nous par rapport à la grossesse ?

April eut le souffle coupé. Était-il vraiment en train de lui demander si elle voulait des enfants ? *Maintenant ?* En plus, elle pensait qu'ils en avaient déjà parlé...

— Quoi ?

— Comment est-ce que je te protège ?

Oh ! Il n'était pas en train de l'interroger quant à ses plans concernant de futurs d'enfants. Merci Seigneur ! Il agissait en adulte responsable, évoquant la contraception.

— J'ai eu un kyste ovarien... quand j'avais une vingtaine d'années, expliqua-t-elle avec hésitation. J'ai dû le faire enlever, tout comme mon ovaire et ma trompe de Fallope. Seulement de ce côté, mais après avoir découvert un autre kyste l'année suivante sur mon ovaire restant, le médecin m'a prescrit la pilule. Je la prends depuis plus de vingt ans maintenant. Il est fort peu probable que je tombe enceinte de toute manière, avec mon âge et tous les autres facteurs.

Elle bafouillait désormais mais ceci était un peu maladroit. Elle n'avait jamais abordé la question de la contraception avec un homme car elle était mariée, et James avait tout su de son historique médical.

— Tu vas bien ? Ces kystes ne reviendront pas ?

Son cœur se mit à fondre. Alors qu'il était allongé sur elle, nu, attendant d'avoir - elle l'espérait - la meilleure partie de jambes en l'air de sa vie, à la seconde où il avait appris qu'elle avait eu quelques soucis médicaux, toute son attention s'était focalisée sur son bien-être.

— Je vais bien.

Jack hocha la tête.

— Comme je l'ai déjà dit, j'ai des préservatifs.

— Le latex me dérange, avoua-t-elle. Je ne sais pas si je suis allergique ou quoi, mais à chaque fois que j'ai couché en en utilisant un – ce qui n'est arrivé qu'avec un seul mec mais quand même –, j'ai eu une infection urinaire. Si tu as confiance en moi, je préférerais sans. Si ça te va, ajouta-t-elle à la fin, car elle était nerveuse et n'arrivait pas à déchiffrer les traits sur le visage de Jack.

— Es-tu sérieusement en train de me demander si ça me va de te prendre sans rien ?

— Euh... oui ? répondit April, incertaine.

— Non seulement ça me va, mais c'est un putain de rêve qui devient réalité, gronda Jack. Je peux jouir en toi ?

April se pourlécha les lèvres et acquiesça, les paroles de Jack l'ayant rendue ridiculement tout excitée.

Jack se pencha et posa son front contre le sien. Et il ne bougea plus pendant de longues secondes.

— Jack ?

— Donne-moi une minute, murmura-t-il.

April ne savait pas vraiment ce qu'il lui arrivait mais elle fit ce qu'il demandait, ses mains lui caressant le dos de bas en haut de façon rassurante. Au bout d'un moment, il se redressa et posa les mains sur le matelas, de chaque côté d'April. Les yeux de Jack exploraient son corps. Il la regardait avant tant d'adoration qu'April se tortillait sous lui.

— Je n'aurais jamais deviné, il y a toutes ces années, qu'un simple jeu de hasard m'apporterait la chose la plus importante dans ma vie. Qui allait devenir un tel cadeau.

Les yeux d'April se remplirent de larmes. Il ne lui donna pas le temps de répondre.

— Ce soir, je vais aimer chaque centimètre de ton corps, April. Te vénérer. Te montrer tout ce que tu signifies pour moi. Je ne te mérite pas, mais je vais assurément te faire perdre tout intérêt pour les autres hommes.

— Je suis d'accord avec ça, tant que je peux faire de même, répliqua-t-elle.

Il afficha alors un grand sourire.

— Ça va être marrant, dit-il avant de se baisser rapidement et de refermer ses lèvres sur l'un de ses mamelons.

April couina et se cambra sous lui. Il ne continua pas sa caresse, il suça avec ardeur le petit bout ferme et changea de position afin de pouvoir prendre sa poitrine avec sa main.

— Jack ! s'exclama-t-elle en se tordant sous lui.

Les lèvres de Jack firent un petit *pop !* quand il relâcha son téton, et il lui fit un large sourire. Ses doigts se rendirent sur le mamelon qu'il venait de déguster, le faisant rouler et le pinçant légèrement. Là encore, l'électricité la foudroya jusqu'au point sensible entre ses jambes.

Jack ne dit pas un mot, porta simplement son attention sur l'autre sein et baissa la tête.

Combien de temps passa-t-il à rendre grâce à sa poitrine, April n'en savait rien. Tout comme elle ignorait être aussi sensible ! Elle n'avait jamais connu d'homme qui prêtait autant attention à sa poitrine que Jack. Sa chatte était trempée, et il ne l'avait même pas encore touchée.

— Jack, je t'en prie, gémit-elle en saisissant une poignée de ses cheveux.

— Tu me pries de quoi ? demanda-t-il, soufflant sur son téton tout dur.

— Touche-moi !

— Je suis en train de le faire, dit-il, l'air très satisfait de lui, alors qu'il s'amusait désormais avec les deux mamelons.

April laissa échapper un petit grognement et tenta de le mettre sur son dos. Mais bien entendu, elle n'arrivait pas à le faire bouger. Quand elle grommela d'un air mécontent, il s'y plia et les fit rouler.

Mais dès qu'April se trouva au-dessus, les mains de Jack se posèrent sur ses hanches, et il la fit remonter jusqu'à son torse.

April était embarrassée. Elle savait qu'il pouvait sentir à quel point elle était trempée, puisque ses jambes étaient tellement écartées sur son torse qu'elle laissait une traînée humide sur sa peau. Elle ne savait pas trop ce qu'il faisait tandis qu'il continuait de la tirer vers l'avant, ne faisant pas attention à elle jusqu'à ce qu'elle se trouve au-dessus de son visage.

Pour sa défense, un homme ne lui avait jamais fait ça avant. Oui, son ex était allé plus bas sur son corps, surtout au début de leur mariage, mais il avait été évident qu'il n'avait jamais aimé ça, alors elle ne l'avait pas forcé à le faire.

L'intense façon dont il la regardait et se léchait les lèvres l'incitèrent à serrer les cuisses. Il prit un oreiller et le glissa sous sa tête, rapprochant la bouche de l'entrejambe d'April.

— Je rêve de ce moment depuis toujours. Tu aimes le sexe oral, ma puce ?

Elle haussa les épaules, les yeux baissés vers lui ; son regard la marquait au fer rouge. Il fit un grand sourire.

— Je suppose qu'on va le savoir, dit-il.

Et là-dessus, il releva la tête sans détourner le regard de celui d'April tandis qu'il léchait la fente entre ses jambes.

April sursauta dans son étreinte et se tint à la tête de lit.

— Ouais, accroche-toi, mon ange.

Ensuite, il n'y eut plus de discussion, Jack entreprenant pour de bon son cunnilingus.

Seigneur, April n'avait jamais rien vécu de tel. Les mains de Jack sur ses cuisses qui la tenaient toute ouverte pour lui ; sa langue qui léchait doucement d'abord, puis plus vite ; la façon dont il aspirait son clitoris ; les bruits qu'il faisait en la dégustant.

Bientôt, les cuisses d'April se mirent à trembler à force de supporter son propre poids. Elle avait vraiment peur de l'étouffer, alors elle essayait de se maintenir bien au-dessus du visage de Jack. Mais il ne voulait rien savoir ; il grogna, et ce son résonna jusqu'à l'intérieur d'elle-même, dans tout son corps, tandis qu'il la tirait brutalement vers le bas, la forçant à écarter davantage.

Toute tentative de protéger Jack s'envola de son esprit à l'approche de l'orgasme. Elle se rendit à peine compte qu'elle s'était mise à onduler, à la recherche d'une stimulation plus directe de son clitoris. Un son de frustration s'échappa de ses lèvres tandis qu'elle n'obtenait pas ce dont elle avait besoin. La langue de Jack était incroyable mais il lui fallait plus.

— Montre-moi, lui ordonna-t-il. Touche-toi. Montre-moi ce qu'il te faut pour jouir.

Si April n'avait pas été si excitée, si perdue dans le plaisir que lui offrait Jack, elle n'aurait absolument pas eu le cran de se toucher. Mais elle voulait tellement jouir et se sentait complètement désinhibée à ce stade.

L'une de ses mains se décrocha douloureusement de la tête de lit et se faufila sous son corps. Avec un doigt, elle se frotta frénétiquement le clitoris de la façon qu'elle préférait quand elle recherchait l'orgasme qui lui semblait tout simplement hors d'atteinte.

— Bon sang, c'est tellement sexy ! commenta Jack.

Il avait les mains fixées aux cuisses d'April, la tenant pour l'essentiel, et elle sentit sa langue contre ses replis tandis qu'elle se caressait. Ses muscles internes se serrèrent dans le vide alors qu'elle s'approchait du sommet, et April gémit. Elle voulait se sentir remplie mais elle n'allait pas stopper son orgasme à ce stade.

Elle continuait de se frotter, Jack léchant et suçant les fluides qui s'égouttaient de son corps. Chacun de ses muscles se serra alors qu'elle se tenait au bord du précipice.

— Jouis pour moi, ma puce. Je veux voir ça. Recouvre-moi le visage, lui ordonna Jack.

April entendit à peine les mots car elle était déjà en train de franchir la frontière.

Elle se secouait, tremblait et sentait Jack lui léchant désespérément la chair pendant son orgasme ; il poussait des gémissements graves, profonds. Elle retira la main d'entre ses cuisses, et Jack lui prit directement le clitoris. Elle poussa un cri et tenta de se détacher, mais il la tenait fermement par les jambes et elle ne pouvait pas bouger.

Ce qui avait été un incroyable orgasme se transforma en quelque chose de presque douloureux, mais dans le bon sens, Jack continuant de stimuler son petit paquet de nerfs excessivement sensible.

Elle faillit perdre connaissance, et elle pouvait jurer qu'elle avait senti le monde chavirer autour d'elle, jusqu'à qu'elle comprenne que c'était Jack qui s'était assis et l'avait fait reculer en un seul mouvement souple. Il se retrouva ensuite entre les jambes d'April, et elle pouvait sentir sa verge placée contre ses replis ultrasensibles.

— J'ai envie de toi, grogna-t-il.

April se demandait ce qu'il pouvait bien attendre car elle le voulait en elle plus qu'elle n'avait besoin de respirer ; ce fut alors qu'elle comprit qu'il lui demandait une fois de plus la permission.

— Oui ! Je t'en prie, Jack. En moi. Tout de suite !

Ce fut tout ce qu'il avait eu besoin d'entendre. Une seconde, elle était vide, et la seconde suivante, elle se sentait si remplie que ça en était presque douloureux.

La tête de Jack se baissa, et il l'embrassa. Un baiser brutal et profond, presque désespéré, tandis qu'il demeurait immobile à l'intérieur du corps d'April pour la laisser s'adapter. Elle pouvait sentir son propre goût sur les lèvres de Jack et sentir ses fluides corporels sur son visage. Le sexe n'avait jamais été comme ça pour elle. Désespéré, sale et tellement passionné qu'elle avait la sensation de se consumer de tout son être.

* * *

JJ avait l'impression qu'il allait prendre feu. Il avait toujours adoré se prêter au sexe oral mais, avec April, c'était une toute nouvelle expérience. La voir se masturber à quelques centimètres de son visage, sentir ses doigts lui effleurer la langue car il avait continué de la lécher quand elle se caressait le clitoris... c'était plus excitant et intime que tout ce qu'il avait connu avant.

Quand elle avait joui, il avait pu clairement voir ses muscles internes se resserrer, puisqu'elle avait été étendue et grande ouverte juste devant son visage. Voir ses fluides goutter de son intimité, sachant que son corps trempé était prêt pour lui, lui avait fait perdre tout contrôle.

Il l'avait jetée sur le dos alors qu'elle était encore en train de jouir et il avait placé sa queue à l'entrée de son orifice avant de recouvrer ses sens à la toute dernière seconde. Il n'avait jamais pris une femme sans son consentement et il ne commencerait pas aujourd'hui.

Quand elle lui avait dit oui, les hanches de JJ allèrent vers l'avant sans que son cerveau en donne l'ordre. Une seconde, il mourait à cause de l'envie, et ensuite, il se retrouva enfoui dans la chatte la plus excitante, humide et serrée qu'il ait connue.

Ses propres tétons étaient durs, il pouvait sentir les fluides d'April sur tout son visage et son cou, et pourtant, il avait besoin d'encore plus. Conscient que cela faisait longtemps pour April - encore plus que pour lui –, il continua d'embrasser April, essayant de se distraire lui-même de son désir de pousser plus loin.

Ça ne marcha pas ; sentir la langue d'April se battre en duel avec la sienne lui donnait encore plus envie.

JJ leva la tête et regarda fixement la femme sans qui il ne pouvait vivre, ne pouvant imaginer un jour sans elle pour le reste de sa vie, et mit toute sa volonté pour se calmer. Pour rendre cela agréable pour elle.

À son grand étonnement, April souriait. Ses mains passèrent de son cou à son torse, qu'elles caressaient de haut en bas, attrapant au passage ses tétons et le faisant frémir.

— Tu es large, dit-elle dans un murmure.

Cela fit sourire JJ, mais il ne parvenait pas à desserrer suffisamment la mâchoire pour lui répondre.

Puis, elle se mit à rouler des hanches. Ce n'était qu'un tout petit mouvement mais suffisant pour animer sa verge profondément en elle. Il savait qu'il avait laissé échapper un peu de son fluide, et l'image qu'il avait en tête, la recouvrir de l'intérieur avec son essence, était si érotique qu'il était étonné de ne pas voir son sperme être expulsé ici et maintenant.

— Bouge-toi, Jack. Il m'en faut plus !

Lentement, il releva les hanches. La perte de chaleur autour de sa verge était presque douloureuse. Ne voulant surtout pas lui faire mal, il replongea lentement à l'intérieur de son fourreau accueillant.

— Plus ! gémit de nouveau April, tentant de le faire s'enfoncer davantage.

JJ prit une profonde inspiration.

— J'essaie d'y aller doucement, parvint-il à exprimer.

— Eh bien, arrête ! le gronda-t-elle. Je ne veux pas de

lenteur. Je te veux, *toi*. Sans retenue. Sauvage. Je veux que tu me désires autant que je te désire.

JJ renifla brutalement, les yeux baissés vers April.

— Impossible, dit-il. Accroche-toi.

April sourit d'un air satisfait.

Si elle le voulait hors de contrôle, elle allait voir son vœu se réaliser.

JJ avança légèrement les genoux sur le matelas et accrocha ceux d'April à ses coudes avant de poser les paumes sur le matelas. Elle avait les jambes grandes ouvertes pour lui maintenant, et il ne put s'empêcher de baisser les yeux vers l'endroit où ils se rejoignaient. Son sexe était enfoncé si loin en elle qu'il ne pouvait que voir leurs poils pubiens se mélanger. Il remua des hanches et fut récompensé par la vue de sa verge recouverte des fluides d'April qui apparaissait entre ses replis.

C'était charnel et érotique, et cela brisa tout ce qu'il restait du contrôle de JJ.

Il replongea brutalement en elle et fut à peine conscient de leurs deux gémissements. Il ne pouvait plus s'arrêter maintenant. Elle avait relâché la bête, et son unique but était de la baiser avec rudesse et rapidité.

Ses hanches dansaient, son membre entrait et sortait. Les bruits de leurs corps se heurtant quand il entrait et se retirait l'excitaient encore plus. Il voulait que ça ne s'arrête jamais. Il voulait lui faire l'amour pendant des heures.

Les hanches d'April tâchaient de rencontrer les siennes quand il s'enfonçait en elle, mais vu la façon dont il la tenait, avec les cuisses écartées, elle ne pouvait pas vraiment en profiter. Les mains d'April se rendirent à ses propres tétons, et elle se mit à se les pincer. JJ bandait encore plus. Elle était si sexy qu'il ne pouvait le supporter.

— Touche-toi, lui ordonna-t-il.

— Quoi ? haleta-t-elle, le regard perdu.

— Je veux te sentir jouir sur ma queue. Touche-toi, répéta-t-il.

Sans hésiter, l'une de ses mains se rendit entre ses jambes.

— Regarde-moi te prendre, lui dit-il.

JJ savait qu'il était autoritaire mais il ne pouvait s'en empêcher. Il voulait qu'elle voie comme ils étaient beaux ensemble.

Avec sa main libre, elle attrapa un oreiller et le fourra sous sa tête, l'aidant à prendre un peu de la hauteur dont elle avait besoin pour voir l'endroit où ils étaient soudés.

Ses doigts remuèrent sur son clitoris, effleurant sa verge à chaque fois qu'il sortait, et JJ fit tout son possible pour ne pas jouir en cet instant. Mais il serra les dents et tint bon. Il voulait vraiment la sentir jouir sur son sexe.

Plonger dans son corps était incroyable, et pendant qu'elle se donnait du plaisir, ses muscles internes se serrèrent autour de lui ; JJ fit alors une pause quand il se retrouva aussi profond qu'il le pouvait. Il baissa les yeux vers la femme sous lui et il fut pratiquement submergé par l'amour.

Elle n'avait pas peur de sa sexualité. Elle se touchait devant lui avec une absence totale de retenue. Il n'y avait pas une once de timidité en elle quand ils étaient dans cet état ensemble et, putain, comme il adorait ça !

Comme ils l'avaient fait quand elle lui avait chevauché le visage, ses muscles commencèrent par se contracter violemment tandis qu'elle approchait du précipice. Il était témoin de son orgasme, ses muscles internes se pressant et se contractant sur sa queue. C'était quelque chose qu'il n'avait jamais ressenti auparavant et c'était aussi fascinant qu'excitant.

Le corps de Jack remuait une fois de plus sans qu'il en soit conscient. Il la baisa plus brutalement, savourant la façon dont il devait se faufiler avec force dans les muscles internes d'April pris de spasmes alors qu'elle continuait de jouir.

— Oui, Jack ! Oh oui ! haletait-elle, agitée en tous sens en dessous de lui, le rapprochant lui-même de plus en plus du plaisir.

April ne serait jamais le genre d'amante qui resterait mollement sous lui pendant qu'il jouirait. Non, elle donnait autant qu'elle recevait ; encore maintenant, elle le prenait par les fesses, le pressant de la prendre avec encore plus de brutalité et de rapidité.

Son orgasme surgit sans crier gare. Une seconde avant, il savourait ce qu'il ressentait avec le corps d'April autour de sa verge et, la seconde d'après, il entrait brusquement en elle et balançait la sauce.

Il poussa un grognement, et le monde s'assombrit tandis qu'il jouissait. Des jets de sperme jaillirent de sa verge, jouissant sans protection dans une femme pour la première fois de sa vie. Il sentait vraiment la chaleur de ce qu'il éjaculait envelopper sa queue pour se déverser en elle. Ses bras cédèrent, et il s'effondra sur April, s'empêchant de venir l'écraser au tout dernier moment.

Il demeura ainsi, haletant, tentant de retrouver son équilibre. Son orgasme l'avait complètement retourné, mais presque au moment où il revint à lui, il voulut recommencer.

Levant la tête, il jeta un coup d'œil à April.

Elle avait un sourire satisfait sur le visage et le lui offrait.

— Coucou, dit-elle paresseusement.

JJ ne se donna pas la peine de répondre, sa tête chuta, et il l'embrassa.

Cette fois, la rencontre entre leurs lèvres et leurs langues était lente et intense. Il voulait la remercier. Lui faire savoir à quel point il l'aimait. La vénérait.

Quand il finit par relever la tête, elle se lécha les lèvres, et il sentit ses muscles internes se resserrer autour de sa verge, qui était toujours en elle.

— Je ne t'écrase pas ?

— Non, dit-elle même si elle hochait la tête.

JJ posa une main sur ses fesses, la tenant fermement contre lui, et les fit rouler jusqu'à ce qu'elle soit au-dessus. À son immense soulagement, elle se trémoussa légèrement, se mettant à l'aise, puis posa la tête sur son épaule. Il pouvait sentir leurs fluides combinés goutter de l'endroit où ils étaient soudés, sur ses bourses comme sur les draps, mais il s'en fichait. Rien d'autre n'avait plus d'importance que de tenir sa femme contre lui.

— Comment va ta tête ? demanda-t-il au bout d'un moment.

— Quelle tête ? marmonna-t-elle.

Il ricana. Puis, redevint sérieux. Seigneur, il avait été si brutal avec elle… Il n'y avait pas si longtemps, elle se trouvait à l'hôpital.

— Non, dit April de ce même ton paresseux.

— Non, quoi ?

— Non, tu n'as pas le droit de douter de la meilleure partie de jambes en l'air que j'aie eue de ma vie.

Il se détendit.

— Comment savais-tu à quoi je pensais ?

— Parce que je te connais, Jackson Justice. Tu es un éternel inquiet. Tu t'angoisses pour tes amis, pour ton entreprise et, maintenant, tu te demandes si ce qu'on vient de faire a été trop brusque. Pour info, ça ne l'était pas, dit-elle, avant de lever la tête pour le regarder. À moins que tu ne regrettes… à moins que j'aie été trop… désinhibée.

JJ ne put s'en empêcher : il se mit à rire.

— La seule chose que je regrette, c'est que ce soit fini. Tu as été parfaite, mon ange.

Elle soupira de soulagement, et sa tête retourna sur son épaule.

— Pfiou ! Je ne sais pas d'où ça venait. Je n'ai jamais été comme ça avant. Mais tu semblais t'en moquer, alors j'ai juste fait ce qui me semblait agréable.

— Je veux que tu sois toujours comme ça avec moi.

— Je le serai. Et il en va de même pour toi. Tu es si incroyablement sexy ! Je dois encore me pincer que tu sois avec moi. Je n'ai qu'une plainte cependant…

Et ses mots restèrent suspendus. JJ se raidit.

— Laquelle est-ce ?

— Je n'ai pas pu t'explorer. Te goûter.

Maintenant, son corps se raidissait pour une raison différente.

— Tu voudrais ?

— Sans dec' ! dit-elle, et il la sentit sourire contre sa peau.

— Dès que je trouve la force de quitter ton corps chaud et doux, peut-être alors t'accorderai-je une chance.

Elle émit un rire, et il le sentit jusqu'à son entrejambe.

— Tu ne peux pas rester là-dedans pour toujours.

— On parie ? répliqua-t-il.

C'était un argument stupide mais il s'en moquait, et il semblait qu'April également puisque ses muscles se resserraient autour de lui.

— Doucement, mon amour, lui chuchota-t-il, alors qu'il sentait son membre ramolli glisser hors d'elle.

— Flûte, marmonna-t-elle.

La tête de JJ afficha un large sourire avant de se secouer.

— Jack ?

— Ouais ?

— Je t'aime.

JJ aurait pu jurer que son cœur s'était arrêté de battre en entendant ces mots.

— Je ne le dis pas pour te mettre la pression pour quoi que ce soit. Mais la vie est courte. Je l'ai appris de la plus brutale des façons et je ne veux pas passer un jour de plus sans te le dire. Rien n'est obligé de changer, c'est juste que je…

JJ les fit rouler une fois de plus. Il emprisonna le visage d'April entre ses mains et la regarda.

— Tu as tort. Tout a changé.

Elle se mordit la lèvre sans le quitter des yeux.

— Car je t'aime aussi. Tu es plus courageuse que je ne le serai *jamais* de l'avoir dit la première.

— Si tu le dis, murmura-t-elle, mais il voyait les larmes dans ses yeux.

— Et comme je l'ai dit, ça change tout. Je t'avais d'abord avertie que, si nous faisions ça, je deviendrais encore plus protecteur et dominateur. Et désormais, l'affaire est conclue. Savoir que tu m'aimes ? Je n'ai jamais rien souhaité de plus fort dans ma vie que d'entendre ces mots-là. Je vais t'emmailloter dans du papier bulle et te garder dans une brume orgasmique, juste ici, dans mon lit, pour que plus rien ne te fasse de mal.

JJ se montrait ridicule mais il ne pouvait s'en empêcher.

April leva simplement les yeux au ciel.

— Je me fiche que tu sois protecteur, mais me retenir en otage dans ton lit semble un peu extrême, tu ne crois pas ?

— Non.

Elle gloussa, mais ce son mourut quand JJ bougea et qu'elle sentit son érection contre sa cuisse.

— Encore ? demanda-t-elle, un sourcil haussé par la surprise.

— Oui, dit-il en prenant sa verge en main pour la remettre dans le corps d'April.

Elle gémit et se cambra mais ses jambes s'écartèrent davantage pour l'accueillir.

Cette fois, ils firent l'amour lentement et avec douceur… la plupart du temps. Ce ne fut que lorsque JJ s'assit sur les talons, tenant April sur ses genoux, pour caresser son clitoris et la sentir exploser tout en l'ayant en elle une fois de plus qu'il perdit le contrôle.

Après l'avoir emplie de sa semence pour la seconde fois, il les déplaça afin qu'ils soient convenablement allongés sur le lit et qu'elle s'endorme sur son torse.

Toujours éveillé, JJ prit une profonde inspiration. Elle avait probablement cru qu'il plaisantait à propos du fait d'être protecteur, mais il avait suffisamment vécu l'enfer pour savoir à quel point la vie était précaire. Il ne pouvait pas la perdre. Ça le tuerait pour de vrai.

Tournant la tête, JJ embrassa April sur le front. Elle marmonna dans son sommeil et le serra davantage en se rapprochant de lui. Le plafonnier était encore allumé, le drap était replié sous ses fesses, April monopolisait la couverture et il pouvait sentir la texture gluante de leurs fluides libérés entre ses jambes, sur son visage et dans la zone humide sous lui. Mais JJ n'avait jamais été aussi à l'aise.

Ce serait la chose la plus difficile qu'il aurait à faire, de ne pas enfermer April à clé dans sa maison comme il l'avait menacée de le faire. Il ne voulait pas l'étouffer, et puis, bon, Jack's Lumber avait besoin d'elle. Mais elle devrait simplement se faire à l'idée de voir JJ rôder à partir de maintenant. Elle était telle une fleur précieuse, en verre, au milieu d'un champ de rochers. Il serait son champ de force, s'assurant que rien ni personne ne la toucherait. Et que Dieu vienne en aide à ceux qui essaieraient de faire du mal à ce qu'il avait passé sa vie entière à trouver.

CHAPITRE DIX

— Je n'avais jamais vu JJ se comporter de façon si… bizarre, commenta Carlise en prenant une gorgée de son jus d'orange.

April confirma d'un signe de tête.

— Je sais, c'est ridicule.

Mais elle avait le sourire en le disant. Elle se trouvait en compagnie des autres filles dans la maison de Marlowe et de Bob, passant la soirée ensemble. Une semaine et demie s'était écoulée depuis qu'elle avait couché avec Jack, et ces dix jours avaient été extraordinaires.

Chaque soir, ils avaient cuisiné ensemble… ri, discuté, parfois regardé la télé. Puis, il lui avait fait l'amour. Souvent rapidement et brutalement, d'autres fois lentement, avec Jack qui la stimulait sans merci avant de lui permettre de jouir. Elle avait enfin réussi à le convaincre de lui faire plaisir plus bas seulement quelques jours auparavant, et ils en avaient été tous deux complètement retournés au moment de s'endormir.

Et l'aspect hyperprotecteur avait officiellement commencé. À l'origine, les filles avaient prévu de se rendre au Sunday River

Brewing Company*, qui se trouvait à environ quinze kilomètres au sud de Newton, pour leur soirée entre filles. Et bien que Cal ait proposé de les y conduire et de les ramener ensuite, Jack avait posé son veto à cette idée ; il avait dit que c'était trop loin, que les filles avaient une grossesse trop avancée et qu'il pourrait y avoir des « gens malfaisants ».

C'était ridicule, et Jack dépassait trop les bornes, mais puisqu'April se fichait pas mal de l'endroit où elle passait du temps avec ses amies, elle s'était laissé persuader de se rendre dans la maison de Marlowe. Mais elle avait tapé du poing sur la table quand Jack lui avait dit qu'il serait également présent avec les autres gars.

— Je lui ai dit que ce ne serait pas une soirée entre filles si les gars étaient là, raconta April à ses amies.

— C'est plutôt mignon, toutefois, répondit June avec un haussement d'épaules.

— Carrément ! Enfin, nous savions que, toi et JJ, vous vous appréciiez mais je ne crois pas que l'un d'entre nous s'était attendu à ce qu'il soit si...

La voix de Marlowe s'évanouit durant sa tentative de trouver le mot approprié.

— Inquiet ? proposa Carlise.

— Protecteur ? tenta June.

— À tomber à genoux pour une femme, dit Marlowe avec un grand sourire.

Cela les fit toutes rire.

— Vous savez, Cal s'est montré beaucoup trop vigilant, de plus en plus au cours de ma grossesse, mais JJ le fait paraître comme le mari le plus négligent du monde en comparaison, dit June en souriant de toutes ses dents.

— Ça te dérange ? demanda Carlise. Enfin, l'autre jour, quand tu as quitté le bureau pour passer prendre le déjeuner

* Brasserie située dans le Maine.

chez Granny's Burgers, il est revenu pendant ton absence et a complètement flippé parce qu'il ignorait où tu étais !

April haussa les épaules.

— Franchement ? Non. Je me dis que les choses sont encore nouvelles entre nous, qu'il finira par se calmer bientôt.

— Ça, je n'en serais pas si sûre, l'avertit Marlowe. C'est le plus intense des quatre. Et je crois qu'il se sent responsable de nous tous. Ce qui est logique ; il était le chef d'équipe quand ils étaient dans l'armée, et j'ai le sentiment qu'il s'en veut beaucoup pour leur capture et pour les tortures qu'ils ont subies ensuite. Mais il t'*aime*, alors c'est juste naturel qu'il soit extrêmement prudent.

— Je n'arrive toujours pas à croire que vous soyez enfin ensemble ! dit June dans un soupir. Nous commencions à nous dire que ça n'arrivait pas.

— Ouais, Carlise était absolument prête à vous enfermer tous les deux dans une chambre et à vous forcer à partager un lit... tu sais, parce que, en fait, nous avons tous fait ça et avons fini mariés, expliqua Marlowe, tout sourire.

— Il n'y a eu aucune contrainte, informa April, sirotant son verre de vin, étant la seule à boire de l'alcool pour des raisons évidentes. Et c'est *moi* qui étais dans son lit quand nous sommes rentrés de l'hôpital. Ça ne compte pas. Pas vraiment.

Tout le monde rigola.

— En tout cas, je suis heureuse pour vous, dit Marlowe. Je ne vous connais pas tous les deux depuis aussi longtemps que les autres, mais il est évident que vous vous aimez et que vous également parfait pour l'autre. Tu acceptes son côté protecteur sans sourciller et, quand il se montre ridicule, tu n'as aucun problème à le lui rappeler. Je pense que vous allez très bien vous en sortir. De plus, ça a du bon d'avoir un mec protecteur à ses côtés.

— Je suis d'accord, dit Carlise.

— Pareil, suivit June.

— En parlant de protecteur, reprit Carlise, vous ai-je dit ce qu'il s'est passé il y a deux jours ?

— Oh Seigneur, quoi encore ? demanda June en riant.

— Je revenais de Rumford après avoir fait le plein de bricoles au magasin discount. Je faisais ce que j'avais à faire, chantant « Girls Just Want to Have Fun » de Cyndi Lauper avec toute la force de mes poumons, quand j'ai senti quelque chose me toucher le bras. J'ai baissé les yeux vite fait... et il y avait une saloperie de *tarentule* qui me rampait dessus !

— Quoi ?!

— Putain de merde !

— Tu plaisantes ?!

Les filles avaient parlé toutes les trois en même temps.

— Non, ce n'est pas une blague ! J'ai carrément flippé ! J'ai eu de la chance que personne ne se trouve sur l'autre voie. J'ai fait une embardée tout du long de la ligne jaune avant de revenir de mon côté de la route. Je jure que ma Jeep s'est mise sur deux roues, vu ma façon imprévisible de conduire. Je me suis arrêtée au beau milieu de la grand-route et j'ai bondi hors de la voiture en hurlant comme une barjot. Je n'arrivais pas à me débarrasser de la sensation de cette chose rampant sur moi.

— Bonté divine, comment est-elle arrivée là ? Attends, le Maine *a* aussi des tarentules ? Je pensais qu'il n'y avait aucune araignée venimeuse dans cet état, dit Marlowe.

— Non, ce sont les serpents, lui dit Carlise. Bien que, en général, on rencontre les tarentules dans le désert, et nous savons tous que le Maine n'est *pas* un désert.

— Alors, que s'est-il passé ? Et par quelle magie en as-tu eu une dans ta voiture ? demanda April, soucieuse.

— Eh bien, un vieux monsieur s'est arrêté pendant que je dansais au milieu de la route et que je hurlais de toutes mes forces, il a réussi à me calmer et a bel et bien trouvé cette chose dans ma voiture. Il a dit qu'elle semblait assez docile. La police est arrivée, ce qui était embarrassant, et ils ont dit que ce devait être à quelqu'un et qu'elle s'était échappée. Qu'elle avait probablement rampé jusqu'à ma voiture parce qu'il y faisait chaud à cause du soleil, expliqua Carlise.

— Qu'a fait Chappy quand il a appris ce qui était arrivé ? s'intéressa June.

— C'est là que le côté protecteur entre en scène : il ne m'a absolument pas parlé pendant cinq heures. Pas parce qu'il était furieux mais parce qu'il était trop flippé et bouleversé que quelque chose ait pu m'arriver. S'il y avait eu une voiture sur l'autre voie, j'aurais pu foncer dedans. Ou j'aurais pu finir dans le fossé de l'autre côté de la route.

Bref, il est sorti et a examiné ma Jeep du toit aux pneus, il a même utilisé une sorte de mousse pour reboucher des trous quasi inexistants afin qu'aucune autre bestiole ne puisse entrer. Et il m'a dit que, dorénavant, si je veux aller à Rumford, ou n'importe où ailleurs d'ailleurs, il me conduirait. C'est un chouïa énervant, mais puisque j'en suis presque au troisième trimestre et que je ne me sens pas très à l'aise derrière le volant de toute manière, je m'en moque un peu.

— Ouah, tu as eu de la chance ! dit Marlowe.

— Presque autant que toi, quand ce carton n'est pas tombé sur ta tête, dit Carlise.

— Presque autant que *moi*, qui ai retrouvé la mémoire, ajouta April.

— Nous formons une équipe de sacrées chanceuses, c'est sûr, dit Carlise. Nous avons des bébés en bonne santé en route, sauf pour toi, April, mais puisque tu n'en veux pas, c'est cool, et nous avons des hommes qui feraient n'importe quoi pour nous.

— Je bois à ça ! dit Marlowe, tendant son verre de jus de pommes.

April leva son verre aux autres et sourit au moment de trinquer.

Elles prirent toutes une gorgée, et la discussion s'orienta vers les affaires, les grossesses et ce qui était prévu pour les congés que les mecs prendraient à la naissance de leurs enfants. April écoutait les autres discuter et riait, ne pouvant s'empêcher de penser à quel point elle avait de la chance. Elle avait des amis super et allait bientôt devenir une tante, à titre honorifique, et elle avait enfin l'homme qu'elle aimait.

— Et April qui sourit comme si elle complotait un plan diabolique, commenta Carlise au bout d'un moment.

— Je ne complote pas, je suis juste reconnaissante pour tout ce que j'ai. Vous, les amies, un boulot que j'adore et un homme qui se trouve être intéressé par ce que je pense et fais.

— Tu ne parles pas beaucoup de ton ex, dit June, hésitante. Ton mariage a été horrible ?

April réfléchit à la question pendant un moment, puis haussa les épaules. Elle n'avait jamais parlé à *quelqu'un* de James. Pas parce qu'elle était traumatisée mais plutôt parce qu'elle était embarrassée. Peut-être était-ce l'alcool ou grâce à tous les orgasmes qu'elle avait eus récemment – peu importait la raison –, elle s'ouvrit pour la première fois.

— Ce n'était pas horrible, dit-elle. Nous étions juste... là. Nous coexistions, tout simplement. Nous faisions les choses machinalement. James se fichait de ce que je faisais, de l'endroit où j'étais, de la façon dont je me sentais. Et honnêtement, vers la fin, je me fichais de lui également. Nous voyions l'autre passer, et c'était tout. J'ai plutôt honte d'avoir laissé notre relation en arriver à ce stade avant d'y mettre fin.

Carlise leva une main et secoua la tête.

— Non, tu ne dois pas penser comme ça.

April ne comprenait pas.

— Comme quoi ?

— Comme si c'était ta faute. Vous étiez deux dans ce mariage, et ton ex aurait pu faire des efforts pour être plus proche de toi.

— Tout comme j'aurais pu faire des efforts pour me rapprocher de lui, répliqua April.

— Peut-être, reconnut Carlise. Mais le mariage, c'est un gros travail. Tout n'est pas que rayons de soleil, roses et orgasmes.

Pour une raison, April rougit à ces propos.

Les autres femmes arborèrent un grand sourire.

— OK, les orgasmes, c'est génial, et je suis absolument en leur faveur, rétropédala Carlise. Mais, sérieusement, il y a des différends, des difficultés à surmonter, tout ça.

— Mais c'est ça, le truc. Nous n'avions *pas* de différends. Nous n'avions pas de difficultés. Nous suivions juste le mouvement, insista April.

— Ce qui était terriblement ennuyeux, commenta gentiment Marlowe. N'est-ce pas ?

April confirma.

— Et je crois que JJ ne sera jamais ennuyeux. Et je ne suis là que depuis peu, mais je vous ai vraiment entendus tous les deux vous prendre le bec quand vous n'étiez pas d'accord.

— Ce qui n'est pas une mauvaise chose, les interrompit June. Je veux dire, vous n'êtes pas d'accord pour des bricoles, mais vous vous respectez toujours quand vous vous disputez et vous semblez toujours capables de parvenir à un accord.

— C'est comme ça que devrait être le mariage, dit Carlise avec un hochement de tête. Rempli de passion, de rires et d'un vrai intérêt pour l'autre personne. Qu'aurait fait ton ex si tu étais revenue à la maison en disant que tu avais failli bousiller la voiture car il y avait eu un canard venimeux à l'intérieur qui t'avait fait peur ?

— Un canard venimeux ? répéta April en riant.

Les autres rigolèrent également.

— Peu importe, reprit Carlise. Un truc inattendu qui n'aurait pas dû être là ni t'effrayer.

April haussa les épaules.

— Il aurait probablement demandé ce qu'il y avait pour le dîner.

Carlise parut contente d'elle.

— Et JJ ? Si ça avait été toi dans cette Jeep, avec l'araignée, qu'aurait-il fait ?

— Vendre la Jeep, me forcer à aller voir le médecin pour être sûr que je n'avais pas été mordue et entamer une campagne pour tuer toutes les tarentules restantes dans le monde, répondit April sans hésiter.

— Exactement. Tu n'as aucune raison de te sentir embarrassée concernant ton mariage. Tu es partie. Tu as fait ce qu'il fallait, dit fermement Carlise.

— Et aujourd'hui, tu es là, avec JJ, ajouta June.

— Et vivant un bonheur délirant, dit Marlowe.

April sourit.

— En effet. Mais...

— Pas de « mais » ! s'exclama Carlise.

Les autres ricanèrent.

— Sauf pour les popotins de nos maris. On peut en parler ? proposa June. On pourrait mourir pour le popotin de Cal.

— Désolée, je t'adore, mais rien de comparable aux fesses de Riggs, dit Carlise d'un air suffisant.

— Attendez une minute, celles de Kendric foutent la honte à *tous* les popotins de vos mecs, contredit Marlowe.

April écoutait ses amies se chamailler pour savoir lequel de leurs maris avait les plus belles fesses et elle ne s'était pas attendue à ce que Carlise se tourne vers elle.

— Alors ? dit Carlise, vexée.

— Alors, quoi ? demanda April.

— Tu ne vas pas intervenir et nous dire que nous avons toutes tort ? Que JJ a le plus beau popotin ?

— Non, répondit April, faisant de son mieux pour dissimuler son sourire en prenant une autre gorgée de vin.

— Ouah, c'est surprenant ! dit June, un sourcil levé.

— Aucun intérêt de débattre d'un truc avec des gens qui ont tort, ajouta April, presque en passant.

April ne sut exactement qui avait lancé le premier oreiller, mais ce qu'elle savait ensuite, c'est que toutes les quatre faisaient une énorme bataille d'oreillers. Personne ne frappait vraiment fort, elles étaient parfaitement conscientes qu'il y avait trois précieux bébés à protéger, et April n'était pas très coordonnée étant donné qu'elle avait pour handicap d'être éméchée mais, quand elles eurent terminé, elles respiraient toutes bruyamment et avaient mal au ventre à force d'avoir trop ri.

— Merci JJ d'avoir insisté pour que nous fassions notre soirée entre filles ici, dit June en s'inclinant sur son fauteuil. Nous n'aurions pas pu faire de bataille d'oreillers au bar.

April offrit un énorme sourire à toutes et lâcha :

— Je vous aime, les filles.

Elles se tournèrent vers elle.

— Je le pense. Quand je n'avais plus la mémoire, vous avez été si gentilles avec moi. Tour à tour, vous veniez jusqu'à Bangor. Vous ne m'avez pas traitée différemment même si je ne pouvais me souvenir de vous. Et vous n'avez jamais douté du fait que ma mémoire reviendrait. Vous ne savez pas à quel point ça compte pour moi.

— Eh bien, en fait, tu es la colle qui nous maintient tous ensemble, lui dit Carlise. Quand je t'ai rencontrée, lorsque j'étais là-haut, au chalet dans les montagnes, j'avais très peur de ce que tu penserais de moi, étant donné que JJ suspectait que j'avais drogué Riggs ou je ne sais quoi. Mais tu as été gentille et maternelle, et il m'est alors paru comme évident le fait que les gars te respectaient et se tournaient vers toi pour bénéficier de tes conseils.

April se sentit embarrassée.

— Ouais, maternelle, c'est tout ce que je voudrais être...

— Je ne disais pas ça dans le sens négatif. C'est juste que c'était évident que tu étais gentille et encourageante. Chappy m'a dit plus tard que c'est toi qui as fait de Jack's Lumber un succès. Que, sans toi, il était certain qu'ils auraient déposé le bilan en deux ans.

— Cal dit la même chose, suivit June. Et tu ne te rends pas compte ce que *tu* signifies pour *nous*. Je meurs de peur d'avoir ce bébé. Je ne sais absolument pas comment être une mère mais je sais que, avec toi pour m'aider, je serai en mesure de me débrouiller.

— Et moi, j'avais peur que vous pensiez *tous* que j'avais fait ce dont on m'accusait en Thaïlande, admit Marlowe. Que vous ne m'accepteriez pas. Mais April, tu as été la première personne à m'accueillir et à m'aider à me sentir chez moi. Ça n'a pas été une épreuve de se relayer pour te rendre visite à l'hôpital.

— J'irai plus loin en disant ceci, reprit Carlise, se penchant en avant et clouant April sur place avec son regard. Si tu n'avais pas retrouvé la mémoire et ne t'étais jamais souvenue de nous, ni des bons *et* des mauvais moments que nous avons passés ensemble par le passé, ça n'aurait pas eu d'importance. Tu seras toujours notre amie et notre mentore de bien des façons et nous nous serions simplement fait de nouveaux souvenirs pour remplacer ceux que tu n'avais plus.

Les yeux d'April se remplirent de larmes. Elle ignorait ce qu'elle avait fait dans sa vie pour mériter ces nanas. Ou Jack. Ou les autres gars.

— Nous allons élever de super filles et garçons, parvint à dire April.

— Putain, ça, c'est certain ! commenta Carlise.

— De petites filles fortes qui disent ce qu'elles pensent et qui ne laissent personne les emmerder, dit June.

— Des garçons protecteurs qui respectent les filles et ne pensent pas qu'elles sont plus faibles qu'eux, ajouta Marlowe.

April sourit à tout le monde avant de pousser un soupir et de fermer les yeux. La pièce tournait, d'une bonne façon. Cela faisait longtemps qu'elle n'avait pas baissé la garde comme ce soir, et elle trouvait ça génial. Elle entendait les autres chuchoter, mais elle se sentait trop détendue pour ouvrir les yeux et rejoindre la conversation.

Ce ne fut que lorsqu'elle sursauta au bruit d'une porte qui se ferme qu'elle comprit qu'elle s'était en réalité assoupie.

April s'assit et regarda autour d'elle. Les filles n'étaient pas dans la pièce mais Jack, oui. Il était appuyé contre le montant de porte et la regardait avec un petit sourire.

Il était beau comme jamais, et April, une fois encore, dut se pincer pour se souvenir qu'il était à elle.

Quand il vit qu'elle était éveillée, il quitta la porte et vint vers elle. Il s'agenouilla devant le canapé et posa une main sur son genou.

— Coucou.

— Salut, dit-elle avec un petit sourire.

— Prête à rentrer à la maison ?

April fronça les sourcils et regarda une nouvelle fois autour d'elle.

— Quelle heure est-il ? Où sont-elles toutes passées ?

— Quand tu t'es endormie à côté d'elles, Carlise a appelé Chappy. Puisqu'il était avec moi et avec les autres gars, nous sommes venus récupérer nos femmes.

— Je n'en avais pas terminé avec notre truc de fille, dit April en faisant la moue.

Jack s'en amusa.

— Eh bien, si ça peut t'aider à te sentir mieux, les femmes enceintes étaient aussi fatiguées que toi. Marlowe était déjà en train de ronfler au lit quand nous sommes arrivés et Carlise et June somnolaient également.

— Oh, d'accord, répondit April avec un hochement de tête, comme si s'endormir à la fin d'une soirée entre filles était parfaitement normal.

Jack sourit à nouveau, puis se leva et lui tendit la main. April la prit sans hésiter, et soupira gaiement quand il l'attira à ses côtés et mit un bras autour de sa taille.

Comme elle trébuchait alors qu'ils marchaient vers la porte, il lui demanda :

— Combien de verres as-tu bus ?

April haussa les épaules.

— Deux verres.

— Ils étaient grands comment ? la taquina-t-il.

Le sourire d'April s'élargit.

Bob apparut dans les escaliers et étreignit brièvement April.

— Merci d'être venue ici et d'avoir tenu compagnie à Marlowe.

April roula des yeux.

— Tu dis ça comme si nous avions eu le choix. Tu sais, nous, nous voulions aller au bar.

— Ouais, ouais, réagit Bob avec un rictus joyeux.

— Vous étiez tous dans le coup, n'est-ce pas ? les soupçonnait-elle. Vous avez juste laissé Jack être le méchant de l'histoire et, une fois que j'ai dit que j'étais d'accord, vous saviez que les autres filles allaient suivre le plan.

— J'ai toujours su que tu étais maligne, dit Bob, qui n'avait pas perdu son sourire.

— Ouais, c'est ça, rétorqua April, sans aucune chaleur dans sa voix.

En toute franchise, elle adorait pouvoir porter des pantalons élastiques et un T-shirt au lieu de bien s'habiller pour aller au bar.

— Merci, Bob. On se voit au bureau demain, dit JJ.

— Ouais, vous avez ce boulot dans ce nouveau quartier résidentiel, dit April en hochant la tête. Un tas d'arbres à retirer.

— Oui m'dame, bien m'dame ! dit Bob en faisant un petit salut militaire.

— La ferme, lui répliqua April.

— Allez, on va rentrer à la maison et te sortir de l'aspirine, que tu ne te réveilles pas avec un mal de tête demain.

Jack la guida jusqu'au-dehors et elle se tourna pour faire

signe une dernière fois à Bob. Puis, elle s'écria à son attention pour qu'il remercie Marlowe de sa part pour la soirée et lui dise qu'elles se retrouveraient plus tard. Elle se retourna, surprise de voir les deux autres hommes installer tant bien que mal leurs femmes, et elle cria la même chose à Carlise et à June. Chacune lui fit signe en réponse, et quelques secondes plus tard, April souriait à Jack qui attachait sa ceinture de sécurité à l'avant de sa Bronco.

Une fois en chemin vers la maison de Jack, elle tourna paresseusement la tête et le regarda.

— Quoi ? demanda-t-il au bout d'un moment.

— Rien. Je trouve juste que tu es vraiment beau.

Ses lèvres eurent un tic.

— Et tes fesses sont les plus belles, peu importe ce que disent les autres filles.

Il éclata de rire comme un fou.

— J'en déduis que tu as passé un bon moment ce soir.

— Ouaip ! dit-elle, le *p* ayant fait un bruit sec.

— Tant mieux.

— Tu avais raison.

— À propos de quoi ?

— Pour ne pas aller au bar. Ça aurait été bruyant, les filles ne peuvent pas boire de toute manière et nous n'aurions pas pu faire notre bataille d'oreillers.

— Vous avez fait une bataille d'oreillers ? demanda Jack, un sourcil interrogatif.

— Hin-hin. Pour savoir quel homme a les plus belles fesses.

Jack secoua la tête mais souriait.

— Je ne comprendrai jamais les femmes.

— Tant mieux. Nous aimons avoir des secrets.

Jack tendit la main et lui prit la sienne. Elle fermait les yeux pendant qu'il conduisait. Au bout d'une minute, elle les rouvrit et lui demanda :

— Qu'aurais-tu fait si je n'avais jamais retrouvé la mémoire ?

— Tu l'as retrouvée, alors c'est un débat stérile.

— Mais si je ne l'avais pas retrouvée ?

— April, tu *l'as* retrouvée.

— Fais-moi plaisir, Jack. Tu m'aurais aimée ?

Quand il tourna la tête pour la regarder, April inspira un grand coup en voyant l'émotion dans les yeux de Jack.

— Je t'aimais déjà, April. Je t'aurais accordé du temps pour que tu apprennes à me connaître et je t'aurais, en quelque sorte, aidée à m'aimer en retour. Je ne comptais pas te perdre, pas alors que j'avais déjà été un idiot et que j'avais foiré ma première chance avec toi.

April sourit et lui pressa la main.

— OK.

— OK ?

— Oui, oui... Et pour info... tu n'aurais pas eu à batailler trop dur pour que je t'aime en retour. Mon cerveau avait peut-être oublié mais pas mon cœur. Il a toujours été à toi.

Ils ne reparlèrent plus jusqu'à ce que Jack ait garé la voiture, fait le tour jusqu'à April et lui ait pris la main avant de la mener dans la maison. Il l'escorta directement jusqu'à la chambre, où il lui annonça :

— Tu as trois minutes pour te préparer à te mettre au lit. Je vais aller te chercher un verre d'eau et de l'aspirine. Ensuite, je vais te montrer ce que tes paroles signifient pour moi.

Elle sourit.

— J'ai toujours voulu coucher en état d'ébriété.

Le sourire de Jack se fit absolument cochon.

— Tu vas voir ton vœu s'exaucer, mon ange.

— Youhou, murmura-t-elle.

— Deux minutes et trente secondes, l'avertit-il en reculant vers la porte.

Alors, April se hâta, bataillant avec son pantalon. Elle faillit trébucher en les faisant descendre de ses hanches tout en entrant dans la salle de bains. Elle devait faire pipi, se brosser les dents et se déshabiller avant qu'il ne revienne.

Elle ne réussit pas vraiment à finir à temps, mais Jack semblait vouloir être celui qui allait faire passer son T-shirt par-dessus la tête et lui retirer sa lingerie. Il attendit qu'elle prenne les comprimés qu'il avait préalablement apportés avant de la pousser sur le lit et de lui montrer les avantages du sexe sous ivresse.

Étendue sur lui et complètement molle un bon moment plus tard, sa verge toujours profondément enfouie dans son corps, April crut l'entendre murmurer :

— Mon cœur a toujours été à toi aussi.

Avant qu'elle ne tombe dans un sommeil profond et satisfait.

CHAPITRE ONZE

JJ dissimula son sourire satisfait quand il vit April grimacer en entendant la sonnette de la porte d'entrée de sa maison. Elle s'était réveillée ce matin-là avec une gueule de bois, malgré l'aspirine. Elle rouspétait du fait qu'elle n'avait *jamais* eu de gueule de bois, et quand JJ avait demandé combien de fois elle avait été saoule récemment, elle avait marmonné à voix basse qu'elle ne pouvait se souvenir de la dernière fois, que cela datait peut-être de l'université.

Sa femme était adorable quand elle avait un mal à la tête causé par de trop nombreux verres de vin. Il n'avait pas aimé quand elle avait souffert à la suite de l'accident, mais ça ? C'était plutôt drôle. Surtout parce qu'elle était grognon et à côté de ses pompes, et pourtant, quand il l'avait embrassée pour lui dire au revoir avant de se rendre sur son lieu de travail, dans le nouveau quartier résidentiel, elle s'était attendrie dans ses bras.

Lui et les autres mecs avaient travaillé dur pour déterminer quels arbres devaient être abattus et quand, conformément aux besoins de construction des maisons qui étaient prévues d'être bâties. C'était un gros travail mais sur lequel Jack était fier de bosser. Avec le promoteur, ils avaient discuté du fait de sauver autant d'arbres que possible, afin de donner au voisinage une atmosphère d'autrefois, au lieu de simplement raser tous les arbres sur toute la superficie.

Il aurait été de retour au bureau plus tôt, mais Marlowe avait appelé Bob pour l'informer qu'elle était à la bibliothèque avec deux pneus à plat. JJ avait conduit son ami en ville, et ils avaient découvert deux énormes clous dans les deux pneus arrière du pick-up de Bob. C'était énervant mais, par chance, Marlowe avait seulement emprunté le véhicule de son époux pour se rendre à la bibliothèque ce jour-là au lieu de se rendre à Bangor pour aller acheter des meubles avec June, ce qui avait été le plan d'origine.

June s'était réveillée, souffrant d'étranges crampes, et Cal avait tapé du poing sur la table et avait refusé de la laisser risquer sa santé ou celle de leur enfant pour un truc aussi insignifiant que du shopping. Alors, Marlowe était passée voir son amie, puis s'était rendue à la bibliothèque pour jeter un œil aux bouquins.

Obtenir de nouveaux pneus était un problème mineur, mais cela aurait été un désastre si les femmes s'étaient trouvées sur l'autoroute au moment où les pneus s'étaient dégonflés ou, pire, avaient éclaté.

— Qu'en est-il du véhicule ? demanda April une fois la porte refermée derrière JJ.

Il l'avait appelée pour la prévenir qu'il était en retard et retournait au bureau pour le déjeuner.

— Deux pneus à plat. Tout ira bien.

Elle plissa le nez.

— Mince, ça craint.

JJ haussa les épaules, puis fit le tour du bureau et recula le fauteuil d'April avant de s'appuyer sur le bureau devant elle.

— Hmm, tu es sur mon chemin, dit-elle en souriant.

— Je sais. C'est l'heure de déjeuner.

April vérifia sa montre.

— En fait, l'heure du déjeuner est passée.

— Tu as déjà mangé ? demanda-t-il en connaissant la réponse.

— Non. Mais j'aurais pu.

— Je sais. Je n'attends pas de toi que tu m'attendes si je suis en retard, ma puce. Si tu as faim, tu manges.

— Franchement, je n'avais aucun appétit avant que tu ne viennes ici. Je ne dois pas oublier que je n'ai plus vingt-deux ans et que, apparemment, je ne supporte plus l'alcool comme avant.

— Je trouve que tu l'as parfaitement bien supporté la nuit dernière, tout comme moi, dit-il, incapable de résister au sous-entendu.

Elle fit de son mieux pour retenir son sourire mais échoua.

— C'était vraiment fun, tu ne trouves pas ?

Fun n'était pas le mot que JJ aurait choisi. Sa femme était toujours passionnée et érotique mais, la nuit dernière, encore plus désinhibée par l'alcool, elle avait été insatiable.

— Ouais, ça l'était, dit-il sans hésiter. Bien que je ne veuille pas que tu t'alcoolises régulièrement juste pour le sexe.

April haussa les épaules.

— Idem. Enfin, j'ai aimé cette nuit mais j'aime *tout* ce qu'on fait ensemble. Il y a des avantages à simplement se faire un câlin ou à faire l'amour lentement et sans chichi au lieu de... tu vois.

— Au lieu d'essayer de m'avaler tout entier pour ensuite me baiser à en perdre la tête avant d'insister pour que je fasse la même chose pour toi comme si tu étais la plus grande des stars du porno ?

Il adorait le rouge qui s'étendait sur ses joues.

— Ouais, ça.

— Purée, j'aime tellement te taquiner. Mais maintenant, il faut que je te nourrisse. Comment s'est passée la matinée ?

— Bien. J'ai reçu deux nouveaux contrats signés, ai tâté le

terrain pour les parcours acrobatiques que Bob veut proposer et ai contacté le service forestier du Maine pour leur dire que nous serions intéressés pour nous entraîner avec eux pour les missions de recherche et de sauvetage.

JJ n'en croyait pas ses oreilles. April ne cessait jamais de l'impressionner. Si elle pouvait faire tout cela avec une gueule de bois, allez savoir ce qu'elle pouvait accomplir d'autre.

— Bien, alors tu dois mourir de faim après tout ça. Tu veux sortir ou rentrer à la maison ?

— Maison, répondit-elle sans hésiter. On peut manger les restes.

Et elle était raisonnable également. Il voulait la gâter et il avait le sentiment qu'elle rendrait cette tâche compliquée. Elle était pragmatique, terre à terre et tellement plus encore. Franchement, tout ce qu'il avait toujours voulu chez une partenaire. Pourquoi cela lui avait-il pris si longtemps pour oser se lancer et l'inviter à sortir, il ne le saurait jamais. Il avait eu peur pour rien.

— Mais j'ai besoin que tu bouges, que je puisse éteindre l'ordinateur, lui dit-elle avec un sourire en coin.

JJ se pencha et l'embrassa avant de se lever et de s'écarter de son chemin. Il l'observa faire avec efficacité ce qu'elle devait faire afin de sécuriser l'ordinateur et les dossiers sur lesquels elle avait travaillé, avant de se tenir face à lui.

— Je suis prête.

Il fallut toute la force de JJ pour ne pas la tirer jusqu'à l'arrière-salle et la pousser sur le canapé. Deux choses l'arrêtaient : la première, elle piquerait sans doute une crise à l'idée de salir l'un des canapés et serait embarrassée que les autres s'asseyent là où ils auraient couché ensemble ; la seconde, il voulait vraiment la faire manger. Ça l'aiderait à se sentir mieux de mettre autre chose dans son ventre que les crackers qu'elle avait avalés ce matin-là.

Alors, à la place, JJ lui prit la main et la tint jusqu'à sortir du bâtiment. Il s'était garé devant et, là, il attendait patiemment qu'elle ferme le bureau à clé avant de la mener à sa Bronco.

* * *

Il était temps.

Ryan avait été suffisamment patient.

Il avait un peu merdé avec les autres femmes. Il était un peu déçu qu'elles n'aient pas été blessées par ses pièges mais, au final, il était content de ne pas avoir alarmé les hommes. S'ils pensaient, ne serait-ce qu'un petit moment, que quelqu'un était là dehors avec pour but de tenter de nuire à leurs épouses, il pourrait être découvert, rendant quasiment impossible le fait de s'en prendre aux soldats.

Mais il s'était amusé, au moins. Maintenant il était temps que le vrai spectacle commence. Et il savait exactement comment il allait réunir toutes les femmes en même temps.

Quand les soldats réaliseraient que leurs moitiés n'étaient plus là, il serait trop tard. Le jeu aurait commencé. Et c'était bien un jeu. En tout cas, pour Ryan. Un jeu mortel. Un jeu qui mettrait fin à ses années de complot et de préparation. Un jeu qui se terminerait par la mort des quatre hommes qu'il détestait de tout son être... ainsi que par celle des femmes qu'ils aimaient.

Un jeu qui mettrait fin à son chagrin.

Une fois qu'il aurait pris la vie des responsables ud décès de son frère, Ryan irait le rejoindre dans l'au-delà. Il n'y avait plus rien pour le faire rester sur terre.

CHAPITRE DOUZE

L'après-midi suivant, April raccrochait le téléphone et s'adossait à son fauteuil de bureau dans un soupir. Jack venait de l'appeler pour lui transmettre que la réunion à laquelle lui et les autres gars participaient en compagnie du conseil municipal, de leur avocat et de la compagnie d'assurance concernant ces parcours d'accrobranche qu'ils voulaient proposer en banlieue de la ville avait pris du retard, alors il ne pourrait pas être de retour au bureau avant 17 heures.

Jack's Lumber avait acheté une parcelle de terre non loin de Newton, et ils avaient de grands projets pour en faire une destination de loisir pour les touristes et les locaux, ainsi qu'un lieu de retraite pour les entreprises qui voudraient renforcer leur travail d'équipe et la confiance. Et le meilleur, en tout cas aux yeux d'April, serait que, en hiver, cela pourrait être transformé en aire de jeux. Avec ces collines où faire de la luge, des toboggans, et même une zone où les enfants handicapés – et les adultes d'ailleurs – pourraient être de la partie dans un environnement sûr et convivial.

April était incroyablement fière de Riggs, de Chappy et de Jack. Au lieu de ne pas prendre au sérieux le besoin d'action de

Bob – la raison pour laquelle il avait collaboré avec le FBI lors de missions de sauvetages très dangereuses dans le dos de tous –, ils l'avaient accepté, réfléchissant avec lui pour lui trouver des moyens d'être satisfait ici, à Newton, tout en continuant de ressentir l'adrénaline dont il avait grand besoin de temps en temps.

Jack avait semblé fatigué au téléphone, mais également excité par ces opportunités. Jack's Lumber se portait bien financièrement, mais il y avait un nombre limité d'arbres à déraciner pour les promoteurs et assez peu de façons de faire affaire avec des tâches plus modestes. Le parcours était un excellent moyen de bâtir un héritage pour les enfants et leurs amis et de faire en sorte que ces messieurs restent impliqués dans la communauté.

L'accident d'April remontait à quatre semaines, et bien qu'elle ait détesté ce qui lui était arrivé et que cela eût été extrêmement effrayant, elle était plus qu'enthousiaste quant au fait que cela avait lancé sa relation avec Jack. Elle s'inquiétait un peu qu'ils soient sortis ensemble *trop* vite. April n'était pas retournée à son appartement depuis cette nuit fatidique où elle avait retrouvé la mémoire... mais il ne lui manquait pas.

Comment le pourrait-elle alors que Jack avait pratiquement emménagé toutes ses affaires dans sa maison ? Elle prévoyait avec son propriétaire de résilier le bail et n'éprouvait pas un seul pincement d'inquiétude à l'idée d'emménager avec l'homme qu'elle aimait secrètement depuis des années.

Il était tout ce qu'elle avait toujours voulu dans une relation. Non, les choses n'étaient pas toujours faciles, ils étaient deux adultes qui avaient l'habitude de vivre seuls, mais rien de comparable entre sa relation avec Jack et ce qu'elle avait vécu quand elle avait été mariée.

Déjà, Jack semblait toujours très content de la voir, qu'ils aient été séparés pendant deux minutes ou dix heures. Ils se partageaient les tâches de la maison. Il n'attendait pas qu'elle fasse toute la cuisine, le ménage, la lessive et tout le reste typiquement considéré comme du « travail de femmes ». Tout comme elle n'attendait pas de lui qu'il s'occupe des poubelles, du jardin, ou toute autre tâche associée aux hommes. Ils formaient une équipe, travaillant ensemble pour faire avancer les choses, et elle trouvait cela génial.

Mais il ne s'agissait pas que de ça, bien entendu. C'était ce que Jack lui faisait ressentir, comme si elle était la personne la plus importante de sa vie. Quand elle parlait, il la regardait dans les yeux et *écoutait*, et ils pouvaient discuter de tout, de sujets intellectuels comme les voyages dans l'espace et à quoi le futur pourrait ressembler, comme de sujets ridicules... tels que déterminer si l'araignée qui avait tissé sa maison sur leur porche de devant préférerait s'appeler Éric ou Thomas.

Il la faisait rire, et elle avait être hâte de le retrouver à la fin de chaque journée, ce qu'elle n'aurait pas pu dire de James vers la fin de leur mariage. Il prenait également mieux soin d'elle qu'elle ne le faisait elle-même, accordant de l'attention aux plus petits détails.

April ignorait complètement pourquoi elle avait cru que, elle et Jack, ce ne serait pas une bonne idée. Bien entendu, tout était encore nouveau et il y avait une possibilité pour que ça ne marche pas, au final, mais les jours passant, elle s'en inquiétait moins. Maintenant qu'ils avaient tous les deux admis leurs sentiments pour l'autre, elle était confiante qu'ils seraient ensemble sur le long terme.

Et puis, il y avait le sexe.

Elle serait la première personne à clamer qu'il y avait autre chose que le sexe pour qu'une relation fonctionne. Mais *Seigneur*, Jack était doué. Il s'assurait tout le temps qu'elle jouissait en premier. Avec lui, au lit, elle avait l'impression d'être la plus belle femme du monde, alors qu'elle savait que n'était absolument pas le cas. Et il avait la capacité de la transformer en une personne qu'elle ne reconnaissait même pas. Quelqu'un de passionné qui l'était presque désespérément parfois.

Elle aimait tant Jack qu'elle ne pouvait imaginer sa vie sans lui. Il était malin, extrêmement loyal envers ceux qui comptaient pour lui, intense, protecteur, vraiment bosseur, parfois distrait quand il s'impliquait dans une tâche, plutôt bordélique et un conducteur prudent ; et quand il se laissait aller, son rire était contagieux.

En bref, Jackson Justice était encore mieux que ce qu'April aurait pu imaginer et elle avait l'impression d'être la femme la plus chanceuse au monde. Elle ferait tout ce qu'il serait en son pouvoir pour être la personne sur qui il pourrait compter et dont il serait fier.

La sonnette de la porte du fond fit sursauter April, la tirant de ses rêveries. Elle expulsa un rire nasal. Elle s'était tellement perdue dans ses pensées, pensant à Jack, qu'un ovni aurait pu atterrir dehors, devant la porte, et elle ne l'aurait sans doute pas remarqué.

Elle ignorait qui se trouvait à l'arrière puisqu'ils n'attendaient aucune livraison aujourd'hui, mais elle repoussa son fauteuil du bureau pour s'en aller accueillir la personne.

Déverrouillant la porte du fond, April affichait un sourire sur le visage.

Ce sourire mourut quand l'homme qui se tenait devant elle, tenant June par le haut de son bras, pointa un pistolet devant son visage et dit dans un grognement :

— Recule. Tout de suite.

Surprise, April obéit rapidement, trébuchant vers l'arrière, son cerveau tâchant de comprendre ce qui était en train d'arriver. L'homme pénétra dans Jack's Lumber et claqua la porte derrière lui. Il sourit alors, une torsion effrayante et mauvaise de ses lèvres, en disant :

— Bonjour, April. Je suis ravi de voir que tu vas si bien après ton *accident*.

Ses propos étaient polis mais ce qu'ils insinuaient lui fila la chair de poule.

April inclina la tête, essayant de déterminer l'endroit où elle avait vu ce mec. Puis, ça la frappa.

— Vous êtes venus ici, avant. Vous êtes entré afin de vous renseigner pour engager Jack's Lumber pour une mission.

— Oui, répondit-il sans paraître inquiet du fait qu'elle l'ait reconnu.

Bien que la mémoire d'April lui soit majoritairement revenue deux semaines avant, il lui arrivait encore d'avoir des flashes d'événements s'étant déroulés ces cinq dernières années, des choses dont elle ne s'était pas tout de suite rappelée. La plupart étaient sans intérêt et le médecin avait dit que son cerveau était encore en voie de guérison, alors il ne serait pas surpris qu'elle continue d'avoir de petits flashbacks pour les semaines à venir.

Elle en eut un, à cet instant précis, alors qu'elle fixait l'homme qui lui paraissait familier pour plus d'une raison.

Le souffle coupé, elle dit :

— Vous étiez là.

Les yeux de l'homme brillèrent alors.

— À ton accident ? Oui.

— Le camion noir, murmura April. Vous avez tout vu mais vous être parti sans m'aider.

— Pourquoi t'aurais-je aidée ? Je n'ai pas causé ton accident mais, malgré tout, il m'a fait plaisir.

L'estomac d'April se tordit. Qui disait des choses pareilles ?!

— Voilà le topo... J'ai attendu ce jour pendant très longtemps. Des années, en fait.

— Je ne comprends pas, chuchota April, la terreur la rendant apathique, rendant difficile le fait de réfléchir.

— Tu comprendras en temps voulu.

— Qui êtes-vous ? Qu'est-ce que vous voulez ? Nous ne gardons pas l'argent ici.

Il ricana.

— Je ne veux pas d'argent, l'informa-t-il, avant d'agiter le pistolet qu'il n'avait cessé de pointer sur elle. Je veux que tu envoies un message à Carlise et à Marlowe. Dis-leur que tu as besoin qu'elles viennent ici.

L'horreur incita April à reculer.

— Non ! s'exclama-t-elle.

Il était hors de question qu'elle implique ses amies dans ce qui était en train de se passer ici. C'était déjà suffisamment dur de voir le visage pâle de June et les larmes dans ses yeux.

L'homme armé fit entendre sa déception et haussa les épaules. Puis, il se tourna vers June, qui avait été silencieuse tout ce temps, et enfonça le pistolet dans son ventre, la faisant grogner de douleur.

— Tu veux revenir sur ta décision ? demanda-t-il, les yeux plissés.

La nausée bouillonnait dans le ventre d'April. Elle ravala la bile qui lui était remontée dans la gorge. Elle pouvait supporter la violence faite sur elle. Mais même sans connaître cet homme ni ce qu'il voulait, elle ne doutait pas qu'il mettrait ses menaces à exécution. Il tirerait dans le ventre de June et tuerait son enfant à naître. Ses yeux mauvais et vides le lui confirmaient sans un doute.

— Pitié, ne lui faites pas de mal, dit-elle tout bas, détestant se sentir aussi impuissante.

— Contacte-les, dit l'homme d'un ton grave, menaçant, la désignant d'un signe de tête.

Ce fut pile à cet instant qu'April réalisa qu'elle serrait son téléphone portable. Son espoir grimpa brièvement ; peut-être pourrait-elle prétendre envoyer un message à l'une des filles et appeler les urgences à la place.

Mais l'homme se rapprocha suffisamment pour voir le téléphone dans sa main, tirant June avec lui.

— Rapproche-le, que je puisse voir ce que tu tapes, lui dit-il.

L'homme étant si près, elle ne pouvait absolument rien faire d'autre que ce qu'il ordonnait. Pendant une seconde, elle pensa tenter de le maîtriser. Elles étaient deux, elle et June, et il était seul. Il n'était pas très grand, dans les un mètre soixante-dix seulement, mais il était assez musclé. Et la folie était de son côté.

Ne sachant pas quelle était la meilleure marche à suivre, April hésitait. Chappy et Bob ne lui pardonneraient jamais le fait de mêler leurs femmes à cette histoire, mais elle ne savait pas quoi faire d'autre ! Selon Jack, les gars seraient encore bloqués deux heures pour leur réunion. Elle ne s'attendait pas à ce que quelqu'un s'arrête par ici. Elle ne pouvait gagner beaucoup de temps, pas avec la détermination dans les yeux de cet homme. Peu importait ce qu'il prévoyait, il était venu ici en sachant clairement qu'il avait le temps d'agir.

Elle avait hésité trop longtemps. Le mec fit un geste de la main et frappa June au visage avec son arme.

Elle s'écria et tomba au sol comme une pierre. Il ne la laissa pas là ; il la tira vers le haut d'une main et la frappa de nouveau. Cette fois, il la laissa s'effondrer au sol, lui tenant le visage d'une main et son ventre de femme enceinte avec l'autre.

April fut horrifiée pendant un instant... puis elle devint outrée. Cet homme avait *osé* toucher son amie. Il l'avait frappée *deux fois* !

Tout devint soudain plus clair. Il ne bluffait pas. Il tuerait June sans réfléchir, mais il ne l'avait pas encore fait.

Ça voulait dire qu'il avait besoin d'elles. Tant qu'elles faisaient ce qu'il disait, il les maintiendrait en vie. Et plus longtemps elles respiraient, plus Jack et les autres auraient le temps de les sauver.

April avait connu les pires journées de ses amies : June se faisant tirer dessus, Carlise se faisant ensevelir sous terre lors d'une avalanche et Marlowe mourant presque étranglée. Elle s'était toujours demandé comment elle aurait réagi si elle avait été dans une situation similaire et en avait conclu qu'elle serait devenue folle : elle aurait pleuré et aurait complètement perdu son sang-froid.

Mais non. En cet instant, la détermination coulait dans ses veines. Personne n'avait le droit de faire ce que faisait cet homme. Elle ignorait son dénouement, mais elle jouerait le jeu sans lui donner la satisfaction de savoir qu'elle était effrayée. Qu'au fond d'elle, elle hurlait et pleurait, lovée comme une petite boule inutile.

— Ne la frappez plus, dit-elle d'une voix monotone qu'elle reconnut à peine. Je vais envoyer un message à Carlise et à Marlowe.

— Fais-le, grogna l'homme, pointant l'arme sur le ventre de June.

Cet enfoiré tenait toutes les cartes pour le moment. Et il le savait.

Elle envoya rapidement un message séparé à ses amies. Elle resta concise, disant qu'elle avait besoin d'elles à Jack's Lumber et de passer par la porte du fond aussi rapidement que possible.

April n'en fut pas surprise quand les deux femmes répondirent immédiatement qu'elles étaient en route. Elles étaient ce genre d'amies : si quelqu'un avait besoin d'un truc, elles laissaient tout tomber pour les rejoindre.

Sa nausée ne s'était pas estompée. Au contraire, elle avait empiré. Mais April gardait la tête haute et regardait d'un air mauvais l'homme qui lui offrait un sourire satisfait, mettant dans sa poche le téléphone portable d'April.

Le temps semblait passer lentement alors qu'ils attendaient l'arrivée de Carlise et de Marlowe. De sa vie, April n'avait jamais autant souhaité que l'une de leurs voitures ait un pneu à plat ou soit à court d'essence, ou *n'importe quoi* d'autre.

Mais quand les premiers coups retentirent sur la porte du fond, elle eut la certitude que ses prières avaient été vaines.

— Ouvre, lui ordonna l'homme.

Comme April hésitait, il prit son élan avec le pied comme pour frapper June, et April dit rapidement :

— J'y vais ! Ne lui faites pas de mal.

Avec l'impression que ses chaussures étaient remplies de béton, elle marcha jusqu'à la porte et l'ouvrit. Carlise se tenait là, l'air inquiète.

— Est-ce que tu vas bien ? Je suis venue dès que j'ai pu.

April recula et vit le moment où Carlise repéra l'homme armé.

— Qu'est-ce que... ?

— Entre et joins-toi à la fête, dit l'homme, une fois de plus avec ce sourire dégoûtant sur le visage.

Pendant un moment, Carlise parut sur le point de faire demi-tour et fuir, mais l'homme pivota simplement vers June et fit feu.

À la surprise d'April, le bruit n'avait pas été fort, et ce fut seulement là qu'elle comprit qu'il avait une sorte de silencieux à l'embout de son arme.

Carlise poussa un cri strident sous la surprise et le cœur d'April cessa presque de battre.

Mais il n'avait pas touché June ; il avait tiré sur le sol juste à côté d'elle.

— Rentre ou la prochaine balle ira dans son ventre, menaça l'homme.

Carlise franchit le seuil de la porte et April la referma derrière elle.

— Je suis tellement désolée, murmura-t-elle à son amie.

Mais Carlise ne semblait rien entendre. Elle avait les yeux rivés sur le petit trou au sol que la balle avait engendré.

— Maintenant, on attend que la dernière arrive, puis on pourra partir.

Partir ? Où ça ? Mais April ne le demanda pas. Elle ne pensait pas qu'il répondrait de toute manière.

— Pitié, est-ce que Carlise peut se rendre auprès de June ? demanda April à la place.

— Non.

— Elle saigne. Ça ne changera rien à ce qui arrivera si vous la laissez l'aider, l'amadoua April.

L'homme la regarda un instant avant de hocher une seule fois la tête.

— Très bien. Mais pas d'entourloupes. Autrement, la prochaine balle traversera la tête du bébé.

April détestait cet homme encore plus à chaque mot qui sortait de sa bouche, mais elle ne permit à aucun de ses sentiments de se voir sur son visage.

— Vas-y, dit-elle à Carlise, l'encourageant d'un petit coup de coude. Va voir si June va bien.

Carlise en était presque au même stade que June, seulement un mois ou plus de moins dans sa grossesse et elle en était au point où son ventre semblait ressortir davantage à chaque jour qui passait. Elle avait également commencé à se dandiner légèrement quand elle marchait. L'autre jour, les deux femmes se moquaient de leurs façons étranges de bouger.

Mais aujourd'hui, quand Carlise marcha la tête haute vers June, April n'aurait pas pu être plus fière. Carlise était de toute évidence effrayée et confuse. Elle s'était mise dans une situation dont elle ignorait tout, mais elle faisait de son mieux pour garder son calme.

April l'observa parvenir à se mettre à genoux à côté de June, lui faisant une longue étreinte. Puis, elle se servit de la manche de sa chemise pour tamponner le sang sur le front de June, là où elle avait été frappée.

— Quel est votre nom ? demanda calmement April, se tenant toujours à la porte.

Si elle pouvait réussir à ce que cet homme les voit, elle et les autres, comme des humains, et non des objets pour les quelconques abominables plans qu'il avait concoctés, peut-être pourrait-elle en presser une once de compassion.

— Ryan Johnson.

April cligna des yeux. Ce nom était si... ordinaire. Elle ne savait pas trop à quel genre de nom elle aurait dû s'attendre venant d'une personne aussi mauvaise, mais pas à celui-là.

— C'est un plaisir de vous rencontrer, Ryan, dit-elle de ses lèvres engourdies.

Il se mit à rire. Très fort. Un son qui tapait sur les nerfs d'April.

— Non, ça n'en est pas un. Tu n'en penses pas un mot. Et je sais ce que tu es en train de faire. Ça ne marchera pas. Ton chemin est tout tracé. Rien de ce que tu diras ou feras ne changera l'issue. Peu importe avec quelle ardeur tu vous rends plus humaines, toi et tes amies, vous n'êtes toutes que des pions dans ce jeu.

— Est-ce que ça veut dire que vous nous laisserez partir ?

Il sourit, et c'était tout sauf rassurant.

— Si vous faites ce que je dis et ne me causez pas de problème, vous et les sales mômes que vous trimballez dans vos ventres vivrez jusqu'à notre prochaine destination.

Ça ne semblait pas être bon signe aux oreilles d'April. Elle ravala sa peur et demanda :

— Et c'est où, ça ?

Mais un coup sur la porte retentit avant que Ryan ne puisse répondre... même si April ne pensait pas qu'il lui dise vraiment où il prévoyait de les emmener.

— Laisse-la entrer, dit Ryan, se tournant pour pointer l'arme vers June et maintenant Carlise, qui se pelotonnaient sur le sol.

Prenant une profonde inspiration, April ouvrit la porte à Marlowe avec réticence.

— Hé copine, quoi de neuf ?

Et tout comme Carlise, Marlowe aperçut Ryan dans la pièce

et les autres filles sur le sol, et ses yeux devinrent des soucoupes.

— Entre là-dedans, lui dit Ryan d'un ton sévère.

Cette fois, ce fut April qui songea à courir par la porte ouverte. Elle pouvait bouger bien plus vite que ses amies enceintes. Elle pouvait aller chercher de l'aide. Mais presque au moment où elle eut cette pensée, elle la rejeta. Ryan pourrait très probablement tuer quelqu'un en représailles si elle partait. Elle ne pourrait pas vivre avec ça si ça arrivait.

Elle referma calmement la porte derrière Marlowe et attendit de voir ce qui arriverait ensuite.

Ça ne prit pas beaucoup de temps. Ryan se baissa et saisit June par le bras une fois de plus. Elle gémit quand il la remit debout. Carlise parvint maladroitement à se relever également. Ryan enfonça le canon de l'arme dans le ventre de June et dit :

— Voilà ce qui va arriver maintenant. Vous allez me donner vos portables et, ensuite, vous allez toutes sortir dehors, gentiment et tranquillement, et monter dans mon véhicule. Si vous parlez ou criez ou faites quoi que ce soit pour attirer l'attention sur vous, je bute ce fœtus. Compris ?

Tout le monde l'observait sans bouger.

— *Compris ?* cria-t-il.

Rapidement, elles acquiescèrent toutes.

— Bien, dit-il d'un ton normal, une fois de plus.

Et homme était perturbé, et April réalisa une fois de plus la gravité des ennuis dans lesquels elles se trouvaient toutes.

— Si vous faites ce que je vous dis, tout ira bien pour vous, dit-il d'une voix presque douce. Ce n'est pas vous qui m'intéressez. Vous êtes juste le moyen de parvenir à mes fins. Alors, soyez de gentilles filles, et vous et vos sales morveux pas encore nés resterez en vie. Défiez-moi, tentez de vous échapper ou compliquez-moi les choses, et je me servirai de vos ventres pour m'entraîner au tir sur cible. Vous vivrez peut-être mais pas vos bébés. Pigé ?

Elles hochèrent toutes la tête à nouveau.

Marlowe et Carlise lui tendirent leurs téléphones, et April supposa que Ryan avait déjà confisqué celui de June. Elle pria pour qu'il ne comprenne pas que ces téléphones pouvaient être localisés et qu'il ne les abandonne pas, mais elle avait l'intuition qu'il était largement en avance sur eux en la matière. Que les téléphones n'aideraient pas leurs hommes, ni la police, à les retrouver.

April détestait les regards apeurés visibles sur les visages de ses amies. Il n'y avait rien qu'elle puisse faire pour les aider. Elles étaient toutes aussi impuissantes les unes que les autres.

— Ouvre la porte, April, dit Ryan.

Elle se demanda comment cet homme pouvait bien connaître son nom ainsi que celui de ses amies, mais elle se dit que ça n'avait pas d'importance pour le moment.

Elle ouvrit la porte et regarda ses trois amies la franchir en traînant les pieds.

— Verrouille derrière nous, lui dit Ryan, et April fit ce qu'il demandait.

Elle savait que la porte d'entrée était toujours ouverte et que, si quelqu'un venait et découvrait les lieux non fermés à clé et vides, peut-être qu'il préviendrait la police ou appellerait l'un des hommes. Elle devait s'accrocher à cet espoir.

Ryan les mena jusqu'à un gros pick-up noir, le même dont April avait fini par se souvenir, quittant les lieux de son accident. Cette fois, il y avait une remorque-fourgon attachée à l'arrière.

— Non, murmura Carlise, horrifiée.

— Ouvre, ordonna Ryan à April.

Elle savait que Carlise était en train de se rappeler du trou dans le sol où elle avait trouvé refuge lorsque l'avalanche l'avait pratiquement ensevelie vivante. Par conséquent, elle avait encore du mal dans les espaces petits et sombres. Mais là encore, aucune d'elles n'avait le moindre choix pour le moment.

Elle ouvrit l'arrière de la remorque et y passa la tête. Elle était complètement vide, excepté la présence d'un seau dans le coin. La vocation de ce seau fit vaciller sa détermination autrefois forte.

— Monte, lui ordonna Ryan.

April aperçut l'attitude de défi étinceler chez Marlowe et chez Carlise. Et cela la fit carrément flipper. Elle et June avaient déjà été témoins de la violence dont était capable leur kidnappeur.

Alors qu'April secouait subtilement la tête à l'attention de ses amies, Marlowe bascula soudain devant elle. Elle tomba à genoux juste derrière la remorque, la tête jetée vers l'avant avec l'élan, et vint s'écraser sur le sol en métal de cette boîte surdimensionnée.

April se tourna à temps pour voir le pied de Ryan s'abaisser vers le sol. Ce monstre avait frappé Marlowe dans le dos ! Se déplaçant rapidement pour aider son amie, April ne put faire autrement que de grimacer en voyant le tissu abîmé sur le pantalon de Marlowe et l'énorme bosse qui se formait déjà sur son front.

— Montez, ordonna de nouveau Ryan.

Sans autre choix, les femmes firent ce qu'on leur demandait.

Le bruit de portières se refermant derrière elle résonna dans la tête d'April. Elles entendirent toutes le son caractéristique d'un verrou s'enclenchant, et le noir total semblait se rapprocher comme un brouillard malveillant.

Quelqu'un gémit, et ce bruit éjecta April de l'abîme de désespoir dans lequel elle risquait de tomber.

— Venez ici, les filles, dit-elle doucement, se préparant sur le côté de la remorque.

Elle entendit les pas traînants des autres quand elles

bougèrent. À la seconde où elle sentit quelqu'un l'effleurer, elle lui saisit doucement le bras. En quelques secondes, les quatre femmes se blottirent, leurs bras entourant chacune d'entre elles et leurs corps tremblant sous l'effet de la peur et de choc.

Le mouvement soudain de la remorque les envoya presque toutes au sol.

— Asseyez-vous toutes pour ne pas tomber.

Elles bougèrent comme une seule femme, sans vouloir se lâcher.

— Je suis désolée ! Je suis tellement désolée ! dit April tandis que la remorque commençait à bouger plus vite.

— Non, c'est *moi* qui suis désolée, renifla June. Il est venu jusque chez moi et j'ai ouvert la porte. J'aurais dû m'en douter ! Après tout ce qui m'est arrivé, je n'aurais pas dû ouvrir la porte en l'absence de Cal, surtout que je n'attendais la venue de personne.

— Ce n'est pas ta faute, l'apaisa April. Comment aurais-tu pu savoir qu'un cinglé allait te kidnapper ?

— June, est-ce que tu vas bien ? s'inquiéta Carlise.

— Je crois, répondit cette dernière. Ça fait mal.

— Quoi donc ? demanda Marlowe.

— Tout. Mon bras, là où il m'a attrapée et traînée. Ma tête, là où son pistolet m'a frappée. Ma hanche, là où je suis tombée…

April ferma les yeux, ce qui était stupide puisqu'il faisait tout aussi noir, qu'elle les ouvre ou pas, mais quelque part, elle sentit que, en fermant les yeux, elle pouvait bloquer la douleur qu'elle entendait dans la voix de son amie.

— Mais que se passe-t-il, merde ?! murmura Marlowe.

— La sonnette de la porte du fond a retenti, et quand je suis allée répondre, ce mec était là, avec son arme sur June. Je n'aurais jamais fait ce qu'il demandait et ne vous aurais pas envoyé de message s'il n'avait pas mis un coup à June et visé son ventre avec son arme, raconta April à ses amies.

— On sait, dit Carlise, et April sentit un bras se resserrer autour de sa taille. Mais où nous emmène-t-il ? Pourquoi ?

— Je n'en ai aucune idée, admit April. Mais je l'ai déjà vu avant. Il est venu à Jack's Lumber avant que mes souvenirs ne reviennent.

Avant que quelqu'un ne puisse répondre, la remorque bondit en prenant de la vitesse, et April grimaça en imaginant ce que June pouvait ressentir tandis qu'elles étaient toutes bousculées.

Plus elles roulèrent, plus l'intérieur de la remorque non isolée se refroidissait. Le sol n'était pas confortable, et April savait que les trois femmes enceintes étaient dans un état encore plus pitoyable que le sien.

Roulant vers un destin incertain, les femmes encerclant April fondirent en larmes les unes après les autres. Elles se mirent à pleurer et à trembler d'autant plus. Mais les yeux d'April restèrent secs. Elle était tout aussi effrayée que les autres, tout aussi paniquée. Mais elle était également furieuse. Ce Ryan n'avait aucun droit de faire ça ! Elle ignorait complètement quel était le problème, mais les emmener et menacer les enfants à naître de ses amies étaient carrément sadique, et April allait faire tout ce qui était en son pouvoir pour foutre en l'air le plan de Ryan, peu importait en quoi il consistait.

— Écoutez les filles, écoutez bien. Nous allons sortir de là.

— Tu n'en sais rien, lui murmura Marlowe.

— Je le sais, répondit April, sa assurance et sa colère s'élevant à chaque mot qui sortait de sa bouche.

— Comment ? demanda June.

— Carlise, quand tu as disparu dans cette avalanche, Chappy se s'est pas s'arrêter avant de t'avoir trouvée. Il a creusé dans la neige à mains nues, les mettant en lambeaux sans prêter une seule fois attention à sa propre douleur. Son unique but, c'était de te trouver. Et June, quand on t'a tiré dessus, je n'avais jamais vu un homme si déterminé à faire chèrement payer les gens qui avaient commandité ça. Quand il n'était pas à tes côtés à l'hôpital, il était au téléphone, se servant du moindre contact à sa disposition pour s'assurer que justice t'était rendue. Marlowe, Bob t'a fait évader d'une *putain de prison*. Tu nous as raconté la façon dont il a refusé que ton corps n'entre en contact avec les eaux sales d'évacuation et la façon dont il a dormi sur de la paille sale malgré les entailles dans son dos, juste pour que tu n'aies pas à le faire. Les filles, vous pensez vraiment que nos hommes vont rester assis et attendre que quelqu'un d'autre nous trouve ? Vous pensez qu'ils ne vont pas faire *tout* ce qui est en leur pouvoir pour nous ramener ?

— Mais *comment* ? demanda Carlise, répétant la question de June d'une voix tremblante.

— Je ne sais pas. Mais ils le feront. Jack m'a dit qu'il ne laisserait jamais personne me faire de mal. Je le crois. Nous devons juste rester forte, dit-elle fermement. Nous ne pouvons perdre notre sang-froid. Nous devons rester vigilantes, observer ce qu'il se passe autour de nous, analyser pour que, lorsque le moment sera venu, nous ayons les informations dont nous aurons besoin pour nous sauver nous-mêmes ou aider nos hommes à le faire. Compris ?

Elle entendit les reniflements des femmes toujours blotties les unes contre les autres, mais elles étaient toutes d'accord.

— Et nous devons prendre soin les unes des autres. Pas de secret. Si vous êtes blessées, dites-le. Si vous êtes sur le point de craquer, faites-le-nous savoir, et nous vous porterons jusqu'à ce que vous vous sentiez suffisamment forte pour continuer. Il faut s'aider à se maintenir au chaud, qu'on soit toutes confortablement installées et calmes. Nous devons toutes nous faire confiance, continua April.

— Ryan va vouloir qu'on craque. J'ai l'intuition qu'il savoure le fait de nous faire peur et de voir nos larmes. Nous ne pouvons le laisser nous atteindre. Mais nous ne pouvons pas non plus faire quelque chose de stupide. Nous devons faire ce qu'il nous demande, nous protéger, nous ainsi que nos bébés.

April entendit d'une d'elles inspirer profondément, puis Carlise se mit à parler.

— Tu as raison. On peut le faire. Nous sommes des putain de dures à cuire. Pensez à ce que nous avons déjà vécu.

— Ouais, réagit Marlowe.

April attendit que June parle ; mais comme elle ne le fit pas, elle l'interpella promptement.

— J'ai peur, murmura la concernée.

— Je sais. J'ai peur aussi, lui répondit April.

— On ne dirait pas, la contredit June.

April renifla sarcastiquement.

— Je suis terrifiée mais, pour le moment, je suis davantage folle de rage. Folle que cette enflure utilise mon amour pour mes amies contre moi. Contre nous toutes. Folle qu'un psychopathe puisse détenir une arme. Folle envers les législateurs, envers les gens qui ont fabriqué cette stupide porte de Jack's Lumber sans judas. Je suis même un peu folle envers nos mecs pour se trouver à une réunion quand on a le plus besoin d'eux, même si ça a l'air irrationnel. Je suis folle envers ce putain de monde entier, et en ce moment, cette colère m'aide à tenir. Ne doute pas que j'ai peur, June, mais j'essaie de visualiser ce que je sais que nos mecs penseront et ressentiront. Ils vont soulever chaque rocher pour nous trouver. Et ils feront payer cet enfoiré de Ryan.

— Et s'il y a des gens pour l'aider ? demanda Carlise.

— Alors, nos hommes les feront payer également, répondit April sans hésiter.

— J'ai des crampes, dit June d'une voix si douce qu'on pouvait à peine l'entendre.

— Quoi ? lui demanda Marlowe.

— Je crois que ce sont des crampes… mais si ce n'est pas ça ?

Et si j'étais en train de perdre le bébé ? Ou... de commencer à accoucher ?

Pour la première fois, la bulle de colère d'April se dégonfla légèrement, et elle se mit presque à paniquer. D'abord, il était un peu trop tôt pour que le bébé de June soit là, mais ensuite... elle ne pouvait pas avoir un bébé au milieu de cette situation complètement désastreuse. Elles n'avaient aucun médicament ni médecin à disposition, rien pour s'assurer que le petit garçon naisse en bonne santé.

Elle inspira. Non. Elle ne pouvait pas paniquer. Ses amies comptaient sur elle pour être la plus forte. Elle était la mère poule, elle devait agir en tant que telle.

— Inspire profondément, ordonna-t-elle à June. Encore une fois. Bien. Tu dois rester calme. Tu es ici, avec nous. Nous ne laisserons rien arriver ni à toi ni à ton bébé.

— Je crois que j'ai des contractions. Et si je commence à accoucher ? demanda-t-elle.

— Alors, nous nous en chargerons, répondit April d'un ton neutre alors que, à l'intérieur, elle était complètement paniquée.

— On s'en chargera, suivit Carlise.

— Ouais, qui de mieux pour t'aider à donner naissance que deux femmes enceintes de leurs propres enfants ? dit Marlowe, tremblant légèrement.

— Deux femmes enceintes et une putain de guerrière, ajouta Carlise avec un petit rire.

April était flattée qu'elles la considèrent ainsi, mais ça lui faisait également peur, mettait un tas de pression sur elle. Elle mit ces sensations de côté pour le moment.

— Venez, installons-nous plus confortablement. Allongez-vous. Ce sera plus facile de partager notre chaleur corporelle comme ça, dit April.

Tout le monde remua, et April s'assura de s'installer contre le côté de la remorque. Le mur cliquetait et était froid contre son dos tandis qu'elle se pelotonnait contre June. Elle posa une main sur le ventre arrondi de son amie, et elle déglutit avec peine quand June la recouvrit avec la sienne. Les deux autres femmes se blottirent également l'une contre l'autre, et les kilomètres défilant sous elles vers la destination inconnue qu'avait Ryan en tête, April ferma les yeux et pensa à Jack.

Trouve-nous, pensa-t-elle. *Je t'en prie, j'ai besoin que tu sois le petit ami bagarreur et furieux que tu m'as dit que tu serais si quiconque posait les mains sur moi.*

Rien que de penser à Jack l'aida à se détendre un peu. Elle n'avait pas de doute, aucun, quant au fait que, lorsque Jack découvrirait qu'elle et les autres manquaient à l'appel, il remuerait ciel et terre pour les retrouver. Et que Dieu vienne en aide à Ryan quand ce serait le cas. Jack n'aurait aucune pitié… et comme elle se sentait légèrement assoiffée de sang en cet instant, April en était ravie.

CHAPITRE TREIZE

JJ appuya sur l'icône du téléphone sans laisser d'autres messages pour April. Il l'avait appelée deux fois mais elle n'avait pas décroché, ce qui ne lui ressemblait pas. Un sentiment de malaise lui tordit le ventre. Son côté rationnel lui disait qu'elle se trouvait probablement avec un client, mais elle l'avait *toujours* rappelé après avoir reçu son message. Même avant qu'ils ne sortent ensemble, elle était consciencieuse quant à donner suite à ses appels.

Et ce n'était pas comme si Jack's Lumber était tout occupé à s'occuper des gens qui se présentaient au bureau. Oui, elle recevait un flot constant d'e-mails et d'appels téléphoniques de clients actuels et potentiels, mais cela ne l'empêcherait pas de donner suite à son appel.

— Quoi de neuf ? demanda Bob, s'approchant de JJ.

Ils étaient toujours en réunion, faisant une courte pause, et JJ était plus que prêt à la conclure. Bob paraissait énergique et excité quant aux opportunités qu'ils étaient sur le point d'établir et JJ en était ravi. Mais il ne pouvait tout de même pas s'empêcher d'être inquiet.

— April ne répond pas à son téléphone et elle n'a pas rappelé ni ne m'a envoyé de texto après que j'en ai laissé un, raconta JJ à son ami.

— Je suis sûr qu'elle est juste occupée, lui répondit Bob avec un haussement d'épaules.

— Je ne sais pas... admit JJ.

— Tu veux que j'appelle Marlowe et que je voie si je peux lui mettre la main dessus ?

— Ça ne te dérange pas ?

— Bien sûr que non.

Bob saisit son portable et appuya sur le nom de son épouse. Il fronça les sourcils car quelques secondes passèrent sans qu'elle décroche.

— Euh... Elle ne répond pas.

L'*anomalimètre* de JJ sonna l'alerte. Il se tourna vers Chappy et Cal, qui discutaient avec le maire de Newton, et les siffla.

Les deux hommes tournèrent immédiatement la tête et marchèrent dans sa direction. Sans explication, quand ils furent suffisamment proches, JJ leur dit :

— Appelez Carlise et June. Voyez si vous pouvez mettre la main sur elles.

Les cheveux dans sa nuque se redressèrent, et JJ savait déjà au plus profond de lui-même que quelque chose n'allait pas. Il ignorait *comment* il le savait, il le savait, tout simplement. Les autres pouvaient l'accuser d'être parano, insister sur le fait que son temps passé à l'armée l'avait rendu trop méfiant mais ils auraient tort.

Chappy comme Cal sortirent leurs portables sans poser de question.

Et quand aucune femme ne répondit, JJ se sentit mal, sentant que ses tripes ne s'étaient pas trompées.

— Mais que se passe-t-il donc ? demanda Chappy, JJ se tournant immédiatement vers la porte, ses amis sur ses talons.

— Je ne sais pas. Mais April ne répondait pas non plus et n'a pas donné suite à mon précédent appel, répondit JJ en marchant.

— Elles peuvent être ensemble, passer une sorte de journée entre filles au spa ou autre, suggéra Bob.

Mais ce fut Cal qui fit non de la tête.

— Impossible. June ne me ferait pas ça. Elle sait que, plus elle approche du terme, plus je m'inquiète pour elle. Elle n'oublierait jamais son téléphone ni ne l'éteindrait.

— Pareil avec Carlise, suivit Chappy.

— Alors... quoi ? Comment nos quatre femmes peuvent être injoignables en même temps ? interrogea Bob.

Les tripes de JJ se baignèrent dans de l'acide. Il ignorait la réponse à la question de son ami mais les éventualités le tuaient. Elles auraient pu toutes se trouver au bureau et être victimes du monoxyde de carbone. Peut-être y avait-il eu un feu. Peut-être étaient-elles sorties manger ensemble et avaient eu un accident de voiture.

Il ne savait pas. Il savait juste jusque dans ses tripes qu'April avait des ennuis.

Dans le parking, Chappy monta dans le SUV de Cal tandis que Bob s'installa sur le siège passager de la Bronco de JJ. Ils traversèrent bien trop rapidement la ville, direction Jack's Lumber.

Constater la présence des quatre voitures des filles dans le parking aurait dû aider JJ à se sentir mieux mais, au lieu de ça, sa crainte empira de façon exponentielle. Il ne s'embêta pas à couper le moteur avant de s'extirper de la voiture pour se rendre à la porte de derrière. Quand il tourna la poignée, c'était verrouillé. Ce qui le fit se sentir un tout petit peu mieux puisqu'il avait sermonné April encore et encore pour qu'elle s'assure que les portes étaient verrouillées lorsqu'elle s'y trouvait seule.

Chappy arriva avec la clé avant que JJ ne retourne en

courant à sa voiture pour prendre son jeu de clés. Il ouvrit la porte d'une poussée et, honnêtement, JJ s'attendait au pire.

À sa surprise, ils furent accueillis par le silence. Personne n'était là.

Cal franchit la porte menant à l'avant du bureau et revint en clin d'œil, secouant la tête.

— Où sont-elles ? demanda-t-il d'une manière rhétorique.

— Leurs voitures sont toutes là. Si elles se sont rendues quelque part, quelqu'un aurait dû conduire, dit Chappy.

Les sens de JJ étaient toujours au plus haut niveau d'alerte. Les cheveux sur sa nuque n'étaient pas retombés. Il était tout aussi tendu maintenant qu'il l'avait été quand il n'avait pas réussi à joindre April.

— Arrêtez-vous tous. Ne bougez pas, ordonna-t-il en analysant les lieux.

Au premier coup d'œil, tout semblait normal. Tout était à sa place. La cafetière sur le comptoir était à moitié pleine, les coussins sur le canapé étaient parfaitement en place, là où April aimait qu'ils soient. Tout était comme ça avait toujours été.

Ce fut alors que les narines de JJ se dilatèrent lorsqu'il inspira profondément.

— Vous sentez ça ? demanda-t-il.

Ses amis se tendirent immédiatement, et il vit leurs têtes se lever une fraction tandis qu'ils reniflaient l'air.

— Putain… est-ce que c'est de la *poudre à canon* ? demanda Bob.

Le regard de JJ tomba vers le sol ; si quelqu'un avait été blessé, il y aurait un indice. Mais le sol était tout aussi propre qu'il l'avait toujours été. Pas de taches de sang, rien pour indiquer qu'un acte infâme avait eu lieu. Dans tous les cas, JJ savait parfaitement que quelque chose était arrivé ici. Quelque chose d'affreux.

— Est-ce que le trou dans ce fichu sol a toujours été là ?

demanda Cal, désignant un petit défaut de forme ronde sur le sol.

JJ marcha vivement jusqu'à l'endroit désigné par Cal et s'accroupit. Il tendit la main et toucha le petit trou.

— Non, dit-il, sans reconnaître le son de sa propre voix.

— Merde ! On dirait du sang, dit Chappy en inspectant une trace sombre sur le sol non loin du trou.

JJ était passé à côté car il se confondait trop bien avec le bois sombre.

Sans un mot, il s'approcha hâtivement de la porte du fond. Son attention était hyperconcentrée désormais, comme elle l'était lorsqu'il était en mission. Il n'avait pas ressenti ça depuis des années, il avait presque complètement oublié ce sentiment. Mais tous ses sens s'affûtèrent instantanément.

Sa vie, la vie de ses coéquipiers et celle de leurs femmes dépendaient du fait qu'il ne devait pas passer à côté du moindre truc.

Il étudia le petit parking derrière le bureau. Les véhicules des filles étaient tous là, tout comme sa Bronco et la Rolls de Cal. Ses yeux analysèrent attentivement la zone composée de graviers et de terre jusqu'à ce qu'il trouve ce qu'il cherchait.

— Là ! dit-il, indiquant du menton le fond du parking, près des arbres.

Des traces de pneus provenant visiblement d'un plus petit SUV ou d'un pick-up… et d'une sorte de remorque. L'ensemble des traces derrière celles du véhicule étaient proches et n'avaient pas une large bande de roulement.

— Putain de bordel de merde ! jura Cal.

— C'est une blague ? s'exclama Chappy.

— Si un seul des cheveux de ma femme est de travers, quelqu'un va mourir, dit Bob d'un ton malveillant.

JJ ne prononça pas un mot. Sa mâchoire était tellement serrée qu'il était sûr de se péter une dent à un moment donné.

Il prit une profonde inspiration tandis que ses amis ne cessaient de jurer.

— Assez ! ordonna-t-il avec fermeté. Être en colère n'aidera en rien.

— Mais comment tu peux rester aussi calme, putain ?! aboya Cal.

— L'indice nous informe que quelqu'un a kidnappé nos putain de femmes, et tu nous dis de ne pas être en colère ?! fulminait Chappy.

— Va te faire, marmonna Bob.

— Je suis furieux, dit JJ à ses coéquipiers. Mais être en colère ne leur apportera rien de bon. Enfilez vos bottes, deltas. Nous avons du travail.

Ses paroles furent immédiatement assimilées, et ses amis se concentrèrent instantanément comme les soldats super entraînés qu'ils étaient. Chaque homme acquiesçait et regardait JJ pour être guidé.

— C'est quoi, le plan ? demanda Chappy.

— Appeler la police. Localiser leurs portables, voir si on peut mettre le doigt sur le moment exact où ça a mal tourné, dit JJ.

— Et ensuite quoi ? interrogea Cal.

JJ fit un sourire. Le genre de sourire qu'April n'avait jamais vu sur son visage. Un rictus calculateur, meurtrier, déterminé, que ses coéquipiers reconnurent.

— Ensuite, nous partirons à la chasse, leur dit-il.

Sa déclaration parut calmer d'autant les plus les autres.

— Et je vais vous le dire tout de suite, je vais appeler chaque indic dont nous disposons, en commençant par Tex. Nous connaissons des gens. Nous devons nous servir de la moindre de nos relations. D'anciens deltas, ceux des Forces Spéciales... putain, même des civils. Quelqu'un a pris nos femmes, et je me fiche de savoir pourquoi, mais il regrettera de les avoir touchées. Vous pouvez me croire.

— J'appellerai le chef de police, dit Bob.

— J'appellerai Tex, ajouta Chappy.

— Et j'appellerai la compagnie du téléphone, voir si je peux les amadouer pour tracer les portables, participa Cal. Puis, je contacterai mes parents.

JJ hocha la tête. Il ignorait comment la famille royale du Liechtenstein pourrait aider, mais ça ne lui posait pas de problème de faire jouer leurs relations si cela pouvait trouver April et les autres. La peur lui tordait le bide mais il avait appris, il y a longtemps, à canaliser cette peur une fois en action. C'était là la mission la plus importante de sa vie, et il n'échouerait pas. Pas alors que son futur en dépendait.

* * *

April ignorait combien de temps était passé ; c'était difficile à dire quand on se trouvait dans une boîte où le noir était total, mais elle finit par avoir l'impression qu'ils ralentissaient. En réalité, ils s'étaient arrêtés à deux reprises pour le moment, et chaque fois, April s'était demandé si elles devaient tambouriner sur le flanc de la remorque, essayer d'attirer l'attention de quelqu'un.

Mais après en avoir discuté avec les autres, elles avaient toutes décidé que leur meilleure option était d'être dociles... pour le moment. Ce n'était que lorsque Ryan n'avait pas obtenu ce qu'il avait voulu qu'il avait frappé June. Et personne ne voulait attendre de voir s'il allait mettre ses menaces à exécution dans l'éventualité où elles le mettraient en rogne. Alors, elles restaient assises les unes proches des autres, en cercle, attendant de voir ce qui allait arriver.

À chaque fois qu'ils s'arrêtaient, ils repartaient en quelques minutes. Ryan n'avait pas ouvert la porte de la remorque et n'avait absolument pas communiqué avec elles. Elles avaient finalement dû se résoudre à utiliser le seau dans le coin pour faire leurs besoins. C'était difficile et embarrassant, mais comme April l'avait rappelé à toutes, elles devaient faire ce qui était nécessaire, et il n'y avait rien de gênant quand il était question de survie.

Cette fois, quand ils s'arrêtèrent, les choses semblèrent différentes. Ils ne repartirent pas.

— Où pensez-vous que nous sommes ? demanda Carlise dans un murmure.

— Aucune idée, répondit April. Mais je pense que nous avons pris l'autoroute. Vu la façon dont cette remorque cliquetait et était secouée par le vent, nous roulions assez vite.

— Il devra dormir à un moment, non ? s'interrogea Marlowe.

April hocha la tête.

— Ouais, tu as raison. Peut-être le fait-il maintenant. S'arrêter pour dormir un moment. Comment te sens-tu, June ? Tu as encore des contractions ?

Il y eut un bref silence avant que June ne soupire.

— Ouais.

— Est-ce qu'elles se sont rapprochées ? lui demanda Carlise.

— Un peu.

— Merde, jura Marlowe à voix basse.

— Ça va. Si June a son bébé, nous pourrons gérer, dit fermement April.

Personne ne répondit... jusqu'à ce que Carlise dise avec ironie :

— Je sais que nous sommes censées rester positives et, April, nous nous sommes toujours fiées à toi pour nous guider, mais je dois le dire... tu racontes des conneries.

April cligna des yeux sous l'effet de la surprise, puis elle sourit. Puis, elle se mit à rire aux éclats.

— OK, disons ce que nous avons sur le cœur. Qui d'autre veut râler ?

— Mon dos me fait souffrir, dit June. Ce sol est trop dur.

— J'aime bien vivre à la dure au chalet de Riggs, mais pisser dans un seau, ça craint, ajouta Carlise.

— Et ça pue là-dedans, dit Marlowe. Ça me rappelle trop cette prison en Thaïlande.

— J'ai peur, admit June d'une petite voix.

— Moi aussi, suivit Carlise.

— Je suis terrifiée, s'exprima Marlowe. Nous ignorons ce que veut ce mec ou ce qu'il nous fera quand nous arriverons là où nous sommes censés aller.

— Sans oublier que nous sommes enfermées ici. Et s'il avait un accident ? Et s'il décidait de laisser simplement la remorque quelque part ? dit Carlise.

— Et il ne nous a pas donné d'eau, de nourriture, rien, se plaignit June.

— Je m'inquiète de ce que pensent et font nos hommes. Ils doivent carrément flipper maintenant, dit Carlise à mi-voix.

Quand elles cessèrent de parler, April dit :

— C'est tout ? Allez, c'est le moment de dire ce que vous pensez.

Le calme demeura dans la remorque, et April inspira profondément. C'était son tour.

— J'ai peur que vous me détestiez pour vous avoir mêlées à ça. Je suis terrifiée à l'idée que June ait son bébé et j'ignore quoi faire. Je ne veux qu'aucune de vous soit blessée, et j'ai tellement faim que j'en ai le tournis. Mais vous savez quoi ? Les choses pourraient être pires.

L'une d'elles renifla, sarcastique.

— Je le pense, insista April. Ce connard de Ryan aurait pu tirer sur June au bureau. Ou nous pourrions être seules. Vous avoir ici améliore un peu les choses. Ce n'est pas évident, mais c'est plus facile. Nous sommes des femmes intelligentes. Nous pouvons trouver comment survivre à ça.

— Nous sommes quatre. Et si nous lui sautions dessus la prochaine fois qu'il ouvre à l'arrière ? proposa Carlise.

— Ou peut-être qu'on peut trouver une zone toute rouillée ou un truc du genre qui mène à l'extérieur et on pourrait enfoncer du tissu dans le trou pour essayer de signaler notre présence à quelqu'un ? suggéra Marlowe.

— Et nous avons toutes lu suffisamment de livres sur les bébés pour savoir à quoi nous attendre. Si je dois avoir ce gosse, je vous fais confiance pour m'aider. Nous pouvons le faire, dit June d'une voix plus ferme.

April avait envie de pleurer, elle était si reconnaissante que ses amies fassent autant d'efforts pour vaincre leur peur.

— C'est qui, *ce mec* ? demanda Marlowe. Pourquoi nous ?

— Selon le peu que j'ai appris de lui, je pense que nous emmener a davantage à voir avec nos mecs, dit April.

— Je suis de ton avis, dit June. Il aurait pu toutes nous tuer à ce stade. Nous violer. Faire plus que juste nous fourrer dans cette boîte et prendre la route.

— Ça n'a quand même aucun sens, dit Carlise, exaspérée.

— Ça en a s'il a préparé quelque chose à l'avance, dit June. Un truc pour appâter nos hommes ?

— Oh merde, marmonna April.

June avait raison. Ça, ça avait du sens. Mais la question était : où ?

— Mais quand même, pourquoi ? réfléchit Marlowe.

— Est-ce que c'est important ? répondit Carlise d'un ton détaché. Peut-être que Riggs l'a regardé d'un air mauvais. Peut-être qu'il déteste la famille royale du Liechtenstein. Ou bien Bob a été sarcastique avec lui, ou alors il en a après JJ car ils sont rivaux professionnels et que son entreprise ne se porte pas bien à cause de Jack's Lumber. Kidnapper quatre femmes est extrême, alors peu importe la raison, de toute évidence, c'est justifié dans sa tête.

Elle n'avait pas tort. April hocha la tête pour elle-même.

— Il faut qu'on arrive à lui faire ouvrir cette porte, dit-elle, résolue.

— Je ne suis pas sûre que ce soit la meilleure des idées, commenta Marlowe, la voix tremblante.

— Quand il est venu au bureau, il a aimé que je le supplie. Que je cède à tout ce qu'il me disait de faire. Je peux tenter la même chose. Voir si le supplier peut aider.

— Pour nous laisser partir par exemple ? demanda June.

— Je ne pense pas qu'il fera ça, répondit April en soupirant. Mais vous n'aviez pas tort, les filles. C'est affreux là-dedans. Froid. Le sol est bien trop dur et ce seau est en effet dégoûtant. Vous me faites confiance, les copines ?

Immédiatement, ses trois amies répondirent par l'affirmative, ce qui gonfla le cœur d'April et lui mit les larmes aux yeux.

— Bien, alors je serai la porte-parole. Il est arrogant et pense que tout est réglé. Je lui parlerai et verrai si je peux le convaincre de nous aider.

— Sois prudente, April, lui dit Carlise. Nous n'y arriverons pas sans toi.

April tendit la main et tapota aveuglément ce qu'elle prenait pour la jambe de son amie.

— Si, vous le pouvez et vous le ferez. Vos maris comptent sur vous pour être fortes et tenir bon jusqu'à ce qu'ils arrivent ici.

— Tu penses vraiment qu'ils vont nous retrouver ? demanda June.

— Oui, répondit Marlowe à sa place. Kendric a réussi à me faire évader d'une prison thaïlandaise. Nous retrouver et faire payer Ryan ? C'est du gâteau, surtout que nos quatre hommes opèreront ensemble.

— Tu as raison, dit June d'une voix qui paraissait plus forte que la minute précédente.

— Putain, ouais, ils vont nous retrouver, dit Carlise.

April repensa aux moments où Jack récitait ses prétendus

défauts ; il avait juré de mettre la Terre à feu et à sang pour la protéger. Ça lui avait paru excessif à l'époque, mais aujourd'hui ? L'imaginer en mode soldat et faire regretter à cet enfoiré de Ryan de l'avoir touchée lui semblait assez génial.

— On va gérer ça, les filles, dit April, soulagée que ses amies se soient quelque peu secouées pour sortir de leur rechute dans le désespoir.

CHAPITRE QUATORZE

JJ était concentré comme jamais. *Rapport !,* aboya-t-il en entrant dans l'arrière-salle de Jack's Lumber. Ils avaient décidé d'en faire leur quartier général. Ils se sentaient tous plus proches de leurs femmes dans cet endroit, puisque c'était le dernier dans lequel elles s'étaient trouvées, à leur connaissance.

La soirée était déjà bien avancée désormais, il faisait noir dehors mais personne n'était fatigué. Pas même un peu.

— Le chef de police a organisé des recherches, mais nous savons tous qu'ils ne trouveront rien par ici. Ceux qui ont emmené nos femmes sont partis depuis longtemps, dit Bob.

— Mes parents ont pris contact avec le roi et la reine, et leurs meilleurs experts sont dessus, ils voient s'ils peuvent trouver une trace numérique de ceux qui ont pu faire ça, dit Cal. Mais plus important, grâce à l'aide du chef Rutkey, la compagnie de téléphone essaie de localiser leurs portables. Ils devraient me recontacter à tout moment.

— J'ai causé avec Tex. Il est furieux. Genre, *vraiment* furieux. Il contacte un groupe d'hommes qu'il connaît, qui vit à Indianapolis, les informa Chappy.

— Qui sont-ils et comment peuvent-ils aider ? demanda JJ.

— Je ne sais pas trop. Tout ce que je sais, c'est qu'ils ont une compagnie de remorquage appelée Silverstone.

JJ était hyper agacé ; la dernière chose dont ils avaient besoin, c'était d'un gars choisi au pif sans ressources. Rien que de se tenir informés représentait un temps précieux dont ils avaient besoin pour trouver leurs femmes.

— Putain de merde ! Silverstone ? demanda Bob.

— Tu les connais ? demanda JJ, un peu plus sévère qu'il ne l'avait voulu.

— Ils ont bossé avec Willis, le contact du FBI avait qui j'ai aussi collaboré durant mes missions. Il n'a pas mentionné le nom de leur boîte, il a juste dit qu'il bossait avec un groupe d'anciens soldats des Forces Spéciales qui géraient une entreprise de remorquage dans l'Indiana. Ils acceptaient des contrats pour… éliminer des méchants.

— Des assassins ? demanda Cal en haussant les sourcils.

— Apparemment, répondit Bob avec un hochement de tête. Je n'ai entendu que des trucs dingues. Willis était hyper contrarié de les perdre. Ils ont cessé leurs contrats après s'être mariés et avoir fondé leurs familles. Ils sont complètement réglos aujourd'hui et gèrent Silverstone mais, ces mecs, c'est du sérieux.

JJ accepta avec réticence. Avoir une autre équipe d'anciens des Forces Spéciales de leur côté *serait* génial.

— On a des indices sur l'identité des criminels ? demanda Bob. Qui détient nos femmes et pourquoi ?

— Inconnu pour le moment, mais Tex bosse dessus, répondit Chappy.

Étant donné la violence de certaines des choses qu'ils avaient commises en servant leur pays, Tex était clairement la seule personne dont JJ n'avait pas peur s'il fallait creuser dans leur historique.

Pile à ce moment-là, le téléphone de Cal sonna, et il répondit, mettant le haut-parleur.

— Callum Redmon, dit-il.

— Monsieur Redmon, je suis Alice, de l'opérateur téléphonique. Je donne suite à votre appel.

— Qu'avez-vous découvert ? Où est-elle ? demanda-t-il sans y aller par quatre chemins.

— Eh bien, il semblerait que le téléphone de votre femme soit au Canada.

Les quatre hommes échangèrent des regards confus.

— Pardon ? demanda Cal à la femme.

— Il borne actuellement sur une tour de Montréal. Et pour information, elle ne dispose pas du forfait à l'international, que je peux vous aider à mettre en place. Faites-moi confiance, ça vous fera économiser des centaines de dollars.

— Qu'en est-il des autres ? aboya Cal, de toute évidence non intéressé par son discours de vente. Sont-elles à Montréal également ?

JJ se tendit en entendant les doigts de la femme tapoter sur un clavier.

— Non. Les trois autres numéros que vous m'avez transmis se trouvent à trois endroits différents. L'un est à Boston, l'autre à Portland. Dans le Maine, pas dans l'Oregon.

La femme rit de sa propre blague, mais comme Cal ne semblait pas apprécier son humour, elle reprit rapidement :

— Et le dernier numéro ne transmet plus, mais il a borné pour la dernière fois près d'Albany, à New York.

La tête de JJ tournait. Toutes les raisons qui pourraient expliquer que leurs téléphones aient atterri dans des endroits différents auxquelles il pensait n'étaient pas bonnes. Pas du tout.

— Monsieur ? demanda Alice. Vous êtes toujours là ? Voulez-vous que j'active le forfait à l'international sur le téléphone de votre épouse ? Ça ne coûte que dix dollars par jour et, croyez-moi, ce biais sera moins cher que ce que coûte actuellement l'accès aux antennes-relais canadiennes en itinérance.

— Désactivez-le. Désactivez le téléphone, répondit Cal avant de raccrocher sans un autre mot, raccrochant au nez de la pauvre femme.

— Alors, ceux qui les ont emmenées ont soit abandonné leurs téléphones, soient les ont volés, dit Chappy.

— On dirait bien, réagit sèchement Bob.

JJ se pinça les lèvres. La possibilité de localiser les filles via leurs téléphones était une impasse. À moins que…

— Elles ont pu être emmenées par des trafiquants, dit-il. Qui se rendaient à des endroits différents.

Cal afficha son désaccord.

— Non, je ne crois pas.

— Pourquoi pas ? demanda JJ, voulant désespérément être d'accord avec son ami, car la peur lui tordait le ventre à la pensée qu'April se trouve entre les mains d'une personne appartenant à l'industrie du trafic d'êtres humains.

— Ceux qui les ont emmenées les ont emmenées *ensemble*. Oui, il est possible qu'il, ou elle, se soit arrêté quelque part et les ait séparées, mais je pense que deux femmes visiblement très enceintes et - sans vouloir te vexer JJ - une femme plus âgée comme April ne sont pas vraiment les cibles potentielles quand il s'agit de trafic sexuel.

Il n'avait pas tort. JJ acquiesça.

— Alors qui ? Et pourquoi ? demanda Bob.

— À ce stade, peu importe. Ceux qui les ont emmenées sont déjà morts, grogna JJ. Qu'est-ce qu'on a d'autre ? Une vidéo ?

— Je n'ai rien trouvé encore, dit Chappy. Notre caméra à l'intérieur pointe la porte d'entrée et celle à l'extérieur surveille la rue, pile devant Jack's Lumber. Si le véhicule s'est garé dans la rue, il a dû tourner à droite, hors champ, car aucun pick-up avec remorque n'est passé devant notre caméra.

— Merde, jura JJ, se passant une main dans les cheveux.

Le vie à Newton l'avait ramolli. Le taux de criminalité était faible dans cette petite ville, mais il aurait dû le savoir mieux que quiconque, surtout après que ces merdes furent arrivées, aux femmes de ses propres amis. Il s'en voulait de ne pas avoir eu de caméra orientée vers la porte du fond. C'était stupide et possiblement la pire erreur qu'il ait commise.

— Et les autres commerces ? demanda Cal.

— Le chef de police voit ça avec eux.

— On n'a pas le temps pour ça ! dit JJ, sachant dans ses tripes que le temps comptait et qu'ils devaient trouver où étaient leurs femmes *maintenant*.

Les regards de ses meilleurs amis étaient rivés sur lui. Ils le regardaient pour connaître la marche à suivre. Mais pour la première fois de sa vie, JJ en était incapable.

Il avait toujours un plan. Il était le chef d'équipe, l'homme vers qui les autres se tournaient quand les missions étaient complètement foutues. Mais il n'avait rien en ce moment. C'était comme si leurs femmes avaient disparu sans laisser de trace.

Son cœur battait la chamade, et intérieurement, il paniquait. En apparence, il demeurait plus calme que jamais.

— Tu n'as rien ? finit par demander Bob. Comment tu peux être aussi détendu en cet instant ? aboya-t-il durement. Oh, parce qu'April n'est pas ton épouse ? Parce qu'elle n'est pas enceinte ?

La colère surgit brutalement et rapidement en JJ mais il n'attaqua pas. Ne répondit d'aucune manière. Il comprenait l'origine de la colère de son ami.

— Sérieux, JJ, tu es fait de glace, putain ? suivit Chappy. *April* est là dehors ! Peut-être blessée. Effrayée, certainement. Nous pensions que vous aviez finalement avoué combien l'autre comptait pour vous, tous les deux. Nous avions tort ?

Là encore, JJ savait que leur colère venait d'un endroit où régnaient la peur, l'impuissance et le désespoir, toutes ces choses que ressentait JJ. Et Chappy n'avait pas tort, il était bien recouvert de glace. C'était le seul moyen de maintenir toutes ces émotions à l'intérieur de lui. Il ne se connaissait que trop bien. S'il laissait tout sortir, il deviendrait incapable de penser. Serait totalement incapable d'aider April et les autres.

— June est prête à avoir notre fils, dit Cal de la voix la plus torturée que JJ ait entendue. Le stress n'est pas bon pour elle ni pour notre enfant. Et si elle se met à accoucher alors que nous restons là, à nous tourner les pouces ? Pour l'amour du ciel, *aide-nous* ! finit-il presque par crier.

JJ se raidit. L'adrénaline qui circulait dans son système sanguin faisait trembler ses mains. Il n'en voulait pas à ses amis de balancer sur lui leur crainte et leur frustration. Ça avait toujours été son rôle en tant que chef d'équipe. Rester stoïque, prendre les meilleures décisions pour tous... et, oui, devenir un sac de frappe quand il le fallait.

— Nous allons les trouver, dit-il d'une voix qu'il ne reconnut pas.

Elle était emplie de venin, de haine et de détermination.

— Cal, reprit-il, ta femme et ton fils iront bien. Les autres prendront soin d'elle. Chappy, Carlise est intelligente et solide. Bob, Marlowe a vécu l'enfer et elle a quand même assuré tes arrières quand tout paraissait sans espoir. Et mon April est la colle qui les maintiendra ensemble. Elles tiennent bon. Pour *nous*. Et nous ne les laisserons *pas* tomber. Peu importe celui ou celle qui a commis la pire erreur de sa vie. Peu importe quelle dent il ou elle a contre nous, il aurait fallu laisser tomber. Parce que, aujourd'hui, cette personne va mourir d'une mort très douloureuse. Je vous le dis, nous allons les trouver. Et quand ce sera fait, peu importe qui c'est, mais tous ceux qui sont impliqués dans leur enlèvement paieront. Pour ce qui est de ne pas m'en soucier... Si, c'est le cas, continua JJ. Vous savez que c'est vrai. Mais je garde ça sous contrôle. Je ne peux pas perdre la tête à cause de ma peur. Je ne peux penser à quel point April est effrayée, à quel point elle s'inquiète. Si elle est blessée ou non. À qui appartient ce sang sur le sol. Car si je le fais, je vais craquer et je serai absolument incapable de leur venir en aide.

« Alors, vous pouvez être furieux. Vous pouvez tempêter des heures, frapper comme des dingues, balancer des trucs. Je me fiche que vous détruisiez ce bureau et tout ce qu'il contient. Je continuerai de garder mon calme pour nous tous. Détestez-moi si vous le voulez mais ça ne changera strictement rien. Je continuerai quand même de chercher ma femme et de réduire en bouillie quiconque a touché un cheveu de sa tête.

Ses coéquipiers se firent plus tranquilles dès ses premiers mots. Maintenant, ils le regardaient attentivement avec un mélange de reconnaissance et de culpabilité. Finalement, Chappy finit par parler calmement :

— Je suis désolé d'avoir douté de toi, même une seconde. Nous savons tous qui tu es. Tu nous as sauvé la vie plus d'une fois et nous as sortis de situations que personne n'aurait dû vivre.

— Je suis désolé, moi aussi, dit Cal. C'est juste que... je suis tellement inquiet pour June que je n'ai pas les idées claires !

— Tu as raison, dit Bob. Nos femmes sont plus fortes qu'on ne le pense. Il nous faut juste un putain d'indice ! Même le plus petit truc, et nous les retrouverons.

— Ça, c'est certain, dit JJ en hochant la tête.

Chappy s'approcha de lui et posa une main sur son épaule. Le poids de la main de son ami était négligeable, mais le soutien et la signification derrière ce geste étaient incommensurables. Cal s'approcha également et posa lui aussi une paume, sur son autre épaule. Puis, Bob se plaça devant eux, posant les bras sur les épaules de Chappy et de Cal, les enveloppant d'une seule et grande étreinte.

Personne ne dit mot, mais le soutien que les hommes avaient les uns pour les autres les revigorait. Leur donnait de la force.

JJ adorait ces mecs. Il mourrait vraiment pour eux, tout

comme il mourrait pour leurs femmes. Il pria de toutes ses forces pour ne pas en venir en ça. Que, à un moment, ils auraient de la chance et trouveraient les femmes saines et sauves, sans une égratignure.

Mais il savait au fond de lui, d'instinct, que leur survie dépendait d'eux. Que ce qu'ils avaient vécu en tant que prisonniers de guerre passerait pour une promenade de santé comparé au rapatriement de leurs femmes. Peu importait. Ils ne s'étaient pas entraînés si dur et aussi longtemps, n'avaient vu ni fait tout cela, n'avaient pas vécu l'enfer, juste pour perdre les personnes qui avaient donné un sens à tout ça.

Sois forte, April. Nous venons vous chercher.

Les paroles étaient silencieuses dans sa tête, mais JJ n'avait pas besoin de les dire à haute voix. Il ne doutait absolument pas qu'April savait qu'il la retrouverait.

CHAPITRE QUINZE

Les filles s'étaient blotties les unes contre les autres pendant ce qui devait être une autre heure, quand elles entendirent gratter à l'arrière de la remorque.

April se mit en position assise et chuchota :

— Souvenez-vous, laissez-moi prendre les choses en main.

— Bonne chance, lui dit doucement Carlise.

— Tu peux le faire, l'encouragea Marlowe.

— On a confiance en toi, ajouta June.

Le cœur d'April tambourinait trois fois trop vite dans sa poitrine. Elle ignorait complètement ce qui allait se passer. Si la personne sur le point d'ouvrir la porte serait Ryan. Ou si c'était quelqu'un à qui il les avait vendues. Oui, elle avait pensé à absolument tous les scénarios dans lesquelles elles pourraient se trouver, et l'un d'eux était de finir sur le marché du trafic sexuel.

Celui ou celle qui se trouvait dehors allait trouver quatre femmes paraissant complètement intimidées et dociles. Lutter n'était pas dans leur intérêt, pas si elles n'avaient pas d'arme. Et bien qu'April eût très, *très* envie d'arracher les yeux de la personne qui apparaîtrait derrière la porte, elle prit une grande inspiration et se força à être patiente. À faire tout son possible pour se montrer plus rusée que leur kidnappeur.

La porte s'ouvrit, et même s'il faisait noir dehors, un lampadaire au loin était déjà trop pour les yeux sensibles d'April. Elles étaient restées dans l'obscurité totale si longtemps que la plus petite lumière la faisait grimacer.

En plissant les yeux, elle s'aperçut qu'il s'agissait en effet de Ryan, qui avait ouvert la porte de la remorque. Tout ce qu'elle pouvait voir derrière lui, c'étaient des arbres. Là où il s'était arrêté, il avait fait reculer la remorque afin que personne ne puisse voir ce qu'il y avait à l'intérieur s'il ouvrait la porte.

— Je vous en supplie, plaida April de la voix la plus lamentable qu'elle avait pu trouver. Vous avez de l'eau ?

— Pourquoi devrais-je vous donner quoi que ce soit ? lui demanda Ryan.

Désormais, elle voulait vraiment lui casser le nez, mais elle se força à garder la tête basse et un ton neutre.

— Nous nous sommes bien comportées. Nous n'avons pas fait de bruit. Tout ce que nous voulons, c'est quelque chose à boire. *S'il vous plaît.*

Elle en rajoutait mais elle espérait que ça marcherait.

À sa surprise, Ryan lui dit :

— Viens ici.

Levant les yeux, April vit qu'il la désignait. Avec réticence, elle s'avança sur le sol glacé de la remorque, restant à quelques mètres de la porte.

— Ici, lui ordonna Ryan, désignant le bord de la remorque.

April hésita un moment. Elle ne voulait pas se rapprocher davantage de ce connard. Elle le regardait, histoire de gagner du temps, l'étudiant réellement pour la première fois. Il était bien plus jeune que ce qu'elle avait estimé au départ. Il ne devait pas avoir plus de vingt et un ou vingt-deux ans, mais il était également possible qu'il soit encore un adolescent. Il avait les cheveux noirs et une très légère barbe. À la faible lumière, ses yeux ressemblaient à des orbes noirs. Avec le jean et le T-shirt qu'il portait, il aurait pu se fondre n'importe où, sauf que...

April ne pensait pas qu'il était américain. Il s'était coupé les cheveux de sorte à ressembler à beaucoup d'autres jeunes hommes et les vêtements étaient appropriés pour son âge. Mais même s'il tentait avec effort de le cacher, ses mots avaient un léger accent.

— J'ai dit, viens *ici*, April, répéta Ryan, l'air irrité.

Elle se mit à bouger sans réfléchir, allant vers l'avant.

— Tu veux de l'eau ?

— Oui, s'il vous plaît.

— Et de la nourriture ?

— Ce serait apprécié.

— Ça pue là-dedans !

— Si vous me permettez de vider le seau, ça sentira meilleur, lui dit-elle.

— Bien. Faites-le.

April l'observa pendant une minute, choquée qu'il ait donné son accord sans faire d'histoires. Elle était également très méfiante. Que voudrait-il en retour pour ces prétendus actes de bonté ?

— Pas d'entourloupe. Je tirai sur quelqu'un sans hésiter si tu fais quoi que ce soit de stupide, lui dit-il.

Ce fut là qu'April aperçut l'arme déjà familière dans sa main. Elle ne l'avait pas vue avant. Elle fit rapidement un signe de tête.

— Pas d'entourloupe. Promis.

Elle se tourna et rampa vers les autres et le seau, qui avait été placé correctement dans un coin au fond de la remorque. Elle décrocha le cordon élastique qui le maintenait en place, visualisant brièvement de s'en servir pour l'enrouler autour de la gorge de Ryan et l'étrangler.

Elle se déplaça jusqu'au bord de la remorque, et Ryan recula d'un pas. Pas beaucoup, juste assez pour qu'April sorte les jambes et se mette debout. Ça faisait tellement bien de s'étirer, d'être debout, mais elle se rendit rapidement à l'arbre le plus proche de la remorque pour y vider le seau.

Sans bouger la tête, April regarda les alentours et comprit qu'ils se trouvaient dans ce qui ressemblait à une aire de repos. Elle avait eu raison en pensant qu'ils avaient probablement roulé sur l'autoroute. Ryan s'était garé au bout d'un parking avec les semi-remorques. L'affreux raffut des groupes électrogènes pour camions masquerait un tas de bruit et, si les camionneurs étaient endormis, il était possible que personne ne les entendre crier de toute manière.

Elle revint rapidement à la remorque et grimpa à l'intérieur sans attendre les ordres. Elle poussa le seau vers les filles et se retourna vers leur kidnappeur.

— Merci, dit-elle, bien que les mots soient acides sur sa langue.

— Si conciliante, commenta Ryan d'une voix traînante et d'un air suffisant.

Puis, il la prit par surprise en se penchant rapidement dans la remorque pour lui saisir le poignet et la tirer vers lui.

April dut puiser dans toute sa force pour ne pas avoir un mouvement de recul. Pour ne pas le frapper au visage. Au lieu de ça, elle le laissa la traîner hors de la remorque. Il claqua les portes d'une main et enferma à clé ses amies à l'intérieur. Une peur véritable coula dans ses veines, et ce n'était pas la première fois. Qu'allait-il faire avec elle maintenant ? Allait-il la tuer ? La refiler à un tueur en série qu'il avait contacté pour qu'il les rejoigne dans un coin éloigné de ce relais routier ?

Elle tenta de se libérer de sa poigne, mais il ne fit que raffermir sa prise autour de son poignet. Il la traîna jusqu'au siège passager du pick-up noir et lui ordonna de monter.

Il ne lâchait pas son poignet, et April fit lentement ce qu'il demandait.

Elle s'assit sur le siège et regarda, consternée, Ryan sortir une paire de menottes et, en toute hâte, attacher l'un de ses poignets avec l'une et accrocher l'autre à la poignée de la portière. Puis, il afficha un sourire. Un sourire satisfait qui effrayait April de bout en bout. Il referma brutalement la portière, fit le tour jusqu'au siège conducteur, monta et tourna la clé. Il sortit rapidement du parking et se dirigea vers la sortie, reprenant l'autoroute.

La tête d'April tournait. Elle n'avait aucune idée de ce qu'il se passait. Elle culpabilisa à cause du siège confortable tandis que ses amies étaient toujours à l'arrière, sur cet impitoyable sol en acier, probablement en train de geler. Ryan avait également mis un peu de chauffage, alors il faisait bien chaud dans l'habitacle.

— Merci de m'avoir permis de m'asseoir ici, finit-elle par marmonner.

— J'aime ta grande politesse.

April savait qu'elle devait inciter cet homme à parler. Essayer de découvrir où il les emmenait et pourquoi il les avait kidnappées d'abord, mais son esprit se vida soudainement. Elle ne savait pas trop quoi dire ni quoi demander.

Elle observait tandis qu'ils approchaient d'un panneau vert qui informait les conducteurs qu'ils se trouvaient à environ deux cents kilomètres de Syracuse. Elle cligna des yeux sous l'effet de la surprise. C'était à environ cinq heures de Newton et d'à Albany, et puisqu'ils étaient sur l'autoroute, ils devaient se diriger vers la grande ville, mais elle avait l'impression qu'elles avaient été enfermées dans cette remorque depuis plus longtemps que ça. Et c'était probablement le cas en réalité, Ryan avait fait plusieurs arrêts.

Donc, ils allaient vers l'ouest. Se montrer polie et docile lui avait accordé une information utile finalement. C'était un début.

— Tu veux de la nourriture et de l'eau ? redemanda Ryan sans crier gare, ce qui effraya April.

— Oui, s'il vous plaît.

Elle n'eut pas à simuler le tremblement de sa voix.

De la tête, il désigna un sac entre eux.

— Je me suis arrêté et j'ai pris de quoi dîner il y a un moment. Tu peux prendre ce que je n'ai pas mangé.

April voulait afficher son dégoût, mais elle se contrôla, ouvrit le sac de fast-food et y jeta un œil. Il y avait quelques bouchées dans un hamburger recouvert d'un papier d'emballage et quelques frites dans le fond du paquet. Elles étaient froides et molles, mais April plongea tout de même la main pour s'en saisir. Elle les avala et demanda :

— Et l'eau ?

Ryan désigna du menton une boisson dans le porte-gobelet.

— Il y a des glaçons.

Ce mec était un connard ! Lui faire manger ses restes comme si elle était un chien. Mais elle ne laissa rien paraître de ce qu'elle pensait sur son visage.

Elle mangea le reste du hamburger et inclina le gobelet pour aspirer la glace fondue dans le fond. Hors de question qu'elle utilise sa paille. Elle n'irait pas jusque-là.

Elle suça un glaçon, et c'était presque triste de constater à quel point la glace fondue lui faisait du bien en glissant dans sa gorge.

— Mes amies ont aussi soif et faim, dit-elle d'une petite voix. Et froid. Vous auriez une couverture ou autre ?

— Comme toutes les femmes. On leur donne un pouce, et elles veulent tout le corps.

April baissa les yeux vers ses mains posées sur ses genoux et se refusa à sourire face à la façon dont il avait loupé son proverbe. Cela lui donnait une raison de plus de penser qu'il n'était pas originaire des États-Unis.

— Je suppose que tu veux aussi appeler Jackson, non ?

La tête d'April se leva d'un coup, et elle regarda Ryan. Était-ce un piège ? La torturait-il avec la possibilité de pouvoir parler à Jack ? Sans doute. Mais elle ne put s'empêcher de murmurer :

— Oh, Seigneur. Oui. Je vous en prie !

— Qu'est-ce que tu veux le plus ? Parler à Jackson ? Ou de la nourriture, de l'eau et des couvertures pour tes amies ?

L'esprit d'April se mit à tourbillonner. Merde, elle voulait parler à Jack plus que tout au monde. Si elle le faisait, elle pourrait lui donner des indices sur l'endroit où elles se trouvaient. Comme le fait qu'ils allaient vers l'ouest, que le pick-up de Ryan était noir ou qu'il tirait une remorque.

Mais Ryan se foutait probablement d'elle. Il n'allait pas la laisser appeler Jack. Il n'était pas *aussi* stupide. Et tout compte fait, elle ne pouvait pas nier les besoins de ses amies.

Même si ça lui faisait énormément de mal, elle finit par répondre :

— Nourriture, eau et couvertures.

Ryan se mit à rire. À glousser, en réalité.

— Si loyale ! se moqua-t-il. J'avais hâte de dire aux autres garces que tu avais choisi la bite plutôt qu'elles.

April demeura aussi calme que possible.

— Alors, vous allez vous arrêtez et leur trouver de la nourriture et tout ? tenta-t-elle de demander.

— Pas besoin de s'arrêter. Ça se trouve derrière, répondit Ryan en faisant un geste du menton par-dessus son épaule.

Se tournant, April regarda le siège arrière et y découvrit un énorme carton. Elle ne pouvait qu'entrevoir ce qu'il y avait à l'intérieur grâce aux lampadaires devant lesquels ils passaient, et la colère menaçait de la submerger. Il avait eu des provisions pendant tout ce temps ! Il aurait pu les mettre dans la remorque dès le départ ! Au lieu de ça, il prenait grand plaisir à les torturer, elle et ses amies.

Elle détestait cet homme. Elle le *détestait* !

Ça n'avait pas d'importance. Elle devait jouer à son jeu. Devait se montrer rusée.

— Merci beaucoup, souffla-t-elle, tentant de paraître à la fois émue et soumise.

Ils roulèrent en silence pendant quelques minutes, et April mourait d'envie de lui demander quand ils s'arrêteraient pour transférer ces denrées dans la remorque mais elle garda les lèvres fermement closes.

— Il y a un sac blanc sur le siège arrière. Prends-le.

Se retournant de nouveau, April repéra le petit sac. Elle tendit le bras pour s'en saisir mais, à cause de son poignet droit menotté à la portière, elle ne pouvait pas atteindre aussi loin.

— Je n'y arrive pas.

Ryan haussa les épaules.

— Oh, mince. Il y a un téléphone à l'intérieur que j'allais te permettre d'utiliser pour appeler Jackson. Mais si tu ne peux pas l'atteindre...

Il ne termina pas sa phrase.

April était quasi certaine qu'il mentait... mais si ce n'était pas le cas ? Il agissait... bizarrement. Elle avait le sentiment que tout ce qu'il faisait faisait partie de son plan. Elle n'était qu'un pion dans le jeu cruel auquel il jouait avec leurs hommes. Mais soit. Si elle était un pion, elle ferait ce qu'on attendait d'elle. Pour l'instant.

Elle leva ses fesses du siège une fois de plus et tenta d'attraper le sac blanc. La menotte lui faisait très mal au poignet, mais les doigts de sa main gauche effleurèrent le sac. Elle l'avait presque.

Soudain, Ryan fit une embardée sur la gauche, faisant hurler April de douleur, la menotte s'enfonçant dans son poignet. Le sac tomba du siège, puis sur le sol.

Ryan rit à gorge déployée.

— Oups ! Désolé, dit-il sans sincérité. Tu l'avais presque, non ?

Elle *faillit* lui dire d'aller se faire voir mais elle s'en empêcha à la dernière minute. C'était presque effrayant, cette énorme quantité de haine qu'elle avait dans le cœur pour l'homme à côté d'elle. Elle tentait de vivre sa vie en étant gentille. Les gens vivaient des choses dont personne n'avait conscience. Alors, elle tentait de leur accorder le bénéfice du doute. Mais elle ne trouvait rien qui puisse racheter Ryan. Il avait frappé June deux fois et donné un coup de pied à Marlowe. Il avait offert à April quelque chose à manger et à boire mais ça n'avait été que ce dont il n'avait pas voulu. Et il avait acheté des couvertures et de la nourriture pour elle et les autres filles, mais les leur avait cachées pour des raisons connues de lui seul.

Et maintenant, il se moquait d'elle en lui faisant croire qu'elle pourrait parler à Jack. La torturait.

Une détermination surgit en April. Il n'allait pas gagner. Il n'aurait pas la satisfaction de la voir pleurer.

Elle tendit le bras aussi loin que possible et gémit presque à la douleur ressentie dans son poignet droit, mais ça en valut la peine puisque ses doigts finirent par saisir le sac blanc. Elle l'attrapa fermement et se rassit sur le siège.

— Tu l'as eu. Bien joué, dit Ryan d'un ton impassible tout en ayant encore un rictus satisfait sur le visage.

April vérifia son poignet droit et grimaça ; elle saignait. L'acier lui avait coupé la chair mais elle l'avait fait. Elle avait eu ce stupide sac.

— Quel contrôle... commenta Ryan. Pas une seule larme. Vas-y, regarde dedans. Je sais que tu en meurs d'envie.

Elle ouvrit le sac blanc... et cligna des yeux, incrédule, en voyant le petit téléphone à clapet situé dans le fond. Bordel de merde, allait-il *vraiment* la laisser appeler Jack ?!

— Oui, c'est un téléphone, dit-il comme s'il pouvait lire

dans son esprit. Et puisque tu as été une gentille fille, je vais t'autoriser à appeler Jackson. Mais tu n'auras que deux minutes. Compris ?

— Oui, monsieur, répondit-elle, ce terme poli étant sorti de sa bouche sans qu'elle y pense.

Elle craignait encore qu'il lui arrache le sac des mains et le balance par la fenêtre ou autre, riant de sa naïveté en ayant cru qu'il allait réellement lui permettre d'appeler à l'aide.

— Et il y a des règles, continua Ryan. Tu n'as pas le droit de lui dire ce que je conduis. Ou parler de la remorque. Tu peux lui donner toute autre piste de ton choix. On verra s'il est suffisamment intelligent pour les déchiffrer.

L'esprit d'April était en ébullition. Des pistes ? Elle n'était pas douée pour les jeux de mots. Et elle et Jack n'étaient pas ensemble depuis suffisamment longtemps pour qu'ils aient leurs propres blagues et sous-entendus. *Merde, merde, merde* !

— Je peux lui dire votre nom ?

— Bien sûr, dit Ryan, montrant qu'il s'en fichait.

April demeurait suspicieuse, mais la perspective de parler à Jack était trop irrésistible pour qu'elle se demande pourquoi Ryan se montrait si généreux.

— Et les filles ? Je peux parler d'elles ? demanda-t-elle, ne voulant pas prendre le risque de dire quoi que ce soit qui puisse contrarier Ryan.

— Oui.

— Je peux lui dire où vous nous emmenez ?

Le sourire de Ryan s'élargit.

— Où est-ce que je vous emmène ?

— Je ne sais pas. J'espérais que vous me le diriez pour que je le dise à Jack.

Ryan rejeta la tête en arrière et rit de nouveau.

— Pas si brisée en fin de compte, hein ? demanda-t-il pour la forme, sans cesser de rire. Colorado. Nous allons au Colorado, dit-il une fois qu'il eut repris le contrôle de lui-même.

April était absolument stupéfaite qu'il le lui révèle vraiment. Bien sûr, il pourrait mentir et c'était probablement le cas. À tout moment, il pouvait prendre la direction du sud et se rendre au Mexique ou ailleurs... mais pour une raison étrange, elle le croyait. Peut-être parce qu'il adorait ce petit jeu.

— Qu'est-ce qu'avait dit Einstein ? Chaque action a une réaction égale et opposée ? Les actes ont des conséquences. Voici la sienne. Et celle de sa bande.

Elle ignorait complètement à qui Ryan faisait référence. Sa première pensée idiote fut qu'il venait de réciter la troisième loi de Newton, rien qu'Einstein n'ait trouvé. Sa seconde fut qu'il était évident, tout comme elle l'avait déjà pensé, que ce kidnapping ne la concernait pas, elle, ni les autres filles, mais Jack et son équipe.

Son cœur martelait violemment sa poitrine. Soudain, elle ne voulait pas appeler Jack. Ne voulait pas le mêler à ce que Ryan avait prévu.

— Nous sommes l'appât, murmura-t-elle, horrifiée.

Ryan lui jeta un coup d'œil.

— Je savais que tu étais maligne, dit-il avant que ses traits ne se durcissent. Deux minutes. Et souviens-toi des règles. Si tu les enfreins, personne ne mange ni ne boit jusqu'à ce qu'on soit au Colorado, et vous pouvez toutes mourir gelées, je m'en ficherai.

April pouvait dire qu'il avait cessé de jouer. Le Colorado signait la fin de la partie. S'amuser avec elle n'était que pour la rigolade.

Sa main tremblante plongea dans le sac et en sortit le téléphone portable. Elle se sentait extrêmement reconnaissante que sa mémoire lui soit revenue et, avec elle, le numéro de téléphone de Jack. La plupart des gens ne prenaient plus la peine de mémoriser les numéros de leurs êtres chers ; on n'en avait pas besoin quand on pouvait simplement appuyer sur un bouton pour les appeler. Mais elle avait toujours été un peu *old school* et elle en fut très soulagée en cet instant.

Elle ouvrit le clapet du téléphone et comprit que c'était probablement un de ces trucs intraçables, le genre que devaient posséder en abondance les trafiquants de drogues et autres criminels. Elle prit une profonde inspiration et composa lentement le numéro de Jack, priant plus ardemment qu'elle ne l'avait fait depuis longtemps pour ne pas foirer. Que Jack réponde. Qu'il découvre ce qui se passait et où elles se trouvaient. Et que cet appel téléphonique ne soit pas responsable de sa mort ni de celle des autres.

CHAPITRE SEIZE

Ils n'avaient rien.

Pas d'indice.

Pas de piste.

Aucune vidéo.

Rien qui puisse les mener jusqu'aux filles.

JJ avait la chair de poule. Les cheveux sur sa nuque se redressèrent. Il y avait forcément une faille quelque part, il y en avait toujours. April et les autres ne seraient *pas* des statistiques tragiques. Quand des femmes disparaissaient dans l'air sans suspects, leurs corps n'étaient jamais retrouvés.

Non, quatre femmes ne se faisaient pas simplement embarquer sans que le kidnappeur veuille quelque chose en retour : de l'argent, une vengeance, du sexe, du pouvoir... *quelque chose.*

Il s'immobilisa. Vengeance...

Ils n'avaient pas reçu d'appel de rançon ces dernières heures, depuis qu'ils avaient constaté la disparition des filles, alors cela pouvait peut-être être écarté. Il était possible que ceux qui avaient kidnappé les filles veulent du sexe ou bien les vendre pour du sexe, mais trois femmes enceintes n'étaient pas vraiment les cibles idéales. Le pouvoir demeurait une option...

mais plus probablement conjointement avec autre chose. Comme la vengeance.

Ce devait être ça. Quelqu'un de leur passé tentait de prouver quelque chose. De se venger d'eux. De les attirer dans un piège.

JJ pivota et s'exclama :

— La vengeance.

Les autres gars levèrent les yeux de ce qu'ils étaient en train de faire – les cent pas, chercher sur Internet la moindre information qui pourrait aider, regarder désespérément dans le vide.

— Quoi ? réagit Chappy.

— Vengeance. Ceux qui les ont emmenées l'ont fait pour se venger de nous, pour un truc.

Bob renifla d'un air moqueur.

— Ce n'est pas vraiment ce qui réduit les suspects, dit-il gravement. Nous avons emmerdé pas mal de terroristes et autres méchants garçons.

— Mais pourquoi maintenant ? Ça fait des années que nous ne sommes plus en activité, s'exprima Cal.

JJ ouvrit la bouche pour répondre quand son téléphone sonna. Il était placé sur la table près de lui, et il le ramassa.

L'appelant était « inconnu ».

Son taux d'adrénaline grimpa en flèche. Il appuya sur une touche de l'appareil pour enregistrer et répondit :

— Allo ?

— Jack ? C'est moi.

JJ avait l'impression d'avoir pénétré un long et sombre tunnel. Sa vision devint floue sur les côtés, et il se laissa tomber sur la chaise devant laquelle il s'était tenu pendant qu'il triturait le cerveau pour savoir quoi faire ensuite.

— April ? demanda-t-il, ne sachant pas si son cerveau se jouait de lui.

— C'est moi. Je vais bien, dit-elle rapidement. Je n'ai que deux minutes, alors tu dois m'écouter. Tu m'écoutes ?

— Oui bébé, je t'écoute.

Il entendit le souffle d'April frémir à la marque de tendresse, mais elle inspira profondément et continua :

— Nous allons bien. Nous toutes. Nous sommes ensemble. Nous allons avoir de la nourriture et de l'eau, alors dis aux autres de ne pas s'inquiéter.

— Tu sais aussi bien que moi que c'est impossible.

— Je sais, mais nous sommes ensemble et nous nous accrochons. Tu te souviens de ce coucher de soleil que nous avons regardé ensemble ? À quel point il était beau et à quelle vitesse le soleil semblait disparaître ?

JJ n'avait aucune idée de ce dont elle parlait, mais il répondit immédiatement par l'affirmative.

— Bien. Son nom est Ryan. Ryan Johnson. Il a dit que je pouvais te le dire.

JJ leva les yeux vers les autres, qui s'étaient tous rassemblés autour de lui puisque le téléphone était sur haut-parleur. La confusion dans leurs regards exprimait clairement le fait qu'ils ne reconnaissaient pas le nom non plus.

— Où es-tu ? Qui t'emmène ?

JJ ne pensait pas qu'elle serait capable de le lui dire, mais il ne pouvait pas ne pas demander.

— Il a dit le Colorado. Tu te souviens de cette fois où nous sommes allés pêcher ? Que tu as ri quand j'ai refusé de toucher aux vers ? Je n'aimais pas la façon dont ils se tortillaient. Je trouvais ça mal de transpercer leurs corps avec cet hameçon. Tu m'as dit que, sans vers, il n'y aurait pas de poisson. Ça ne m'a pas aidée à me sentir mieux.

Il était sûr qu'elle essayait de lui donner une sorte d'indice. Il luttait pour comprendre ce que cela voulait dire.

— Tu étais adorable, marmonna-t-il.

Il savait aussi bien qu'elle qu'ils n'avaient *jamais* pêché ensemble.

— Promets-moi que nous ferons ces vacances quand je reviendrai à la maison, s'empressa-t-elle de dire.

— Lesquelles ? demanda JJ, anxieux.

— Celle au-delà des mers. Tu m'as promis de m'emmener voir les grandes pyramides d'Égypte. Je veux chevaucher un chameau. Tu te souviens ?

— Oui.

— Je t'aime, Jack. J'ai hâte de rentrer chez nous. De me blottir de nouveau contre toi, de manger des Fig Newtons* tout en regardant la télé. Et n'oublie pas, la règle, c'est que j'ai la troisième, peu importe quoi.

Une voix grave marmonna quelque chose derrière elle, et JJ estima que cette dernière avait dit que le temps était écoulé.

— April ? demanda-t-il. Nous venons vous chercher ! Tenez bon.

Mais il n'y eut pas de réponse. La ligne demeura silencieuse. Soit elle avait raccroché, soit quelqu'un lui avait pris le téléphone.

JJ serra son téléphone si fort que ses jointures devinrent blanches. Il voulait se lever et le jeter à travers la pièce mais, s'il faisait cela, April ne pourrait plus le contacter.

— Respire, JJ, lui dit Cal, posant une main sur son épaule.

La première envie de JJ fut de l'enlever rapidement. Il voulait casser la gueule de quelqu'un. Mais au lieu de ça, il prit une grande inspiration et obtint le calme dont il avait besoin pour comprendre le bordel que sa nana avait tenté de lui dire.

— April est une putain de génie, commenta Cal.

JJ releva brutalement la tête pour le regarder.

— Elle nous a tout bonnement donné un paquet d'indices.

— Tu sais ce qu'elle a voulu dire ? lui demanda urgemment JJ.

— Aucune idée. Mais je sais que c'est ce qu'elle faisait. Tout

* Biscuits fourrés à la confiture de figues

ce qu'elle a dit était trop fortuit pour ne *pas* être des indices. Nous avons juste à les déchiffrer.

JJ prit une nouvelle inspiration. Son ami avait raison. Il n'avait pas compris la moitié de ce qu'elle lui avait raconté ; ils n'étaient pas allés pêcher, ni n'avaient discuté d'un voyage à l'étranger, alors ce devaient être des indices. Et s'ils devaient aller trouver les filles, ils devraient les comprendre. Le plus tôt serait le mieux.

— Ryan Johnson, dit Chappy. Pouvons-nous croire qu'il s'agisse vraiment du nom du mec ?

— Aucune chance, répondit Bob en secouant la tête tout en s'asseyant à côté de JJ. C'est trop commun. Il a dû l'inventer.

Cal hocha la tête.

— Ce qui explique pourquoi il n'a eu aucun problème avec le fait qu'elle nous le dise.

— Alors, c'est une impasse. On passe au suivant, dit JJ, mettant un morceau de papier sur la table basse et y écrivant le nom de Ryan Johnson avant de tirer un trait dessus.

— De savoir qu'ils se rendent vers le Colorado, c'est bien. Vraiment bien, mais peut-on croire que c'est vraiment leur destination ? interrogea Cal.

JJ serra les dents, frustré.

— Pas la moindre idée.

— Pourquoi la laisser nous dire ça ? demanda Bob.

— Parce qu'il veut qu'on sache. Il veut qu'on le suive, supposa Chappy.

JJ y réfléchit, se disant, avec réticence, que c'était probablement le cas.

— Est-ce qu'on peut les rattraper sur la route avant qu'ils n'arrivent là-bas ? Je veux dire, il n'y a pas énormément de façons de se rendre au Colorado d'ici, dit Bob.

— Tu plaisantes ? Nous ne savons pas vers *où*, au Colorado, ils se dirigent, et il pourrait prendre l'Interstate 90 et en sortir, ou la 80, la 70, ou bien même partir vers le sud et prendre brutalement la 40 et aller vers le nord une fois atteint le Nouveau-Mexique, répondit Chappy avec dégoût.

JJ fit de son mieux pour ne pas paniquer. Il ne voulait pas penser à April et les autres entre les mains de leur kidnappeur une seconde de plus que nécessaire, mais il ne savait pas comment les retrouver parmi le vaste réseau routier.

— Bordel de merde ! jura Cal, donnant un coup de pied dans une chaise pliante non loin.

Elle bascula vers l'arrière, résonnant très fort dans le calme du bureau.

— Rejoue l'appel, dit Chappy d'un air grave. April a dit un paquet d'autres trucs. Si elle nous donnait des indices, nous devrions simplement les déchiffrer.

JJ appuya sur un bouton, et rapidement, la voix stressée d'April résonna une fois de plus dans les airs autour d'eux. Cela lui faisait du mal, physiquement, d'entendre à quel point elle était effrayée, mais il était également aussi fier que possible de la tentative évidente d'April pour garder son calme.

— Et ce truc sur la pêche ? demanda Bob, les sourcils froncés en fixant attentivement le téléphone comme si ce geste pouvait l'aider à comprendre ce qu'April avait essayé de leur communiquer.

— Des vers ? Y a-t-il des endroits où pêcher là-bas dont elle aurait connaissance ? demanda Chappy.

— Hameçon ? ajouta Bob.

JJ ferma les yeux et se concentra. Il pensa à la dernière fois qu'il était allé pêcher : la façon dont il choisissait chaque ver, les plaçait correctement sur l'hameçon pour qu'ils ne se décrochent pas à chaque fois qu'il jetait la ligne, et ce fut alors que ça le frappa.

— Elle parlait de mordre à l'hameçon, lâcha-t-il. Les vers sont les appâts.

Chappy hocha la tête.

— Elle nous prévient que celui qui les a emmenées se sert des filles comme appâts.

Pour la première fois depuis qu'il avait découvert qu'April avait disparu, l'espoir commença à renaître en JJ. Bon, April lui informant que les femmes étaient des appâts n'était pas tout à fait une astuce qu'ils pourraient utiliser pour les trouver, mais cela voulait dire que leur kidnappeur ne les avait peut-être pas emmenées dans un but infâme, comme de les vendre, de les violer ou de les torturer… Il l'espérait.

— Donc, ils vont au Colorado, et ce Ryan Johnson veut qu'on les suive… médita Bob.

— L'Égypte ? demanda Cal. Essayait-elle de nous dire qu'elle pense qu'il est égyptien ?

JJ pensa à cette information un moment.

— Peut-être, répondit-il en restant évasif. Il est possible qu'elle ait essayé simplement de nous faire savoir qu'elle ne pense pas qu'il soit américain. Je ne suis pas certain de son expérience quant à déterminer une nationalité.

— À moins qu'il ne lui ait dit quelque chose, objecta Bob.

— Donc, Ryan Johnson est un nom inventé et il vient probablement d'Égypte, résuma Chappy. Nous avons fait quelques missions en Égypte.

— Ouais, mais c'étaient principalement des missions de reconnaissance, dit JJ. Nous n'avons collaboré avec personne pendant que nous étions là-bas. Pourquoi donc quelqu'un nous en voudrait méchamment pour ça ?

La frustration était clairement visible sur les visages de son équipe.

— Et le *chameau* ? Essayait-elle de nous dire quelque chose à propos de collines, de montagnes, de bosses ? demanda Cal.

Les quatre hommes lançaient leurs idées, mais ne trouvaient rien qu'April ait pu tenter de leur dire avec cette piste en particulier.

— Restent alors les commentaires sur le coucher de soleil et les Fig Newtons. JJ, vous avez regardé ensemble un coucher de soleil ? lui demanda Chappy.

JJ fit non de la tête.

— Pas vraiment. Enfin, peut-être quand nous étions en voiture ensemble, au retour d'un chantier ou autre... Mais pas du genre à rester assis dans le but d'en observer un.

— Le soleil se couche à l'ouest, commenta Cal. Peut-être nous disait-elle que c'était la direction qu'ils prenaient.

— Mais elle est allée droit au but en nous disant qu'ils se rendaient au Colorado, contredit Bob. Pourquoi s'embêter avec tous ces secrets si elle nous disait directement la destination ?

— Je ne sais pas. Mais elle a dit que le soleil s'était vite couché. Peut-être qu'elle nous disait que son kidnappeur n'allait pas faire de pause ou alors pas beaucoup et qu'ils y seraient rapidement, proposa Bob.

La tête de JJ lui faisait mal. Il détestait ça. Méprisait cela. Il était fier qu'April ait fait de son mieux pour leur donner des indices, mais essayer de les déchiffrer semblait presque impossible.

— Fig Newtons. Loi. Troisième. Celle-là est facile : la troisième loi de Newton, dit Bob, confiant.

— Quand deux corps interagissent, la force de l'un s'applique sur l'autre, alors il y a une réaction égale et opposée, récita Chappy.

— Ce qui nous fait revenir au truc de l'appât... Je crois, dit Cal.

— Putain. Ce qui nous ramène à un truc qu'on a fait ou pas fait, conclut Bob.

JJ soupira, ses épaules s'affaissèrent. Sans rien de plus pour progresser, ils avançaient encore pas mal à l'aveuglette. Avec les années, lui et son équipe avaient effectué des missions qui avaient engendré des centaines, même des milliers de gens possiblement insatisfaits du résultat, à cause d'eux. Benghazi, Tunisie, Irak et Iran, Inde, Irlande, Philippines, Ouzbékistan, Palestine, Chine, Russie, Colombie, Afrique... la liste des lieux dans lesquels ils s'étaient rendus n'avait pas de fin.

Il était sur le point de replonger dans le désespoir mais ça n'était pas une option. Pas même une petite.

— Très bien, jusqu'à ce que ce Ryan Johnson veuille bien nous donner plus d'infos, jusqu'à ce qu'il permette à April de nous rappeler, nous devrons faire avec le peu que nous avons. Ryan Johnson, nom inventé, vient de notre passé, a emmené nos femmes comme appâts, veut qu'on le suive au Colorado. Et jusqu'à ce que nous découvrions où il va exactement, nous devons disposer d'un plan pour chaque éventualité. On dirait qu'il a prévu ça depuis un moment. Ce qui veut dire qu'il a un endroit spécifique en tête. Un endroit où il peut nous attirer et nous descendre.

— Les montagnes, dit fermement Chappy.

— C'est ce à quoi je pensais, dit JJ. Une zone qui lui est familière. Il ne va pas aller jusqu'à Denver, ni Colorado Springs, ni toute autre ville. Il veut probablement nous tuer, ce qui veut dire qu'il lui faut de l'intimité. Que personne dans le coin ne puisse voir ce qu'il fait.

— Il y a pas mal de contrées sauvages au Colorado, dit Bob, sceptique. Comment trouver où il se rend ?

— On ne le fait pas. Pas encore, dit JJ. Mais il nous fera savoir quand il sera prêt à jouer. En attendant, nous devons nous préparer. Je vais passer quelques coups de fil. Je connais des gens qui vivent au Colorado et qui nous aideront vraiment.

— Qui ? demanda Bob.

— Rex et son équipe, d'une, répondit JJ.

— Les Mercenaires Rebelles, dit Chappy.

— Qui sont-ils ? demanda Cal, les regardant les uns après les autres. Peut-on leur faire confiance ? Comment sais-tu qu'ils nous aideront ?

— Ils le feront, dit JJ sans hésiter. Ils vivent vers Colorado

Springs et, tout comme l'équipe Silverstone, ils étaient dans les Forces Spéciales. Des SEALs, SAS, marines, garde-côtes.

— Attends... Ronan Cross, c'est ça ? demanda Cal. Le SAS britannique ?

— Je n'en suis pas sûr à 100 % mais peut-être, répondit JJ.

— J'ai entendu parler de lui et des trucs qu'il a faits... Il est plutôt légendaire, dit Cal, clairement impressionné.

— Rex est leur chef. Il était dans l'armée. Il a reformé l'équipe une fois qu'ils ont été libérés de leurs fonctions militaires respectives, et pendant des années, ils ont traqué des femmes et des enfants qui avaient été enlevés pour des trafics sexuels, expliqua JJ à son équipe.

— Attends, j'ai entendu parler de ce mec, dit Chappy. Ce n'était pas celui dont la femme avait été kidnappée et qu'il avait retrouvée dix ans plus tard en Amérique du Sud ?

— C'est lui, dit JJ avec un hochement de tête.

— Bordel ! Quel dur à cuire ! commenta Chappy, admiratif.

— Ils se sont retirés des missions internationales mais ils saisissent encore des boulots occasionnels ici, aux États-Unis. Je ne doute pas qu'ils nous aideront quand ils apprendront ce qu'il se passe, surtout si les filles se dirigent vers leur propre terrain, si je puis dire, ajouta JJ. Et ils collaborent étroitement avec un autre groupe d'hommes qui vivent dans le sud de Denver. J'ai croisé le chemin de Logan et Blake Anderson, de Ace Security. Lui et sa bande viendront à la rescousse.

— Comment peux-tu en être sûr ?

— Car j'ai aidé à traquer l'un des jumeaux de Logan quand il a été kidnappé, raconta JJ à ses amis.

— Quoi ? Comment ça se fait qu'on ne sache rien de ça ? demanda Chappy, les yeux étrécis.

— J'ai fait un tas de choses dont vous n'êtes pas au courant, les gars. Avant et après la formation de notre équipe, avoua JJ. Peu importe. Tout ce qui compte, c'est de trouver nos femmes. Je transmettrai à tous les indics que j'aurais pu rassembler, appellerai chaque contact que j'ai créé avec les années, je ferai tout ce qui sera nécessaire pour les retrouver saines et sauves.

— Donc, nous, nous avons Silverstone, les Mercenaires Rebelles, Ace Security et Tex, résuma Bob. Ça va faire pas mal de soldats sur le terrain, en plus de Tex et la famille royale de Cal en coulisses. Quand pouvons-nous partir pour le Colorado ?

— Demain. Je dois passer des coups de fil ce soir, répondit JJ. Nous ne savons dans quoi nous mettons les pieds mais, puisque cet enfoiré s'attend à nous voir arriver en courant, il se tiendra prêt pour nous. Ça fait longtemps que nous ne sommes pas partis en mission et nous disposons également d'un paquet d'hommes à nos côtés avec qui nous n'avons jamais bossé. Ce ne sera pas facile, se sentit-il contraint d'avertir.

— Je ne m'attendais pas à ce que ça le soit, dit Bob. Mais je n'ai pas sorti Marlowe de cette prison merdique pour la perdre maintenant.

— Carlise aurait pu mourir durant cette tempête. C'est le destin qui l'a menée à ma porte... ça et Baxter, ajouta Chappy.

— Et June ignorait ce qu'était une famille avant de venir ici, s'exprima calmement Cal. Elle était si excitée pour notre fils et, maintenant, elle est sans doute morte de peur. Je ferai tout ce qu'il faut pour la ramener à la maison.

JJ hocha la tête. Eux quatre avaient clairement la motivation de retrouver leurs femmes. Il espérait juste que cela suffirait.

— Demain, répéta-t-il. Rentrez chez vous, dormez un peu si vous le pouvez. Dans la matinée, nous commencerons à planifier toutes les éventualités que nous aurons. Personne ne reste en vie après avoir touché nos femmes. *Personne.*

Ses amis acquiescèrent tous d'un air grave.

Une fois les autres partis et qu'il se retrouva seul au bureau, JJ examina l'endroit. Partout où il regardait, il voyait April. Dans chaque meuble. Dans chaque objet de la cuisine. Un pull jeté sur une chaise. Le stylo posé sur une pile de cartons qu'elle avait laissé là après un inventaire. S'il ouvrait le frigo, il verrait ces canettes de Sprite qu'elle adorait boire. Sa crème favorite. Bordel, même l'endroit sentait la lotion de bronzage qu'elle aimait tant.

Seul, encerclé par April, il se mit à genoux sur le sol dur car les jambes de JJ cédèrent sous son corps. Sa tête s'inclina, et il ferma les yeux, essayant désespérément de garder son calme. Elle avait eu l'air si effrayée mais si déterminée à lui dire tout ce qu'elle pouvait. Il ne pouvait imaginer ce qu'elle était en train de traverser, ce que *chaque* fille était en train de vivre.

Non… c'était un mensonge. Il avait été prisonnier. Il savait. Elle était terrifiée. Confuse. Elle avait peut-être froid et mal. Essayant de supporter une minute à la fois sans n'avoir aucune idée de ce qui arriverait ensuite.

L'idée qu'April soit dans cette situation lui donnait envie de tuer quelqu'un. JJ n'avait pas apprécié certains aspects du fait d'être un soldat des Forces Spéciales. Prendre une vie n'était jamais une chose qu'il faisait à la légère. Mais en cet instant, il mourait d'envie de supprimer l'homme qui avait osé toucher à April. JJ avait été un crétin et avait attendu bien trop longtemps pour lui dire ce qu'il ressentait, et aujourd'hui, elle pouvait lui être retirée avant d'avoir eu à peine droit au bonheur.

Non. Il n'allait pas permettre que cela arrive.

Baissant les yeux, JJ s'aperçut qu'il serrait toujours le téléphone. Avec l'impression d'être dans un brouillard, il appuya sur le bouton *replay* de l'appel qu'il avait enregistré. Il avait besoin d'entendre de nouveau la voix d'April. D'avoir une autre confirmation qu'elle était en vie.

Il rejoua l'enregistrement. Et encore. Encore et encore. Sa voix terrifiée résonnait autour de lui, et à chaque réécoute, la détermination et la colère de JJ augmentaient. Il lui avait dit un jour qu'il détruirait la Terre pour la protéger de quiconque oserait essayer de lui faire du mal. Eh bien, le temps était venu pour ça.

— Je t'aime, April, dit-il à voix haute, brisée. Je viens te chercher. Accroche-toi simplement encore un peu.

Ensuite, il appuya sur le nom de Tex dans sa liste de contacts. Quand l'autre homme répondit, JJ ne tourna pas autour du pot.

— Il me faut le numéro de Rex, dit-il d'une façon bourrue.

Tex ne posa pas de question. Il énuméra les chiffres à toute vitesse, puis demanda :

— Qu'as-tu besoin que je fasse ?

L'opération Terre Brûlée était en route.

CHAPITRE DIX-SEPT

Le corps entier d'April se secoua tandis qu'elle portait une main à son visage. Ryan n'aurait pas pu simplement lui arracher le téléphone des mains pour mettre fin à l'appel. Non, cela aurait été trop raisonnable. Au lieu de ça, il l'avait cognée. Ça faisait mal. Énormément. Puis, il avait ri, éteignant le téléphone après qu'elle l'avait laissé tomber, sous le choc, et le jetant par la vitre.

Ils roulèrent en silence pendant encore une trentaine de kilomètres avant que Ryan ne sorte de l'autoroute vers ce qui semblait être une sortie complètement désolée. Il dirigea le pick-up vers le bas-côté de la route et en sortit sans un autre mot.

Le cœur d'April cognait dans sa poitrine. Impossible de dire ce qu'il avait prévu de faire ensuite. Maintenant qu'elle avait appelé Jack, il pouvait la tuer et jeter son corps parmi les kilomètres de contrée sauvage autour d'eux. Ou il pouvait tuer les autres filles et laisser leurs corps pourrir. Il pouvait les violer, les séparant en les refilant à d'autres gens... son esprit tourbillonnait avec toutes les possibilités, et aucune d'entre elles n'était positive.

Il ouvrit sa portière avec force, la faisant hurler de surprise, son poignet étant toujours attaché à la poignée. Elle faillit chuter sur le sol de terre, et Ryan rit de nouveau, comme si son corps maltraité était la chose la plus drôle qu'il ait vue.

Il lui prit le poignet et serra si fort qu'April grimaça sous la douleur. Cet homme n'était peut-être pas grand, mais il était tout de même plus fort qu'elle ne le serait jamais. Il ouvrit la menotte de la poignée de la portière mais laissa l'autre autour de son poignet. Puis, il la regarda un long moment.

April retint son souffle. C'était le moment. Elle allait mourir. Ici et maintenant. Son seul réconfort aurait été d'avoir pu dire à Jack qu'elle l'aimait une dernière fois, lors de cet appel.

Mais au lieu de sortir cette fichue arme et de la tuer, Ryan désigna la portière arrière.

— Si tu veux ces trucs pour tes amies, prends-les maintenant. Tu as dix secondes.

April s'était mise en mouvement avant même qu'il ne termine de parler. Elle voulait ces couvertures. Et de la nourriture et de l'eau.

Elle jeta deux couvertures sur son épaule et se saisit d'un oreiller. Elle fourra un pack de douze bouteilles d'eau dans la taie et la serra contre elle. Puis, elle se replongea dans le carton et prit plusieurs sacs en plastique, les faisant passer autour de son poignet et de son bras. Elle avait l'impression que cela faisait déjà plus de dix secondes alors, malgré sa réticence, elle était reconnaissante envers Ryan de la laisser se servir autant. Bien entendu, il ne prit pas la peine de porter la moindre de ses affaires, il la laissa simplement traîner les pieds devant lui tout en la poussant vers l'arrière de la remorque.

Comme il utilisait une petite clé pour déverrouiller le cadenas sur la portière, April eut une fois de plus la forte envie de tout lâcher et de courir. Elle pourrait disparaître dans les bois qui les encerclaient et attendre que quelqu'un d'autre s'arrête, qu'elle puisse appeler à l'aide. Elle pourrait dire à la police à quoi ressemblaient le pick-up et sa remorque. Ils pourraient traquer Ryan et sauver Carlise, June et Marlowe.

Mais elle ne laisserait pas ses amies face à un destin incertain. Hors de question. Elles étaient dans la même galère et, d'une manière ou d'une autre, elles en sortiraient.

La porte de la remorque s'ouvrit en grinçant, et le cœur d'April se serra en voyant ses amies. Elles étaient blotties dans un coin, dans le fond. Carlise et Marlowe avaient June entre elles, et elles s'agrippaient les unes aux autres comme si elles étaient certaines d'être sur le point de mourir.

La colère monta une fois de plus en April. Ryan était inhumain de faire ça.

— Bon ? aboya-t-il en la regardant. Monte !

Elle se mit alors à bouger, retournant dans la remorque en y grimpant maladroitement et se mettant à genoux pour se rapprocher de ses amies. La porte se referma brutalement derrière elle, dans un bruit suffisamment fort pour faire siffler les oreilles d'April, et l'obscurité paraissait encore plus noire après s'être trouvée en dehors de cette remorque si longtemps.

— Ça va, dit-elle calmement. J'ai des couvertures. Et de la nourriture et de l'eau. Tout ira bien.

— De l'eau ? croassa la voix de June.

April déglutit avec difficulté et acquiesça. Personne ne pouvait la voir, alors elle se força à avoir l'air plus enjouée qu'elle ne l'était vraiment.

— Oui.

Elle se pencha en avant, et la pression sur son bras s'amenuisa immédiatement quand les sacs restèrent posés sur le sol de la remorque. La menotte qui pendait de son poignet tinta lorsqu'elle mit la main dans la taie d'oreiller pour en sortir trois bouteilles d'eau.

— Il n'y a que douze bouteilles, alors nous devons les conserver aussi longtemps que possible, les avertit-elle, se traînant jusqu'à l'endroit où elle avait aperçu ses amies pour la dernière fois. Elle toucha d'abord un pied, puis soudain, elle fut tirée vers le groupe.

— Nous avions si peur pour toi ! admit Carlise.

— Nous avons pensé qu'il te faisait peut-être du mal. Qu'il t'avait tuée et qu'il prévoyait de nous faire la même chose. Tu vas bien ? demanda Marlowe d'une voix tremblante.

— Je vais très bien, les rassura April. J'ai beaucoup de choses à vous raconter, mais pas tout de suite. Buvez, dit-elle en se rasseyant, se débarrassant des larmes en clignant des yeux, soulagée que ses amies ne puissent pas la voir.

Elle était bien trop émotive. Elle devrait se sentir mieux que ça puisqu'elle avait pu parler à Jack et lui donner des informations. Également parce qu'elles avaient désormais des couvertures pour avoir plus chaud ainsi que de la nourriture et de l'eau pour remplir leurs ventres. Mais pour une raison, après avoir discuté avec Ryan, elle avait encore plus peur qu'avant.

Peu importait ce que Ryan avait prévu, ça n'avait rien de positif. Ni pour elles, ni pour leurs hommes. Elle faisait confiance à Jack et à son équipe, mais Ryan planifiait clairement sa vengeance depuis très longtemps. Se vengeant de quoi, elle n'en avait aucune idée, mais son but, c'était la mort. Pour eux tous.

Une main effleura la sienne, et elle libéra la bouteille d'eau qu'elle serrait fermement. Les deux autres bouteilles lui furent prises des mains, et elle entendit le craquement des bouchons en plastique qu'on dévissait.

April avait elle-même soif. Elle n'avait eu que quelques glaçons pour la dépanner, mais elle n'était pas enceinte. Ses amies avaient plus besoin d'eau qu'elle.

— Oh mon Dieu, c'est l'eau la plus délicieuse que j'ai bue de ma vie ! s'exclama June avec un petit rire. Même chaude, je n'ai jamais rien goûté de mieux.

Les autres étaient d'accord. Marlowe demanda :

— Mais que s'est-il donc passé quand tu étais là-bas ?

Étrangement, April ne voulait pas encore en parler. Elle ne voulait pas effrayer ses amies davantage qu'elles ne l'étaient déjà.

— D'abord, les couvertures. Et j'ai un oreiller ! Un seul, alors nous devrons partager, mais ça devrait rendre l'endroit un peu plus confortable.

Elle se glissa vers le tas de provisions qu'elle avait rapportées et sortit les couvertures des sacs. Elle essaya de taper le piètre oreiller que Ryan avait fourni, refusant de penser à l'endroit où il l'avait eu et quelle tête avait pu se poser dessus en dernier.

Elle porta les affaires à ses amies, puis elle fouilla aveuglément dans les sacs, tâchant de se souvenir de ce qu'elle y avait vu avant d'enfiler les poignées sur son bras.

Sa main s'arrêta sur un truc long et fin, apparemment en métal. L'enthousiasme surgit en elle, triturant l'objet un moment avant de dire :

— Que tout le monde ferme les yeux une seconde.

— Quel intérêt ? On ne peut rien voir de toute manière, marmonna Carlise.

— Je sais mais faites-moi confiance, l'amadoua April.

Elle attendit un peu, puis cliqua sur le petit bouton sur le côté de la lampe de poche qu'elle avait trouvée parmi la nourriture. Immédiatement, une lumière intense inonda la remorque, illuminant chaque bosse dans le métal, chaque morceau de terre sur le sol, le seau dans le recoin... et ses trois amies.

— Merde alors, c'est bien ce que je crois ? demanda June qui avaient encore les yeux clos et plissés, mais il était évident qu'elle et les autres pouvaient déceler le changement de lumière à travers leurs paupières.

— Oui. Toutefois, il fait bien clair ici maintenant, alors ouvrez lentement les yeux, les avertit-elle.

En une minute, toutes les filles se regroupèrent autour

d'elle, jetant un œil dans les sacs, s'exclamant avec enthousiaste sur la nourriture. Des crackers, des bâtons de viande, des chips et autres snacks. Ryan semblait avoir dévalisé une supérette pour ces conneries présentes dans les sacs, mais c'était de la nourriture, alors personne ne se plaignait.

— Attends ! aboya Carlise, faisant sursauter tout le monde. Qu'as-tu dû faire pour qu'on ait tout ça ? Et ne mens pas. Il t'a fait du mal ? Ton œil est gonflé, dit-elle avant que ses yeux ne s'agrandissent, alarmés. Et ce sont des *menottes* à ton poignet ?!

April avait espéré que la nourriture détourne l'attention de toutes un peu plus longtemps et que cela lui donne plus de temps pour trouver quoi leur raconter qui ne les fasse pas complètement flipper. Mais là encore, ces femmes faisaient partie des personnes les plus fortes qu'elle avait rencontrées. Elles avaient déjà vécu l'enfer, et peu importait à quel point elle voulait les protéger, elles méritaient de savoir ce que Ryan avait prévu. Ou en tout cas, ce qu'il lui avait dit.

— Je vais bien, les rassura-t-elle brièvement. Il m'a menottée à la portière, sans doute pour que je n'essaie pas de sauter de la voiture pendant qu'il conduisait. Et principalement parce que Ryan aime simplement m'embêter. Me faire me sentir stupide. Mais je n'ai rien eu à faire de répugnant pour obtenir tout ça. Même si je l'aurais fait, avoua-t-elle. J'aurais fait tout ce qu'il aurait voulu si cela vous avait assuré d'être plus confortablement installées.

— Non, dit June en lui lançant un regard noir, clairement furieux. Absolument pas. Et cela vaut pour vous autres aussi, dit-elle en regardant chacune des filles. Personne ne fait de son plein gré *quoi que ce soit* qui puisse la blesser, physiquement ou mentalement, juste pour épargner les autres. C'est comme ça que les kidnappeurs opèrent. Ils utilisent une personne contre une autre. Ces enfoirés ont tenté de faire ça avec Cal et les autres quand ils étaient prisonniers. Il m'en a parlé une nuit, après avoir fait un cauchemar. Je sais qu'il ne le voulait pas vraiment, mais j'espérais que parler l'aiderait. Il a dit que les terroristes n'avaient pas arrêté de prétendre qu'ils arrêteraient de leur faire du mal s'il lâchait des informations. Ils ont dit à l'un d'eux qu'ils cesseraient de faire du mal à Callum, spécifiquement, s'ils exposaient leur mission en détail. Ils ont essayé d'utiliser la loyauté des hommes contre eux-mêmes. Nous devons rester fortes. Ensemble. Pigé ?

Tout le monde montra son accord, et pour la première fois, April réalisa qu'elles faisaient l'expérience d'une chose comparable à celle dont leurs hommes avaient souffert, d'une certaine manière. Pas vraiment au même niveau puisqu'elles n'étaient ni frappées ni tailladées avec des couteaux, mais les émotions ressenties étaient similaires.

— Carlise a raison, ton œil est enflé. Il t'a frappée ? demanda Marlowe à April.

Celle-ci acquiesça.

— Ouais. Tu sais, j'ai vu un nombre incalculable de films dans lesquels les gens sont frappés et dans lesquels ils passent vite à autre chose, continuant de faire ce qu'ils faisaient. Mais je dois dire que… ça fait mal. Je ne pouvais littéralement plus respirer pendant un moment et je n'aurais pas pu me défendre si je l'avais voulu, avoua April.

— N'est-ce pas ? commenta June. Ça fait mal, ce truc !

Avant de s'en rendre compte, Marlowe s'était déplacée à côté d'elle et avait passé une main autour de sa taille, June s'était installée de l'autre côté et avait fait la même chose, et Carlise s'était glissée vers l'avant afin que ses genoux soient en contact avec ceux d'April avant de lever une main vers son visage. Ses doigts survolèrent à peine sa peau à cet endroit, et elle fronça les sourcils en l'examinant.

— J'aurais aimé qu'on ait de la glace, marmonna-t-elle.

April ne put s'empêcher de sourire à ce commentaire.

— Tant qu'on y est, à faire des souhaits, je me servirais bien d'un Sprite, murmura-t-elle.

Les autres ricanèrent autour d'elle avant que l'humeur générale ne redevienne une fois de plus sérieuse.

— Parle-nous, dit urgemment Carlise. Que s'est-il passé ? Et n'omets rien.

Alors, April raconta tout à ses amies. Ses sentiments, ce que Ryan avait dit, chaque fois qu'il l'avait embêtée, concernant l'appel téléphonique avec Jack, les restes de frites et le hamburger… et ses suspicions quant à ce qui pourrait arriver une fois qu'ils seraient au Colorado.

— J'ai essayé de donner des indices à Jack mais ils étaient nuls. Impossible qu'il puisse comprendre quoi que ce soit. Je ne suis pas douée pour réfléchir vite, et c'est plus difficile qu'on ne le croit de trouver quelque chose d'utile quand on nous met la pression.

— Je suis sûre que tu t'en es bien tirée et JJ et nos mecs sont intelligents. Ils comprendront, l'apaisa Carlise.

— Colorado, ça fait un sacré chemin, s'inquiéta June, une main posée sur son ventre, le regard perdu dans le vide.

— Nous ne nous sommes arrêtés que pour de brefs moments depuis que nous sommes partis, tenta de la rassurer April. Ryan ne traîne pas. Il veut arriver là-bas aussi vite que possible.

— Les crampes, les contractions, ou peu importe ce que c'était, n'ont pas cessé, confia June. Elles s'intensifient.

La peur submergea presque April mais elle la maintint en place.

— Peut-être que d'avoir ton bébé ici va écœurer Ryan et le faire réfléchir à ce qu'il est en train de faire, dit-elle, peu convaincue.

— Non, ça lui donnera une autre personne à menacer, répondit June, une larme coulant sur son visage. Et quelqu'un d'autre à utiliser pour faire du mal à Cal.

— Ou peut-être que ça donnera à Cal une meilleure raison pour le tuer, dit fermement Carlise.

— Exactement. Et je sais que toi et Cal avez déjà réfléchi à des noms, mais je suis en train de penser que ça pourrait être Remo, plaisanta Marlowe. Le diminutif de *remorque*.

June grogna un rire.

— Ou Camillon, ajouta Marlowe.

— Peut-être Royce… vous voyez, rapport au SUV de Cal, suggéra Carlise avec un sourire malicieux.

— Cooper, Aston, Lincoln, continua Marlowe.

— So', dit Carlise, désignant d'un signe de tête le seau dans le coin.

June riait bêtement désormais.

— Euh, je vous aime les filles mais non. *Foutrement* hors de question.

— Ford ? Je sais, plutôt Cruz puisque nous sommes en croisière sur la route, dit April, reconnaissante du fait que Marlowe ait changé l'humeur au sein de la remorque.

Elles continuèrent de suggérer des noms inspirés par les véhicules et leur situation.

Quand le souffle sembla retombé, June dit calmement :

— Maximilian. Max en diminutif. Nous en avons parlé un peu. C'est un nom fréquent dans la famille de Cal.

— C'est génial, dit April, sincère.

— J'adore, lui dit Marlowe.

— Max et Bax… ils seront frères, dit Carlise.

Tout le monde rit. Baxter, le chien qui avait sauvé Carlise d'une tempête de neige et l'avait guidée jusqu'au chalet de Chappy, serait pour toujours le premier né des Chapman.

June inspira profondément, puis se tourna vers April.

— Alors… il nous emmène au Colorado. Et ensuite, quoi ? Comment nos hommes vont nous retrouver ? Et que crois-tu qu'il leur réserve ?

— Je l'ignore, mais je suppose que soit il me laissera de nouveau appeler Cal pour lui dire où nous sommes, soit il a d'autres choses sous le coude. Quant à ce qu'il a prévu... ce ne sera pas bon du tout.

— Alors, nous devrons faire ce que nous pouvons pour aider, dit fermement Marlowe. Nous ne sommes pas impuissantes. Même si nous sommes enceintes et pas aussi fortes que Ryan, nous sommes quatre et il est seul.

— Nous avons déjà vécu pires situations. Nous pouvons nous montrer plus rusées que ce connard, dit Carlise.

— Peut-être que d'avoir ce bébé va *clairement* l'énerver... Il peut nous ordonner de rester calmes, mais on ne peut pas vraiment menacer un nouveau-né pour qu'il reste silencieux, dit June.

April frissonna. Les bébés ne pouvaient être menacés mais pouvaient être réduits au silence... de façon permanente. Elle prit la décision ici et maintenant que, si June avait son bébé avant qu'elles ne soient secourues – et elles le *seraient*, elle refusait de penser autrement – elle ferait tout ce qu'il faudrait pour empêcher Ryan de toucher ne serait-ce qu'un peu le petit Max.

— Bon, alors... pour l'instant, nous devons ingérer des calories, même si ce ne sont pas de saines calories, nous reposer un peu et attendre ce qui arrivera ensuite, annonça April avec fermeté. Je suggère que nous étalions l'une des couvertures sur le sol pour nous protéger du froid qui traverse le métal et prendre l'autre pour nous couvrir. Toutes les trois, vous pouvez sans doute tenir en dessous ensemble.

— Et toi ? demanda Carlise, soucieuse.

— Tout ira bien pour moi. Je ne suis pas enceinte comme vous.

— Non, hors de question. On partage, dit Marlowe, sans équivoque. Nous sommes enceintes, pas invalides.

— Je sais, mais... je vous en prie, supplia April. Ça ira pour moi. Je n'ai même pas froid.

C'était un petit mensonge, mais elle ne se sentait absolument pas coupable de l'avoir proféré.

— Je peux me pelotonner contre l'une d'entre vous à une extrémité. Vous en pensez quoi ?

Cela prit un moment mais les autres finirent par accepter. Après avoir utilisé le seau une fois de plus et pris un peu de malbouffe, elles installèrent June au milieu, Carlise contre le côté de la remorque et Marlowe de l'autre. April s'allongea devant Marlowe et éteignit la torche. Elles savaient qu'il fallait préserver la batterie, mais l'obscurité rendait leur situation encore plus effrayante.

— Ils arrivent, murmura-t-elle au bout d'un moment. Vous auriez entendu Jack… Il était si en colère mais il se contrôlait. Ils vont nous trouver et tout ira bien. Je le sais.

Les autres murmurèrent leur acquiescement et firent silence, chacune perdue dans ses propres pensées.

Il était difficile à croire que, tout juste ce matin, April était étendue aux côtés de Jack, repue de ses derniers ébats sexuels, au chaud, en sécurité.

Elle y retournerait. Elle ne s'autorisait pas à penser autrement.

CHAPITRE DIX-HUIT

Deux jours plus tard, JJ se trouvait au beau milieu du Pit... Le bar qui faisait aussi salle de billard que Rex possédait avec sa femme à Colorado Springs. Il paraissait délabré et miteux de l'extérieur mais l'intérieur était étonnamment propre et branché. Des tables de billard se trouvaient dans l'arrière-salle, disposées suffisamment loin les unes des autres pour que les gens aient de la place pour jouer mais suffisamment près pour rendre l'espace douillet. Le bar se trouvait dans la salle principale, où un jukebox avait été placé dans un coin.

Mais en ce moment, il était silencieux et vide. Rex avait fermé pour la nuit afin qu'ils puissent utiliser ce lieu pour préparer leur plan. Les Mercenaires Rebelles étaient tous présents – Gray, Ro, Arrow, Black, Ball, Meat et bien entendu Rex. Ce n'était pas tout, les gars d'Ace Security étaient également là : Logan, Blake, Nathan, Ryder et Cole.

L'équipe Silverstone était arrivée en ville la veille, et Bull, Eagle, Smoke et Gramps étaient prêts et disposés à faire ce qu'il fallait pour aider.

Dans une tout autre situation, JJ aurait pu se sentir submergé par cette énorme quantité de testostérones dans la pièce, avec la colère qui mijotait juste sous la surface. Mais là, il la savourait. Savoir qu'il avait tant d'expériences et de compétences redoutables à ses côtés était rassurant.

Comme si personne ne s'était posé la question, il s'était retrouvé dans le rôle de chef d'équipe. Il était habitué à mener les opérations de sa petite bande de deltas alors avoir dix-neuf paires d'yeux rivés sur lui qui attendaient ses directives aurait pu être écrasant. Mais parce qu'il s'agissait de la mission la plus importante de sa vie, il aurait finalement aimé disposer de vingt hommes supplémentaires.

Rex était assis à une grande table ovale dans l'arrière-salle, le regard concentré alternant entre JJ et l'écran devant lui. Lui et Tex avait été en constante communication et faisaient leur possible pour suivre l'empreinte numérique de Ryan Johnson.

Ils avaient déjà trouvé les trois téléphones portables appartenant à Carlise, Marlowe et June. Ils avaient été essuyés pour effacer toute trace de doigts et retrouvés dans trois véhicules différents, leurs propriétaires n'ayant eu aucune idée que les téléphones s'y trouvaient. L'un se trouvait dans le plateau d'un camion, l'autre, sous le siège passager d'une voiture et le dernier avait été retrouvé sur le plancher d'un semi-remorque. Ryan les avait probablement dissimulés dans d'autres véhicules lors d'un arrêt sur une aire de repos ou à une station essence.

Ils ne pouvaient que supposer que le quatrième téléphone, qui avait cessé de transmettre aux alentours d'Albany, était celui d'April mais ils ne l'avaient pas retrouvé. Tex avait également fait de son mieux pour pister le numéro avec lequel April avait appelé, mais c'était un portable prépayé qui ne pouvait être tracé.

Frustré que les téléphones soient une voie sans issue, Tex s'était alors focalisé sur Ryan Johnson. Mais comme le nom était trop commun et qu'ils n'avaient absolument aucun détail sur l'homme, l'identifier devenait une tâche quasi impossible.

Rex bossait sur la localisation du pick-up et de la remorque.

Ils n'avaient pas le fabricant, le modèle ni même la couleur mais, grâce aux traces de pneus derrière Jack's Lumber, ils savaient qu'il s'agissait d'un petit pick-up. Peut-être une Toyota Tacoma ou une Ford Ranger. Alors, Rex visionnait des heures et des heures de caméras de surveillance du trafic des autoroutes autour d'Albany pour voir s'il pouvait repérer une espèce de pick-up avec une remorque. Bien entendu, il y en avait des tas, alors il se sentait assez dépassé, à essayer de réduire les possibilités.

Les hommes restants étaient essentiellement au point mort sans savoir exactement où les femmes avaient été emmenées. Ils avaient passé en revue leurs aptitudes respectives, allant de l'adresse au tir, des explosifs, du génie militaire, de l'interrogation et la négociation, à l'alpinisme et à la nage. Conjointement, toutes leurs bases étaient couvertes pour l'endroit dans lequel Ryan pourrait les mener... mais pour le moment, ils ne pouvaient qu'attendre. Et il s'avérait qu'aucun d'entre eux n'aimait vraiment attendre.

— Dites-nous en plus sur vos femmes, dit Gray, brisant le silence tendu.

Penser à Carlise, à Marlowe, à June et à April et se demander ce qu'elles pouvaient être en train d'endurer étaient presque trop douloureux à supporter... mais les hommes n'hésitèrent pas à parler.

— June, Marlowe et Carlise sont toutes enceintes, les informa Cal. Mais ma femme, June, est au plus proche de la date prévue. En fait, elle m'a avoué le matin précédant leur enlèvement qu'elle se sentait bizarre. Pas d'une mauvaise façon, mais qu'elle était sûre que notre fils ferait bientôt son apparition. June s'est fait tirer dessus par un homme que sa belle-mère avait engagé pour soi-disant la harceler. Il a empoché l'argent qu'elle lui a donné au lieu de commettre véritablement toutes ces choses qu'il avait promises. J'aurais presque aimé qu'il le fasse parce que, alors, j'aurais été sur le qui-vive. J'aurais pu la protéger. Au lieu de ça, un jour, il est simplement entré sur son lieu de travail et lui a tiré dessus. Sans avertissement. Elle a failli mourir. Ça a été le pire jour de ma vie… jusqu'à aujourd'hui. Au moins cette fois-là, j'avais pu m'asseoir avec elle, lui dire que j'étais là, que je l'aimais. Là, je me sens complètement démuni.

— Vous avez choisi un prénom ? demanda Logan.

— Maximilian. C'est un nom de la famille. Max, pour le diminutif.

— Nous allons faire revenir June et Max sains et saufs, dit Logan avec sévérité. Mon enfant aussi a été enlevé, et crois-moi quand je dis que je sais ce que tu ressens. Ce que vous ressentez tous, dit-il, regardant tour à tour Chappy et Bob.

— Marlowe était archéologue. Elle a été arrêtée et condamnée à la prison à vie en Thaïlande après qu'un collègue a balancé un faux tuyau, prétextant qu'elle avait de la drogue sur elle. De la drogue que *lui* avait mise dans les affaires de Marlowe. Je l'ai fait évader de prison, nous avons fui la Thaïlande pour le Cambodge et elle m'a littéralement sauvé la vie alors que je manquais de mourir d'une putain d'infection. Nous nous sommes mariés durant notre cavale, et j'ai juré de toujours la protéger. J'ai échoué.

— Connerie ! dit Eagle, l'un des mecs de Silverstone. Si tu étais resté assis à la maison, à te tourner les pouces, là, tu l'aurais déçue. Tu es ici, à faire tout ce que tu peux pour la trouver. Ce n'est pas échouer.

Les hommes regardèrent ensuite Chappy.

— Carlise s'est perdue en pleine tempête de neige et, avec l'aide d'un chien errant, elle nous a trouvés, moi et mon chalet. Bien entendu, j'étais tellement malade quand elle est arrivée que je me suis évanoui dans ses bras pendant trois jours. Mais elle avait la tête sur les épaules et gardait son calme, et même en ignorant que la cuisinière fonctionnait au gaz, et pas à l'électricité – ce que nous n'avions pas à cause de la tempête –, elle ne s'est pas décontenancée.

Il marqua une pause, puis soupira avant de continuer :

— Elle avait une harceleuse qui l'a traquée et forcée à s'enfuir directement vers une avalanche. Elle s'est cachée dans un bunker sous terre, a été enterrée vivante jusqu'à ce qu'on ne la retrouve. Elle est forte... mais ça, c'est trop lui demander, à elle comme aux *autres* filles, dit Chappy d'une voix torturée.

— Vos femmes ont l'air de beaucoup ressembler aux nôtres, dit Meat. Ce sont toutes des survivantes. Elles ne vont pas dépérir ni mourir en attendant que vous les retrouviez. Elles vont se battre avec tout ce qu'elles ont. Et vous savez quoi ? Si on ne les trouve pas, elles vont quand même gagner. Vous savez pourquoi ?

Chappy leva un sourcil.

— Parce qu'elles vous aiment et qu'elles vont se battre pour retourner auprès de vous, tout comme vous vous battrez pour les retrouver.

JJ acquiesça. Il avait eu vent de certaines des histoires des épouses de ces hommes. Les choses auxquelles elles avaient survécu avaient été horribles et auraient brisé la plupart des femmes. Mais non seulement elles avaient survécu, mais elles s'étaient également épanouies avec les années. Elles avaient eu des enfants, avaient formé des familles et avaient continué leurs vies. Pas en tant que victimes mais en tant que survivantes.

— Et April ? demanda Gramps. C'est elle qui a passé le coup de fil, c'est ça ?

JJ confirma d'un signe de tête.

— Ouais. Elle et moi, nous ne sommes pas mariés. Elle n'est pas enceinte. Mais je mourrais pour elle sans un regret. Je l'ai désirée pendant des années, mais j'ai mis bien trop de temps à me sortir les doigts du cul. Il a fallu un accident de voiture, une amnésie à court terme, la peur qu'elle puisse choisir son ex au lieu de moi et un coup de fil apeuré en plein milieu de la nuit...

mais j'ai fini par retrouver le bon sens. Tout ce temps durant lequel j'ai lutté contre mon attirance pour elle, c'était comme mourir de l'intérieur. Elle est mon tout. Et sans elle, Jack's Lumber n'existerait pas aujourd'hui. Nous aurions coulé. Elle est maligne, loyale, drôle et si belle que ça me fiche un coup au cœur quand je la regarde, de savoir qu'elle m'appartient. Je ne sais pas qui nous avons contrarié pour mettre mon April dans cette situation, mais il va mourir pour l'avoir touchée.

La pièce devint silencieuse un instant avant que Rex ne repousse sa chaise de la table et ne marche jusqu'à JJ. Il n'avait pas été clairement évident qu'il ait écouté les conversations se déroulant autour de lui mais, apparemment, ça avait été le cas.

Il posa une main sur l'épaule de JJ. Rex était plus grand de quelques centimètres et plus musclé. Il avait un peu plus de fils d'argent dans ses cheveux et de rides autour des yeux. Mais le regard intense sur son visage correspondait à l'émotion que JJ avait vue dans son propre miroir ce matin-là.

— Ma femme a disparu pendant dix ans. Dix des plus longues putain d'années de ma vie. Mais pas une fois, je n'ai perdu l'espoir qu'elle se trouvait là, quelque part. La retrouver a été un miracle. Et une sacrée chance. Elle était pliée mais pas brisée. Même après l'enfer qu'elle avait traversé, elle était toujours ma Raven. Nous allons trouver April et les autres. Nous allons faire payer ce Ryan. Mémorise bien mes paroles, ça va prendre fin sans tarder.

JJ hocha la tête. Il ne pouvait pas parler à cause d'une boule dans la gorge. Il opérait alimenté par de l'adrénaline pure ces derniers jours. Chaque minute qui passait sans savoir où avaient été emmenées les filles lui rongeait l'âme. Il ne savait pas à quoi pensait April, si elle était blessée, si son kidnappeur les avait torturées.

Ne pas savoir était presque pire que de savoir ce qu'elle vivait. Pire à cause de tous les scénarios qui se déroulaient dans sa tête. Il avait vu suffisamment de morts, de destruction et d'abus envers les femmes dans sa vie pour ressentir une agonie à la pensée que la moindre de ces choses arrive à April.

Et c'était ce que voulait Ryan. JJ le savait au plus profond de son âme. Cet homme les détestait pour une raison, lui et sa bande, et voulait qu'ils souffrent. Il jouait à un jeu avec eux, un jeu qui se conclurait pas sa mort, longue et lente.

JJ n'aimait pas tuer. N'avait jamais aimé ça. Mais mettre fin à la vie de Ryan allait être un plaisir. Un avertissement pour quiconque serait assez stupide pour se servir de sa femme afin de l'atteindre, lui.

Certaines personnes, en le regardant, ne verraient qu'un bûcheron, un péquenaud des forêts qui ne pouvaient pas enchaîner deux mots correctement tout en balançant une hache ou bien une tronçonneuse pour gagner sa vie. Mais une fois cette histoire terminée, personne ne douterait qu'il était un homme qui pouvait et ferait tout pour protéger ceux qu'il aimait.

— Hmm Rex, tu devrais venir par ici, annonça Bull, se tenant devant l'ordinateur portable de Rex. Tex essaie de te joindre et il n'a pas l'air très patient.

Rex se dépêcha de retourner à la table, étroitement suivi par JJ et plusieurs autres hommes. Ils étaient à l'étroit, mais JJ fut prompt à se trouver un siège au premier rang pour assister à ce qui allait arriver. Chappy et Cal jouaient des coudes à côté d'eux et Bob se tint juste derrière.

— Tex, je suis là, quoi de neuf ? dit Rex, après avoir cliqué sur le programme de vidéoconférence.

Tex apparut à l'écran. Il fixa la caméra et annonça :

— Le téléphone d'April a émis.

JJ s'immobilisa. Chaque muscle de son corps se tendit.

— Où ? aboya-t-il.

Ils avaient cru son téléphone disparu. Détruit, écrasé, balancé, n'importe quoi. Mais apparemment, il faisait encore partie du jeu de Ryan. Et les hommes se trouvant au Pit étaient plus que prêts à jouer.

Le regard de Tex quitta la caméra et s'en alla vers les écrans devant lui. Ils pouvaient entendre ses doigts tapoter les touches, tâchant d'obtenir l'information qu'ils attendaient tous désespérément.

— Sud de Bailey, Colorado. C'est une petite ville à l'ouest de Denver.

— À la sortie 285, c'est ça ? demanda Ryder.

— Ouaip. C'est à l'état sauvage par là-bas. Des kilomètres et des kilomètres de nature brute entourée de tous côtés par Buffalo Peak, les Montagnes Vertes, Topaze Mountain et North Tarryall Peak.

— Merde, s'il est là-bas, ça va rendre sa recherche encore plus compliquée, marmonna Smoke.

— Pas nécessairement, dit Arrow. Il n'y a effectivement pas grand-chose là-bas mais c'est ce qui rend les gens qui y vivent très observateurs.

— Alors, s'il y a quelqu'un dans les parages qui n'est pas censé être là, ils le sauront. Surtout si ce quelqu'un n'est pas du coin, songea Chappy.

— Exactement, confirma Arrow avec un signe de tête.

— Et nous pouvons nous servir de drones et même d'un hélico pour aider dans les recherches, ajouta Ball.

— Cet enfoiré *veut* être retrouvé, grogna Bob. Il veut nous attirer sur son terrain de jeu.

— Là où il sait qu'il a l'avantage, dit Cal.

— Il va être surpris quand il n'y aura pas que vous quatre à ramper hors des bois, mais nous tous aussi, dit Gray avec un sourire assez sanguinaire.

— Toutefois, nous ne pouvons pas montrer nos cartes, les avertit JJ. S'il comprend que nous ne sommes pas seuls, il pourrait faire du mal aux filles. Ou s'enfuir et vivre pour jouer à ce jeu un autre jour.

— Ça n'arrivera pas, dit Chappy en secouant la tête.

— Nous savons comment rester furtifs, lui dit Bull. Nous n'allons pas tout faire foirer pour vous.

— Ce mec va tomber, dit Cole.

— J'ai pas mal fouillé et j'ai peut-être trouvé autre chose, annonça Tex.

Tous les yeux se reportèrent sur l'écran.

— Sur une intuition, j'ai piraté la base de données de la Sécurité Sociale et ai recherché le moindre signe évident d'alerte. Des déclarations fiscales remplies appartenant à des personnes décédées ou un numéro inactif pendant des années qui revient tout à coup sur le marché, des bébés qui ont des comptes bancaires, etc. Ce genre de choses. Devinez ce que j'ai trouvé.

Comme le suspense traînait en longueur, JJ ronchonna, agacé. Ils devaient avancer ! Établir un camp à Bailey et commencer à chercher de là-bas. Il n'avait pas le temps pour les devinettes de Tex.

Mais heureusement, Tex reprit rapidement.

— Il y a sept ans, un petit de deux ans nommé Ryan Johnson s'est noyé dans la piscine installée dans le jardin de sa maison. Mais, ô surprise ! Son numéro de Sécurité Sociale a refait son apparition sur un dossier de crédit il y a trois ans.

Le rythme cardiaque de JJ accéléra tandis que Tex continuait.

— Il semblerait que le compte ait été ouvert à New York, avec des dépôts réguliers provenant de l'étranger… allant d'Israël, à Johannesbourg en passant par Dubai.

JJ se tourna pour croiser le regard de Chappy, puis celui de Cal.

— Et si ça avait un lien avec notre dernière mission ? demanda calmement JJ. Quand nous étions prisonniers de guerre ?

— Qu'est-ce que ces villes ont à voir avec ça ? interrogea Cal.

— Je ne sais pas trop. Mais les terroristes ont toujours des relations. Et si j'étais bien décidé à me venger ou à rendre la vie d'un prisonnier échappé misérable, je pourrais avoir besoin de dépendre d'autres gens de mon réseau pour m'aider à financer mes plans.

— Attends, tu crois que cette mission en particulier revient nous hanter ? N'avons-nous pas assez souffert ? dit-il avec agressivité.

JJ maintenait le regard rivé sur ses coéquipiers tout en se creusant la cervelle, tâchant de trouver qui pouvait bien être ce Ryan Johnson.

— L'équipe de sauvetage a tué tous nos ravisseurs, non ?

— C'est ce qu'on nous a dit, répondit Cal.

— Mais ont-ils pu tous les avoir ? demanda Chappy.

— Nous savons tous comment fonctionnent les cellules terroristes. Il y a plusieurs couches. Celles du dessus ne se salissent pas les mains et elles ordonnent aux gens plus bas sur l'échelle de faire tout le boulot de la première ligne, dit Cal.

— Eh bien, dans ce cas-ci, vous avez *tous* raison, continua Tex.

Retournant vers l'écran, JJ vit le rictus satisfait sur le visage de Tex.

— Selon les documents classés que j'ai pu dénicher sur cette mission de sauvetage, les équipes qui sont venues nettoyer ont super bien bossé. Et après votre départ, l'armée est restée concentrée sur cette zone pendant plusieurs mois. Il y a eu d'autres missions pour traquer et éradiquer chaque membre de ce groupe particulièrement mauvais.

Quand il marqua une autre pause, JJ demanda, impatient :

— Et donc ...? Ce n'est pas lié ?

— Je n'ai pas dit ça. Et c'est drôle que tu utilises ce mot, répondit Tex. « Lié ». Les liens familiaux. Notre gouvernement n'a eu aucun problème pour liquider les gens qu'ils savaient être des terroristes... mais ils n'ont pas tué les membres de leurs familles.

JJ cligna.

— Ryan est parent avec l'un de nos ravisseurs ?

— Bingo, répondit Tex avec un hochement de tête. C'est ma meilleure théorie, en tout cas. Ça fait presque six ans que vous avez été prisonniers. Ryan Johnson n'est pas apparu sur les radars avant ces trois dernières années. Selon ce que j'ai pu trouver sur la personne utilisant le numéro de Sécurité Sociale du nourrisson Ryan Johnson, c'est un homme de vingt ans qui a signé des contrats de location – deux dont la solvabilité avait été établie, à New York comme à Denver. Cette dernière année, il a quitté son appartement de New York mais a continué à se servir de son compte bancaire là-bas. Il a eu des factures d'hôtels, d'agences de location de voitures et des frais constants sur un site porno.

JJ déglutit avec peine. Il espérait que Tex se dépêche et en arrive au putain de fait. Malgré ça, il absorbait chaque petite information avec une fascination morbide.

— Pour faire court, dit Tex comme s'il pouvait sentir l'impatience de son audience, si notre Ryan Johnson a vingt ans, cela veut dire qu'il était jeune adolescent quand vous étiez prisonniers. C'est le bon âge pour être influencé par des forces extérieures. Et s'il avait un parent qui se trouvait être l'un de vos ravisseurs et que cet homme a été tué, Ryan a certainement ressenti une profonde haine envers ceux qu'il estime responsables.

— Je sais que ça semble tordu et dingue, mais il est possible qu'il vous blâme tous les quatre pour la mort de son parent. Oubliez le fait que son frère, père, oncle ou peu importe, ait pris la décision de devenir un terroriste et torturait des hommes innocents. Ça ne serait pas pris en compte par notre kidnappeur. La haine s'est probablement envenimée si d'autres voisins et amis ont été tués les mois suivants, à la suite de la répression de l'armée. Il a probablement élaboré ses plans. Des plans qui incluent le fait d'obtenir de l'argent du réseau terroriste, d'apprendre l'anglais, d'emménager à New York, d'obtenir illégalement un numéro de Sécurité Sociale et d'apprendre à se fondre dans la masse. Peu importe la raison, il a décidé que les montagnes du Colorado seraient là où il prendrait position et se vengerait de vous quatre.

C'était une histoire farfelue et improbable. Mais si Tex avait fait les recherches… c'était hautement probable.

— Alors, dans quoi allons-nous mettre les pieds ? demanda Gray.

JJ se força à se concentrer. Il aurait dû être celui qui avait posé cette question.

— Rien de bon, dit Tex, avec le front plissé par l'inquiétude. Les terroristes qui vous ont retenus prisonniers étaient les rejetons d'un groupe bien plus grand mais encore bien approvisionné. Ils étaient également experts en bombes artisanales et autres engins explosifs.

JJ se pinça les lèvres. *Merde.*

— Impossible de dire ce qu'a inventé notre Ryan, mais s'il se sert des femmes comme appâts, il a confiance en ce qu'il a préparé. Objets piégés, engins explosifs, des fosses avec des pieux dans le fond… Ça pourrait être n'importe quoi.

— Arrête de l'appeler « notre Ryan » ! rugit Chappy avec férocité. Il n'est pas *notre putain de Ryan* !

— Désolé, s'excusa immédiatement Tex. Tu as raison. Tout ce que je dis, c'est que… vous devez être prudents. Vous tous. Je n'ai pas passé ma vie à veiller sur vous et les vôtres pour vous perdre maintenant.

— Tu ne vas perdre personne, dit Rex d'une façon un peu bourrue. Nous sommes plus malins que ce gosse. Il ne sait pas à qui il a affaire. Avec de la chance, il pourrait déjouer les plans de Chappy, de Bob, de JJ et de Cal seulement parce qu'ils se focaliseront sur leurs femmes. Mais avec les Mercenaires Rebelles, Ace Security et Silverstone pour couvrir leurs arrières ? Il est déjà mort.

Tex hocha la tête.

— Je surveillerai, dit-il inutilement. Si vous avez besoin de quoi que ce soit, appelez. Vous m'entendez ? J'ai des hommes des SEALs et de la Delta Force que je peux vous envoyer là-bas en quelques heures si besoin. Et il y aura un groupe d'hommes non loin de vous, dans le nord du Nouveau-Mexique, qui sont des anciens des Forces Spéciales également. Personne ne touche à nos femmes et à nos vies. Terminé.

L'écran redevint noir et la pièce, silencieuse pendant un moment, tout le monde digérant ce qu'il venait d'apprendre.

JJ se tourna vers les autres.

— Peu importe ce qu'il se passe, je n'oublierai jamais que vous avez tout lâché pour vous joindre à nous.

— Non, dit Gray en secouant la tête.

Rex hocha la tête, partageant l'avis, comme tous les autres dans la pièce.

— Vous êtes nous et nous sommes vous. Nous avons connu ce que vous vivez, et il n'y a aucune faveur exigée ni accordée pour ça. Nous faisons ce qu'il faut. Nous faisons ce pour quoi nous avons été entraînés. Protéger les autres. Empêcher le Mal de gagner. Ne nous remercie pas. Jamais.

JJ se sentit bouleversé, et il savait que c'était probablement le cas de sa bande aussi. C'était pour cela qu'il avait rejoint l'armée : la camaraderie. Le travail en équipe. Ils faisaient partie d'une énorme famille et ne l'avaient pas vraiment appréciée comme telle. Pas complètement.

— Allons chercher vos femmes, dit Nathan, serein.

Il n'avait pas dit grand-chose jusque-là, mais il était tout aussi investi que les autres. C'était clairement visible.

Ils se dirigèrent tous vers la porte, et JJ réalisa que lui et sa bande restaient derrière.

— Vous allez bien ? demanda-t-il doucement.

— Non, répondirent-ils tous en même temps.

— Mais ça ira mieux, dit Chappy. Honnêtement, je n'étais pas sûr qu'on le trouve, mais maintenant ? Je n'en doute pas.

— Pareil, dit Bob avec un hochement de tête.

— Je ne me sens pas aussi bien, dit Cal, avant d'inspirer bruyamment. Mais j'ai confiance en vous, les gars, et en nos nouveaux coéquipiers. Je leur confie non seulement ma vie, mais celles de June et de Max également.

— Nous allons ramener nos femmes à la maison, dit fermement JJ. Elles n'apprécieront peut-être pas que nous les enfermions à l'intérieur et que nous ne les laissions plus jamais ressortir seules... mais nous les ramènerons à la maison.

Les autres ricanèrent mais ils comprirent ce qu'il voulait dire. Si leurs femmes pensaient avoir des maris protecteurs avant, elles n'avaient pas encore tout vu.

— Venez. Nous avons un terroriste à traquer, dit JJ.

Il avait prononcé ces paroles de nombreuses fois avec les années, mais jamais elles ne lui avaient semblé aussi lourdes de sens qu'aujourd'hui.

Les quatre hommes suivirent les autres vers la sortie du Pit et jusqu'à leurs véhicules. Ils devaient se rendre à Bailey et trouver leurs femmes.

CHAPITRE DIX-NEUF

La remorque s'était arrêtée et s'était remise à rouler tant de fois qu'April et les autres y faisaient désormais à peine attention. Elles ignoraient si Ryan s'amusait à les emmerder en s'arrêtant si souvent. Aucune idée du temps qui s'était écoulé depuis qu'April avait été emmenée hors de la remorque avant d'y être retournée avec de la nourriture et des couvertures.

Selon l'estimation d'April, cela faisait au moins deux jours. Elles étaient de nouveau à court d'eau et la nourriture qui restait n'était pas attrayante. Les filles étaient épuisées, avaient froid et étaient complètement apeurées.

Mais rien de tout ça n'avait vraiment d'importance car June était clairement en train d'accoucher. Ses contractions avaient gagné en intensité et en fréquence, et impossible de nier le fait que bébé Max était déterminé à venir au monde, qu'elles soient prêtes ou non.

— Respire, June. Voilà. Tu te débrouilles très bien, dit April derrière elle.

Elle était appuyée contre un des flancs de la remorque et June se servait d'elle comme dossier. Carlise était à côté d'elle, lui tenant la main d'une poigne de fer, et Marlowe était à genoux entre ses jambes, vérifiant de temps en temps pour voir où June en était.

Heureusement qu'elles avaient la lampe torche ! Sans elle, cette expérience aurait été complètement terrifiante et bien plus difficile qu'elle ne l'était déjà.

Personne ne fut préparé à voir la porte de la remorque s'ouvrir. Le soleil ne brillait pas. Le ciel nuageux paraissait extrêmement sombre et déprimant.

— Dehors, ordonna Ryan.

— June ne peut pas marcher. Elle est en train d'avoir son bébé ! aboya April, bien plus méchamment qu'elle ne l'aurait fait sans avoir éprouvé d'inquiétude pour son amie.

— Si elle ne marche pas, je la tue tout de suite, dit Ryan, levant une main et pointant son putain de flingue pile sur le ventre de June.

April disposait d'un choix de plusieurs termes pour l'homme qu'elle détestait plus qu'elle n'avait haï quelqu'un de toute sa vie selon ses souvenirs. Elle était affamée, stressée, assoiffée, elle en avait marre de pisser dans un seau et était tellement flippée que June ait son bébé dans des conditions aussi peu hygiéniques, isolées et risquées.

— Je vous en prie ! June a besoin d'un médecin. Elle est en train d'accoucher ! tenta de nouveau April.

— Je m'en fiche. Non, oublie ça. Je ne m'en fiche *pas*. J'en suis ravi. Ça rend mon plan encore meilleur. Je parie que Monsieur le Bellâtre se transformera en enfant pleurnichard quand il apprendra ce qui arrive. Sortez. *Maintenant* !

April se tourna vers ses amies, tâchant d'ignorer le fait que l'homme pointait toujours son arme vers June.

— Les filles… allons-y. Marlowe, assieds-toi au bout en premier. Carlise, tu aides à relever June. Je l'attraperai à l'ouverture et nous l'aiderons toutes à marcher.

Personne ne remua.

— Pitié, Marlowe, murmura April.

— On y arrivera, dit faiblement June, ce qui surprit April. Pensez à l'histoire que j'aurai à raconter sur Max.

— Bon, très bien, dit Carlise, remettant la couverture pour recouvrir les genoux de June.

C'était la dernière couverture utilisable qu'il leur restait. Quand June avait perdu les eaux, elles en avaient utilisé une pour absorber le liquide, et elle se trouvait actuellement sous elle.

Ryan avait observé sans commenter leur discussion et, maintenant, il reculait tandis que Marlowe se glissait vers lui avant de sortir lentement de la remorque. Elle chancela sur ses pieds, et une expression de douleur traversa son visage quand elle se mit bien debout pour la première fois depuis des jours.

Carlise tint June en l'aidant à bouger vers la sortie. April resta derrière elle, une main dans le dos de June et l'autre sur le bras de Carlise.

Une fois les quatre femmes se tinrent derrière la remorque, April regarda autour d'elle. Elle ne voyait rien d'autre que des arbres. Le pick-up et la remorque avaient été reculés près d'une cabane en ruines. Il n'y avait pas d'autres maisons en vue et il y avait pour seuls bruits celui du vent dans les arbres et celui d'un oiseau de temps en temps.

Étonnamment, ils se trouvaient à une assez bonne distance de la cabane. À environ trente mètres peut-être, malgré un chemin qui menait juste à côté, suffisamment large pour le pick-up. April se dit alors que c'était simplement une façon mesquine pour Ryan de les torturer un peu plus.

— Voilà ce qu'il va se passer, dit-il comme s'il parlait de la météo sans pointer un flingue sur leurs visages, sans les menacer toutes. Vous allez marcher en ligne droite jusqu'à la porte. Si vous faites un pas vers la gauche ou vers la droite... Disons juste que vous faire tirer dessus sera le dernier de vos soucis.

April inclina la tête tout en l'étudiant, bien qu'une sensation de malaise lui contractât l'estomac.

— Pourquoi ? lâcha-t-elle avant même d'y avoir pensé.

— Ravi que tu demandes, répondit joyeusement Ryan. Car chaque parcelle de terrain autour de cette cabane est truffée d'explosifs. Pièges à fils, petites bombes, mines... Cite-m'en un, il s'y trouve. Si vous ne marchez pas exactement où je vous le dis, si vous perdez l'équilibre, si vous essayez de vous enfuir... BOUM ! cria-t-il.

Les quatre femmes sursautèrent de peur quand il s'exclama.

— Alors, *toi*, dit-il en braquant son arme en direction de June, tu vas marcher toute seule ou bien ce sale morveux mourra. Des bras et des jambes s'envoleront comme des confettis. À quel point penses-tu que ton précieux prince aimera *ça* ?

April sentait June trembler. Mais elle n'aurait pu être plus fière d'elle quand June se redressa totalement et répondit :

— Je crois que Cal te tuera lentement, douloureusement, jusqu'à ce que tu le supplies de mettre fin à ton calvaire.

Son ton menaçant était encore plus impressionnant, sachant la douleur qu'elle éprouvait.

Au lieu de se mettre en colère ou d'avoir l'air inquiet, Ryan se contenta de rire.

— Les seuls qui supplieront seront les soldats. Maintenant, en route. Le temps file.

Même en sachant qu'elle et les autres étaient des appâts, April avait tout de même prié pour que Jack et les autres gars les retrouvent. Qu'ils déchiffrent ses piètres indices et fassent une descente comme les héros qu'ils étaient. Mais maintenant, pour la première fois, elle n'avait *pas envie* d'être retrouvée.

Elle ignorait si Ryan mentait au sujet des explosifs, mais il était évident qu'il avait prévu quelque chose d'horrible. Peu importait le jeu tordu auquel il jouait, les femmes n'en étaient pas le centre. Il se servait d'elles et il continuerait de les utiliser pour faire du mal aux hommes.

Elle ne laisserait pas cela arriver. Elle ne savait pas comment l'en empêcher, mais elle préférerait mourir que de ne rien faire et regarder Jack se retrouver dans une embuscade.

— Voyez ces cercles roses sur le sol ? demanda Ryan en désignant la cabane d'un signe de tête.

April et les autres se tournèrent pour voir de quoi il parlait. Effectivement, il y avait des cercles d'un rose éclatant au sol, d'environ cinq centimètres de diamètre et qui menaient de l'arrière de la remorque à la porte d'entrée de la cabane.

— Si vous mettez le pied précisément sur ces cercles, vous n'exploserez pas. Mais si vous les loupez ou essayez de jouer les héroïnes et de vous enfuir, vous mourrez. Il y a des explosifs de chaque côté et *entre* chaque marque. Et pour vous montrer que je ne bluffe pas, que j'ai suffisamment piégé toute la zone pour faire exploser quiconque poserait le pied au mauvais endroit, je vais vous faire une petite démonstration.

April retint son souffle tandis que Ryan se penchait pour ramasser une pierre relativement grosse sur le sol. Pour la troisième fois, elle voulait désespérément courir. Elle était la seule à avoir une vague chance d'échapper à cet enfoiré. Mais elle ne le ferait pas. Car Ryan lui tirerait dessus ou sur l'une des filles par rancœur.

Et il ne semblait pas y avoir quoi que ce soit dans les parages. Elle devrait probablement avancer des kilomètres pour trouver de l'aide, et elle n'était pas exactement une femme d'extérieur. Oh, elle savait camper et se fichait de marcher longtemps,s mais couper par les bois sans sentier et sans avoir une idée de l'endroit elle se trouvait ni de la direction qu'elle prendrait ne lui semblait pas être la plus intelligente des idées.

Sans parler du fait que June était en train d'avoir un bébé. Elle avait besoin de toute l'aide et de tout le soutien possible.

Ryan leur fit un large sourire avant de soulever la pierre à leur droite.

Les quatre femmes laissèrent échapper une variété de cris

de choc et d'effroi quand la pierre atterrit près de la ligne d'arbres sur leur droite et que la terre autour explosa immédiatement dans un bruit puissant et effrayant.

Ryan rit comme un dément.

— Et ce n'était qu'une toute petite charge ! leur dit-il. Pas assez pour ébranler les autres... mais imaginez juste ce que pourrait faire une jambe ou un pied. Ça le ferait exploser, tout simplement ! Il y aurait du sang et des entrailles partout !

April tourna le dos aux cailloux et à la terre toujours en pleine retombée et observa les cercles roses sur le sol. Comme il l'avait dit, ils formaient une ligne droite jusqu'à la porte de la cabane.

Elle eut la pensée terrifiante que Ryan pouvait s'amuser avec elles, que les cercles roses représentaient en réalité les bombes et que, dès qu'elles marcheraient dessus, elles exploseraient en mille morceaux.

Alors, elle déclara :

— Je passe la première.

Ryan ricana.

— Si noble ! Et tellement une putain de martyre. Vas-y.

Elle voulait se retourner et prendre la main de Marlowe mais, si elle était sur le point de mourir, elle ne voulait pas que les autres soient proches d'elle.

Elle inspira profondément et marcha vers le premier cercle. Son esprit enregistra tout de ces repères roses, intégrant chaque détail dans sa conscience. Elle compta ses pas - il y en avait huit à partir de la remorque, qui avait été reculée précisément entre deux gros arbres - jusqu'au premier cercle.

Son regard se leva rapidement, et elle s'arrêta suffisamment longtemps pour faire brièvement le compte des repères roses. Vingt-cinq, chacun à environ un pas l'un de l'autre.

Son regard se porta ensuite sur la cabane, puis revint aux cercles. Il y avait un peu d'herbe autour des marques que Ryan avait placées sur le sol. La terre était aussi vague et irrégulière, comme si le sol tout autour de la cabane avait été déterré… probablement pour enterrer les explosifs, tout comme il l'avait dit.

Les tripes retournées, April se rendit compte avec quelle méticulosité Ryan avait tout planifié. Ça avait dû lui prendre des mois. Elle tourna la tête et regarda leur kidnappeur, le pick-up et la remorque.

— Combien de temps ça vous a pris ? demanda-t-elle, impulsive.

Il sourit et sembla ravi par sa question.

— Des années, répondit-il avec un air nonchalant. Bien que ces dernières semaines aient été les plus divertissantes. Observer mes cibles. M'amuser avec elles… et toi.

— De quelle façon ? demanda April, la curiosité prenant le dessus.

— Eh bien, tout d'abord, ton accident. L'amnésie a été un bonus. J'allais trafiquer tes pneus pendant que tu étais à cette station de ski pour que tu aies un accident sur le chemin du retour, mais cet élan a fait tout le travail pénible à ma place.

— Vous étiez là ? demanda Carlise, sous le choc.

— Oui. J'ai regardé sa voiture se retourner, puis je l'ai laissé souffrir, dit Ryan sans aucune trace de remords.

— Oh mon Dieu, souffla Marlowe.

— Et l'araignée ? Les clous dans les pneus ? Le carton tombant de l'étagère ? Tout était de moi, fanfaronna Ryan. Je voulais vous faire peur mais pas forcément vous tuer. Ça, ça aurait retiré tout l'amusement de mon plan. De plus… je ne voulais pas alerter les soldats. J'avais besoin qu'ils ne se doutent de rien. Et ça a marché, caqueta Ryan de joie.

— Pourquoi ? demanda Marlowe dans un chuchotis.

— Parce qu'ils ont tué mon frère ! hurla brutalement Ryan, son visage soudain devenu un masque de rage, faisant sursauter April et les autres filles de surprise. Quand ils ont été sauvés, mon frère et ses amis ont été massacrés. Ils n'ont eu aucune chance. Et tout ça, c'est *leur* faute !

Le cerveau d'April tournait à mille à l'heure. Jack n'aimait pas évoquer sa période de prisonnier de guerre, mais il lui avait raconté un peu de cette horrible expérience. Comment il s'était senti impuissant quand ils avaient tailladé le corps de Cal. Qu'ils s'étaient tous vus être torturés les uns les autres encore et encore. Concernant le jeu de pierre-papier-ciseaux qui avait décidé de leur installation dans le Maine et de la création de Jack's Lumber. À quel point ils avaient été tous faibles quand ils avaient fini par être secourus. La frustration qu'il avait ressentie de ne pas avoir pu aider la Navy SEAL et les Delta Forces à éliminer les terroristes.

— Mais ils n'ont tué personne, ne put s'empêcher de réagir April. Ils étaient trop blessés. Tout ce qu'ils ont pu faire, c'est de rester allongés et d'écouter les combats autour d'eux.

Ryan marcha vivement vers elle. Avant qu'elle n'ait eu le temps de cligner des yeux, il la frappa du dos de la main.

Elle tomba au sol dans un bruit lourd, réellement stupéfaite de n'avoir déclenché aucun explosif. Ryan se pencha au-dessus d'elle et la saisit par le T-shirt pour la relever. April entendit des coutures se déchirer mais elle lui prit le poignet et, pour le reste, resta aussi molle que possible.

Il posa le flingue sur sa tête et il se mit à parler d'une voix tremblante :

— Mon frère était toute ma vie. La seule personne à m'accorder au moins un peu d'intérêt ! Nous étions pauvres. Tellement pauvres que nous ajoutions parfois de la terre à notre soupe pour l'épaissir. Il m'a toujours donné les plus grandes parts, s'est toujours assuré que j'aie des vêtements sur le dos et il essayait de nous construire une vie meilleure. Et s'il n'y avait pas eu ce putain de Jackson Justice et ses trois amis, il serait toujours en vie aujourd'hui ! Il *doit* payer. Il doit perdre la chose qu'il aime le plus au monde. Tout comme les autres. Toi et tes amies, vous allez mourir. Mémorise bien ce que je dis, tes hommes auront leurs cœurs qui saignent tout comme le mien ce jour-là.

La bouche d'April devint aussi sèche que de la poussière. Elle n'osait pas respirer. Elle ne bougea pas. Tout ce qu'elle réussissait à faire, c'était prier pour que la main de Ryan qui tremblait de rage ne lui fasse pas appuyer accidentellement sur la détente de l'arme pressée contre sa tempe.

Elle ne voulait pas mourir. Pas aujourd'hui, et clairement pas entre les mains de ce psychopathe. Mais curieusement, elle était satisfaite d'avoir fini par comprendre pourquoi elles se trouvaient là. Il n'avait pas dû être plus âgé qu'un jeune adolescent quand son frère avait été tué. Assez jeune pour avoir du mal à s'en sortir, pour laisser la colère le pourrir de l'intérieur.

Ryan la regarda attentivement encore un moment avant de la repousser. Une fois de plus, April tomba au sol. Son visage pulsait là où il l'avait frappée, mais elle n'osait pas détourner le regard ni même lever une main pour se toucher la joue.

— Lève-toi, dit-il, avant de lui cracher dessus.

Sa salive atterrit sur son jean mais April n'y prêta pas attention. Elle se mit lentement debout, ne voulant pas faire de gestes trop rapides près de leur ravisseur. Il était sur les nerfs, et elle ne voulait pas tester son contrôle plus qu'elle ne l'avait déjà fait.

— Avance, salope. Et fais gaffe au moindre de tes pas... ou pas. Je n'en ai rien à foutre.

Très lentement et avec beaucoup de précautions, April se tourna et posa le pied sur le premier cercle rose.

Comme rien ne se passa, qu'elle n'explosa pas, elle relâcha le souffle qu'elle n'avait pas eu conscience de retenir... et elle fit un autre pas. Même s'il faisait froid dehors, la sueur perlait à sa tempe. Elle tenta de l'oublier, se concentrant pour marcher sur chacun de ces fichus cercles roses.

Elle était vaguement consciente que certaines de ses amies

derrière elle entamaient leur chemin menant à la cabane, mais elle garda les yeux rivés au sol. Elle comptait les cercles en avançant. Quinze, seize, dix-sept. Ils semblaient ne jamais s'arrêter. Vingt-trois, vingt-quatre, vingt-cinq...

Elle arriva à l'unique porte d'entrée de la cabane. Elle toucha la poignée et tourna, ouvrant la porte. Elle faillit tomber, la porte s'étant ouverte vers elle. L'intérieur de la cabane était aussi mauvais que l'extérieur. Le plancher était cassé par endroits et recouvert de terre et de débris. Levant les yeux, elle vit un petit trou dans un coin du toit, et une souris détala vers un autre trou au sol.

Son nez se plissa de dégoût mais, honnêtement, elle fut surprise de voir également deux bassines en plastique dans la pièce ; elle pouvait y apercevoir des bouteilles d'eau et des conserves de nourriture à l'intérieur.

Le bruit de quelqu'un jurant derrière elle l'incita à se retourner. Elle retint son souffle, Marlowe s'approchant. Elle avait tendu les bras pour garder l'équilibre et se mordait la lèvre, faisant de son mieux pour bien poser sur le pied à l'intérieur des cercles roses. Quand elle fut suffisamment proche, April tendit la main et lui attrapa le poignet, l'attirant vers la sécurité relative de la cabane.

Ensemble, elles observèrent chaque pas de June, faisant lentement et douloureusement son chemin vers elles. Elle s'arrêtait après chaque cercle pour reprendre son souffle. Une main sur son ventre, son visage arborait une expression d'agonie.

— C'est ça, June. Des pas lents et stables. Tu t'en sors très bien, l'encouragea doucement April.

— Tu y es presque. Tu vas réussir, ajouta Marlowe.

Le regard d'April passa de son amie à Carlise, qui se tenait actuellement à côté de la remorque. Pendant un temps, elle eut peur que Ryan l'attrape brutalement et s'éloigne avec elle ou un truc du genre. Ils paraissaient avoir une conversation très intense, Ryan étant celui qui causait le plus. Mais ensuite, leur kidnappeur donna quelque chose à Carlise et la poussa vers les cercles.

Les yeux d'April scannèrent à nouveau scrupuleusement la zone. Elle étudia l'endroit où les cercles roses étaient, au contact des arbres et autres points de repère. Elle supposa que quelque part, dans un recoin de son cerveau, elle essayait de mémoriser où marcher au cas où elles devraient fuir de la cabane. Elle ne savait pas ce que Ryan allait faire une fois qu'elles seraient à l'intérieur mais s'il les laissait là, seules, elle était sûre de tenter de déguerpir... et tant pis pour les kilomètres de nature sauvage.

Quand elle fut suffisamment proche, Marlowe attrapa June et April aida principalement Marlowe à porter June à l'intérieur de la cabane. Elles l'installèrent au sol, dans l'un des recoins encore intacts, et April retourna ensuite à la porte. Carlise était arrivée pendant qu'elles transportaient June mais, à la surprise d'April, Ryan se rapprochait également. Il avait marché bien plus vite qu'elles, manifestement certain des emplacements de ses explosifs.

Quand il s'approcha de la porte, April recula instinctivement, prenant le bras de Carlise au passage. Elles se tenaient entre June et Marlowe, et leur kidnappeur. Mais Ryan ne dit pas un mot, claqua simplement la porte.

On aurait dit que la cabane entière avait tremblé quand la porte s'était fermée, mais ce fut le bruit de martèlement qui surprit April.

— Reste là, ordonna-t-elle à Carlise en avançant lentement vers la porte.

Il y avait un trou dans la porte, à peu près à hauteur de taille, et elle se baissa pour regarder à travers. Elle pouvait voir les hanches de Ryan et c'était tout. Mais ce qu'il faisait était clair : April avait vu les longues planches posées à côté de la cabane quand elle s'était approchée, mais avait été trop occupée à se faire du mouron quant à savoir où poser le pied pour faire autre chose que remarquer vaguement leur présence.

Sans réfléchir, elle atteignit la porte et tenta de la pousser pour l'ouvrir. Comme elle s'y attendait, les planches que Ryan clouait en travers de la porte l'empêchaient de s'ouvrir.

Elle l'entendit glousser de l'autre côté.

— Je ne veux pas que mes petits oiseaux s'enfuient de la cage, leur dit-il en continuant de donner des coups de marteau. Et ne cherchez pas à trouver un autre moyen de sortir car n'oubliez pas... les explosifs ! Ils encerclent la cabane. Vous ne pouvez fuir nulle part. Alors, patientez simplement et détendez-vous. Je suis sûr que les soldats seront bientôt là. Peu importe ce que vous leur direz, ils ne vont pas survivre.

« Et quand je ferai exploser l'énorme bombe que j'ai placée sous la cabane et qu'ils réaliseront que tous leurs efforts ont été inutiles et que vous êtes mortes – y compris le petit morveux si vous parvenez à ne pas le tuer –, je les tuerai, eux aussi. Je dirais bien que c'était chouette de vous avoir connues, mais je mentirais, conclut Ryan.

Il martela les planches encore quelques minutes avant que le silence n'emplisse la cabane.

April se risqua à jeter un œil par le trou dans la porte, et fut dévastée quand elle vit Ryan s'éloigner de la cabane, retirant les cercles roses sur son chemin. Il avait même un petit râteau à la main dont il se servait pour effacer minutieusement les traces de pas de leur trek jusqu'à la cabane, permettant au chemin de ressembler aux alentours.

— April ? l'appela Carlise, hésitante.

Elle avait envie de pleurer, mais elle se força à ravaler ses larmes puisque pleurer n'aiderait en rien dans leur situation. April se retourna.

Carlise se tenait toujours devant Marlowe, qui était à genoux sur le sol, tenant la main de June. Elles la regardaient toutes deux avec de grands yeux, comme si elles attendaient qu'April leur dise quoi faire. Comme si elle pouvait les sauver de cette situation désespérée par magie.

— Est-ce que tu vas bien ? demanda Carlise. Il t'a frappée assez fort.

— Je vais bien, répondit April, bien que sa joue pulsât et qu'elle puisse encore sentir le canon de l'arme sur sa tempe.

— Il m'a dit de te donner ça, l'informa Carlise, lui tendant un truc.

April baissa les yeux et les cligna, effarée.

— C'est mon téléphone, dit-elle d'une petite voix.

— Je sais. Il a insisté pour que je te le donne dès que nous serions ici. Je suis sûre que ça fait partie de son jeu.

April hocha la tête ; elle en était certaine également. Ryan n'avait rien fait sans une bonne raison. La nourriture, lui permettre d'appeler Jack quand ils se trouvaient sur la route, les cercles roses. Tout avait été échafaudé jusqu'au moindre détail.

Ça, ça n'était qu'une autre partie de son grand projet, mais April n'aurait pas réussi à s'empêcher de tendre le bras vers le téléphone dans la main de Carlise même si sa vie en avait dépendu. Et le pire, c'était que c'était probablement le cas.

Elle se doutait qu'il s'agissait là d'un nouveau tour. Que la batterie avait été retirée ou que le téléphone était très peu chargé. À sa surprise, il avait l'air dans l'exact même état que la dernière fois qu'elle l'avait vu. Elle le déverrouilla du pouce, et l'écran d'accueil apparut, la batterie pleine au trois quarts. Soit il l'avait rechargé à un moment, soit il était resté éteint la majeure partie du parcours.

La dernière supposition fit tilt dans le cerveau d'April. Oui. Il l'avait éteint pour qu'il ne puisse pas être localisé mais, maintenant que ses appâts se trouvaient là où il le voulait, il l'avait rallumé et se fichait qu'elle appelle Jack parce qu'il avait besoin que les hommes rappliquent. Il *voulait* qu'ils accourent jusqu'ici comme les hommes d'honneur qu'ils étaient.

Pendant une seconde, elle eut envie d'éteindre à nouveau le téléphone, de l'enterrer. N'importe quoi pour empêcher Jack de venir ici les sauver. Mais il était trop tard. Ryan l'avait déjà rallumé, et si elle connaissait Jack et ses amis aussi bien qu'elle le pensait, ils avaient déjà trouvé leur localisation. Ne *pas* appeler Jack serait stupide à ce stade. Elle devait l'avertir. Lui dire pour les explosifs.

Là encore, elle ne doutait pas que tout cela faisait partie du plan de Ryan. Il voulait qu'ils soient au courant de tout car elle avait le sentiment que cela rendrait encore plus satisfaisant le fait de les tuer.

June laissa échapper une plainte, moitié grognement, moitié hurlement, détournant l'attention d'April de son téléphone. Se tournant, elle vit son amie grimacer, des larmes dévalant sur son visage.

Sa propre souffrance disparut en un rien de temps. April jeta un regard à Carlise.

— Vérifie ces paniers, dans le coin, pour voir ce qu'on a. Marlowe, va te mettre derrière June pour soutenir son dos, comme je l'ai fait avant. June, tu t'en sors très bien. Nous allons nous en sortir.

— Comment... tu... peux... dire... ça ? demanda June entre deux souffles.

— Parce que, comparé à ce que nous avons déjà traversé, ça, c'est un jeu d'enfant. Nous avons un toit au-dessus de notre tête, ce connard est parti et nous sommes là les unes pour les autres. Et les femmes ont donné naissance dans ces conditions, sans rien d'autre que leurs amies autour d'elles, pendant des milliers d'années. C'est du gâteau.

— Facile... à... dire... pour... toi, répondit June avec un petit sourire grimaçant.

April s'approcha de June et s'agenouilla. Elle prit l'une de ses mains et la serra très fort.

— Je te promets, June, que tu reverras Cal. Et quand tu le reverras, tu lui présenteras son fils. Son beau bébé en bonne santé, Max. Prince Maximilian, héritier du trône du Liechtenstein.

June se mit à rire mais il se transforma en grimace, accablée par l'arrivée d'une autre contraction. Une fois celle-ci passée, elle leva les yeux vers April.

— Max n'a absolument aucune chance d'être roi.

— On s'en moque, il fera tout de même partie de la royauté, tout comme toi, dit April, avant de se pencher et de se placer face au visage de June. Peu importe ce qui arrive, n'abandonne pas. Compris ? Tu te bats. Pour Max. Pour Cal. Pour nous. Pour *toi*.

June inspira profondément, et le regard déterminé qui l'envahit incita April à se détendre quelque peu.

— Je n'abandonnerai pas.

— Bien, dit April avant de se tourner vers les deux autres femmes. Vous aussi, les filles. Nous allons nous en sortir. *L'amour* gagne. Toujours.

Carlise et Marlowe acquiescèrent.

— Qu'as-tu trouvé ? demanda April à Carlise.

Elle se retourna vers la bassine en plastique dans laquelle elle fouillait et en sortit un drap et une couverture bon marché et usée.

— Parfait, réagit April comme si elle lui avait dévoilé un kit de premiers secours complet. Apporte la couverture, et nous l'étendrons sous June.

Elle prit le drap des mains de Carlise et se demanda comment elles pourraient le couper pour s'en servir afin d'emmailloter Max et de le nettoyer.

— Il y a aussi de l'eau et des boîtes de thon, de haricots verts et autres légumes, continua Carlise.

— Pitié, dis-moi qu'il y a aussi un ouvre-boîte, dit Marlowe d'un ton sec. Ça ne m'étonnerait pas que cette enflure nous ait filé de la nourriture sans aucun moyen de l'ouvrir.

Tout le monde s'amusa un peu de ce commentaire. C'était un bon moyen de relâcher la tension qui pesait lourd dans la pièce.

— On est d'accord. Mais ce sont des boîtes avec onglets d'ouverture donc pas besoin d'ouvre-boîte, les informa Carlise.

— Je pense que nous pourrions boire un peu d'eau maintenant. Toi aussi, June. Même si tu as l'impression de ne pas en avoir envie, toi et Max en avez besoin, dit April d'un ton ferme.

June accepta, et rapidement, elles avalèrent d'un trait, tentant d'étancher leur soif. April ne voulait faire rien d'autre que s'asseoir et dévorer l'une des conserves de nourriture mais elle n'en avait pas le temps. Non seulement June allait avoir son bébé tôt ou tard mais elle devait appeler Jack.

C'était étrange, de crever d'envie d'entendre sa voix tout en le redoutant en même temps. Ryan était là dehors, à attendre et à observer, et elle détestait le fait de faire un truc qui faisait justement partie de son plan. Mais entendre la voix de Jack contribuerait grandement à apaiser ses nerfs. Et les autres avaient aussi besoin de parler à leurs maris. Elles avaient toutes besoin d'encouragements.

Après avoir vérifié la progression de l'accouchement de June et se sentant légèrement alarmée quant au fait qu'elle semblait bien plus dilatée que la dernière fois qu'elle avait regardé, quand elles étaient dans la remorque, April savait qu'elle manquerait de temps. Elle devait parler à Jack, l'avertir, lui dire tout ce qu'elle savait. Plus tôt elle le faisait, plus tôt elles pourraient sortir d'ici.

CHAPITRE VINGT

— JJ, viens ici ! Le téléphone d'April émet à nouveau ! dit Rex d'une voix urgente.

L'équipe, dans son intégralité – sans Eagle, Cole et Meat qui étaient à bord d'un hélicoptère à scruter du ciel tout signe de l'endroit où Ryan avait pu se terrer –, se trouvait juste au sud de Bailey, dans le Colorado, dans un chalet que Tex s'était procuré pour eux. Ils étaient fébriles et survoltés, attendant la moindre piste pour commencer à rechercher l'homme qui avait kidnappé les femmes.

Depuis la dernière fois qu'avait émis le téléphone d'April, ils n'avaient pas eu d'autres indicateurs. Bien qu'ils pensent que Ryan aurait pu aller dans les montagnes, ils n'avaient pas d'endroit adéquat par où commencer les recherches, la nature sauvage s'étendant sur des centaines de kilomètres dans toutes les directions.

— Où ? demanda impatiemment JJ, observant Rex taper sur son clavier. Ici, à Bailey ?

— Non, une tour à une trentaine de kilomètres au sud d'ici. Il y a quelques tours entre ici et là-bas, mais son téléphone a émis à la toute dernière avant que le réseau ne soit perdu à cause des montagnes.

Rex sortit une carte et fit pivoter son clavier vers les autres hommes, qui se rassemblèrent rapidement autour de lui. Il désigna un endroit sur la carte qui était intégralement vert.

— Allons-y, dit JJ, se mettant debout.

— Attends, s'empresse de dire Gray en secouant la tête. Il nous faut un plan. On ne peut pas foncer dans la jungle comme des bleus.

— Nos femmes sont parties depuis trois jours ! dit Chappy d'un ton mordant. Elles sont probablement terrifiées. Nous devons aller les chercher *maintenant* !

— Je sais mais, sérieusement, nous vivons dans le Colorado depuis des années. Il n'y a rien d'autre là-bas que des ravins dans lesquels il est facile de tomber et des tonnes de faune sauvage. D'après ce que nous avons pu constater, il n'y a même pas de sentiers.

— Il a bien fallu qu'il les amène jusque-là d'une façon ou d'une autre, raisonna Bob. Il n'a pas pu obliger trois femmes enceintes à marcher dans la forêt.

— Tu marques un point, dit Blake.

— Contactons les gars dans l'hélico et donnons-leur cette info. Ils peuvent nous dire ce qu'ils voient de là-haut, suggéra Ro.

— Et pendant qu'on attend, on peut aller dans cette direction. Progresser autant que possible avec les véhicules jusqu'à ce qu'on ait besoin de marcher, ajouta Smoke.

— Plus je pense à l'argument de Bob, plus je suis d'accord, dit Cal. Impossible que June marche très loin dans son état. Et je suppose qu'aucune des filles n'a de chaussures adéquates pour marcher dans la forêt.

— Tu crois que ce connard attache de l'importance à ces trucs-là ? demanda JJ.

— Non. Mais il a un plan. Et s'il est trop éloigné des sentiers battus, il ne pourrait pas exécuter ledit plan correctement.

La tête de JJ tournait. Cal et Bob avaient tous les deux raison. Leurs pensées étaient plus claires que les siennes. Il devait commencer à se comporter comme un Delta, un chef d'équipe, et moins comme un homme qui s'inquiétait désespérément pour la femme qu'il aimait.

— Bien. Alors, allumer le téléphone n'était pas une erreur, dit JJ. Il l'a allumé, voulant qu'on sache où il se trouve.

— Absolument, dit Chappy avec un signe de tête.

— Appelle, ordonna Rex. Le téléphone. Vois si tu peux parler à ce Ryan. Apprends ce qu'il veut.

JJ prit immédiatement le téléphone dans sa poche arrière, et il eut la frousse lorsque celui-ci se mit à vibrer dans sa main avant qu'il n'ait eu le temps de le déverrouiller.

Baissant les yeux, il lut le nom d'April sur l'écran.

L'adrénaline s'injecta dans son organisme tandis qu'il prenait une grande inspiration. Il activa l'application d'enregistrement avant de prendre l'appel.

— Justice à l'appareil, aboya-t-il.

— Jack ? C'est moi.

Entendre la voix d'April le mit presque à genoux. En l'état, il se laissa tomber sur une chaise que quelqu'un avait tirée pour lui.

— Est-ce que tu vas bien ? Tu es blessée ?

— Nous allons bien. Mais Jack, je dois te prévenir...

Il l'interrompit, voulant s'assurer qu'elle allait réellement bien avant d'aller plus loin :

— Non, mon amour, *est-ce que tu vas bien* ? Il t'a touchée ? Blessée ? Ça fait trois jours... Je... tenta-t-il de dire avant que sa voix de ne se brise, et JJ fit de son mieux pour reprendre le contrôle. Parle-moi, ma puce.

— Je vais bien. Nous étions dans la remorque presque tout le temps. Il m'a fait sortir juste une fois pour me laisser t'appeler, mais nous sommes toutes restées dans la remorque depuis. Nous avons eu de la nourriture et de l'eau. Ce n'était pas le cas avant que nous ne nous arrêtions pour la dernière fois et que nous ne l'ayons même revu.

— Est-ce qu'il t'a touchée ?

April hésitait, et JJ vit rouge. Il n'avait pas besoin d'entendre ces mots. Il savait que cet enfoiré avait posé les mains sur sa femme.

— Je vais bien, insista-t-elle. Mais tu dois m'écouter, je t'en prie !

— Il est mort, lui dit JJ. Je t'avais dit ce qui arriverait à quiconque oserait poser les mains sur toi.

— Très bien Jack, mais est-ce que tu peux la fermer et m'écouter, déjà ?!

JJ entendit quelqu'un ricaner, et chose étonnante, ses propres lèvres s'étirèrent. Son April était féroce. Et il ne pouvait l'aimer davantage.

— Désolé. Je t'écoute.

— Bien, alors il conduit un pick-up noir. Un petit. Je suis navrée, je ne sais pas de quel genre ni la plaque d'immatriculation, mais il avait une remorque fermée blanche attachée, une qui s'ouvre par l'arrière. Il l'a verrouillée pendant que nous étions dedans, alors nous ne pouvions pas sortir. Nous ne nous sommes pas arrêtés beaucoup et jamais plus longtemps que le temps de mettre de l'essence, alors je pense qu'il doit être vaseux à cause du manque de sommeil. Je n'ai vu personne avec qui il aurait pu collaborer, seulement lui.

Les doigts de Rex voletaient au-dessus de son clavier, tapant toutes les informations qu'April leur donnait, soit pour les transmettre à quelqu'un, soit pour qu'ils puissent les revoir sans rejouer l'enregistrement.

— C'est bien, lui dit-elle.

— Ouais, mais en fait non, continua-t-elle. Nous sommes dans une cabane. Je ne sais absolument pas où. Il y a des arbres tout autour et il a cloué la porte, alors nous ne pouvons pas sortir.

— Et des fenêtres ? Tu peux sortir de là ? l'interrompit JJ.

— Il y en a deux mais elles ont des planches par-dessus elles aussi. Je suppose qu'il les a sans doute clouées avant que nous n'arrivions ici.

— Et démonter le plancher ?

— Jack ! s'exclama-t-elle, irritée.

— Quoi ?

— On ne peut pas sortir, dit-elle avec fermeté. D'une, parce que June est en train d'avoir son bébé. Genre, *maintenant*. Et de deux, parce qu'il nous a dit que le lieu était encerclé par des explosifs.

La pièce dans laquelle se trouvait JJ était si silencieuse qu'il pouvait entendre son sang battre dans ses oreilles.

— Quoi ?

— Des bombes. Des engins explosifs. Des choses qui explosent. Nous avons dû marcher sur un chemin très spécifique rien que pour nous rendre à la cabane. Il l'a marqué avec des cercles roses, mais il les a ramassés après avoir cloué la porte. Et ce n'est pas tout.

— Quoi d'autre ? demanda JJ, l'esprit agité, essayant de trouver un plan pour secourir April et les autres.

— Il a dit qu'il avait placé une plus grosse bombe carrément sous la cabane, avoua-t-elle, la voix désormais plus calme. Qu'il la fera exploser si l'un de vous s'approche.

— *Putain !* dit quelqu'un derrière lui.

— Il pourrait bluffer, dit JJ, presque désespéré.

— Je sais. Mais il a balancé une pierre pour nous prouver qu'il ne mentait pas pour ses installations encerclant la cabane. La pierre n'était même pas très grosse, et elle a quand même fait détoner un truc au sol.

— Très bien. Quoi d'autre ?

JJ n'avait pas l'impression d'être lui-même. Il avait l'impression de flotter, de se regarder parler au téléphone, loin au-dessus.

— Il vous en veut pour la mort de son frère, dans le raid, quand vous avez été secourus. J'ai essayé de lui dire que n'auriez pas pu le tuer car vous n'étiez absolument pas en forme pour en faire autant, étant donné à quel point vous aviez été torturés, mais il est plutôt paumé et n'écoute rien. Il planifie ça depuis des années, s'empressa de lui expliquer April. Il veut que vous *nous* regardiez mourir, puis il prévoit de vous tuer.

Ses mots ne surprirent pas JJ. Lui et les autres avaient déjà plus ou moins décidé que ce Ryan, peu importait qui il était, devait être lié à l'une de leurs missions, et Tex avait fait mouche avec son histoire du parent. Irrationnellement, il pensa qu'il était injuste que cela concerne un truc qu'ils n'avaient même pas commis mais cela n'avait pas d'importance.

— Ça n'arrivera pas.

— J'ai peur, lui confia April dans un murmure à peine audible.

— Je sais, mais tu te débrouilles très bien, l'apaisa JJ. Comment as-tu récupéré ton téléphone ?

— Il me l'a donné, avoua-t-elle. Il voulait que je t'appelle et te mette en garde.

Le dos de JJ se redressa. Qui que soit ce Ryan, il était tellement vaniteux que cela causerait sa chute.

— Je ne voulais pas appeler, admit April, la voix désormais vacillante. Je ne voulais pas t'attirer vers ta propre mort.

— Personne ne va mourir, lui dit-il avec fermeté. Fais-moi confiance.

— C'est le cas.

— Bien, répondit-il avant d'entendre l'une des autres filles parler dans le fond, et alors April lui dit :

— Les autres ont besoin de parler à leurs maris.

JJ ne voulait pas céder son téléphone mais ses amis méritaient de parler à leurs femmes.

— OK, mais ne raccroche pas quand ils en auront fini. Reviens-moi.

— Je le ferai.

Quand JJ entendit la voix de Marlowe à l'autre bout du fil, il tendit le téléphone à Bob.

Il détourna l'attention de son ami, tâchant de trouver comment se sortir de cette situation impossible.

— Tu crois qu'il est encore là ? demanda calmement Gray à côté de lui.

— Absolument. Il veut à tout prix se venger. Il voudra voir ses efforts et ses plans porter leurs fruits.

— Je suis de ton avis, dit Gramps.

— Mais... il n'est toujours pas au courant pour nous, réagit Black avec un petit sourire satisfait.

— C'est exact, dit Nathan. Il s'attend à vous quatre et c'est tout. Peut-être à quelques flics du coin ou autre. Il n'attend pas seize hommes super entraînés en plus... Je veux dire, je ne suis pas exactement dans la même division que la plupart d'entre vous, mais je me défends, dit avec un haussement d'épaules l'homme de grande taille à l'allure presque intello.

— Arrête Nathan, rouspéta Blake. Je te choisirais toi plutôt que tout autre ancien des SEALs.

— Hé, doucement, râla Black.

JJ les laissa relâcher la pression avec leurs plaisanteries pendant un moment avant de redevenir sérieux.

— Tu as raison, Nathan. Vous êtes notre meilleur avantage. Chappy, Cal, Bob et moi pourrons passer les premiers, nous assurer que son attention est sur nous, avant que vous ne l'éliminiez.

— Tu ne veux pas être celui qui le supprime ? demanda Bull, un sourcil interrogateur.

— Je n'en ai rien à foutre de lui pour l'instant. Il n'est rien. Un lâche qui rejette les actes de son frère sur nous. Entendez-moi bien, tout ce qui m'importe, c'est la vie de ma femme. Et celles de Carlise, de Marlowe et de June. Elles sont ma priorité. Tant qu'elles sont en sécurité, je me fiche de qui tue Ryan. Je veux juste qu'il s'en aille.

Tout le monde autour de lui hocha la tête avec satisfaction.

— Je pense que nous pouvons liquider cet enfoiré sans trop de problèmes, surtout qu'il ne nous attend pas, mais comment faire pour rejoindre les femmes ? demanda Smoke.

— Avant qu'il ne soit en mesure de faire exploser la cabane, en fait, s'il se sert bien d'une télécommande, dit Ball.

— Ce pourrait être une minuterie, dit Ryder.

— Si c'est le cas, nous devons cesser de faire les andouilles et nous rendre à cette cabane, dit Bull.

JJ était soulagé d'entendre l'inquiétude dans la voix des autres hommes.

— April a bien dit qu'elles se trouvaient dans cette remorque et que, une fois sorties, elles se sont retrouvées dans la cabane, alors ça nous indique que nous avions raison, Ryan a plus ou moins conduit directement jusque là-bas, dit Ro.

— Ce qui veut dire qu'il y a des routes. Ça permettra d'y arriver plus vite, fit concorder Ball.

— Mais quelle route ? Quelle cabane ? demanda Smoke.

Les échanges entre tous les hommes semblaient utiles. Familiers. C'était ce que lui et sa bande faisaient quand ils étaient en mission. Et puisque JJ savait sans en douter que quatre d'entre eux n'étaient pas au meilleur de leur forme, s'inquiétaient plus pour leurs femmes que, pour le reste, c'était un soulagement d'avoir ces hommes pour couvrir leurs arrières.

— June ? dit Cal d'une voix si brisée et torturée que tout le monde se tourna vers lui pour le regarder.

Il tenait le téléphone de JJ et avait mis le haut-parleur. Ses jointures étaient blanches, sa main tremblait et ses yeux étaient fermés tandis qu'il parlait à sa femme.

— Je vais... bien... les filles... son là... Max va... bien aussi...

Il était évident que June souffrait énormément et que cela lui demandait un effort de parler.

— Je vous aime. Tellement, lui dit Cal.

— Nous... le savons... pense juste... que quand tu seras... ici... tu feras la connaissance de... ton fils.

— June, je suis désolé ! Je suis tellement désolé de ne pas être là ! C'est juste...

— Non ! l'interrompit brutalement et fermement June. Pourquoi voudrais-je... que tu... sois là... pour voir mon... entre-jambe... tout étiré ? En plus... tu... tomberais sans doute... dans les pommes. April... a ça... sous contrôle. Si tu... crois qu'elle... va laisser... quoique ce soit... arriver... à son neveu... tu ne la... connais pas.

Cal expulsa un sanglot, un mélange de douleur et de ricanement.

— Très bien. Tu as le meilleur groupe de soutien que je pourrais te trouver en ce moment.

— Carré... ment... que oui. Je crois... que je vais... avoir un bébé... maintenant. Ne te fais pas tuer, Cal. Je serai en colère... si... tu meurs.

— Je t'aime, Juniper.

— Je t'aime aussi. Va... botter... des fesses.

Ils entendirent tous un bruit comme si June avait laissé tomber le téléphone, puis un hurlement de douleur mais contenu qui résonna dans la pièce.

Tous les mecs cessèrent de bouger en entendant la douleur dans la voix de June tandis qu'elle s'efforçait d'accoucher.

Cal tremblait encore plus quand Chappy lui prit le téléphone et le rendit à JJ.

Nauséeux, il le porta à sa bouche.

— April ?

— Hé, je suis désolée mais je ne peux pas parler. Je dois... June...

— C'est bon, je comprends. Tu vas t'en sortir, April.

— Je n'ai pas le choix, répondit-elle, et JJ détestait entendre la peur dans sa voix.

— Je vais mettre au monde Max, continua April. Puis, je vous aiderai autant que possible. Il y a un trou dans la porte et je pourrai rester aux aguets, par exemple.

Ça ressemblait tellement à sa mère poule de vouloir être là pour tout le monde.

— On s'en charge.

— Jack, je peux aider, insista April.

— Je sais que tu peux. Et j'appellerai quand nous serons là, d'accord ? dit JJ, désirant apaiser la terreur sous-jacente du calme forcé qu'elle essayait d'afficher.

Si regarder par ce fichu trou dans la porte lui donnait l'impression d'aider, il serait ravi de la laisser faire.

— D'accord. Sois prudent, Jack. Tu dois faire de moi une femme mariée.

JJ s'immobilisa.

— Tu veux m'épouser ?

— Sans dec' ! répondit-elle en soufflant.

— Tu prendras mon nom, l'informa-t-il.

Elle rit, et ce son fut un peu moins forcé cette fois.

— Ah oui ?

— Ouaip.

— Hoffman est mon nom de jeune fille. Ce n'est pas le *sien*.

— M'en fiche. Tu seras April Justice avant la fin de la semaine.

— Tue Ryan, ne meurs pas, sors-nous d'ici, et je serai April Justice avant la fin de journée de *demain*, si tu le veux, fit-elle le serment.

— Conclu. Maintenant, va donner naissance à notre neveu. Je te retrouve bientôt.

— Je t'aime, Jack.

— Je t'aime aussi, April.

Le téléphone devint silencieux quand April mit fin à la connexion.

— Pas mal, mec, commenta Rex, un large sourire sur le visage. Je n'aurais jamais cru qu'*insister* pour qu'elle prenne ton nom puisse marcher, mais il n'aurait pas pu en être autrement !

Les doigts de JJ lui picotaient ; il ne savait pas si c'était parce qu'il retenait son souffle ou si c'était à cause du surplus d'adrénaline qui coulait dans ses veines, mais ça n'avait vraiment pas d'importance. Il allait épouser cette femme. Tôt ou tard.

— Pendant ce temps-là, je transmettais l'info à Meat dans l'hélico, et il a déjà trouvé la cabane, les informa Rex.

— Quoi ? s'exclama Chappy.

— Où ? demanda brusquement Bob.

— Comment sait-il que c'est la bonne ? demanda Cal, un peu plus posé après sa bouleversante conversation avec June.

— Il a dit qu'il y avait un pick-up noir relié à une remorque situé sur un chemin de terre à moins de deux kilomètres de la cabane. Il pense qu'April avait raison en disant que ce mec ne bluffait pas. La terre encerclant la cabane a été retournée, comme s'il avait creusé, dit Rex.

— Pour y enterrer des mines et des engins explosifs, commenta Gray d'un air grave.

— On dirait bien, confirma Rex. J'ai les coordonnées. Aucun signe du Tango mais il est là, je parierais ma vie là-dessus. Je pense qu'on peut s'approcher de trois kilomètres ou plus de la cabane, puis y aller à pied. On peut se séparer, encercler la zone. Vous quatre pouvez vous montrer maladroits et attirer son attention. Une fois le rat sorti de son trou, on le bute, puis on trouve comment rejoindre prudemment les femmes.

Le ventre de JJ se tordit à cela ; si la cabane était entourée d'explosifs et s'il y avait réellement une bombe en dessous, impossible de savoir de combien de temps ils disposaient. Et à chaque seconde passée, JJ ressentait l'urgence d'accélérer de plus en plus.

— On y va, dit-il avec fermeté.

Les équipes d'Ace Security, de Silverstone et des Mercenaires Rebelles se dirigèrent toutes vers la porte. Tout le monde avait l'air concentré, conscient de ce qu'il y avait en jeu.

JJ se tourna vers son équipe et inspira profondément.

Mais ce fut Cal qui s'exprima.

— June est en train d'avoir mon bébé. Elle a commencé à accoucher dans une putain de *remorque*. Pas dans un hôpital stérile, entourée de médecins et d'infirmières, ni avec cette fichue péridurale que nous avions prévue pour qu'elle ne souffre pas de douleur. Et c'est trop tôt. Max n'était pas censé naître avant quelques semaines.

— Tout ira bien pour lui, lui dit JJ.

— Je sais, répondit Cal, d'un ton étonnamment ferme. Car elle a Carlise, Marlowe et April avec elle. Mais ça ne veut pas dire que je ne suis pas fou de rage. Il nous a *volé* ce moment. Ce moment de partage, à vivre la naissance de notre premier-né. Quelque chose que nous ne connaîtrons plus jamais.

— Je ne voulais pas espionner, les interrompit Rex, à la porte.

Tout le monde était parti, mais il s'était attardé, ayant de toute évidence entendu leur conversation.

— Je le tuerai personnellement pour toi, reprit-il. Lentement. Douloureusement.

Cal observa l'homme. Selon ce que les autres leur avaient dit, Rex ne faisait pas partie des Forces Spéciales. Il avait été dans l'armée mais seulement pour une brève période. Il n'était pas la première personne que JJ aurait soupçonnée d'être enthousiaste et avide de tuer dans une salle remplie d'hommes qui l'avaient fait par le passé. Là encore, il avait connu bien plus de douleur que ce que tout autre homme aurait pu supporter. Ne pas savoir où était sa femme ni même si elle était en vie, pendant dix longues années... Il l'avait aujourd'hui retrouvée, avec un fils qu'elle avait eu en captivité – ce qu'il avait ignoré – et étaient tous deux épanouis.

— Je t'en remercierais infiniment, dit Cal, formel. Tout comme la famille royale.

Rex eut un sourire en coin.

— Je ne veux pas être lié à ça, sans offense.

— Aucune. Il y a des jours où je ressens la même chose, lui dit Cal.

Les deux hommes hochèrent la tête, puis Rex disparut par la porte.

— Même si nous serons toujours des Delta, aujourd'hui, nous ne sommes que quatre hommes qui feraient tout pour retrouver les femmes qu'ils aiment, dit calmement Chappy.

— Le protecteur, l'aristocrate, le héros et le bûcheron, dit Bob. J'ai entendu nos nanas nous appeler comme ça plus d'une fois. Et je veux être le héros de ma femme… encore.

— Tu l'es déjà, lui dit JJ. Et tu es un véritable protecteur, dit-il à Chappy. Cal sera toujours le prince aristocrate de June. Et je suis content d'être un simple bûcheron, dit JJ, plus que jamais fier en cet instant d'être exactement qui il était, ce qui n'était pas arrivé depuis très longtemps. Nous avons seize sacrés gars à nos côtés ; laissons-les faire le sale boulot. Notre seule priorité, c'est cette cabane. Compris ?

— Bien reçu.

— Oui.

— Absolument.

JJ ne pensait même pas avoir besoin de dire ça mais, la dernière chose qu'il voulait, c'était que l'un d'entre eux se perde dans sa colère envers Ryan. Il avait besoin qu'ils se concentrent sur la cabane. Sur le moyen de trouver une façon de rejoindre les femmes et de les faire sortir sans encombre.

Il avait le sentiment que ce serait la partie la plus ardue de cette mission. Ne pas neutraliser le kidnappeur. Ne pas trouver où il se cachait ou attendait pour se montrer. Ne pas s'inquiéter s'il avait prévu de les buter avec un fusil de sniper – ce dont JJ doutait car ce serait trop rapide et cet enfoiré voulait voir leurs visages. Voulait voir leur douleur quand ils seraient persuadés que leurs femmes allaient mourir.

Non, ces explosifs angoissaient JJ plus que tout le reste. Une seul faux pas, un seul faux mouvement... bon sang, avec des bombes, perturber un peu trop le sol pourrait tout faire exploser. Ils devaient être calmes et méthodiques. Laisser les hommes qu'ils avaient appelé à l'aide se charger de Ryan.

— Allons chercher nos femmes, annonça JJ.

Sans autre mot, les quatre hommes se tournèrent vers la porte.

CHAPITRE VINGT ET UN

Bull arrêta le pick-up, et JJ et sa bande, accompagnés d'Eagle, Smoke et Gramps, bondirent de l'arrière. Ils avaient été serrés, mais ils avaient voulu prendre le moins de véhicules possible jusqu'à la zone. Une fois qu'ils auraient fait sortir les femmes saines et sauves de la cabane, ils appelleraient l'hélico pour les emmener à l'hôpital le plus proche.

Ils s'étaient arrêtés pour prendre Eagle, Cole et Meat – qui n'avaient pas souhaité être là-haut dans l'hélico lorsqu'aurait lieu la descente à la cabane – en chemin et, en cet instant, ils étaient vingt hommes rigoureusement entraînés, prêts et désireux de faire le nécessaire pour neutraliser l'ennemi et secourir les otages.

Les hommes restants se trouvaient dans deux fourgons derrière celui de Bull et ils se réunissaient tous aux abords des bois.

— C'est à deux kilomètres et demi, tout droit au nord de la cabane, dit Rex, pointant dans la direction concernée. Nous savons que le véhicule de Ryan est plus loin, mais nous savons *également* qu'il voudra avoir une vue sur cette cabane. Je ne m'inquiète pas trop de tomber sur lui par hasard avant ça.

Donc, restons bien groupés si nous le pouvons jusqu'à avoir parcouru huit cents mètres. Notre équipe ira vers l'ouest pendant que celle de Logan fera le tour par le sud. Bull, toi et tes gars irez au nord. Nous encerclerons la cabane et laisserons JJ et ses hommes marcher tout droit en longeant la route. *Tout le monde* garde l'œil sur cet enfoiré. Si vous le trouvez, faites-le savoir aux autres, et nous convergerons vers votre emplacement.

Tout le monde hocha la tête, et ils vérifièrent tous les radios. Les petits transmetteurs dans leurs oreilles permettaient à chacun d'entre eux de rester en contact.

— Gardez les yeux rivés sur le ciel comme sur le sol, leur rappela Logan. Les arbres ici sont suffisamment grands pour contenir un adulte mais, étant donné tout le temps qu'il a passé dans ces bois, à installer les explosifs, il aurait aussi pu construire un genre de bunker souterrain.

— Il est possible qu'il ait installé des caméras aussi, ajouta Bull. Ça ne m'étonnerait pas de lui.

Le sang de JJ se glaça. Si Ryan l'avait fait et qu'il réalisait qu'ils étaient plus nombreux que juste eux quatre, leur plan pourrait entièrement être foutu en l'air… littéralement.

— Restez bien alertes, leur dit Gray. N'accordons pas davantage de crédit à ce mec plus qu'il ne le mérite. Si quelqu'un voit toute sorte de traces d'une caméra ou sent qu'il est observé, informez les autres, et nous passerons au plan B.

Ils n'avaient pas de plan B, à ce qu'en savait JJ, mais il acquiesça malgré tout. Ils étaient tous parfaitement conscients que le temps faisait son tic-tac comme la bombe qui pouvait se trouver – ou non – sous la cabane.

Les hommes agirent rapidement sur les premiers mètres avant que les groupes ne se séparent, disparaissant dans la nature sauvage autour de JJ et de son équipe. Comme ils continuaient seuls, il pouvait sentir son cœur marteler, et chaque pas qu'il faisait paraissait résonner bruyamment dans le silence des bois. Aucun des hommes ne parlait, chacun perdu dans ses pensées, orienté vers l'amour de sa vie et ce qu'elle pourrait être en train de vivre.

— On se rapproche, dit quelqu'un par le transmetteur plusieurs minutes tard.

JJ leva un poing fermé, indiquant à ses hommes de s'arrêter. Il se tourna vers ses amis.

— Peu importe ce qui arrive, allez vers les filles. Elles sont notre objectif.

Chappy, Cal et Bob acceptèrent tous sans hésiter.

— Tu lui parleras, dit calmement Chappy. Quand il se montrera, je veux dire.

— Je suis d'accord, dit Bob. Tu as toujours été le meilleur pour dissuader les cibles ou, en tout cas, les distraire.

— Je ne peux penser à rien d'autre qu'à June et à la douleur qu'elle subit, dit Cal d'une voix tremblante. Je me suis senti parfaitement bien dans des situations bien plus dangereuses, mais je ne peux absolument pas penser clairement en ce moment.

La confiance que lui montraient ses hommes était bouleversante mais JJ acquiesça. Il n'avait aucun problème pour parler à ce Ryan. Depuis qu'il avait appris qu'April avait été kidnappée, il était hyper tendu. Furieux, mais gardant principalement le contrôle. Le perdre maintenant n'aiderait pas sa femme, et c'était tout ce qui importait.

Prenant une profonde inspiration, JJ continua vers les coordonnées de la cabane que les hommes dans l'hélico leur avaient transmises. Les autres équipes faisaient du bruit réconfortant dans sa tête, parlant calmement par les radios, informant les autres de leurs localisations.

— J'ai la cabane en vue, dit quelqu'un.

— Pareil pour nous.

— Toujours aucun signe de notre cible.

Un instant auparavant, JJ et son équipe marchaient le long

des chemins de terre qui passaient pour une route et, l'instant suivant, ils pénétraient une clairière. Comme les paires d'yeux situées dans le ciel le leur avaient dit, le sol était principalement fait de terre sur un large périmètre autour de la petite cabane, avec très peu de végétation. Quant à la structure en elle-même, on croirait qu'une seule grosse bourrasque ferait décoller ce truc du sol.

JJ luttait contre la tentation de courir jusqu'à la porte. Savoir qu'April et les autres s'y trouvaient, si proches et pourtant si loin, lui donnait l'envie d'aller à tout prix à l'intérieur et de voir par lui-même si elles allaient bien. Si elles n'étaient pas blessées. Mais il se força à rester immobile.

— Et maintenant ? demanda calmement Bob.

Regardant alentour, JJ ne vit aucun signe de Ryan mais il savait qu'il était proche. Les cheveux dans sa nuque demeuraient dressés et son sixième sens lui disait que l'homme les observait attentivement.

— Ryan Johnson ? l'appela-t-il, tâchant de ne pas parler trop fort car il ne savait pas si les explosifs que cet enfoiré avait placés s'activaient par le bruit ou non. April lui avait dit que Ryan avait déjà fait détoner une bombe, alors sans doute pas... mais il n'allait quand même pas prendre le risque.

— Tu voulais qu'on te trouve, alors nous voilà ! annonça-t-il.

Il pouvait entendre Gray et les autres faire le point, l'informant qu'ils n'avaient pas non plus l'homme en vue.

— Il est peut-être parti, suggéra Chappy.

Mais JJ fit non de la tête.

— Non, il est ici. Il a planifié ça méticuleusement pendant des années.

Juste alors, un son nouveau résonna dans le calme qui les encerclait.

Le cri d'un bébé vraiment pas content surgit de l'intérieur de la cabane.

Automatiquement, JJ attrapa le bras de Cal, l'empêchant de faire un pas de plus vers le bruit.

— Tout doux, Cal, lui dit-il.

— C'est mon fils, répondit ce dernier avec calme, comme s'il était en transe.

— Pleurer est bon signe, l'apaisa Chappy. Ça veut dire qu'il respire. Et je dois dire qu'il a l'air de respirer *vraiment* bien.

Le prince Maximilain Redmon n'avait pas l'air heureux, mais JJ ne put réfréner le petit sourire de se former sur son visage. April avait réussi. Avec succès, elle avait mis le bébé de June au monde. Il savait que Carlise et Marlowe avaient indubitablement aidé également, mais il était sûr que sa mère poule avait eu le rôle principal.

Ensuite... des applaudissements lents, méthodiques, résonnèrent derrière eux.

Les quatre hommes pivotèrent pour faire face à la menace au même moment où la voix de Bill se fit entendre dans leurs oreilles.

— Cible localisée. Je répète, cible localisée.

JJ prit une seconde pour penser « Sans dec', Sherlock » avant que toute son attention ne soit centrée sur l'homme sortant par derrière un gros arbre. Il n'avait aucune idée de l'endroit où l'homme s'était caché, ni comment seize hommes avaient pu ne pas le repérer avant qu'il ne débarque comme une fleur dans la clairière mais, en cet instant, rien ne comptait plus que de mettre fin à ce qui menaçait leurs femmes et leurs avenirs à tous.

Étudiant Ryan, JJ réalisa qu'il ne ressemblait en rien à ce qu'il avait imaginé quand il avait pensé au kidnappeur d'April. D'abord, il avait l'air si jeune ! Encore plus jeune que les vingt ans que Tex avait mentionnés.

Ensuite, il avait l'air... normal. De sa coupe de cheveux à ses vêtements, il ne ressemblait à un terroriste d'aucune façon. Ce qui était une notion stupide, car JJ savait plus que la plupart qu'il n'y avait pas de « *look* » type pour les terroristes. Ils se fondaient dans l'environnement dans lequel ils habitaient, tout comme l'avait fait Ryan.

— Félicitations pour le fait d'être papa, dit Ryan à Cal avec un léger accent anglais.

JJ eut la pensée brève et irrationnelle que c'était presque dommage que cet homme soit sur le point de mourir. Car il était de toute évidence très talentueux, très malin. Il aurait pu apporter beaucoup de bien dans le monde mais, au lieu de ça, il avait laissé la haine envahir son cœur et sa tête.

— Un autre prince Redmon, comme c'est excitant, dit Ryan, levant une main et pointant un pistolet sur Cal. Quel dommage qu'il ne rencontre pas son père.

Pendant une seconde, JJ crut que Ryan allait appuyer sur la détente, tirer sur Cal ici et maintenant, mais il continua de causer :

— J'attends ce moment depuis plus longtemps que vous ne le pensez, grogna Ryan.

Reconnaissant du fait que cet idiot veuille discuter, JJ resta silencieux, le laissant dire ce qu'il avait besoin de dire. Pendant tout ce temps, il pouvait entendre les hommes autour d'eux, leurs renforts, se parlant les uns les autres via les radios et se mettant rapidement et silencieusement en position pour encercler Ryan avant de passer à l'action.

— Vous avez tué mon frère ! les accusa Ryan d'un air théâtral.

— C'était lequel ? demanda JJ d'un ton ennuyé, comme s'il parlait d'une chose aussi anodine que la météo.

Comme attendu, la colère de Ryan fut instantanée.

— Il était *innocent* ! cracha Ryan. Il était là pour apporter de l'eau, pour vous apporter de la nourriture, connards. Il n'était pas impliqué dans l'enlèvement.

Les yeux de JJ se rétrécirent, son regard parcourant le gosse devant eux. Quand Ryan avait incliné la tête d'un air de défi, comme pour demander à JJ ce qu'il regardait, un souvenir d'un autre homme faisant la même chose surgit brutalement dans sa tête.

Excepté le fait que, à l'époque, l'homme avait incliné la tête pour étudier JJ, exactement comme ça, avant de se servir d'un couteau pour lui graver la peau.

— Je me souviens de ton frère, dit JJ en se redressant, abandonnant son regard et son air ennuyé. Il faisait à peu près ta taille, sentait la transpiration et portait toujours un pantalon noir et un vieux T-shirt avec une photo des Tours Jumelles de New York avant qu'elles ne soient démolies par des terroristes.

La bouche de Ryan s'ouvrit, il était choqué. Il retrouva immédiatement son sang-froid, mais cet écart de conduite suffisait pour que JJ se dise qu'il avait visé juste.

Il sentit ses coéquipiers remuer à côté de lui, comme s'ils se souvenaient également de l'homme particulièrement sadique qui les avait torturés.

— Et tu as tort sur son innocence. Il a pris part à chaque étape de notre captivité et nos tortures, dit JJ.

— Non, c'est faux ! insista Ryan. Il m'a dit qu'il n'était là que pour l'argent, pour acheter de la nourriture et des vêtements pour notre famille et...

— Il a menti ! cria d'un ton sévère JJ, voulant tellement secouer Ryan qu'il avait baissé sa garde.

Il avait juste besoin de le distraire suffisamment pour que Rex, ou l'un des autres hommes, puisse l'atteindre.

— Ton frère était un *terroriste*, reprit-il. Il a blessé des gens. Probablement violé des femmes, frappé de petits enfants et craché sur chaque tradition que toi et tes compatriotes aviez toujours chérie.

— Non, répondit Ryan en secouant la tête. Il mettait de l'argent de côté pour nous sortir de là ! Pour nous emmener en ville, où j'aurais pu aller à l'école.

JJ se mit à rire. C'était un son odieux.

— Il n'allait *jamais* partir. Il voulait gravir les échelons dans l'organisation. Il cherchait l'attention. La notoriété. Il voulait être aux commandes. Au bout du compte, il aurait fini par t'aspirer dans cette vie avec lui.

Ryan le regarda fixement un instant, puis secoua la tête.

— Tu mens pour essayer de sauver ta vie. Ça ne marchera pas.

JJ croisa les bras sur la poitrine, ses lèvres se tordant de dégoût.

— Et tu es un enfoiré rempli d'amertume, tu ressembles plus à ton frère que tu ne le penses. Tu as enlevé quatre femmes innocentes, sans défense, tu t'es délecté de leur terreur.

Il entendit Rex dire aux autres de se tenir à l'écart, qu'il allait bouger.

— Merci pour le compliment, répondit Ryan, presque calmement, clairement pas aussi secoué que JJ l'avait espéré. J'ai passé ma vie à apprendre tout ce qu'il y avait à savoir sur les engins explosifs afin de venger mon frère et de le rendre fier. J'ai agrémenté la cabane et tout ce qu'il y autour avec chaque type de bombe. Vous pourriez avoir le dessus sur une, mais vous ne les aurez *jamais* toutes. Vos femmes vont mourir, dit-il mollement, comme si tuer quatre femmes et un bébé n'était rien pour lui. Et vous allez regarder. Puis, je vais vous tuer, vous aussi. Finir ce que mon frère avait apparemment commencé il y a toutes ces années. Si tu dis qu'il faisait partie de ce groupe qui vous a torturés, alors il avait une raison. Et je ne lui en veux pas. Je terminerai sa mission… et je le rejoindrai dans l'au-delà.

— Oh, un peu que tu vas le faire, lui dit JJ avant que Rex ne surgisse brutalement des arbres derrière Ryan.

Le jeune homme se tourna vivement, mais il était trop tard. Rex le heurta d'un puissant coup de poing, l'envoyant directement au tapis.

L'arme qu'il tenait se déclencha, et JJ sursauta, priant pour que Rex ou nul autre n'ait été touché. En quelques secondes,

Rex désarma aisément et maîtrisa l'homme, plus petit. Et derrière lui, Ro, Arrow, Logan, Blake et Bull apparurent.

À la surprise de JJ, Ryan riait. C'était un son hystérique, presque dérangé.

— Vous croyez avoir gagné. Mais ce n'est pas le cas ! exultait-il. Vos femmes sont déjà mortes ! Vous ne pouvez pas les atteindre ! Si vous avancez vers la porte, vous exploserez. Si vous amenez un hélicoptère, les vibrations feront détonner certains explosifs. BOUM ! Toute la cabane s'envolera dans la plus grosse explosion que vous ayez jamais vue. Il va pleuvoir des membres humains ! Il n'y a rien à faire pour l'empêcher. Pour m'empêcher, moi. J'ai quand même gagné !

Il rit à nouveau. Même quand Rex le saisit par le col et le poussa à se mettre debout, il ne cessa pas son rire de dément.

Ce bruit ne s'arrêta que lorsque Rex le frappa à nouveau au visage d'un coup de poing.

— Je m'occuperai de cette racaille. Allez chercher vos femmes, dit Rex en se tournant, poussant Ryan devant lui pour s'évanouir dans la forêt, trois hommes à sa suite.

JJ se retourna vers la cabane. Elle offrait une vue presque sereine. Il ne manquait plus que de la fumée s'échappant de la cheminée. Mais au lieu de ça, tout ce qu'il vit fut le danger.

— C'est quoi, le plan ? demanda Eagle.

Pour la première fois de sa vie, JJ n'en avait aucune idée. Ryan pourrait avoir bluffé au sujet de l'hélico, ou pas du tout. La force du vent causé par les lames *pourrait* déclencher des explosifs particulièrement sensibles… mais il avait déjà fait la démonstration de l'un de ses dispositifs devant les filles, sans causer aucune explosion massive. Soit il mentait sur leur sensibilité, soit il mentait peut-être quant au nombre de bombes enterrées. Dans tous les cas, JJ n'allait pas risquer volontairement la vie des filles pour une supposition.

Ils ne pouvaient ni conduire ni marcher jusqu'à la cabane par peur d'en déclencher potentiellement une. Ils pouvaient faire appel à des spécialistes ou des robots démineurs, mais ça leur prendrait trop de temps pour venir jusqu'ici. Ils ignoraient complètement si Ryan avait installé une minuterie sur la moindre de ces bombes.

— Je ne sais pas, finit par admettre JJ dans un murmure.

Il se tourna vers son équipe et vit le même regard frustré et désespéré sur leurs visages qu'il pensait avoir également sur le sien.

— Et si on se servait des arbres ? On y grimpe et on saute sur le toit ? On pourrait le traverser pour entrer à l'intérieur, proposa Gramps.

— Et ensuite, quoi ? demanda Ryder. Je suis certain que ces femmes sont motivées à sortir, mais June vient d'avoir un bébé.

— Et si l'hélico reste suffisamment haut pour que le courant descendant ne soit pas suffisamment fort pour faire exploser quoi que ce soit ? demanda Arrow.

— Peut-être, répondit Blake, sceptique, mais le vent est fort. Celui se trouvant au bout de la corde serait balancé comme une boule dans un flipper.

— Une grue ? Elle pourrait lever quelqu'un jusqu'à la cabine, suggéra Cole.

— Un chien de détection d'explosifs ? soumit Gray.

— Il n'y a pas assez de temps, murmura Cal, paraissant brisé.

JJ fixa la cabane. Il devait y avoir des moyens de faire sortir les filles et bébé Max de la cabane sans déclencher les explosifs alentour et sous la construction. Mais pour le moment, il y avait bien trop d'inconnues dans l'équation à son goût.

L'idée que Ryan puisse finalement gagner lui donnait envie de vomir.

Ce fut là qu'il entendit la voix d'April appeler son nom.

— Jack ?

Il sursauta légèrement en réaction, et il avait en réalité fait un pas vers la cabane avant de sentir une poigne ferme sur son bras, le retenant. Merde. Ouais... Il ne pouvait pas risquer de se rapprocher plus, car personne ne savait jusqu'où Ryan avait posé les explosifs.

— Je suis là ! dit-il.

— Qui sont tous ces gens ? demanda-t-elle.

JJ voulait sourire devant une question si normale.

— Mes amis. Ils sont venus aider.

— Oh, d'accord. Et le grand mec tatoué qui a emmené Ryan ? On est sûr qu'il est bon ? Ryan ne s'échappera pas ?

— Ryan ne s'échappera pas, la rassura Ro quelque part dans le dos de JJ.

— Rex et ses coéquipiers se chargeront de lui, ne t'en fais pas, s'exclama JJ.

Il ne pouvait pas la voir, juste l'entendre, et le son de sa voix faisait encore plus souffrir son cœur. Si, avec ses amis, ils ne trouvaient pas quelque chose illico, il pourrait la perdre à jamais.

— Cal, June a eu son bébé. Max est parfait ! Dix orteils, dix doigts et des poumons qui fonctionnent extrêmement bien.

— J'ai entendu, répondit Cal.

— Il est beau, lui dit-elle.

— Évidemment qu'il l'est. June est sa mère, répondit Cal, la voix tremblante.

— Bien, alors... c'est vraiment chouette de vous rencontrer, amis de Jack, dit April. Quand pourrons-nous sortir de là ?

JJ fronça les sourcils et fit un pas, même s'il tirait sur la corde. Ses pieds effleurèrent la terre déplacée sur une vingtaine de mètres de la cabane. Il s'accroupit et étudia les environs.

— On bosse dessus, mon ange.

Il y eut un silence, comme si elle digérait les propos de JJ. Puis, prouvant à quel point sa nana était futée, elle dit :

— Vous ne pouvez pas nous faire sortir.

— Je n'ai pas dit ça, protesta JJ.

— On n'est pas stupides, dit-elle, un peu vexée. On a nous-même fait travailler nos méninges pour tenter de trouver comment aider. Et j'ai une idée.

JJ se tendit. Il avait l'intuition qu'il n'allait pas aimer ça. Pas du tout.

— Je peux te guider pour venir jusqu'à la porte exactement comme nous l'avons fait. Ryan a ramassé les marqueurs qu'il avait utilisés, ceux sur lesquels nous avons posé le pied pour arriver ici… mais je pense me souvenir de l'endroit où ils étaient.

CHAPITRE VINGT-DEUX

April se sentait comme si elle venait de courir un kilomètre, voire trois. Elle était en sueur, et son cœur battait si fort que c'en était presque douloureux. C'était en partie lié au stress qu'elle avait ressenti en aidant June à avoir son bébé, mais l'autre partie, c'était d'avoir vu Jack et les autres gars par le trou dans la porte. De toute évidence, ils ignoraient comment se rapprocher de la cabane.

Elle se fichait de Ryan, de ce que le grand mec et ses potes pourraient être en train de lui faire ; elle avait foi en le fait qu'il ne poserait plus jamais de problème. Elle aurait dû ressentir du remords quant à sa mort, mais elle avait une grande peine à rassembler tout sentiment de sympathie envers leur kidnappeur pour le moment.

Elle voulait sortir de cette cabane. Voulait sentir les bras de Jack autour d'elle. Voulait emmener June et Max à l'hôpital pour s'assurer qu'ils allaient bien tous les deux. Voulait épouser Jack. Voulait rentrer. Dans le Maine.

Elle avait vu Jack sursauter, surpris, quand il avait entendu sa voix, et cela la faisait sourire un peu. Il était de toute évidence en mode « soldat », intensément concentré sur la tâche à accomplir.

— J'ai une idée, lui dit-elle par le trou dans la porte. Je peux te guider pour venir jusqu'à la porte exactement comme nous l'avons fait. Ryan a ramassé les marqueurs qu'il avait utilisés, ceux sur lesquels nous avons posé le pied pour arriver ici... mais je pense me souvenir des endroits où ils étaient.

— Non, répondit-il fermement, se tournant pour regarder son équipe et les autres hommes avec lui dans la petite clairière.

La déception d'April fut écrasante. Il était vrai qu'elle n'était pas une soldate des Forces Spéciales, mais elle pouvait aider, ça, elle n'en doutait pas. Jack n'y réfléchissait même pas. C'était blessant.

Elle l'observait baisser la tête et regarder fixement le sol un moment. Puis, sa main se leva et il se massa la nuque avant qu'il ne se tourne vers la cabane.

— Où te trouves-tu maintenant ? demanda-t-il.

Confuse, April répondit :

— Dans la cabane.

La façon dont les lèvres de JJ se tordirent d'amusement était si familière que ça en était douloureux. Elle l'avait vu se retenir de rire d'un truc qu'elle avait dit tellement de fois.

— Où, dans la cabane ? Tu peux me voir ?

— Oh ! Ouais, il y a un trou dans la porte.

Elle passa deux doigts par le petit trou et les agita avant d'y replacer son œil.

Elle vit que la plupart des hommes, autres que Chappy, Cal et Bob, souriaient de toutes leurs dents. Avec retard, elle comprit que son geste avait probablement eu l'air obscène de leur point de vue.

— Bien, le chemin que tu as pris pour aller jusqu'à la porte, il allait tout droit, il zigzaguait ou.. ?

— Tout droit.

Allait-il vraiment la laisser le guider jusqu'à la porte ? Sa confiance faisait plaisir, *vraiment* plaisir, mais alors, tout aussi soudainement, la nervosité frappa.

Mais que faisait-elle ?! Si elle n'était pas complètement certaine à propos du chemin, si elle lui disait de marcher dans la mauvaise direction, il pouvait littéralement exploser en mille morceaux juste devant ses yeux.

— Laisse tomber ! s'écria-t-elle, totalement paniquée désormais. Je ne sais pas à quoi je pensais ! Je n'y arriverai pas.

— April ! siffla June dans son dos.

Alors, elle se tourna pour voir son amie assise, le dos contre le mur très dur, Max blotti contre sa poitrine. Elles avaient utilisé le drap pour l'emmailloter, et seul son petit visage apparaissait par-dessus le tissu. La couverture sous June était tachée de fluides corporels et de sang, et le cordon ombilical était toujours relié à elle. Il n'y avait rien qu'elles avaient pu prendre pour le couper, et ça les faisait complètement flipper. Il leur fallait un hôpital. Immédiatement.

— Quoi ? demanda-t-elle, avec retard.

— Tu peux le faire. Je t'ai vue analyser ce chemin en marchant vers la cabane. Ton esprit allait à mille à l'heure. Si quelqu'un peut guider prudemment nos hommes jusqu'à nous, c'est toi. Nous te faisons confiance.

Carlise et Marlowe hochèrent la tête, d'accord avec elle, et April ne put s'empêcher de remarquer que les deux femmes avaient leur main sur leur ventre, comme pour toucher leurs enfants à naître.

La pression était immense. Non seulement elle risquait la vie de leurs hommes, mais elle pouvait finir par tuer ses meilleures amies et leurs enfants.

— April ! l'appela Jack.

Prenant une profonde inspiration, elle retourna son attention vers le trou dans la porte.

— Où était exactement garée la remorque quand vous êtes sorties ? lui demanda-t-il.

Était-elle vraiment en train de faire ça ? Son regard passa de l'homme qu'elle aimait aux arbres au milieu desquels la remorque avait été garée. Elle inspira profondément.

— Tu vois ces arbres sur ta droite… attends, je veux dire ma droite, ta gauche.

Elle souffla d'exaspération. Comment pouvait-elle lui dire où poser le pied si elle ne pouvait même pas discerner la gauche et la droite ?

— Ceux qui sont plus fins que les autres autour d'eux ? reprit-elle. Ils se trouvent à environ deux heures par rapport à la porte.

Jack se tourna et marcha immédiatement jusqu'aux arbres qu'elle avait désignés, Cal, Chappy et Bob sur ses talons.

— Ceux-là ? demanda-t-il.

— Oui.

— OK, et maintenant, quoi ?

Elle ne dit rien pendant un long moment.

C'était comme si Jack était en train de regarder pile dans son cœur. Elle pouvait voir son air concentré même de loin.

— J'ai confiance en toi, dit-il.

Il n'avait pas crié ces mots, il les avait dits calmement, et April décelait la sincérité de ses paroles.

— Tu auras besoin de quelque chose pour retirer les planches de la porte, lui dit-elle.

Il se tourna vers des hommes se tenant non loin, et cette brève pause lui accorda du temps pour prendre une grande inspiration. Ses mains tremblaient, mais elle les joignit fermement et porta son attention au sol devant la cabane. Vingt-cinq marqueurs. Elle les avait comptés. Comme si elle était revenue à ce moment-là, marchant sur ces cercles roses, elle les vit aussi clairement qu'en plein jour.

— OK, j'ai un marteau. Où dois-je aller ?

April cligna des yeux.

— Mais où as-tu pu dénicher un marteau ?

L'un des hommes près de lui se mit à rire.

— Nous sommes pleins de ressources ! s'écria-t-il.

Ouais, bien sûr. S'ils voulaient se trimballer avec une énorme caisse à outils, elle n'allait pas se plaindre.

— Tu as besoin d'un truc pour marquer ton chemin, lui dit-elle. Ryan s'est servi de cercles rose vif, fabriqués en papier ou autre, mais il les a ramassés pour effacer le parcours.

— D'accord, pas bête.

Tous les hommes se mirent à regarder autour d'eux, à la recherche d'un truc qu'ils pourraient utiliser pour marquer le chemin jusqu'à la cabane. Soudain, l'un d'eux fit passer son T-shirt par-dessus sa tête et se mit à couper des morceaux avec un couteau. Peu de temps après, il tendit à Jack une pleine poignée de bandes de tissu découpées.

— Très bien, ma puce, parle-moi. Dis-moi comment venir à toi.

April sentit une main sur son épaule et se tourna, découvrant que Marlowe se tenait là.

— Respire, April.

Se rendant compte qu'elle retenait sa respiration, April la relâcha bruyamment.

— Je vous aime les filles. Tellement.

— On t'aime aussi. Maintenant, dépêche-toi. J'ai faim, lui dit Carlise de là où elle était assise, à côté de June.

April sourit, ayant décelé la taquinerie dans la voix de son amie. Elles étaient toutes stressées au maximum et ne voulaient rien d'autre que sortir de cette maudite cabane… et prendre une douche. April se sentait sale et dégoûtante, mais c'était le dernier de leurs soucis pour le moment.

Elle hocha la tête et, plus reconnaissante qu'elle ne saurait le dire du fait que Marlowe reste à ses côtés, April jeta de nouveau un œil à travers la porte.

— En partant des arbres, marche droit devant jusqu'à ce que tes orteils touchent la bordure où l'herbe prend fin et que tu vois de la terre.

Jack fit ce qu'elle indiquait.

— Maintenant, marche droit devant. Non ! cria-t-elle immédiatement, voyant Jack sur le point de reposer le pied, qu'il maintint alors en l'air.

— Recule légèrement ton pied.

— Là ? demanda-t-il, tout en déplaçant son pied.

— Oui, c'est mieux. J'ai souvenir de ne pas avoir galéré à placer mes pieds. Ce qui veut dire que tu trouveras sans doute que les tiens sont trop rapprochés quand tu marches.

Jack acquiesça et, tandis qu'une perle de sueur roula sur la tempe d'April, il posa le pied.

Comme rien n'arriva, que la terre n'explosa pas autour de lui, elle relâcha un souffle tremblant.

— OK. Tu vois ces petites zones herbeuses, quelques centimètres devant ton pied droit ?

Jack hocha de nouveau la tête.

— Pose ton pied gauche devant ça pour que ton talon soit pile au bord.

Il fit un pas en avant comme elle le lui avait indiqué, puis tourna et leva le pied droit une fraction de centimètres pour venir placer un bout de tissu sous sa botte.

— OK, maintenant, bouge un peu vers ta..., elle s'interrompit, hésitante, voulant être sûre d'avoir la bonne direction avant de continuer : ta gauche. Il y a une petite branche qui dépasse du sol. Pose ton pied droit juste à côté d'elle.

Lentement – vraiment très lentement –, April guidait Jack, qui se rapprochait de plus en plus de la cabane. À chaque pas en avant, elle gagnait en confiance quant à ses directives. Avec chaque pas, il y avait une sorte de repère ; ils avaient paru si anodins sur le coup qu'elle les avait à peine remarqués lorsqu'elle avait elle-même effectué ce parcours. Elle s'était trop concentrée sur les cercles roses. Mais lorsque ses amies avaient traversé le champ de mines, elle avait observé plus attentivement et s'était rendu compte que chaque cercle se trouvait juste à côté d'une sorte de marqueur naturel.

Quand Jack se trouva à seulement trois pas de la porte, April regarda le chemin et paniqua. Elle ne voyait aucune pierre, aucun bâton ni rien d'autre qui pourrait lui indiquer où il pourrait poser le pied ensuite.

— Je suis presque arrivé. Ensuite, où, April ? demanda calmement Jack.

Mais en s'attardant sur le visage de ce dernier, April pouvait voir qu'il était tout sauf détendu. De la sueur dégoulinait sur ses tempes, bien qu'il ne fasse pas assez chaud dehors pour transpirer. Ses mains formaient des poings et ses sourcils étaient froncés.

— Je ne sais pas ! dit-elle, laissant échapper un sanglot qui la surprit complètement.

Marlowe resserra sa prise sur son épaule, mais April ne pouvait détourner le regard de Jack. Du coin de l'œil, elle pouvait voir les autres hommes rester figés près des arbres, d'où Jack avait entamé son voyage périlleux. Ils avaient l'air aussi tendus qu'elle.

Jack était si proche, et pourtant, encore si loin.

— April ? Regarde-moi, lui ordonna-t-il.

— Je te regarde, dit-elle d'une voix étranglée.

Il était flou à cause des larmes dans ses yeux, mais elle refusa de détourner la tête du trou dans la porte.

— J'admets que, quand tu m'as dit au téléphone que tu pouvais aider, j'ai écarté l'idée. Comment aurais-tu pu aider une bande de soldats des Forces Spéciales ? J'ai accepté juste pour que tu te sentes mieux, mais j'ai été un idiot. Tu es vraiment la personne la plus futée que j'ai jamais connue. Qui d'autre pourrait faire ça ? Me guider à travers un véritable terrain miné pour te rejoindre ? Encore deux pas, mon ange. Puis, j'ouvrirai cette porte, nous ferai sortir de là, et tu pourras m'épouser.

April pouffa.

— Avec tout ce qui se passe, c'est tout ce à quoi tu penses ?

— Absolument, répondit sérieusement Jack. J'ai trop attendu pour te demander de sortir et j'ai failli te perdre. Si tu crois que je vais attendre une minute de plus pour mettre ma bague à ton doigt, tu te trompes.

— Tu as une bague ? demanda-t-elle, surprise.

Il prit alors un air un peu penaud.

— Eh bien, non. C'était une figure de style.

April avait un large sourire. Elle se recula suffisamment pour essuyer ses yeux de sa manche avant de ramener son visage contre la porte. Elle regarda la terre aux pieds de Jack et, d'un coup, un déclic.

— Tu vois cette pierre qui ressemble à une flèche ?

Baissant les yeux, Jack fit oui de la tête.

— Marche pile dessus. Je ne l'avais pas vue jusqu'à ce que Ryan ramasse le cercle rose, alors ça veut dire que c'était directement posé dessus.

Jack fit ce qu'elle demandait. Avec ses longues jambes, il était suffisamment prêt pour passer la dernière étape et bondit sur le petit palier devant la porte, mais il regarda celle-ci, comme si elle attendait qu'elle lui dise quoi faire.

— Tu peux sauter vers la porte maintenant, dit April, confuse.

— Je pourrais. Mais c'est un peu trop loin pour que, toi, tu puisses poser le pied ici sans effort. Encore un, mon ange.

Bien qu'il ne puisse pas la voir, April accepta d'un signe de tête.

— La terre à quelques centimètres de là n'a pas la même couleur que le sol autour. C'est plus sombre. Pose le pied là.

Il le fit, sans oublier de se tourner pour poser un bout de tissu sur la pierre en forme de flèche.

April soupira bruyamment et se laissa tomber à genoux, s'asseyant sur ses talons.

— Tu as réussi, lui dit Marlowe, impressionnée.

— Je savais que tu y arriverais, lui dit June. Tu es la personne la plus observatrice que je connaisse.

— April ? Recule de la porte, lui dit Jack, si proche.

Elle se releva sans attendre et traîna les pieds à reculons vers June et Carlise. Marlowe avait un bras autour de sa taille, et les quatre filles avaient le regard rivé sur la porte, entendant Jack essayer de retirer les planches que Ryan avait clouées en travers.

Puis, il fut là. Se tenant au seuil de la porte, plus vrai que nature.

April se jeta sur lui, le heurtant tellement fort qu'il recula sur le minuscule perron pour rester debout. La sensation des bras de Jack autour d'elle était mieux que tout ce dont elle pouvait se souvenir depuis très longtemps.

— Jack ! s'exclama-t-elle d'une voix rauque.

Son étroite étreinte faisait presque mal, mais elle n'allait pas s'en plaindre.

Ils restèrent ainsi pendant longtemps, avant qu'elle ne sente des bras se joindre à eux. Marlowe les avait rejoints. Puis, Carlise arriva aussi. Les quatre se tinrent juste à la porte dans une étreinte reconnaissante et heureuse. Jack s'adapta pour les enlacer toutes les trois, et April tomba amoureuse de lui encore plus qu'elle ne l'était déjà.

— J'aurais aimé prendre part à la célébration de l'amour, dit June en reniflant derrière eux.

April ne fut pas surprise lorsque Jack se libéra doucement d'elle et de leurs amies pour s'approcher de June. Il s'agenouilla au sol et l'enlaça délicatement. Puis, il posa une main sur la tête du petit Max et dit :

— Coucou Max. Je suis ton oncle Jack et je serai ton préféré.

Tout le monde rit en pleurant.

Jack finit par se relever, un sourire sur le visage.

— Et si nous sortions et…

Soudain, il s'immobilisa, le regard rivé sur April. Il marcha vers elle, l'air si effrayé, si alarmé.

— Quoi ? Que se passe-t-il ? demanda-t-elle.

— Ton visage. Il t'a frappée, grogna Jack.

April souffla un bon coup.

— Bon Dieu, Jack, tu m'as fait peur ! Je pensais que quelque chose n'allait pas.

— En effet ! Il t'a *frappée*, répéta-t-il.

— Oui, mais il est mort… non ? Je veux dire, c'est ce que le grand gaillard qui fait peur avec les tatouages et ses amis sont partis faire, n'est-ce pas ?

Jack l'étudia un moment, ses doigts parcourant le visage d'April aussi légèrement qu'une plume.

— Ouais. Ça t'embête ?

— Non, répondit platement April. Il nous a enlevées. Enfermées dans une remorque. Si je voulais manger, je devais avaler le restant de son hamburger et, pour l'eau, j'ai dû sucer ses glaçons dégueu et viciés. Il se fichait que June soit en train d'accoucher et a continué de menacer de tirer sur son bébé, dans son ventre. Puis, il nous a mises ici dans le but de nous faire exploser. Pourquoi donc ça m'embêterait qu'il meure ?

Il eut l'air de nouveau furieux.

— Bien. Bon, vous êtes d'attaque pour sortir d'ici ?

— Oui, pitié, oui, souffla Marlowe.

Jack se tourna de nouveau vers June.

— Je pense que tu passeras la première.

April hocha la tête, d'accord avec lui. S'il avait ne serait-ce que suggéré qu'elle soit la première à partir, elle en aurait été déçue. Elle aurait dû le savoir pourtant.

Il souleva doucement June et Max, puis se tourna vers la porte.

— Attendez ici, dit-il.

— Pourquoi ? demanda April, confuse.

Jack ne répondit rien un long moment avant d'inspirer profondément.

— Je l'ignore. Je ne peux juste... je ne peux pas...

April posa la main sur son bras et se pencha pour lui embrasser la joue.

— Tu as réussi à traverser. Nous y arriverons aussi. Maintenant que nous avons les repères.

— Soyez prudentes, dit-il, avant de s'adresser à Carlise et à Marlowe. Vos époux me botteraient le cul si quelque chose vous arrivait. Si vous avez peur, Chappy et Bob viendront vous chercher.

— J'en suis certaine, lui dit Marlowe. Mais je n'ai pas l'intention de rester dans cette stupide cabane une minute de plus. Passe devant.

— Tu peux voir où poser le pied avec June dans tes bras ? lui demanda Carlise.

— Oui, répondit Jack, confiant, aidant April à se détendre un chouïa.

Elle retenait toujours son souffle quand il fit un premier pas hors de la cabane. Elle fit signe à Marlowe de le suivre, mais la retint un moment.

— Attends.

— Pourquoi ?

— Mets un peu distance entre vous... juste au cas où.

Elle détestait avoir à dire ça, mais elle ne pouvait bannir la vision que quelque chose se passe mal et que tout le monde se fasse blesser ou tuer parce qu'ils se suivaient de trop près.

Marlowe acquiesça et attendit que Jack, June et Max arrivent au milieu de la clairière.

— OK. Du gâteau, dit April.

En réponse, Marlowe l'enlaça avec force, puis se pinça les lèvres, leva les mains sur les côtés et entama sa longue et dangereuse marche.

— April ? dit Carlise, tandis qu'elles observaient Marlowe traverser le chemin.

— Ouais ? réagit April, jetant un œil à son amie.

À sa surprise, mais à son inquiétude, les yeux de Carlise étaient emplis de larmes.

— Je suis si contente que tu aies été là.

April jeta vivement ses bras autour de son cou, et Carlise répondit à cette intense étreinte.

— Moi aussi, lui dit-elle.

— Je le pense, bafouilla Carlise dans son épaule. Sans toi... je ne pense pas que, nous autres, nous nous en serions aussi bien tirées. Tu nous as incitées à garder notre calme, tu nous as trouvé de la nourriture, de l'eau et des couvertures, tu as fait la majeure partie du travail avec Max. Bordel, tu as même trouvé un moyen de sortir de ce trou à rats sans que personne n'explose.

— Ne parle pas trop vite, plaisanta April.

Elle sentit le rire de Carlise plus qu'elle ne l'entendit. Son amie leva la tête et l'observa.

— Je le pense. C'est grâce à toi que nous sommes presque à la maison.

Mais April secoua la tête.

— Nous rentrons à la maison parce que nous avons coopéré. Parce que nous sommes mariées – ou presque mariée, dans mon cas – à des hommes d'honneur qui feraient n'importe quoi pour nous protéger. Nous sommes chanceuses, à tous les égards.

— Oui, nous le sommes.

— Carlise ! April ! Est-ce que vous allez bien, les filles ? s'exclama Chappy, impatient.

April essuya les larmes sur les joues de son amie.

— Ton homme s'inquiète. Vas-y. Et quoi que tu fasses, ne trébuche pas.

— Tais-toi, marmonna Carlise. Bien que ce serait plus facile si je n'étais pas enceinte jusqu'au cou.

April était d'accord avec elle à 100 %, mais ne dit rien de vive voix, tandis que son amie posait le pied sur la terre. Elle retint son souffle pendant que Carlise se frayait prudemment un chemin dans la clairière.

April patienta jusqu'à ce que Carlise soit à mi-chemin, jusqu'à ce que Chappy la tire jusqu'à lui et tombe à terre, Carlise sur ses genoux. Elle pouvait sentir le soulagement et l'amour irradier dans toute la clairière.

— À toi, April ! cria Jack.

Il avait passé June et Max à Cal, qui n'était visible nulle part. Mais puisque la moitié des hommes qui étaient arrivés avec Jack et son équipe était également partie, elle supposa qu'ils se chargeaient de la conduire à l'hôpital.

Prenant une grande inspiration, April se tourna pour regarder la cabane vide derrière elle. Les bassines en plastique avaient basculé sur le côté. Il y avait des bouteilles d'eau vides éparpillées au sol, tout comme la couverture souillée. Le plancher était craquelé et les fenêtres, encore condamnées.

Et quelque part, c'était comme si April laissait une partie d'elle dans cette petite construction décrépite. Elle avait été terrifiée, pour elle et ses amies, mais elle se sentait plus forte d'avoir vécu cette affreuse expérience. Elle ne voulait pas la recommencer et elle ne ressentirait sans doute jamais la folle envie de passer ses vacances dans une cabane isolée au milieu des montagnes, mais elle était fière d'elle.

Se tournant vers la porte, vers Jack, elle inspira profondément et posa le pied sur le premier bout de tissu.

La traversée du sol terreux ne lui sembla pas plus longue que lorsqu'elle l'avait faite en arrivant la première fois ni pendant qu'elle avait regardé ses amies et Jack le faire quelques minutes plus tôt.

Et quand elle arriva au bout, Jack était là. Il l'attrapa et l'attira contre lui, tout comme Chappy l'avait fait avec Carlise. April sourit contre le corps de Jack. Même si elle sentait qu'elle avait méchamment besoin d'une douche, de nourriture et de deux litres d'eau, elle ne s'était jamais sentie aussi bien.

CHAPITRE VINGT-TROIS

— Je peux regarder encore ? demanda April.

JJ secoua la tête et remit son téléphone dans sa poche.

Elle fit la moue.

— Tu as regardé cette vidéo douze fois déjà, lui dit-il, ce qu'elle savait déjà.

— Je sais, mais c'est tellement fascinant ! Et je dois admettre, satisfaisant de voir cette cabane exploser comme elle l'a fait.

Pendant que JJ, Bob, Chappy et Cal étaient à bord de l'hélico avec leurs femmes direction l'hôpital, les autres gars étaient restés en arrière. Ils avaient emmené le corps de Ryan et l'avaient placé dans la cabane, se servant du chemin qu'April avait super bien indiqué pour eux, puis s'étaient servis du détonateur à distance qu'ils avaient trouvé dans la poche de Ryan pour faire exploser la cabane, sans attendre de voir s'il avait placé une minuterie.

Ils s'étaient tenus à bonne distance avant de la faire péter, ce qui était une bonne chose car l'explosion déclencha toutes les bombes et autres engins que Ryan avait placés. La boule de feu s'était élevée dans le ciel et cela avait été quelque chose de vraiment impressionnant à voir.

Heureusement, grâce à toute l'herbe que Ryan avait retirée autour de la cabane, il y avait peu de risque de mettre en route un gros feu de forêt, puisque les arbres les plus proches avaient été touchés par les éclats des bombes.

Tout avait très bien marché et, avec l'assistance de Tex pour s'occuper des autorités locales, l'histoire avait été suffisamment modifiée pour tenir les femmes loin des médias. Officiellement, un homme avait tenté de kidnapper quatre femmes et son plan avait été déjoué lorsqu'il avait été pris à son propre piège et était mort dans l'explosion qui en avait résulté. Le récit avait été pris au premier degré.

JJ n'eut pas l'occasion de remercier en personne les hommes d'Ace Security, de Silverstone, ni les Mercenaires Rebelles. Il avait été trop focalisé sur le fait de se rendre à l'hôpital avec April et les autres filles, mais avait envoyé un e-mail à chaque groupe. Et avait reçu en réponse un e-mail de Rex ce matin avec la vidéo de l'explosion.

April, Carlise et Marlowe avaient été auscultées à l'hôpital de Denver et libérées le jour même. June et le petit Max avaient été gardés quelques jours afin de s'assurer que tout allait bien, avec Cal à leurs côtés et tous les autres dans un hôtel du coin, refusant de partir sans eux.

Mais aujourd'hui, ils étaient tous de retour dans le Maine. Un peu plus conscients de leur environnement et plus reconnaissants que jamais envers leurs amis.

Les filles avaient rendu visite à Cal et à June chez eux tous les jours depuis, incapables d'en passer un seul sans se voir, toutes ensemble. Leurs hommes n'objectaient pas, pas du tout. Peu importait ce qu'elles avaient besoin de guérir, ils le leur accorderaient sans poser de question.

Quant à JJ, il avait fait comme promis et avait amené April

devant un juge de paix dès qu'il l'avait pu. Le jour de leur retour à Newton, il l'avait emmenée directement vers le bâtiment municipal, avait obtenu un permis et l'avait épousée juste après. Il n'avait jamais été aussi content que le Maine n'impose pas une période d'attente comme autrefois. Il avait cependant besoin de lui trouver une bague, mais elle ne parut pas du tout s'en faire pour ça.

Il avait passé leur nuit de noces à vérifier chaque centimètre de son corps, à la recherche du moindre bleu qu'il aurait pu manquer, lui offrant un meilleur baiser. Le bleu sur sa joue et son œil au beurre noir s'amenuisaient, ce qui était un soulagement. Chaque fois que JJ les voyait, il voulait remonter le temps et tuer Ryan lui-même.

Rex ne détailla pas la façon dont Ryan était mort dans l'e-mail qu'il avait envoyé avec la vidéo, mais il l'avait racontée à Tex. Ryan n'avait pas eu une mort facile. Tex, pour sa part, lui avait donné les détails, mais JJ ne les répèterait jamais à April. Elle n'avait pas besoin d'avoir ce genre de chose sur la conscience. Et bien qu'elle ne fût pas contrariée que Ryan ne soit plus en vie, elle serait horrifiée si elle savait exactement comment l'homme était mort.

Mais JJ était satisfait, tout comme son équipe. Ils n'avaient pas seulement souffert des mains du frère, mais aussi de celles de Ryan quand il avait enlevé leurs femmes. JJ ne voulait plus jamais revivre ce qu'il avait vécu ces quelques jours.

— S'il te plaîîîît ? le supplia April, levant les yeux vers lui et battant des cils.

— Non, répondit-il. J'ai d'autres plans pour toi.

— Ah oui ? demanda-t-elle, intéressée.

— Ouaip, dit-il avant d'attendre un instant. C'est le jour de l'inventaire au bureau.

April éclata de rire et lui tapa l'épaule.

— Tu es méchant !

— Moi ? C'était toi qui pestais la semaine dernière parce que tu n'avais aucune idée de ce qu'il fallait en fournitures de bureau ni quelle quantité d'huile il restait pour les tronçonneuses. Et maintenant que nous voyons les premières neiges de la saison, je crois que nous pourrions nous enfermer dans l'arrière-boutique du bureau et... faire le compte.

— C'est comme ça qu'on va appeler ça maintenant ? demanda April en souriant avec séduction.

Le sourire de JJ se fit large.

— Tu sais que nous avons un lit qui est parfait ici. Et il est confortable.

— Oh, tu ne veux pas te rendre au bureau ? Je dois te ramener chez le médecin ? Tu veux *toujours* travailler.

Le sourire d'April s'évanouit.

— C'était avant. Aujourd'hui, je veux vivre la vie à fond. Je ne veux pas travailler autant. J'ai passé trop de temps là-bas, à essayer de t'éviter, avec la pensée que tu ne voulais pas être avec moi.

— Je te désirais, dit JJ, la prenant par la taille pour la redresser d'un seul et même mouvement.

Elle poussa un petit cri et s'accrocha à son cou.

— Jack ! Repose-moi !

Il se dirigea vivement vers leur chambre et la laissa tomber sur le lit.

— Voilà, tu es reposée.

À sa grande joie, sa femme s'étira avec sensualité et plaça ses bras au-dessus de sa tête.

— Oui, je le suis.

JJ fut à califourchon sur elle en un temps record. Il l'emprisonna avec son corps et lui retint les bras par les poignets.

— Je t'aime, dit-il.

— Je t'aime, moi aussi.

— Est-ce que c'est trop ?

— Quoi ?

— Moi, répondit-il simplement.

— Jamais. J'aime ton intensité. Ton caractère protecteur.

Ton désir de « détruire la Terre », comme tu le dis, pour montrer à tout le monde ce qui arrivera si on me touche.

JJ ferma les yeux, soulagé.

— Tu es peut-être un étalon, un ancien militaire dur à cuire et effrayant pour un tas de gens mais, pour moi, tu seras toujours mon bûcheron.

JJ rouvrit les yeux et lui sourit.

— Ah oui ?

— Oui. En parlant de ça, j'ai une idée pour une nouvelle campagne de pub. Ça implique que tu te tiennes debout avec une jambe sur la souche d'un arbre, vêtu d'une chemise rouge et noir en flanelle, avec une hache sur ton épaule.

— On n'utilise pas de hache.

— Je sais, mais une tronçonneuse ne ferait pas le même effet. Alors, tu le feras ? l'incita-t-elle.

— Il en est hors de question, dit JJ, l'air sérieux.

— Mince. Bon, ça se tentait.

JJ secoua la tête. April l'obligeait à rester sur le qui-vive, et il ne voudrait pas qu'il en soit autrement. Il ne lui dit pas que, si elle forçait un peu plus, il poserait pour elle comme elle le voudrait. Bon sang, elle aurait pu lui demander de se tenir comme ça, les fesses à l'air avec une hache, et il l'aurait fait si ça l'avait rendue heureuse.

Pour April, il était un bûcheron en guimauve. Pour les autres, il était un enfoiré sans cœur qui lançait des regards noirs à quiconque s'approchait trop près de sa femme.

— Jack ?

— Oui, mon ange ?

— Merci d'être venu pour moi.

— Je viendrai toujours pour toi.

Elle le regarda fixement un moment, puis sourit avant de se mettre à rire comme une hystérique.

Secouant la tête, JJ la laissa se défouler avant de lui demander :

— C'était pour quoi, ça ?

— Tu *viendras* toujours pour moi ?

JJ leva les yeux au ciel. Sa nana était une ringarde ! Mais il l'aimait quand même. Non : il l'aimait à cause de ça.

Dernièrement, elle s'était servie de l'humour pour tenter de détourner l'attention d'elle. Quand elle avait des cauchemars, elle essayait de les ignorer. Lorsqu'elle avait des flashbacks ou quand elle voyait quelqu'un tractant une remorque, elle se tendait pour transformer cela immédiatement en blague, en général à ses propres dépens. JJ détestait ça, mais il comprenait qu'elle ait besoin de prendre le contrôle sur ses peurs.

Il ne regrettait pas exactement le fait de lui avoir montré la vidéo où la cabane explosait, mais elle avait pu faire remonter ces peurs à la surface. Du fait que ça aurait pu être elle et ses amies à l'intérieur de la cabane quand elle avait explosé. Il prévoyait de la distraire pour qu'elle ne lui demande pas de la revisionner, et il savait comment.

— Laisse tes mains là, lui ordonna-t-il, lui serrant les poignets pour insister sur ce point.

Il la sentit se tortiller sous lui et il savait qu'elle était sur la même longueur d'onde.

— Petit chef, marmonna-t-elle, mais sans bouger lorsqu'il la lâcha pour glisser le long de son corps.

Il embrassa son ventre à travers son T-shirt, puis tira sur l'ourlet avant de glisser ses mains sous le tissu. Il lui toucha fermement les seins à travers son soutien-gorge. Elle gémit et se courba.

— Tu aimes ça ? lui demanda-t-il.

— Tu sais que oui. Cesse de m'embêter, le réprimanda-t-elle.

— Mais c'est si amusant, répondit-il avant de retirer ses mains de sous son T-shirt.

Il attrapa le pantalon élastique qu'elle portait et le tira brutalement vers le bas, juste sous ses fesses.

Elle gloussa en se tortillant, essayant de l'aider autant que possible sans bouger les bras au-dessus de sa tête. Puis, elle se retrouva étendue sous lui, nue de la taille aux pieds.

JJ se pencha et inhala profondément. Il ne se lasserait jamais de ça. D'elle. Il passa la langue entre les replis et en fut immédiatement récompensé par ses jambes qui s'écartaient et ses talons qui s'enfonçaient dans la peau de son dos.

Plus aucun mot ne fut prononcé tandis qu'il se mettait au travail pour donner du plaisir à sa femme.

Sa *femme.*

JJ s'était trouvé au moment de sa vie où il avait cru ne jamais trouver quelqu'un avec qui passer le restant de ses jours. Il était vrai qu'il n'était pas tout à fait vieux à trente-neuf ans, mais il avait simplement supposé que ses chances appartenaient au passé. April l'avait complètement fait flipper quand ils s'étaient rencontrés, car il avait pu instantanément s'imaginer à ses côtés lorsqu'ils seraient vieux et décrépits.

Il avait commis des erreurs dans sa vie, la pire ayant été de laisser ses craintes et ses inquiétudes prendre le dessus sur lui. Mais elle était désormais à lui, de toutes les manières possibles, et il n'allait pas laisser passer un seul jour sans lui faire savoir tout ce qu'elle signifiait pour lui.

April empoignait ses cheveux tandis qu'il la savourait avec frénésie. Il ne pouvait trouver de raison de se plaindre ; il adorait la façon dont elle tirait sur sa chevelure, l'informant à quel point il lui faisait du bien. Plus elle tirait, plus son plaisir était intense.

Dès que son orgasme commença à se pointer, JJ se mit à genoux et batailla avec la ceinture de son jean. Marmonnant des jurons pour ne pas s'être déshabillé avant, il soupira, soulagé, en délivrant sa puissante érection. Baissant les yeux, il vit April qui lui souriait avec nonchalance, les bras toujours au-dessus de sa tête.

— Prête ? demanda-t-il, ne voulant rien faire sans sa permission.

En réponse, elle s'approcha pour le caresser une fois, puis le tirer vers l'avant par la verge, bloquant JJ entre ses jambes.

D'un seul et fluide mouvement, JJ plongea profondément dans le sexe de sa femme.

Ils perdaient tous deux haleine. Il n'en aurait jamais assez. Elle lui causait des sensations incroyables. Il bougea lentement au début, mais finit par gagner de la vitesse jusqu'à marteler de ses va-et-vient, exactement comme elle l'aimait le plus.

La main d'April s'insinua entre eux et elle commença à se caresser le clitoris, et immédiatement, JJ sentit ses muscles internes se resserrer autour de lui.

Il ne mit pas longtemps à la suivre au septième ciel. Il était toujours habillé et elle portait encore son soutien-gorge et son T-shirt, mais les deux s'en fichèrent lorsque JJ s'écrasa sur elle. Les mains d'April se glissèrent sous le T-shirt de JJ et elles lui caressèrent doucement le dos du bout des ongles.

— Bon, l'inventaire peut attendre, marmonna-t-il.

April rit, et il en ressentit les ondes partout. Surtout autour de sa queue.

— Je t'aime, Jackson Justice.

— Et je t'aime, *toi*, April Justice.

ÉPILOGUE

Dix ans plus tard
Chappy/Carlise

— La maison est trop calme. Je n'aime pas ça, soupira Carlise, se blottissant contre son mari.

Ce dernier s'en amusa.

— Je pensais que tu aurais hâte d'aller au chalet pour qu'on puisse avoir du temps seuls.

— C'est le cas. C'est juste... Je ne sais pas... Ils me manquent.

Chappy sourit. Il voyait exactement ce qu'elle voulait dire, mais il adorait passer du temps avec sa femme sans avoir leurs quatre enfants pleins d'énergie dans les pattes.

Atlas avait dix ans, et Chappy pouvait jurer qu'il était sorti de l'utérus en parlant. Le gosse ne cessait jamais de jacter mais il était hilarant, alors Chappy s'en fichait un peu. Jasper était l'opposé de son frère : il avait toujours un livre dans la main et était parfaitement heureux de se trouver un coin paisible où s'asseoir, où il ne serait pas dérangé pendant sa lecture... ce qui signifiait que, en fait, Atlas l'embêtait constamment et le rendait fou.

Will avait six ans et était un bon mélange des deux. Il était toujours partant pour aller dehors et jouer avec Atlas, mais aimait aussi s'installer seul et assembler des Lego.

Les trois garçons avaient une chose en commun toutefois : ils étaient extrêmement protecteurs envers leur petite sœur, Ivy, qui venait d'avoir deux ans.

Chappy supposait qu'ils tenaient ça de leur père et de leurs trois oncles, tout aussi protecteurs. Ivy allait être pourrie gâtée, car ses frères lui apportaient constamment des jouets quand elle pleurait, ils se chicanaient pour savoir qui l'aiderait pour ses repas et tous les trois voulaient la trimballer partout ou s'asseoir avec elle quand ils regardaient la télé.

— Tu crois qu'ils vont bien ? demanda Carlise, légèrement soucieuse.

— Oui, ils vont bien, répondit Chappy avec fermeté.

Ils se trouvaient au chalet depuis deux jours et, bien qu'il fût légèrement inquiet pour leurs enfants, il ne doutait pas qu'ils étaient en sécurité. Ils en auraient été notifiés immédiatement si ça n'avait pas été le cas. Il devait changer les idées de Carlise.

— Je me disais que nous pourrions parler à Bob et voir avec lui s'il peut installer des petits parcours acrobatiques ici.

Carlise se redressa et le regarda, choquée.

— Quoi ?

— Ouais, tu sais, de quoi faire des sauts à la perche ou de la corde raide.

— Non, refusa-t-elle, catégorique.

— Allez, l'amadoua Chappy. Tu sais comme Atlas et Will adorent faire de l'accrobranche avec oncle Bob.

— Tu me fais marcher. Atlas sortirait en douce au milieu de

la nuit pour faire ce truc. Je m'inquiète suffisamment quand il se trouve ici. Qu'il se perde en jouant dehors, dans les bois.

Chappy ne pouvait plus retenir son sourire plus longtemps.

Carlise lui lança un regard noir, puis lui tapa l'épaule.

— Tu plaisantais. C'était méchant, Riggs.

Il l'attrapa pour la serrer de nouveau contre lui et lui embrassa le haut du crâne.

— Je sais. Désolé.

— Non, tu ne l'es pas, se plaignit-elle. Mais je t'aime quand même.

— Je t'aime aussi, dit Chappy, redevenant sérieux. Tu as fait de moi l'homme le plus heureux du monde. Le jour où tu m'as trouvé, au milieu de cette tempête, a été le plus chanceux de ma vie.

— Tu veux dire, quand Baxter m'a menée à toi, le corrigea-t-elle.

Ils regardèrent tous deux le vieux chien dormant dans son panier duveteux dans un coin du chalet. Sentant probablement qu'ils parlaient de lui, il releva la tête et les regarda, comme pour leur dire : « Quoi ? »

— Il ne ressemble en rien à ce qu'il était ce jour-là. Tu te souviens comme il était maigre ? demanda Chappy.

Carlise acquiesça.

— Je me demande encore d'où il venait.

— Peu importe d'où il vient. Tout ce qui compte, c'est là où il est maintenant.

— Avec nous. En sécurité. Tu te souviens de la fois où il nous a réveillés, quand Atlas s'était complètement emmitouflé dans ses couvertures et qu'il ne pouvait pas respirer ?

— Évidemment que je m'en souviens. Ou quand nous n'arrivions pas à retrouver Will après qu'il se soit éloigné et que, lorsque nous l'avons enfin retrouvé, Baxter s'était planté devant lui et l'a empêché de bouger ? évoqua Chappy.

— Ou quand il reste simplement là et laisse Ivy étaler de la boue partout sur lui ?

Les souvenirs de leur chien bien aimé remontaient rapidement désormais, Carlise et Chappy étant tout sourire.

— Et quand Baxter mettait le museau dans le parc de Will et ne mordait pas ni même gémissait quand Will tirait sur chacune de ses moustaches ?

— Ou quand nous sommes tous partis pour cette balade et qu'il a effrayé cet élan ? Baxter s'est tout de suite précipité devant nous, a grogné et a aboyé pour nous donner le temps de reculer avant que l'élan n'attaque.

— Il a été le meilleur des chiens, dit Carlise dans un soupir.

— En effet, confirma Chappy.

Comme s'il était las d'entendre ses propres exploits, Baxter reposa la tête dans son panier et ferma les yeux.

— Pourquoi les chiens ne vivent-ils pas pour toujours ? demanda-t-elle.

Chappy la serra plus fort.

— Je ne sais pas. Mais c'est nul.

Baxter avait récemment commencé à montrer des signes de vieillesse. Il ne s'éloignait pas beaucoup du chalet quand on leur rendait visite et il dormait plus qu'il ne restait éveillé. Il ne lâchait pas les semelles des enfants quand ils n'étaient pas l'école et gardait particulièrement l'œil sur Ivy quand elle chancelait dans la maison, mais il était plus qu'évident qu'il approchait la fin de sa vie. Ils ignoraient quel âge il avait quand il était venu à eux, mais les dix années passées ne suffisaient pas.

— Ces mini vacances ont été agréables, mais je crois que je serai prête à rentrer demain, dit Carlise.

— Moi aussi, suivit Chappy.

— J'aime vraiment ce chalet toutefois. Même s'il est plus grand que lorsque nous nous sommes rencontrés, dit Carlise en souriant.

Chappy regarda autour de lui fièrement. Lui et ses amis avaient bossé dur pour agrandir le chalet, le rendant suffisamment grand pour contenir sa famille nombreuse. Ils montaient jusqu'ici régulièrement, même l'hiver. Certains des meilleurs souvenirs de sa vie d'époux se trouvaient là.

— Tu as faim ? demanda-t-il.

— Non. Ces tacos au poisson que tu as préparés hier soir étaient plus que suffisants. Ce n'est plus comme si j'avais besoin de manger, dit-elle en tapotant son ventre.

Son épouse avait pris un peu de poids avec les années, mais ça voulait simplement dire qu'il n'y en avait que plus à aimer. Et Chappy en aimait chaque centimètre. Peu importait ce que disait la balance quand elle montait dessus. Elle était la meilleure des épouses, des mères et des amies qu'il aurait pu rêver d'avoir.

— Eh bien… moi oui, dit Chappy.

— Oh. Dans ce cas, laisse-moi me lever, et tu pourras aller te trouver un truc à manger, dit Carlise, tentant de se libérer de lui.

Mais Chappy referma son étreinte.

— J'ai déjà ici quelque chose que je veux manger.

Carlise gloussa et leva les yeux au ciel.

— Tu sais que c'est carrément ringard, n'est-ce pas ?

Chappy sourit.

— Eh bien, puisque mes enfants ne sont pas autour de moi, je me disais que je pourrais faire en sorte que ma femme sache que je la désire aujourd'hui autant que je la désirais lorsque nous étions coincés ici, il y a toutes ces années.

— Je pense qu'elle le sait, dit-elle avec un grand sourire.

— Donc… tu veux me nourrir ? demanda Chappy en haussant un sourcil.

Carlise regarda sa montre.

— Se mettre au lit à 19 h 30… Oh, tu sais comment choyer une femme.

Il rit, aimant sa femme plus qu'il ne pourrait l'exprimer. Il se glissa de derrière elle et se leva, lui tenant la main. Carlisa la prit, et il l'aida à se mettre debout. Il ne bougea pas toutefois, la tenant simplement contre lui tout en regardant attentivement son beau visage.

— Quoi ? lui demanda Carlise.

— Juste... Je suis heureux.

— J'en suis ravie.

— Non, je veux dire... j'ai été heureux ces dix dernières années. Je voulais juste m'assurer que tu comprenais réellement que c'était grâce à toi.

— Je ressens la même chose, lui dit Carlise, levant les bras pour les refermer autour de son cou.

Chappy baissa la tête pour l'embrasser, mais ressentit une petite poussée qui insistait contre sa jambe. Jetant un coup d'œil vers le bas, il découvrit Baxter entre eux, visiblement impatient.

— Les enfants ne sont peut-être pas là, mais on est quand même interrompus, dit-il dans un soupir exagéré.

Carlise ricana de nouveau.

— Je vais le faire sortir.

— J'y vais avec toi. Très bien, mon grand, même si tu viens de sortir dehors, je vais te permettre de faire un dernier pipi. Fais vite quand même, tu veux bien ?

Ils marchèrent tous les trois jusqu'à la porte et, à la surprise de Chappy, dès qu'elle s'ouvrit, Baxter courut vers la sombre forêt.

— C'était quoi, ça ? Ça faisait longtemps que je ne l'avais pas vu bouger aussi vite, commenta Carlise. J'espère qu'il n'y a pas un ours ni un élan là-bas.

Chappy l'espérait aussi. Bax était trop vieux pour aller à l'encontre de gros prédateurs. Il fut un temps où il pouvait les affronter sans aucun problème, trop rapide et agile pour qu'ils l'attrapent, mais ces temps-là étaient clairement révolus.

Leur loyal compagnon se trouvait dans les bois depuis plus longtemps qu'à l'accoutumée et, juste quand Chappy commença à s'inquiéter et à se demander s'il devait aller voir pour le retrouver, ils entendirent quelque chose sur la droite.

Regardant de l'autre côté du porche, Chappy s'exclama à la vue qui se présentait à lui.

Baxter était revenu... avec une amie. Une chienne croisée labrador marron et blanc, émaciée et dans un état absolument pitoyable, était à ses côtés. Et elle boitillait.

— Bonté divine, Riggs ! Regarde-la !

Ce qu'il faisait déjà. Et il ne put s'empêcher de sourire. Il quitta le porche et s'accroupit.

— Qui t'as trouvé, mon grand ? Une amie ?

Baxter vint à directement à ses côtés, mais l'autre chien se retint, clairement pas rassuré le concernant.

Quand Bax s'aperçut que sa compagne ne s'approchait pas, il retourna vers elle, lui lécha le museau, puis émit un grognement. Cette fois, quand il marcha vers Chappy, le croisé labrador vint avec lui.

— Tout va bien ma grande, tu es en sécurité maintenant. Nous avons de la nourriture, de l'eau et un agréable et paisible endroit pour toi où dormir.

Chappy sentit plus qu'il n'entendit Carlise s'approcher. Elle se mit à genoux à côté de lui et tendit la main pour que le nouveau chien la renifle.

À leur surprise à tous les deux, le chien marcha directement vers Carlise et posa la tête sur ses genoux.

— Bordel de merde, elle m'aime bien, Riggs !

— Évidemment qu'elle t'aime bien, répondit Chappy à son épouse.

Il se pencha en avant et posa le front sur celui de Baxter.

— Merci de nous l'avoir amenée, dit-il d'une voix douce à son loyal compagnon.

— Tu crois qu'elle viendra à l'intérieur ? Je ne pense pas

que j'arriverais à la laisser sur le porche comme je l'ai fait avec Bax.

— On va essayer.

Les surprenant de nouveau, la nouvelle venue entra à l'intérieur sans trop d'appréhension. Elle but la moitié d'un bol d'eau et dévora la nourriture qu'ils avaient mise pour elle. Il était évident qu'elle mourait de faim et qu'elle avait été laissée à l'abandon. Puis, comme si elle l'avait fait tous les jours de sa vie, elle suivit Baxter jusqu'à son panier et se pelotonna à côté de lui, s'endormant immédiatement.

— On dirait qu'on a un autre chien, dit Carlise, satisfaite. Les enfants vont être tellement contents.

Chappy hocha la tête mais, au fond de lui, il avait le sentiment étrange qu'il savait ce que cela insinuait : Baxter ne resterait pas avec eux très longtemps et il ne voulait pas les laisser seuls. Il avait trouvé quelqu'un pour prendre sa place.

Cela lui brisait le cœur, mais Chappy restait tout de même empli d'amour et de gratitude pour son vieil ami.

Sans dire un mot, il prit la main de sa femme, et ils marchèrent jusqu'à leur chambre. Il éteignit les lumières au passage et ils se préparèrent à se mettre au lit, en silence.

Prouvant qu'elle était sur la même longueur d'onde, une fois qu'ils furent sous les couvertures, elle se blottit contre lui et dit :

— Je déteste que Baxter nous quitte bientôt, mais ça lui ressemble tellement de nous amener un nouvel animal perdu. Il est vraiment magique.

Chappy acquiesça. Puis, il roula de l'autre côté, prenant garde à ne pas écraser Carlise. Il se redressa au-dessus d'elle.

— Je t'aime, madame Chapman.

— Je t'aime aussi.

— Pour info... nos enfants ne sont pas là.

— Sand dec', répondit-elle en riant.

— Je m'assure juste que tu sais que tu peux crier autant que tu veux.

Elle gloussa.

— Ah oui ? Tu vas me faire quelque chose qui me *fera* crier ?

— Absolument, lui répondit-il en commençant à glisser le long de son corps.

Ils allaient avoir une journée mouvementée le lendemain. Ils devaient aller récupérer leur progéniture, présenter le nouveau membre de leur famille aux enfants, l'emmener au vétérinaire pour faire vérifier cette patte et l'installer dans son nouveau foyer. Sans parler du chaos habituel que cela impliquait de divertir et nourrir tout le monde.

Mais pour le moment, Chappy avait sa femme rien que pour lui et il allait profiter de chaque seconde.

* * *

June/Cal

— Cesse de t'agiter, dit Cal. Tu es belle.

— Je ne peux pas faire autrement. Je suis nerveuse, rétorqua-t-elle en tirant sur le corsage de la belle robe de soirée qu'elle portait.

Elle avait été faite sur mesure pour elle par Giorgio Armani, et Cal devait se pincer pour être certain de ne pas être en train de rêver.

La femme à ses côtés *lui* appartenait, et il ne pouvait en être plus fier. Elle lui avait donné deux beaux enfants, et il tombait encore plus amoureux d'elle chaque jour qui passait.

— Ne stresse pas. Tu sais comme tu es aimée ici.

Ils se trouvaient actuellement au Liechtenstein pour un autre mariage royal. Cal essayait de revenir au pays au moins une fois par an maintenant qu'ils avaient des enfants, et le mariage d'un autre cousin faisait une excellente excuse. Plus que de voir sa terre natale et ses parents, il adorait voir la façon dont June attirait l'attention du peuple du Liechtenstein.

Elle ne pouvait rien faire de mal, ce que Cal savait être à la fois une bénédiction et une malédiction. Ils étaient suffisamment chanceux d'apprécier une vie paisible dans le Maine, sans journalistes squattant devant leur porte. Leurs enfants – Maximilian, qui avait dix ans, Georgina, qui venait d'en avoir cinq – pouvaient vivre une vie normale, sans paparazzi. Ils étaient de descendance royale, mais ne devraient jamais s'inquiéter à propos de la politique du pays ancestral de leur père, ni savoir ce que cela était d'être constamment pris en photo.

— Ça va, mes cheveux ? demanda June en levant une main vers la tête.

Cal l'attrapa avant qu'elle ne touche et ne défasse ce que la coiffeuse avait méticuleusement créé. Il lui embrassa la paume et garda sa main.

— Bien sûr que ça va. Tu vas éclipser la mariée, mon amour.

Que June roule des yeux ne surprit pas Cal.

— C'est ça, dit-elle. Personne ne me remarquera avec toutes les autres personnes magnifiques qui seront présentes.

Elle avait tort. Tellement tort que ce n'était même pas drôle, mais Cal se contenta de sourire. Il savait qu'il ne valait mieux pas la corriger. Ça ne ferait que la rendre encore plus nerveuse et gênée de savoir que la presse et les curieux étaient tout aussi excités de la voir, *elle*, au même titre que les mariés et le reste de la famille royale.

— Viens, allons-y. Il ne faut pas être en retard, dit Cal.

Il entraîna June avec lui, puis ils grimpèrent dans la Rolls-Royce qui les attendait pour les emmener rapidement à l'église où avait lieu le mariage. La même église dans laquelle ils s'étaient mariés huit ans auparavant. Max avait deux ans, et toute leur bande avait pris un vol pour l'Europe dans l'un des jets privés de la famille royale.

Contrairement à leur cérémonie civile, lorsque June se trouvait à l'hôpital après qu'on lui avait tiré dessus, le mariage du Liechtenstein avait été une somptueuse cérémonie formelle, tout comme cette journée-ci le serait... mais bien entendu, June et leurs amis avaient posé leur empreinte unique sur leur cérémonie. Cal ne pouvait se la remémorer sans sourire.

Comme ils approchaient de l'église, ils durent s'arrêter à cause des embouteillages. Les voitures étaient en file indienne, attendant que les invités en sortent, chacun s'arrêtant pour poser pour les médias.

Après environ dix minutes, June soupira.

— Ça prend trop de temps, se plaignit-elle.

— Tu veux marcher ? demanda Cal, connaissant sa femme mieux que quiconque au monde.

— Oui ! réagit-elle avec un grand sourire.

Cal se pencha en avant et informa leur chauffeur qu'ils allaient faire le reste du chemin à pied, et l'homme se contenta de sourire. Il était habitué aux bizarreries de la princesse Juniper.

Cal se décala, sortit et tendit la main à June. Elle l'attrapa, et il l'aida à se relever. Il n'était pas inquiet qu'elle marche en talons et se fasse mal aux pieds, car elle avait insisté pour porter une paire de tennis sous sa robe chic.

Cal savait déjà ce qui allait arriver, alors il ne fut pas du tout surpris quand sa femme s'arrêta pour parler à une petite fille derrière la barrière de sécurité. June ne parlait pas allemand, mais ça ne semblait pas faire de différence, à elle comme à l'enfant. Elles parlaient à travers les sourires et les gestes et, quand June envoya un baiser à la petite, Cal savait qu'elle avait simplement illuminé la journée de cette enfant.

Elle continuait de s'arrêter pour saluer les gens sur leur chemin vers l'église. Elle ne voyait pas les foules le long du chemin comme des sujets, juste comme des amis potentiels. Ça rendait Cal dingue parfois, car il savait mieux que quiconque que n'importe qui pouvait se trouver là, à vouloir faire du mal à un membre de la famille royale, mais il n'avait pas plus de chance d'empêcher à temps sa femme de saluer les citoyens que d'arrêter un ouragan.

Alors, il restait en arrière et se prêtait au jeu de June. Et secrètement, il adorait la voir comme ça, être exactement ce qu'elle était, vraie, gentille et terre à terre. C'était pour cela qu'elle était si appréciée dans son pays.

Quand ils arrivèrent aux marches de l'église, la coiffure de June était un peu de travers et la transpiration faisait briller sa peau, mais le sourire sur son visage était authentique, la rendant encore plus belle que la plupart des femmes parfaitement coiffées et maquillées qui étaient présentes.

Elle avait également une pleine poignée de fleurs offertes par les inconnus qu'ils avaient croisés.

— C'était marrant, chuchota-t-elle, nouant son bras autour de celui de Cal.

Il lui souriait avec adoration... Et plus tard, il découvrirait que c'était ce moment exact qu'avait immortalisé la photo qu'on voyait partout sur Internet.

Mais bien entendu, en cet instant, tout ce qu'il pouvait faire, c'était regarder sa femme avec amour. Elle se mit sur la pointe des pieds pour l'embrasser, mais ne l'aurait jamais atteint s'il ne s'était pas penché pour elle. Un tel étalage d'affection en public n'était pas affiché en temps normal, mais sa June se fichait bien du protocole.

Juste au moment où ils furent sur le point d'entrer dans l'église, quelqu'un s'écria :

— Où sont le prince Max et la princesse Gina ?

Intérieurement, Cal soupira. Ils auraient pu ignorer toute autre question, mais June ne pouvait résister à l'envie de parler de leurs enfants. Elle se tourna vers l'homme qui se tenait à côté d'une caméra. Évidemment, c'était un journaliste, mais June s'en fichait.

— Nous les avons laissés à la maison cette fois, dit-elle avec un sourire confus. Nous nous sommes dit que le Liechtenstein pouvait se passer de ces petits sauvages.

Tout le monde autour d'eux rigola ; leurs enfants étaient adorables, mais clairement pas ce que Cal considèreraient comme disciplinés.

— On adore Max et Gina ! s'exclama une femme en anglais, rendant le sourire de June encore plus grand.

Quelques autres personnes crièrent des choses en allemand, à quel point leurs enfants étaient mignons, que June et Cal étaient de si bons parents, que les enfants étaient si aimables.

— La prochaine fois, dit June en faisant un petit signe à la caméra avant de refermer sa prise sur Cal, partant en direction des portes de l'église.

Quand ils furent suffisamment loin pour que personne ne puisse les entendre, June murmura :

— Ont-ils dit que Max était un Américain turbulent et Gina, loin d'être une princesse ?

— Tu sais que c'est faux, dit Cal.

— Ils n'auraient pas eu tort, dit-elle en haussant les épaules.

Cal pouvait entendre un grondement de voix dans la nef de l'église, ce qui l'informa que la cérémonie n'avait pas encore commencé. Personne n'aurait tiqué si lui et June étaient arrivés en retard. Ils n'étaient pas vraiment réputés pour suivre les règles. Il n'avait pas encore vu ses parents, et ils l'avaient réprimandé pour tout retard éventuel, mais puisqu'il était un grand garçon de quarante ans, il s'en moquait.

Il poussa June vers une porte qu'il savait mener à un petit placard contenant les produits d'entretien et autres bricoles. Heureusement, elle n'était pas fermée à clé, et Cal posa la main sur le bas du dos de June, l'encourageant à y entrer. Il alluma la faible lumière au-dessus d'eux et s'adossa à la porte, souriant malicieusement à June.

June roula des yeux.

— Qu'est-ce que tu fabriques ?

— J'ai besoin de passer un peu de temps seul avec ma femme.

— Tu en as eu plein la nuit dernière.

— Ouais, mais tu as dû te lever hyper tôt pour te préparer. Je n'ai pas eu mes câlins du matin.

— Tu es aussi pathétique que Gina, dit-elle en riant.

— Ça t'embête ? lui demanda-t-il en l'attirant plus près de lui.

— Pas le moins du monde, le rassura-t-elle.

Cal baissa le regard vers la femme dans ses bras et se demanda comment il avait bien pu réussir à la convaincre de l'aimer. Non seulement ça, mais elle lui avait donné deux enfants et elle semblait toujours aussi amoureuse de lui que le jour où ils avaient prononcé leurs vœux.

— Quoi ? Tu as l'air si sérieux, dit-elle, légèrement soucieuse.

— J'aurais pu te perdre.

June secoua la tête.

— Ce n'est pas le cas.

— Quand tu étais étendue sur ce sol, à saigner de tes blessures par balles... je ne le savais pas.

— Tu ne savais pas quoi ? lui demanda-t-elle dans un murmure.

— *Tout* ce que j'aurais perdu si tu n'avais pas eu la force de survivre. Toi. Nos enfants. Mon pays qui t'aime presque autant que moi... et ça me fait peur. Et quand tu as eu Max sans moi dans cette cabane qui aurait pu exploser... tant de choses auraient pu mal tourner.

June lui tapota le torse.

— Mais ça n'a pas été le cas. Je suis là. Max et Gina sont là. Nous allons bien.

Cal inspira profondément et hocha la tête.

— Ouais, nous allons bien.

— Ne devrions-nous pas être là-bas, à nous mélanger aux gens ? Nous socialiser avec le roi et la reine ? Parler à tes parents ?

— Probablement, répondit Cal mais sans bouger.

— Et donc ?

— J'ai une meilleure idée, lui dit-il… avant de commencer à remonter sa robe.

— Cal ! Non ! Ne la froisse pas ! protesta June en riant un peu.

— Oh, je ne le ferai pas, dit-il, se mettant à genoux et remontant sa robe pour glisser sa tête en dessous.

Les protestations de June furent étouffées par ce qui ressemblait à des kilomètres de tissu, et il faisait noir là-dessous, mais Cal connaissait le chemin menant au corps de sa femme et n'avait pas besoin de lumière. Ses doigts trouvèrent l'élastique de sa petite culotte, et il la fit glisser lentement de ses hanches.

Il sentit les mains de June l'agripper par les épaules, et il sourit avant de se baisser. Il prit le temps d'inhaler, jamais las de sentir l'odeur de sa femme. À quel point elle était excitée pour lui. Même après une décennie et deux enfants, il savait encore la faire mouiller, ce qui lui donnait l'impression d'être un superhéros.

Il ne lui fallut pas beaucoup de temps pour la faire jouir. Elle était prête et préparée, comme toujours. Il la retenait tandis qu'elle tremblait dans ses bras, et il fit de son mieux pour la nettoyer d'un coup de langue avant de remettre, avec regret, sa petite culotte en place. Puis, il lutta pour sortir de sous la robe avant de refaire surface, tout sourire devant elle, toujours à genoux.

Elle éclata immédiatement de rire.

— Oh mon Dieu, Cal, hors de question que tu sortes avec cette allure-là ! Tes cheveux sont complètement en pagaille, tes lèvres sont gonflées et tu as du...

Elle effleura la joue de Cal de sa main tout en rougissant.

Il pouvait sentir ses fluides sur ses joues. Il s'emballait toujours quand il lui faisait plaisir là, en bas, à vouloir se baigner dans ses senteurs. Sans réfléchir, il tourna la tête et s'essuya la joue sur l'épaule.

— Non ! Ne fais pas... Bordel, Cal ! Maintenant tu as taché ton smoking.

Cal s'en fichait. Il se remit debout et prit sa femme dans ses bras, tête baissée. Il l'embrassa. Longtemps, avec ardeur. Il ne voulait rien d'autre que la sortir de ce placard et la faire revenir dans leur lit, au palais royal. Mais il devait faire son devoir.

Prenant une grande inspiration, il lui caressa la joue rougie par la honte.

— Je t'aime, dit-il.

— Je t'aime aussi... la plupart du temps. Mais j'ai l'intuition que, quand nous sortirons d'ici, tout le monde saura exactement ce que nous faisions dans ce placard.

— Ça t'embête ? lui demanda-t-il, la tête penchée. Car si c'est le cas, je sortirai le premier, m'assurerai qu'il n'y a personne, puis te ramènerai au palais si c'est ce que tu veux.

— Quoi ? Non ! On ne peut pas partir, Cal, le réprimanda-t-elle. Ce serait impoli.

Là encore, Cal s'en moquait.

June se tortilla nerveusement dans ses bras, puis leva une main, lui caressant les lèvres avec le pouce.

— Tu as mon rouge à lèvres sur toi. Je suis présentable ?

— Tu es magnifique.

Et elle l'était. Le maquillage avait bavé, ses cheveux étaient sur le point de tomber dramatiquement de la coiffure et le haut de sa poitrine avait rougi à la suite de son orgasme. Il ne pouvait l'aimer davantage.

June soupira.

— Je suppose que ça ne fait qu'une raison de plus de donner envie aux gens de secouer la tête quand il s'agit de nous. Allez, finissons-en avec ça.

Cette fois, ce fut June qui le tira par la main et le fit sortir du placard. Ils effrayèrent les quelques personnes qui se tenaient dans l'entrée, et Cal eut un sourire en coin en réaction à la rougeur qui s'intensifiait sur le visage de June. Mais elle avait appris avec les années à ne pas s'excuser des actions de ses amis, de ses enfants et de son mari. Elle sourit simplement à tout le monde, puis garda la tête haute, se dirigeant vers l'entrée de la nef.

Cal entendit un murmure, faisant un commentaire sur le chanceux prince Redmon, et il ne pouvait être plus d'accord. Il était un homme heureux. Plus heureux qu'aucun homme n'avait le droit de l'être.

* * *

Marlowe/Bob

— Pourquoi y a-t-il autant d'animaux en peluche, de bidules pour les cheveux et de paillettes dans cette maison ?

Bob grommelait, cheminant vers Marlowe, qui était sur le canapé. Elle portait l'un des T-shirts *oversize* de Bob avec un vieux pantalon de jogging et ses cheveux étaient remontés sur sa tête. Ils venaient de finir leur dîner, composé d'artichauts, d'huîtres et de Doritos. Les deux premiers parce qu'ils ne pouvaient pas les manger quand leurs filles étaient à la maison et le troisième… parce que.

— Parce que nous avons une fille de neuf ans et une autre de sept qui adorent tout ce qui brille et qui sont de vraies petites filles de bout en bout, l'informa Marlowe en riant.

— Pourquoi n'avons-nous pas eu de garçon en premier, comme Chappy et Cal ?

— Ne me regarde pas, c'est ton sperme qui a décidé du genre de nos enfants.

Ils avaient eu un tas de conversations de ce genre, alors ses marmonnements ne pouvaient plus la surprendre.

— Je sais, soupira-t-il.

— Attends qu'elles soient adolescentes. Que le maquillage de Violet soit étalé partout dans la salle de bains et que ses cheveux obstruent la douche, que Kienna traîne avec ses amis et son groupe et qu'ils fassent trembler le voisinage avec leur musique.

— Je ne survivrai pas, dit Bob d'un air dramatique, tombant sur le canapé à côté d'elle.

Marlowe ricana et se mit à califourchon sur ses genoux, l'emprisonnant de son corps tandis qu'il était comme privé de ses os sous elle.

— Tu survivras, lui dit-elle. De plus, j'ai un truc à te dire qui te fera penser à autre chose qu'à tes filles adolescentes.

— Quoi donc ? demanda Bob, incapable de garder les mains ailleurs que sur sa femme.

Elle allait si bien contre lui, et l'un de ses trucs préférés, c'était de se blottir contre lui comme elle l'avait fait quand ils fuyaient les autorités, en Thaïlande.

— Je suis enceinte.

Bob cligna des yeux, pensant l'avoir mal comprise. Il se mit à rire.

— Ce n'est pas drôle, Punky.

— Je ne plaisante pas. J'ai environ six semaines de retard, alors c'est encore tôt mais, à cette période, l'année prochaine, nous aurons une fois de plus des couches sales jusqu'aux genoux.

— Bordel de merde, tu es sérieuse ! réagit Bob, s'asseyant et maintenant Marlowe fermement contre lui pour qu'elle ne tombe pas à la renverse.

« Que... comment...

Elle rit.

— Eh bien, pour le « comment », tu as fait l'amour à ta femme sans préservatif et elle prend des fécondostimulants, c'est le genre de chose qui est censé arriver.

— Je sais mais j'ai pensé... ça fait si longtemps. Je me suis juste dit qu'il ne devait pas en être autrement.

Marlowe haussa les épaules.

— Moi aussi. Mais surprise ! C'est arrivé.

Bob se leva soudainement, ignorant le cri perçant de sa femme. Il ne la lâcherait jamais, ne laisserait aucun mal lui arriver quand il serait là. Il la porta, lui faisant traverser le bazar dans le salon, les chaussures au milieu du couloir, montant les escaliers – où des bricoles ici et là attendaient que quelqu'un les ramène jusqu'aux diverses chambres –, passant devant les portes des chambres de leurs filles pour se rendre directement à la chambre parentale.

Il approcha du lit, tenant toujours Marlowe avec force, puis il tomba à la renverse sur le matelas, sa femme au-dessus de lui. Il leva les yeux vers elle et, voyant comme elle était détendue et heureuse, Bob se sentit submergé par la gratitude.

Elle s'assit, et la main de Bob alla immédiatement à son ventre pour caresser la peau douce.

— Enceinte, souffla-t-il.

Ils avaient toujours voulu avoir trois enfants mais, après la naissance de Kienna, ils avaient essayé plein de fois, et Marlowe n'était jamais retombée enceinte. Ils avaient tout fait. Leur dernier recours avait été les fécondostimulants, et comme rien n'était survenu pendant une année, ils avaient tous deux supposé que c'était terminé.

Mais aujourd'hui, elle était enceinte. Enfin.

Bob inspira profondément et ferma les yeux, submergé par

l'émotion. Quand il retrouva le contrôle de lui-même, il les rouvrit et découvrit sa femme en train de le regarder, son regard brillant d'amour.

— Enlève ça, marmonna-t-il en lui retirant le T-shirt.

Bob ressentait le besoin de la voir. De voir là où se formait son bébé, profondément à l'intérieur d'elle. Intellectuellement, il savait qu'elle n'aurait pas l'air différente par rapport à quelques heures plus tôt, quand il lui avait fait l'amour sur la table de la cuisine, mais il ne pouvait s'empêcher de ressentir le besoin d'inspecter chaque centimètre.

Elle rit et se prêta au jeu, retirant son T-shirt. Elle alla plus loin et se pencha sur le côté avant de se débarrasser de son pantalon de survêtement d'un coup de pied. Elle n'avait visiblement pas remis sa culotte après leur frasque en cuisine, et Bob prit note de la retrouver là où elle avait atterri avant que leurs filles ne reviennent le lendemain.

Une fois nue comme le jour de sa naissance, elle se remit à califourchon sur lui. Elle avait parcouru du chemin depuis la femme trop maigre dont les règles s'étaient arrêtées à cause de la malnutrition, une décennie plus tôt. Elle avait des formes désormais, ayant gardé un peu du poids pris lorsqu'elle était tombée enceinte, et elles étaient absolument magnifiques sur elle.

Les mains de Bob s'en allèrent vers les jambes de Marlowe et ses pouces caressèrent l'intérieur de ses cuisses pendant un moment avant d'aller vers ses hanches, puis vers son ventre. Avec respect, ses mains parcoururent son ventre avant de s'asseoir. Il enlaça Marlowe et la mit sur le dos, la surplombant.

— J'ai besoin de toi, grogna-t-il.

— Je suis à toi, dit-elle sans hésiter.

Bob se déshabilla en un temps record, ayant la présence d'esprit de s'assurer que Marlowe était prête à l'accueillir avant d'enfoncer sa verge bien profondément dans son corps.

— Celui-là sera un garçon, je peux le sentir, murmura-t-il.

Marlowe rit sous lui en lui caressant les bras.

— Je crois qu'il est trop tard pour avoir une incidence sur le genre à ce stade.

— Tant pis, dit-il en commençant à pousser doucement en dedans et en dehors de sa femme.

Bob ne durerait pas assez longtemps, pas avec l'idée qu'il avait de nouveau mis Marlowe en cloque qui menaçait de le submerger. Il avait hâte de la revoir enceinte. Elle était tellement belle avec son ventre rond. Il avait tout aimé lors de ses grossesses : ses étranges désirs, sa sensualité, son besoin de créer un espace douillet... il avait même aimé ses humeurs en dents de scie. À un moment, elle était amoureuse de tout le monde et, le moment suivant, elle pleurait avec hystérie.

— Encore ! réclamait-elle, pressant ses fesses et essayant de le forcer à la prendre avec brutalité.

Il aurait dû savoir qu'elle était de nouveau enceinte avant qu'elle ne lui dise ; elle avait été bien plus vigoureuse au lit récemment, tout comme elle l'avait été en étant enceinte de Violet puis de Kienna. Pour être franc, sept ans étaient passés depuis la dernière grossesse, mais quand même.

— Je t'aime, lui dit-il, les yeux rivés sur son joli visage.

— Je t'aimerais plus si tu remuais plus vite et plus violemment, répondit-elle, haletante.

Secoué d'un rire, Bob obéit.

Après l'avoir emplie de la plus grosse quantité de sperme qu'il n'avait, selon ses souvenirs, pas éjaculée depuis longtemps, Bob se remit sur le dos et emporta sa femme avec lui. C'était toujours sa façon préférée de se reposer, se servant de lui comme d'un oreiller.

Elle était toute molle contre lui et il lui caressait paresseusement le dos. Leur maison était en désordre, il ne restait pas beaucoup de bouffe dans le frigo et ils devaient se rendre au magasin, la pelouse devait être tondue, ils avaient fait don des derniers articles de bébé qu'ils avaient gardés il y avait des mois... mais Bob se fichait de tout ça. *Là*, c'était le moment le plus important. Tenir sa femme contre lui.

Il lui embrassa la tempe.

— Je t'aime.

— Chuuut, marmonna-t-elle. Trop fort.

Bob eut un large sourire et se tut.

* * *

April/JJ

— Tu peux nous raconter encore l'histoire du mariage de tante June ? S'il te plaît, tante April ? S'il te plaîîît ? supplia dramatiquement Atlas.

April souriait de toutes ses dents devant les petits visages levés vers elle. Avoir ses huit nièces et neveux en même temps était éreintant mais elle en adorait chaque minute... surtout à quel point la maison semblait calme quand ils avaient tous été récupérés.

Elle n'avait pas menti, toutes ces années auparavant, elle n'avait pas désiré d'enfants à elle, mais elle adorait gâter les petits sauvages de ses amis.

Les enfants allaient de dix à deux ans. La petite Ivy semblait déjà endormie dans son berceau, mais les autres étaient éveillés et nerveux à cause du sucre qu'ils avaient ingurgité et de l'excitation d'être dans la maison de tante April et d'oncle Jack.

Et elle n'avait absolument aucun problème à raconter l'histoire du jour où ils avaient tous pris un vol pour le Liechtenstein à l'occasion du mariage de June et de Cal. Ce serait l'un de ses souvenirs préférés pour toujours.

— Très bien mais, après la petite histoire, vous devez promettre de tous vous allonger et de dormir. Nous avons eu une super journée mais, demain, vos parents reviennent vous récupérer et, si vous êtes tous grincheux et fatigués parce que je vous laisse debout jusqu'à 3 heures du matin, vous ne pourrez jamais revenir, les avertit April.

Tout le monde rigola. Rester debout aussi tard n'était pas une chose qu'ils pouvaient imaginer. Ni celle de ne pas avoir la permission de rendre visite à tante April et à oncle Jack.

— On promet ! dit Atlas, traçant avec enthousiasme une croix sur sa poitrine.

— Oui, on promet ! suivit Max.

— Maman ne dira pas qu'on ne peut pas venir, dit solennellement Violet. Elle et Papa aiment trop passer du temps seuls.

— Oui, ils vont pouvoir s'embrasser sans qu'on se plaigne, dit Kienna.

Tous les enfants firent des bruits d'écœurement en imaginant leurs parents s'embrasser.

April gloussa et ne put s'empêcher de jeter un œil à Jack. Il était assis sur le sol, sur un pouf, Gina sur ses genoux. La petite fille était à moitié endormie et reposait contre la poitrine de Jack, suçant son pouce et portant une peluche de morse. Ce truc était hideux, mais elle le portait partout avec elle depuis qu'elle était en âge de remuer.

Jack fit un petit sourire à April. Il avait également l'air fatigué, mais ils n'échangeraient le fait d'être avec ces gosses pour rien au monde. Et savoir que cela accordait à leurs amis un peu de temps pour eux était un bonus.

— Très bien, commença April. Il était une fois une fille qui avait une belle-mère et une demi-sœur vraiment très méchantes. Elles lui faisaient faire toutes les corvées toute seule et ne la laissaient pas quitter la maison, et elles ne lui donnaient jamais d'argent. Mais arriva un beau prince d'un pays étranger au-delà du grand océan qui vint visiter la maison et vit la fille. Il l'aida à s'échapper, et ils arrivèrent dans le Maine.

— Et elle s'est fait tirer sur le dessus ! s'écria Will, agité.

Les gosses avaient entendu si souvent l'histoire de June et de Cal qu'ils la connaissaient par cœur.

— Ce n'est pas « sur le dessus », dit Max avec un air de supériorité. C'est tirer *dessus*. Et tais-toi, tu gâches l'histoire !

— Si tu le dis, rétorqua Will en roulant des yeux.

— Tu as raison, Will, dit April avant de continuer. La fille – son nom était June – s'est fait tirer dessus par un homme méchant qui travaillait pour son épouvantable belle-famille.

— Mais elle n'est pas morte, dit Kienna, se penchant en avant en parlant.

Elle était assise en bas d'un lit superposé, écoutant attentivement.

— Non, en effet, répondit April, souriante. Elle a survécu et elle s'est mariée avec le prince, lors d'une petite et paisible cérémonie, et ils ont vécu heureux.

— Tante April ! gémit Jasper. Raconte comme il faut !

Cela fit rire April.

— Très bien, désolée. Le garçon et la fille se sont mariés lors d'une petite et tranquille cérémonie, mais comme le garçon était un prince, les gens de son pays voulaient un grand mariage chic. Alors, après que June et le prince ont eu leur premier enfant...

— Moi ! C'est moi ! s'exclama fièrement Max.

— Ouaip ! dit April. Après qu'ils t'ont eu et que tu as suffisamment grandi pour voyager avec plus d'aisance, quand tu avais à peu près l'âge d'Ivy, ils ont fait leurs bagages et sont montés dans un avion privé luxueux avec six de leurs meilleurs amis et ont traversé l'océan pour organiser une énorme cérémonie de mariage dans le pays du prince.

« Le jour arriva, et la fille portait une belle robe. Sa traîne était si longue que quatre personnes durent la tenir pour l'aider à avancer. Le prince avait une allure très officielle dans son smoking, avec toutes les médailles qu'il avait gagnées lorsqu'il était un soldat. L'église était bondée de gens qui venaient de partout dans le monde pour assister au mariage du prince et de la jeune femme.

Le regard d'April fit le tour de la pièce, et tous ceux des autres étaient rivés à elle. Elle adorait cette partie de l'histoire ; ça lui faisait remonter tant de souvenirs incroyables de ce voyage, huit ans auparavant.

— Le prince se tenait à l'avant de l'église, attendant que sa princesse descende l'allée. Son smoking n'avait aucun pli, sa coiffure était parfaite, et il était beau comme jamais la jeune femme devenue princesse ne l'avait vu. Elle se mit à marcher vers lui quand, tout à coup, il y eut un puissant hurlement derrière elle. Tout le monde s'exclama, peut-être effrayé à l'idée que quelqu'un soit là pour faire du mal à la princesse ou au prince, ou bien même au roi et à la reine ! Mais au lieu de ça, un petit garçon apparut dans le dos de la princesse. Il était complètement nu et pleurait comme un fou. Il criait « Papa ! » et descendait l'allée en chancelant vers le prince. Il se moquait bien de ne pas porter de vêtements ou qu'il y ait des centaines de personnes qui le regardaient. Tout ce qu'il voulait, c'était son papa. Le prince se mit à genoux et ouvrit les bras, et le petit garçon, nu et, pour une raison inconnue, complètement trempé – ce que le prince ne réalisa qu'une fois qu'il le souleva –, courut directement vers ses bras. D'abord, tous les gens qui regardaient ne surent pas comment réagir. La salle était si silencieuse qu'on aurait pu entendre les mouches voler. Même la princesse s'immobilisa complètement au bout de l'allée. Elle devint vraiment très rouge, et tout le monde pouvait voir à quel point elle était embarrassée. Puis, une autre petite voix cria quelque chose et un *autre* petit corps se faufila à côté de la princesse. C'était un deuxième petit garçon. Également nu. Également en pleurs. Il regarda autour de lui un moment, puis descendit l'allée vers sa mère qui se tenait dans la toute première rangée de sièges.

— Nous étions mouillés parce qu'il faisait chaud, et on

étouffait dans l'église, et nous avions retiré nos vêtements pour jouer dans l'eau, dans la belle fontaine. Et puis, quand la nourrice a essayé de nous attraper pour nous remettre nos vêtements, nous avons couru parce qu'elle était carrément effrayante, expliqua Max, défendant ses actes.

— C'est exact. Vous avez eu peur parce que la très *gentille* dame qui vous gardait était juste un peu paniquée, dit April avec un petit sourire.

Max se tourna vers Atlas et lui tapa dans la main. Les garçons *adoraient* cette histoire. Ils n'étaient pas gênés d'avoir interrompu un mariage royal en courant nus devant tous les invités. April avait l'intuition qu'ils pourraient l'être quand ils seraient plus vieux mais, pour le moment, ils appréciaient simplement de faire tant partie de cette histoire.

— Continue ! s'exclama Jasper, impatient.

— Oui, désolée, s'excusa April avec un sourire en coin. Comme je l'ai dit, l'église entière était absolument silencieuse, tout le monde étant sous le choc. Les deux garçons pleuraient toujours et, pour empirer les choses, une petite fille qui se trouvait dans les bras de l'un des amis de la princesse, également placée sur les premiers sièges, se mit à pleurer juste parce qu'elle entendait les *garçons* pleurer. La jeune femme dans la belle robe paniqua, pensant qu'elle avait ruiné le mariage dans son intégralité. Que tout le monde dans l'assistance et tous les gens vivant dans le pays du prince la détesteraient. Mais alors... quelqu'un se mit à rire. Un son étouffé, mais un vrai ricanement. Puis, un autre se joignit à lui. Rapidement, les gloussements devinrent des rires francs. Cela avait démarré aux sièges de devant, là où les meilleurs amis de June se tenaient. Et le son se propagea. Avant qu'elle ne comprenne ce qu'il se passait, tout le monde dans l'église riait. Et le prince fit quelque chose qu'aucun prince dans l'histoire du pays n'avait jamais fait : il descendit de la plateforme au bout de l'église et descendit l'aile vers la jeune femme. Quand il l'eut rejointe, il se pencha et lui donna un baiser. Désormais, son smoking, qui avait été auparavant immaculé, était humide à cause du garçon qu'il portait. Ses cheveux avaient été ébouriffés par de petits doigts. Mais il semblait s'en moquer. Tout comme la princesse. Il lui prit la main et la mena jusqu'au bout de l'allée, vers l'autel. Il s'arrêta à la première rangée pour tendre le petit garçon à l'un de ses amis, mais son fils refusa. Mais en plus, l'autre petit garçon nu tendit les bras, voulant se joindre à eux. La princesse donna son bouquet de fleurs à l'une de ses amies et prit le second petit garçon dans ses bras. Il s'arrêta immédiatement de pleurer et posa la tête sur son épaule. Et c'est ainsi que le pays du prince tomba sous le charme de la nouvelle princesse. La cérémonie du mariage reprit, le prince et la princesse tenant dans leurs bras des petits garçons nus tout en faisant le vœu de s'aimer pour le restant de leurs vies.

April sourit à ce souvenir. Le mariage n'avait rien été d'autre que traditionnel et, alors que June avait été terrifiée d'être renvoyée du Liechtenstein sans plus jamais y être invitée, l'inverse s'était produit. Les citoyens aimaient son côté imperturbable et gentil, et les photos de leur mariage étaient encore largement diffusées à chaque anniversaire.

Le bal après la cérémonie avait été tellement amusant. Les gens qu'ils avaient rencontrés avaient été amicaux et accueillants, et toutes les craintes de June avant le mariage s'étaient dissipées. Carlise, Marlowe, June et April avaient trouvé le temps de se rassembler à un moment, savourant simplement le fait d'être ensemble, sauves, heureuses et en bonne santé. Un photographe avait également immortalisé cet instant.

La photo était actuellement encadrée et suspendue au mur en bas des escaliers. Aucun de leurs visages ne pouvait être clairement discerné puisqu'elles formaient un cercle, les bras sur les épaules des unes et des autres, mais c'était l'une des photos préférées parmi toutes celles d'April… À moins peut-être que ce ne soit celle qu'elle et Jack avaient prise le jour où ils s'étaient mariés. Elle avait un œil au beurre noir et un bleu sur la joue, et Jack avait presque l'air méchant car il pensait encore au fait qu'elle et les autres avaient été enlevées et avaient failli exploser. Mais quand April la regardait, tout ce qu'elle y voyait, c'était de l'amour.

— Très bien, l'heure des histoires est passée. Il est temps pour vous, les mioches, d'aller dormir, déclara-t-elle en se mettant debout.

Il y eut des gémissements et des marmonnements de la part de tous les gosses, mais ils se dirigèrent vers leurs lits, s'ils n'y étaient pas déjà. Jack et April firent le tour de la chambre, distribuant des bisous de bonne nuit et bordant tout le monde.

Quand ils se rendirent dans leur propre chambre, April était éreintée.

— Fatiguée ? demanda Jack en mettant le bras autour de sa taille pour la tirer à ses côtés.

— C'est un euphémisme. Tu crois qu'ils dormiront toute la nuit ?

— Aucune chance, répondit-il avec un petit rire.

— Tu crois que combien finiront dans notre lit ?

— Gina, c'est sûr. Peut-être Will. Ivy réveillera et incitera sans doute tout le monde à se lever également. Nous pourrions finir par organiser un goûter impromptu à 3 heures du matin.

April grommela. Quand ils allaient dans leur chambre, Jack s'assurait de laisser la porte ouverte pour que le premier des enfants qui se réveillerait au milieu de la nuit et voudrait se glisser dans le lit de leur tante April et de leur oncle Jack sache qu'ils étaient les bienvenus. Il conduisit April à leur lit *king size* et l'attira contre lui.

April s'y pelotonna immédiatement, posant la tête sur son épaule.

— Ce week-end a été incroyable, dit-il au bout d'un moment.

April confirma d'un signe de tête.

— Éreintant mais incroyable, dit-elle, avant de redresser la tête pour voir son époux. Ça ne t'embête pas ?

— Je ne suis pas certain de quoi tu parles mais la réponse est non. Toujours non. Si tu aimes ce que nous faisons, alors non, ça ne m'embête pas.

April voulait fondre dans ses bras. Cet homme était son tout. Il n'était pas parfait. Il était encore bien trop protecteur, mais il y travaillait comme un dingue, il lui donnait l'impression d'être la femme la plus importante du monde et il l'aimait davantage chaque jour qui passait... tout comme elle.

— Je demandais si ça t'embêtait d'avoir tous les enfants en même temps, clarifia-t-elle.

— Pas du tout. C'est dingue, terrifiant, et nous dormirons toute une semaine une fois qu'ils seront partis, mais ce sont tous de bons gamins. Et savoir que ça accorde une pause à nos amis pendant quelques jours est satisfaisant.

— Ouais, dit April, d'accord avec lui.

— Et... nous allons finir par les rendre, alors j'aurai ma femme et notre lit rien que pour moi quand ils seront partis.

April pouffa avant de redevenir sérieuse.

— Jack ?

— Oui, mon ange ?

— Je t'aime.

— Je sais.

Elle donna une petite tape sur son torse.

Il arbora un large sourire.

— Je t'aime aussi. Merci de donner une seconde chance à ce bûcheron paumé.

— *Mon* bûcheron, insista April.

— Le tien, dit Jack avant de baisser la tête pour l'embrasser.

Le geste d'affection fit rapidement monter la température. April gémit, protestant lorsqu'il s'écarta.

— Plus tard, lui promit Jack. À la seconde où le dernier petit barbare est récupéré, on retourne dans notre chambre... tu te mettras nue sous les couvertures... je te rejoindrai et te prendrai dans mes bras... et nous dormirons non-stop pendant huit heures.

April éclata de rire. Il n'avait pas tort.

— Et *ensuite*, je montrerai à ma femme à quel point je l'aime et l'adore. Ta patience envers les enfants est sans fin, et j'adore ta gentillesse envers eux. Ils n'auraient pas pu avoir une meilleure tante.

— Je vais t'obliger à tenir cette promesse, le menaça April. Je veux montrer à mon mari comme il est beau et comme je suis fière qu'il n'ait pas perdu le contrôle quand nous étions au parc et qu'ils se sont tous mis à courir dans des directions différentes.

Jack frissonna.

— Seigneur, c'était affreux. Je n'arrivais pas à garder un œil sur eux tous en même temps. L'un d'eux aurait pu être enlevé, et j'aurais pu ne pas le voir. Ne faisons plus jamais ça. Ou si on recommence, ils porteront tous ces traqueurs que Tex nous a envoyés.

Le tristement célèbre Tex avait envoyé des traqueurs aux gars après que leurs femmes avaient été kidnappées et avait fait cadeau d'un autre à chaque enfant né.

April lui sourit.

— Ils s'en sont bien tirés. Aucun ne se trouvait à plus de dix mètres de nous. Et ils savaient qu'ils devaient constamment rester avec leur camarade attitré.

Ils avaient tous appris aux enfants tout ce qu'ils pouvaient concernant le fait de rester prudents ainsi que les dangers du monde, sans les effrayer complètement. Quand ils partaient en vadrouille, chacun avait un compagnon avec qui ils étaient obligés de rester tout le temps, peu importait ce qu'il se passait. Jusqu'à présent, ce système avait fonctionné.

April se redressa et embrassa Jack avant de se passer une main sur le visage.

— Vas-y, va te coucher, lui dit-il, la faisant lui-même pivoter jusqu'à la salle de bains.

April accepta. Elle attrapa le T-shirt *oversize* qu'elle continuait de porter au lit et disparut dans la salle de bains.

* * *

Trente minutes plus tard, JJ serrait contre lui sa femme ronflant légèrement, regardant fixement le plafond et énumérant ses aubaines. Il était tout aussi fatigué qu'April, mais il n'arrivait pas à dormir. Il écoutait les bruits de la maison, tâchant de se détendre. Rien ne sortait de l'ordinaire. Les huit précieuses âmes se trouvant dans l'énorme grenier que lui et April avaient transformé en gigantesque chambre, avec quatre lits superposés et un berceau, étaient à l'abri.

Il adorait les enfants de ses amis. Ils étaient marrants, gentils, sarcastiques et futés, et l'amour que JJ leur portait le submergeait presque. Lui et April avaient de la chance de tant faire partie de leurs vies.

La vie dans le Maine s'améliorait de jour en jour. Jack's Lumber prospérait. Les parcours d'accrobranche qu'ils avaient mis en place avaient tout de suite été un immense succès. Ils étaient occupés toute l'année avec les touristes et les locaux, et les organisations et commerces voulaient tisser des relations de confiance avec leurs employés.

Ils avaient arrêté de guider des groupes sur le sentier des Appalaches ; entre leurs familles, Jack's Lumber et les parcours acrobatiques où ils apportaient tous leur aide, il n'y avait simplement pas assez d'heures dans une journée.

Mais une chose qu'aucun n'était prêt à sacrifier, c'était le temps passé avec les amis. Le nombre de pique-niques, de soirées entre filles qui sortaient, de soirées entre mecs qui restaient chez eux, de soirées ciné et celles semi-tranquilles chez les uns ou chez les autres, à simplement rendre visite quand les enfants jouaient, étaient nombreuses.

JJ était tout aussi proche de Chappy, de Cal et de Bob qu'il l'avait été il y a des années, lorsqu'ils avaient joué un jeu de hasard pour choisir leur avenir. Qui aurait pu deviner là où ils se trouveraient aujourd'hui ? Pas lui.

April remua dans son sommeil, refermant sa prise sur lui.

JJ soupira. *Ça.* C'était ce qu'il avait désiré toutes ces années après avoir engagé April, mais pour lequel il avait été trop trouillard pour poursuivre. Et il ne lâcherait plus maintenant. Les enfants grandiraient et continueraient leurs vies, mais il serait toujours là avec April. À l'aimer autant qu'il le pourrait. Il ne savait pas comment l'aimer autrement que férocement. Il avait encore occasionnellement des cauchemars de son enlèvement mais, avec le temps qui passait, ils avaient considérablement diminué.

Un bruit attira l'attention de Jack, et il leva la tête pour regarder vers la porte. Le petit Will de six ans se tenait là, indécis.

— Ça va ? lui demanda doucement JJ.

Will hocha la tête.

— Je n'arrive pas à dormir.

— Viens là, mon grand, dit Jack en lui tendant la main.

Will traversa rapidement la chambre et grimpa sur le lit. Il se blottit sur le côté de Jack et soupira. Une minute ou deux passèrent avant qu'il ne tende son petit poing et n'annonce :

— À trois.

JJ fit un grand sourire et forma lui aussi un poing qui se trouvait dans le dos d'April puisqu'elle reposait contre lui.

— Un, deux, trois, dit-il, aplatissant la main pour former une feuille.

L'index et le doigt du milieu de Will étaient écartés comme des ciseaux.

— J'ai gagné ! dit joyeusement le petit garçon.

JJ ne pouvait cesser de sourire.

— En effet. Bien joué.

Il avait appris à tous ses neveux et nièces comment jouer à pierre-papier-ciseaux avec les années. Ils pouvaient vraiment jouer à ce jeu pendant des heures. C'était aussi agaçant que mignon. Heureusement, Will semblait se satisfaire d'une seule partie, car il posa la tête sur l'épaule de Jack et tomba immédiatement dans un sommeil profond.

Comme il en avait discuté avec April, JJ avait l'intuition qu'avec la matinée approchant, il y aurait davantage de petits corps dans leur lit, occupant chaque recoin. Mais il s'en moquait et il savait qu'April également. Ils retrouveraient très bientôt leur maison et leur lit, et bien qu'ils paraissent un peu vides, ce serait également un soulagement. Le meilleur, quand on était un oncle, c'était de pouvoir rendre les enfants à leurs parents. Mais pour rien au monde il n'échangerait le temps passé avec eux.

— Jack ? murmura April.

— Ouais ? chuchota-t-il.

— Je t'aime.

JJ ferma les yeux et laissa les paroles de sa femme lui pénétrer l'âme. Ouais, il était béni. Après la vie qu'il avait menée, les coups qu'il avait pris, les dangers qu'il avait affrontés, il était reconnaissant pour tout ce qu'il avait.

— Je t'aime aussi, dit-il, embrassant le haut de la tête de sa femme.

Il se concentra avec force une fois de plus sur les bruits environnants, s'assurant que tout était comme il devait l'être, avant de s'autoriser à se détendre complètement... puis il ferma les yeux et s'endormit.

* * *

Merci d'avoir lu la saga *Les Fruits du hasard*. J'espère que vous en avez ADORÉ chaque ligne. Si vous n'avez pas lu mes autres séries et que vous vous demandez d'où viennent tous ces hommes qu'on découvre à la fin, vous pouvez les retrouver dans mes sagas *Ace Sécurité*, *Mercenaires Rebelles* et *Silverstone* ! Quant à Tex ? Il vient de mes *Forces Très Spéciales*, qui commencent avec *Un Protecteur Pour Caroline* (et il connaît sa fin heureuse dans *Un Protecteur Pour Melody* !)

Ma dernière série est *Forces Très Spéciales* : *Alliance et elle* commence avec *Un protecteur pour Remi.* Jetez-y un œil si ce n'est pas encore fait !

Poursuivez votre lecture et n'oubliez pas : soyez toujours gentil !

DU MÊME AUTEUR

Autres livres de Susan Stoker

Le Fruit du Hasard

Le Protecteur

L'Aristocrate

Le Héros

Le Bûcheron

Forces Très Spéciales : Alliance

Un protecteur pour Remi

Un protecteur pour Wren (5 Nov)

Un protecteur pour Josie (4 Mar, 2025)

Un protecteur pour Maggie

Un protecteur pour Addison

Un protecteur pour Kelli

Un protecteur pour Bree

Sauvetage à Eagle Point

Un sauveteur pour Lilly

Un sauveteur pour Elsie

Un sauveteur pour Bristol

Un sauveteur pour Caryn

Un sauveteur pour Finley

Un sauveteur pour Heather

Un sauveteur pour Khloe

Le Refuge

Un soutien pour Alaska

Un soutien pour Henley

Un soutien pour Reese

Un soutien pour Cora

Un soutien pour Lara

Un soutien pour Maisy

Un soutien pour Ryleigh (7 Jan)

Silverstone

Pour la confiance de Skylar

Pour la confiance de Taylor

Pour la confiance de Molly

Pour la confiance de Cassidy

Delta Force Deux

Un refuge pour Gillian

Un refuge pour Kinley

Un refuge pour Aspen

Un refuge pour Jayme

Un refuge pour Riley

Un refuge pour Devyn

Un refuge pour Ember

Un refuge pour Sierra

Hawaï : Soldats d'élite

Un paradis pour Élodie

Un paradis pour Lexie

Un paradis pour Kenna

Un paradis pour Monica

Un paradis pour Carly

Un paradis pour Ashlyn

Un paradis pour Jodelle

Mercenaires Rebelles

Un Défenseur pour Allye

Un Défenseur pour Chloé

Un Défenseur pour Morgan

Un Défenseur pour Harlow

Un Défenseur pour Everly

Un Défenseur pour Zara

Un Défenseur pour Raven

Ace Sécurité

Au Secours de Grace

Au Secours d'Alexis

Au Secours de Bailey

Au Secours de Felicity

Au Secours de Sarah

Forces Très Spéciales Series

Un Protecteur Pour Caroline

Un Protecteur Pour Alabama

Un Protecteur Pour Fiona

Un Mari Pour Caroline

Un Protecteur Pour Summer

Un Protecteur Pour Cheyenne

Un Protecteur Pour Jessyka

Un Protecteur Pour Julie

Un Protecteur Pour Melody

Un Protecteur pour l'avenir

Un Protecteur Pour Les Enfants de Alabama

Un Protecteur Pour Kiera

Un Protecteur Pour Dakota

Forces Très Spéciales : L'Héritage

Un Sanctuaire pour Caite

Un Sanctuaire pour Brenae

Un Sanctuaire pour Sidney

Un Sanctuaire pour Piper

Un Sanctuaire pour Zoey

Un Sanctuaire pour Avery

Un Sanctuaire pour Kalee

Un Sanctuaire pour Jane

Delta Force Heroes Series

Un héros pour Rayne

Un héros pour Emily

Un héros pour Harley

Un mari pour Emily

Un héros pour Kassie

Un héros pour Bryn

Un héros pour Casey

Un héros pour Wendy

Un héros pour Mary

Un héros pour Macie

Un héros pour Sadie

Un héros pour Annie

Autre

Un moment suspendu : Recueil de nouvelles

AUDIO

Un paradis pour Élodie

À PROPOS DE L'AUTEUR

Susan Stoker est une auteure de best-sellers aux classements du New York Times, de USA Today et du Wall Street Journal. Elle a notamment écrit les séries Badge of Honor: Texas Heroes, SEAL of Protection et Delta Force Heroes. Mariée à un sous-officier de l'armée américaine à la retraite, Susan a vécu dans tous les États-Unis, du Missouri jusqu'en Californie en passant par le Colorado, et elle habite actuellement sous le vaste ciel du Tennessee. Fervente adepte des fins heureuses, Susan aime écrire des romans où les sentiments laissent place au grand amour.

http://www.StokerAces.com

facebook.com/authorsusanstoker

x.com/Susan_Stoker

instagram.com/authorsusanstoker

goodreads.com/SusanStoker

www.ingramcontent.com/pod-product-compliance
Lightning Source LLC
Chambersburg PA
CBHW011142100726
47899CB00010B/3141

* 9 7 8 1 6 4 4 9 9 4 4 5 0 *